El casanova

EL CASANOVA

MILES HIGH CLUB 3

T L Swan

TRADUCCIÓN DE
Eva García Salcedo

CHIC

Primera edición: marzo de 2022
Título original: *The Casanova*

Esta edición se ha hecho posible mediante un acuerdo contractual con Amazon Publishing, www.apub.com, en colaboración con Sandra Bruna Agencia Literaria.

Diseño de cubierta: Plum5 Limited
Corrección: Carmen Romero

Publicado por Chic Editorial
C/ Aragó, n.º 287, 2.º 1.ª
08009, Barcelona
chic@chiceditorial.com
www.chiceditorial.com

ISBN: 978-84-17972-68-4
THEMA: FRD
Depósito Legal: B 5642-2022
Preimpresión: Taller de los Libros
Impresión y encuadernación: Liberdúplex
Impreso en España — *Printed in Spain*

GRATITUD

La cualidad de ser agradecido; predisposición para demostrar agradecimiento y corresponder la amabilidad de otros.

Quisiera dedicar este libro al alfabeto,
pues sus veintiséis letras me han cambiado la vida.
Me encontré a mí misma en esas veintiséis letras,
y ahora estoy viviendo mi sueño.
La próxima vez que digáis el alfabeto,
recordad su poder.
Yo lo hago todos los días.

Prólogo

Elliot

Observo cómo descienden los números que hay sobre la puerta a medida que bajo de planta. Me vibra el móvil en el bolsillo y lo saco. Es un mensaje de Christopher.

¡Cuidado!
La bruja te busca.

Mierda.

Vuelvo a guardarme el móvil en el bolsillo y exhalo con intensidad. Hoy no me apetece aguantarla. Las puertas del ascensor se abren y la veo de soslayo al salir. Finjo que no me he percatado de su presencia y me dirijo al despacho de Courtney, mi asistente personal, que está a la izquierda.

—Señor Miles —me llama desde atrás.

Sigo caminando.

—Ejem —carraspea—. Señor Miles, deje de ignorarme.

Noto que me sube la temperatura.

Se me dilatan las aletas de la nariz y me vuelvo hacia ella. Ahí está: la empleada más exasperante sobre la faz de la Tierra.

Inteligente, mandona, arrogante y más pesada que una vaca en brazos.

Kathryn Landon, mi archienemiga.

La malvada bruja del oeste en persona.

Un apodo que le va como anillo al dedo.

Finjo una sonrisa y digo:

—Buenos días, Kathryn.

—¿Podemos hablar?

—Es lunes y son las nueve de la mañana —respondo—. No es momento de… —Hago unas comillas con los dedos antes de añadir—: hablar.

Estoy convencido de que se pasa los fines de semana planeando cómo joderme los lunes.

—Tendrá que hacerme un hueco —me suelta.

Me paso la lengua por los dientes. La tía sabe que me tiene cogido por los huevos. Como buena friqui de los ordenadores, ha diseñado el nuevo *software* de la empresa y sabe que es imprescindible. Joder, es que me tiene amargado.

Se dirige a su despacho a buen paso y abre la puerta a toda prisa.

—Seré breve.

—Cómo no. —Sonrío falsamente mientras me imagino estampándole la cabeza contra la puerta.

Se sienta a su mesa y me dice:

—Tome asiento.

—No, estoy bien de pie. ¿No ibas a ser breve? —Kathryn alza una ceja y yo la fulmino con la mirada—. ¿Qué ocurre?

—Me he enterado de que este año no voy a tener cuatro becarios. ¿Por qué?

—No te hagas la tonta, Kathryn. Conoces de sobra el motivo.

—¿Por qué le ha ofrecido las becas a empleados que trabajan en el extranjero?

—Porque es mi empresa.

—No me parece una buena respuesta.

La sangre me bombea en los oídos mientras alzo el mentón a más no poder. Nadie logra sacarme de mis casillas como esta mujer.

—Señorita Landon, no tengo por qué justificar ante ti mis decisiones como director de Miles Media. Rindo cuentas a los miembros de la junta y solo a ellos. Sin embargo, me interesa conocer tus intenciones.

Kathryn entorna los ojos y pregunta:

—¿A qué se refiere?

—Bueno, si tan descontenta estás, ¿por qué no te vas?

—¿Cómo dice?

—Hay muchísimas empresas en las que podrías trabajar y no solo te niegas a irte, sino que te pasas el día quejándote por cualquier tontería y, francamente, ya cansa.

—¡Cómo se atreve!

—Creo que deberías recordar que nadie es imprescindible, así que estaré más que encantado de aceptar tu dimisión cuando quieras. Hasta te daré el finiquito.

Pone los brazos en jarras y dice:

—Quiero que redacte un informe explicando por qué no habrá becarios en la sucursal de Londres. La excusa que me ha puesto no me vale. Pienso presentar la consulta a la junta.

Cómo no. Me hierve la sangre.

—Y no me ponga los ojos en blanco —exclama, indignada.

—Kathryn, van a tener que hacerme un trasplante de retina por todas las veces que me haces poner los ojos en blanco.

—Ya somos dos.

Nos miramos con furia. Dudo que haya odiado tanto a alguien en toda mi vida.

Llaman a la puerta.

—Adelante —grita.

Como esperaba, Christopher entra. Siempre interrumpe mis reuniones con Kathryn segundos antes de que explote sin remedio.

—¿Tienes un momento, Elliot? —pregunta. Sonríe a Kathryn y le dice—: Buenos días.

—No hemos acabado, Christopher. Tendrás que esperar —le suelta.

—Hemos acabado —aseguro mientras me pongo en pie—. Si tienes cualquier otra queja, que seguro que sí, puedes remitirla a Recursos Humanos.

—No voy a hacer eso —espeta—. Usted es el director ejecutivo, así que si tengo algún problema se lo remitiré a usted. Deje de hacerme perder el tiempo, señor Miles. Estaré más que encantada de informar a la junta de que usted es un incompetente. Bien lo sabe Dios. Quiero esos puestos de becarios para la oficina de Londres lo antes posible.

—Paso.

Revuelve los papeles que tiene encima de la mesa y dice:

—Nos vemos de aquí a dos martes.

El día de la reunión con la junta.

La fulmino con la mirada mientras la sangre me zumba en los oídos.

Zorra asquerosa.

—Eeh…, Elliot —insiste Christopher—. Tenemos que irnos.

Tenso la mandíbula mientras miro a Kathryn con odio.

—¿Qué quieres a cambio de dimitir?

—Váyase a paseo.

—No pienso permitir que sigas acribillándome con tus quejas insignificantes cada vez que entro en mi despacho —bramo.

—Pues deje de tomar decisiones estúpidas.

Nos miramos fijamente.

—Adiós, señor Miles. Cierre la puerta al salir —dice con una sonrisa afable—. Nos vemos en la junta.

Inspiro con brusquedad en un intento por mantener la calma.

—Elliot —me apremia Christopher de nuevo—. Por aquí.

Salgo del despacho de Kathryn echando humo y me voy directo al ascensor. Christopher, que me pisa los talones, entra justo después de mí y las puertas se cierran.

—¡Cómo la odio, joder! —susurro con rabia.

—Si te sirve de algo —dice Christopher sonriendo con suficiencia—, ella te odia más.

Me aflojo el nudo de la corbata de un tirón brusco.

—¿Es muy pronto para un *whisky?* —pregunto.

Christopher mira el reloj y dice:

—Son las nueve y cuarto de la mañana.

Respiro hondo para tranquilizarme.

—¡Qué más da!

Capítulo 1

Kate

Guardo el almuerzo en el bolso y busco las llaves.

—Me voy —aviso a Rebecca.

Beck se asoma a la puerta del baño envuelta en una toalla blanca y con otra en la cabeza.

—Intenta no volver tarde a casa. No quiero que Daniel se sienta incómodo cuando venga.

—Vale.

—Lo digo en serio. Quiero que se sienta a gusto. Y lo ideal sería que estuviéramos las dos para ayudarlo a instalarse.

Pongo los ojos en blanco mientras sigo buscando las llaves. ¿Dónde las habré dejado?

—¿Qué te hace pensar que querrá que lo ayudemos a instalarse?

—Solo digo que estaría bien que se llevara una buena impresión.

—Vale, entendido. —Veo las llaves en el cestito de la mesita.

—Iré a por los uniformes de *netball* a la hora del almuerzo —dice.

Sonrío con satisfacción. Que Dios nos ayude. Esta semana empezamos a jugar al *netball* de interior. El primer deporte de competición al que me apunto desde el instituto.

—Me muero de ganas —le digo—. Espero que vengan con desfibriladores. Estoy en tan baja forma que a lo mejor me da un infarto y todo.

Rebecca se ríe mientras se quita la toalla de la cabeza.

—Hay un gimnasio en tu oficina. ¿Por qué no lo usas?

Me dirijo a la puerta mientras contesto:

—Ya sé que debería dejar de ser tan vaga.

—¿Crees que debería cocinar algo para Daniel esta noche? —pregunta.

Hago una mueca y digo:

—¿Por qué te estás esforzando tanto para caerle bien al tío este?

—No me estoy esforzando.

—¿Te mola o qué? —Abro los ojos como platos—. No te tomaste tantas molestias con nuestra última compañera de piso.

—Hombre, es que esa era un suplicio. Además, Daniel se acaba de mudar, ha llegado hoy y no conoce a nadie. Me da penita.

—Es estilista. Seguro que ya tiene un montón de amigos esnobs con los que salir por ahí —mascullo en tono seco.

—De eso nada. Se ha graduado en diseño de moda y se ha mudado a Londres porque quiere convertirse en estilista. Es muy diferente.

Pongo los ojos en blanco.

—Lo que tú digas. Nos vemos esta noche.

Bajo los tres pisos por las escaleras para plantarme en la calle rumbo a la estación de metro. Solo son tres paradas hasta Central Line, pero aun así está demasiado lejos como para ir andando.

Espero en el andén y el metro llega puntual. Me subo y tomo asiento.

He llegado a la conclusión de que los veinte minutos de trayecto son los más raros del día. Es como viajar en el tiempo. Me siento, miro a mi alrededor y, al instante, como por arte de magia, ya he llegado. Debo de quedarme catatónica o algo porque no sé ni en lo que pienso durante el viaje ni cómo pasa el tiempo tan rápido. Lo único que sé es que cada día me paso veinte minutos pensando en cosas que luego no recuerdo.

Salgo del metro y me dirijo a la oficina. Trabajo en el centro de Londres. Hay una cafetería frente a la sede de Miles Media. Está concurrida y la gente entra y sale constantemente antes de ir a trabajar.

—Eh, preciosa —me saluda Mike.

—Hola. —Sonrío alegremente. Mike es el camarero del local. Además, lleva unos años coladito por mí. Es dulce y mono, pero, por desgracia, no siento el más mínimo cosquilleo cuando me habla.

Es una mierda, porque es un tío genial. Estoy segurísima de que nadie encajaría conmigo mejor que Mike. Ojalá pudiera decidir por quién me siento atraída, eso me facilitaría muchísimo la vida.

—¿Lo de siempre? —pregunta Mike.

Me siento junto a la ventana y le digo:

—Sí, por favor. —Miro a mi alrededor.

Mike me prepara el café y me lo sirve.

—¿Qué te cuentas? —inquiere.

—No mucho. —Cojo la taza y el humo se eleva hasta el techo mientras soplo—. Estoy pensando en apuntarme al gimnasio de la oficina.

—¡No me digas! —Mike echa un vistazo al edificio de la calle de enfrente—. ¿Tenéis gimnasio?

—Es enorme, está en la planta catorce.

—Como para no saberlo. ¿Y hay que pagar?

—No, para los empleados es gratis. —Doy un sorbo al café.

Mike se ríe entre dientes mientras finge que limpia la mesa contigua a la mía.

—Si quieres te acompaño —se ofrece guiñándome el ojo con encanto.

—Lo siento, solo es para empleados. Y no puedo permitirme ir a otro gimnasio.

Mike pone los ojos en blanco.

Mike y yo observamos a un Bentley negro que se detiene ante la sede de Miles Media. El chófer baja del vehículo y abre la puerta de atrás, por la que sale Elliot Miles. Como si de un espectáculo matutino se tratara, e igual que cada día, miro de arriba abajo al hombre que tanto desprecio. Hoy lleva un traje de raya diplomática azul marino con una camisa blanca al que le sienta como un guante su pelo oscuro y rizado de recién follado. Se abrocha la chaqueta con una mano y coge el maletín con la otra. Va más tieso que un palo y camina con actitud dominante.

La arrogancia personificada.

Doy sorbos al café mientras lo observo. Me revienta que sea tan guapo.

Me revienta que las mujeres frenen en seco y lo miren embobadas cuando entra en una sala. Pero lo que más me revienta es que sea consciente del efecto que provoca.

Aunque no lo reconocería jamás, leo la prensa sensacionalista y las revistas del corazón para ver las fiestas exóticas a las que va y los bellezones con los que sale.

Sé más de Elliot Miles de lo que me gusta admitir.

También es normal: llevo odiándolo desde que empecé a trabajar para él hace siete años.

Le dice algo a su chófer con una sonrisa y todos se vuelven a ver cómo entra en la sede de Miles Media. Noto que me estoy cabreando.

Elliot Miles, el paradigma del capullo ricachón… me toca las narices.

Son las tres de la tarde cuando me llega un correo.

Lo abro.

> Kathryn, ¿has acabado ya el informe de seguimiento?
>
> Elliot Miles.
> Director ejecutivo de Miles Media RU

Imbécil.

Tenso la mandíbula y contesto.

> Estimado señor Miles:
> Buenas tardes. Siempre es un placer recibir noticias suyas.
> Sus modales son tan impecables como de costumbre.
> Le enviaré el informe el martes que viene, que es la fecha estipulada.
> Quizá si dispusiera de personal suficiente me sería posible cumplir con su disparatado calendario.

Que disfrute del resto del día.
Atentamente,
Kathryn

Sonrío con suficiencia y le doy a «enviar». Hablarle a Elliot Miles como una zorra sarcástica es mi pasatiempo favorito. Su respuesta no se hace esperar.

Buenas tardes, Kathryn:
Como siempre, me sobra tu teatro.
No te he preguntado cuándo me mandarás el informe, sino si ya lo habías acabado.
Fíjate más en los detalles, no quiero repetir las cosas continuamente.
¿Has terminado el informe o no?

Tomo aire con brusquedad. ¡La madre que lo parió! Me pone de los nervios. Contesto con tanto ímpetu que no sé cómo no me rompo un dedo al escribir.

Señor Miles:
Por supuesto que lo he terminado. Como siempre, estoy preparada para sus cambios de fechas de entrega y plazos.
Por suerte, uno de los dos es profesional.
Le adjunto el informe.
Si le cuesta entenderlo, estaré encantada de hacerle un hueco en mi apretada agenda para explicárselo antes de la reunión con los miembros de la junta.

Sonrío con superioridad mientras tecleo. Se va a poner hecho una furia cuando lo lea.

Que pase una buena tarde. Un placer hablar con usted.
Kathryn Landon

Doy un sorbo al té, orgullosa de mí misma. ¡Chúpate esa!
Me llega un mensaje a la bandeja de entrada. Lo abro.

> Señorita Landon:
> Gracias.
> Tenga cuidado esta tarde al volver a casa. No se ponga delante de un autobús ni nada por el estilo.

Sonrío para mis adentros. Será mamón. Más quisieras.

Veo a Rebecca andar de un lado para otro de la casa como pollo sin cabeza. Daniel llegará en cualquier momento. Madre mía, está frenética.

—No te quedes ahí parada —exclama.

—¿Qué quieres que haga? —Miro a mi alrededor; está todo como una patena—. No queda nada por limpiar. ¿Qué te pasa con el tío este? Estás empeñada en impresionarlo. No me digas que es porque es guapo.

—No digas tonterías —me suelta—. Tengo novio, ¿recuerdas?

—Perfectamente. ¿Y tú?

—Calla, anda —replica, ofendida.

Llaman al timbre y nos miramos a los ojos.

—Es él —susurra.

—Pues venga. —Señalo la puerta principal—. Ábrele.

Rebecca se dirige a la puerta casi corriendo y la abre a toda prisa.

—Hola —dice mi amiga con una sonrisa.

Me cuesta una barbaridad no poner los ojos en blanco.

—Hola. —Sonríe mientras mira primero a una y luego a la otra. Lleva dos maletas, es alto, rubio y reconozco que bastante guapo. No recordaba que fuera tan atractivo cuando vino a conocernos. No me extraña que Beck se esté rompiendo los cuernos para impresionarlo.

—Trae, ya las llevo yo —me ofrezco.

Beck se asoma a la calle y dice:

—¿Tienes más maletas? ¿Quieres que te ayudemos?

—Gracias. Tengo otras dos en el coche. Ya las traigo yo.

—¿Te acuerdas de Kate? —le pregunta Rebecca, señalándome.

Daniel me mira y dice:

—Claro. Me alegro de volver a verte, Kate.

Esbozo una sonrisa incómoda. Socializar siempre me resulta muy violento. Hasta que no cojo confianza no soy nada simpática. No lo hago a propósito, obviamente. Ser tímida es una cruz.

—Este es tu cuarto —dice Rebecca a modo de guía turística mientras le enseña el dormitorio—. Y este es el mío. El de Kate está arriba. Ven, que te lo enseño.

Los acompaño mientras Rebecca le enseña la casa. Miro a Daniel de arriba abajo: pantalones negros, jersey de punto de color negro, zapatos de vestir y cazadora verde oliva. Son prendas caras y modernas. ¡Pues sí que parece estilista!

—¿Cuándo empiezas a trabajar? —pregunto para darle conversación.

—Tengo cuatro clientes la semana que viene y más me vale conseguir unos cincuenta más cuanto antes —dice.

Sonrío.

—No, en serio, la semana que viene empiezo como *personal shopper* en Harrods.

Por Dios, qué trabajo más horrible. Me horroriza ir de compras. Como no sé qué decir y estoy incómoda, me encojo de hombros.

—Nunca he conocido a un *personal shopper*.

Daniel sonríe y dice:

—No hay muchos.

Cojo una maleta y le echo un vistazo: Louis Vuitton. Jesús… Valdrá más que mi coche. Daniel baja los escalones que llevan a la calle y me asomo a la puerta. Tiene un Audi negro último modelo. ¿Por qué narices comparte piso con dos personas si está forrado?

¿No preferiría vivir solo?

Porque yo sí.

Saca otras dos maletas del coche que también están tapizadas con un cuero negro magnífico. Las miro con recelo mientras vuelve a subir las escaleras. Ojalá tuviera tan buen gusto; yo no sabría qué comprar ni teniendo su dinero.

Daniel lleva las maletas a su cuarto y nos mira a Rebecca y a mí con los brazos en jarras.

—Decidme que saldremos de marcha esta noche. Nada como unas copas para conocernos mejor.

A Rebecca por poco se le salen los ojos de las órbitas de la emoción.

—¡Qué buena idea! —Me mira y me dice—: ¿A que sí, Kate?

Pues no.

Finjo una sonrisa y digo:

—Ya ves.

—¿Vamos? —pregunta Daniel.

—¿Ahora? —Frunzo el ceño—. ¿No prefieres deshacer las maletas primero?

—No, no pasa nada. Seguirán ahí mañana y no tengo nada que hacer hasta la semana que viene, así que me entretendré con eso.

Una hora después, estamos sentados a la barra de un restaurante, vino en mano.

—¿Y bien? —Daniel mira primero a una y después a la otra—. Habladme de vosotras. ¿Estáis solteras? ¿Salís con alguien?

—Verás —dice Rebecca con una sonrisa—, yo tengo novio. Brett. Y Kathryn está intentando ganar puntos para meterse a monja.

Río.

—Eso es mentira. Es que soy muy exigente.

Daniel me guiña el ojo con encanto.

—No tiene nada de malo. Yo también soy bastante exigente, la verdad.

—¿Y tú qué? —inquiere Rebecca.

—Pues... —Daniel hace una pausa para buscar las palabras adecuadas—. Soy... —Hace otra pausa.

—¿Gay? —pregunto.

Daniel se echa a reír.

—Me gustan demasiado las mujeres como para considerarme gay del todo.

—Entonces… —Rebecca pone cara de esforzarse mucho por encontrarle sentido a esa afirmación.

—¿Eres bisexual?

Daniel se retuerce los labios como si cavilara.

—No me definiría como bisexual. Normalmente me atraen las mujeres, pero hace poco… —Deja la frase a medias.

—¿Qué? —pregunto, intrigada.

—Hace unos años salí de fiesta por Ibiza con unos tíos a los que no conocía mucho. Uno era gay.

—¿Cuántos erais? —pregunto.

—Cuatro.

—Entonces tres erais hetero.

Daniel asiente con la cabeza.

—Quizá fuera el calor, el alcohol o la cocaína, no lo sé, pero una cosa llevó a la otra, nos fuimos calentando y estuvimos todo el finde dale que te pego. Y ahora tengo una especie de fetiche secreto por los hombres.

Rebecca sonríe a Daniel embelesada, como si fuera la mejor anécdota que le han contado jamás. Casi me parece oírla atar cabos en su cabeza y reparar en lo liberal que debe de ser.

Doy un sorbo a mi copa, tan maravillada como ella con la historia.

—¿Cómo es practicar sexo con alguien que no se corresponde con tus inclinaciones naturales?

—Está guay, tiene su morbillo —contesta Daniel, encogiéndose de hombros—. Así lo siento yo. Me da la sensación de que me estoy portando mal y que debería parar, pero al mismo tiempo me parece muy natural. No sé durante cuánto tiempo seguiré sintiéndome así; quizá no dure eternamente o se me pase pronto. Pero cuando me acuesto con hombres, no me arrepiento. No considero que sea algo malo, si es a lo que te refieres.

—¿Con cuántos…? —empieza Rebecca, que no acaba de formular la pregunta.

—No pasa nada, di —la anima Daniel.

—¿Con cuántos has estado?

Daniel entorna los ojos mientras medita la respuesta.

—Pueees... diría que con más de diez, pero menos de veinte.

—¡La leche! —Se me alzan las cejas solas.

—¿A qué viene esa cara? —inquiere Daniel con una sonrisa.

—Has dicho que no te habías acostado con muchos. Si para ti esos son pocos, ¿cuántos son muchos? En fin, ¿con cuántas has estado?

Daniel se ríe.

—Me faltan dedos, lo siento. Gracias a mi profesión, me codeo con mucha gente preciosa y a veces la tentación es demasiado fuerte.

Me llevo un chasco horrible. Arrugo la servilleta y la tiro a la mesa con fastidio.

—Ojalá me pareciera más a ti. —Suspiro.

—¿En qué sentido?

—Ojalá fuera más liberal, más relajada y más... —Hago una pausa para buscar el término adecuado— libre, supongo.

A Daniel le cambia la cara.

—¿No te sientes libre?

Madre mía, ¿para qué habré dicho nada? Parece que me esté montando la película del siglo.

—Lo que digo es que me gustaría estar en tu piel y acostarme con quien me diera la gana por diversión.

—¿No follas por diversión? —pregunta Daniel frunciendo el ceño.

La conversación se me está yendo de las manos.

—Antes sí, pero con el paso de los años lo fui dejando.

—¿Cuántos años tienes? —me pregunta.

—Veintisiete. Tuve unos cuantos líos en el instituto y la universidad, y después una relación seria. Rompimos un año después de que murieran mis padres.

La cara de Daniel es un poema.

—¿Tus padres han muerto?

Doy un sorbo a mi bebida. ¿Cómo hemos acabado hablando de esto?

¿Para qué habré dicho nada?

—Tuvieron un accidente de coche. Un choque frontal —contesta Rebecca. Sabe que no soporto decirlo en voz alta.

Daniel me mira con gesto inquisitivo.

—Mi madre murió en el acto y mi padre de camino al hospital. Al conductor que chocó con ellos le estaba dando un infarto y se fue al carril contrario. —La melancolía se apodera de mí y noto una opresión en el pecho. Miro a Rebecca a los ojos, quien, con afecto, me sonríe con ternura y me da la mano por encima de la mesa. Acababa de irme a vivir con ella a una residencia cuando fallecieron. Ha sido mi pilar y una amiga excepcional, y me ha consolado en mis noches más amargas y solitarias.

—Lo siento mucho —susurra Daniel—. ¿Tienes más familia?

—Sí —digo con una sonrisa—. Tengo un hermano estupendo llamado Brad y una hermana que… —Dejo la frase a medias.

—¿Qué más? —quiere saber Daniel.

—Que es una zorra de cuidado —suelta Rebecca—. No entiendo cómo es posible que las dos tengan los mismos genes. No se parecen en nada. Son como el agua y el aceite.

Daniel sonríe con sorpresa y alterna la mirada de una a otra.

—¿Y eso? ¿Cómo es?

—Guapa —digo y bebo.

—Engreída y mezquina —interviene Rebecca.

Sonrío con pesar.

—No es tan mala. Ha llevado la muerte de nuestros padres mucho peor que nosotros y cambió de la noche a la mañana. Brad y yo nos hemos apoyado el uno en el otro para salir adelante. En cambio, ella prefería estar sola. No ha pasado el duelo como nosotros.

—¿No os veis nunca? —pregunta Daniel.

—Sí que nos vemos —respondo—. Y casi siempre acabo mosqueada y alterada. Es como juntarte con una de esas personas que parecen chuparte la energía. Le gusta el dinero, la fama y presumir de bolsos de marca y novios guapísimos. Me da la impresión de que… —Hago una pausa para expresarme mejor— de que está sustituyendo el cariño de nuestros padres con bienes materiales.

—¿No te gustan las cosas de marca?

—Supongo. —Me encojo de hombros—. A todo el mundo le gustan las cosas bonitas, ¿no? Es solo que para mí no son tan importantes.

—Kate gestiona muy bien su dinero —interviene Rebecca.

—Eso es un eufemismo para decir que es agarrada. —Daniel se ríe y enseguida me mira—. ¿Eres agarrada, Kate?

—No soy agarrada.

—Anda que no —se burla Rebecca—. No se da ni un capricho y siempre está ahorrando para cuando lleguen las vacas flacas. Se pone los mismos diez conjuntos y se oculta tras esas gafas de culo de vaso.

—Las necesito para ver, Rebecca —le informo, ofendida—. No le veo la gracia a gastarse un dineral en ropa e ir hecha un pincel todo el rato.

—Trabajas en el centro de Londres con algunos de los buenorros más impresionantes de la capital y tú vas y te vistes como una monja. ¡Así no se van a fijar en ti!

Pongo los ojos en blanco, asqueada.

—Créeme, no tengo ningún compañero al que valga la pena impresionar.

Daniel se me queda mirando más tiempo del necesario y, con cara de pillo, choca su copa con la mía.

—¿Qué pasa? —pregunto.

—Creo que ya sé cuál será mi nuevo proyecto.

Cuatro horas y tres botellas de vino más tarde, mientras suena de fondo Stevie Nicks, Daniel dice, entre risas:

—Entonces ¿qué pongo?

Estamos en el sofá hablando de chorradas mientras le creamos un perfil a Daniel en una aplicación de ligoteo con mi ordenador. Al parecer, es una prioridad cuando te mudas a otra ciudad.

¿Quién lo iba a decir?

La pregunta es la siguiente:

¿Qué buscas?

—Buf, qué difícil. —Daniel toma aire con brusquedad esforzándose al máximo por pensar con claridad.

—Ay, ya sé, pon esto —dice Rebecca con la voz ronca típica de los borrachos—. Me dan igual tu género, tu altura o si tienes vello, pero, a poder ser, que estés como un queso.

—Vamos —digo, señalándolo con mi copa—, que te va todo.

—Básicamente —dice Daniel, mientras escribe algo—. Quita «a poder ser».

Me recuesto entre risas. Todo me da vueltas.

—Me voy a la cama. —Suspiro—. Mañana trabajo.

—No tan deprisa —dice Daniel—. Vamos a crearte un perfil a ti también.

—No pienso meterme en una web de citas. Y, para que lo sepas —farfullo—, no hay ni un solo hombre en el mundo que sea capaz de deslumbrarme con su prosa. Además, estoy ebria.

—Va —insiste.

—Ahora no, no es el momento.

Daniel teclea con ímpetu.

—Aprovecha que estás borracha y completa el cuestionario. El momento es ahora.

—¿Y si descubren que soy yo? —pregunto, horrorizada—. No levantaría cabeza.

—A la gente le dan igual las aplicaciones para ligar; todo el mundo las usa —se mofa Rebecca como si fuera tonta—. No uses tu nombre real.

—¿No sería raro? —pregunto—. Imagina que le doy un nombre falso, quedo con él y le digo «perdona, te he mentido, en realidad me llamo tal».

—No hace falta que se lo cuentes a la primera de cambio —sugiere Daniel mientras escribe—. Tú usa el nombre falso y, si ves que te gusta, le dices el de verdad.

Esbozo una sonrisilla mientras bebo y observo cómo me crean el perfil.

Qué gracioso es Daniel.

Me pasa el portátil.

—Completa tú lo demás.

—¿Eh?

—Esto ya lo he rellenado yo. Ahora contesta tú esto.

—¿Cómo?

—Que te hemos creado un perfil —me informa Rebecca—. Síguenos el rollo, anda.

Nombre	Rosita Leroo
Altura	1,70 m
Peso	De diez
Aspecto físico	Para mojar pan
Aficiones	Ir al gimnasio, hacer ejercicio y partirme de risa
Pasatiempo favorito	Salir a comer y retozar entre las sábanas
Profesión	Analista de sistemas informáticos
Color de pelo	Rubio oscuro
Ojos	Marrones
Piel	Olivácea

¿Qué buscas?

—¿Rosita Leroo? —pregunto en tono burlón—. ¿Quién es esa?

—Tú.

—Anda ya. —Me río—. ¿No se os ha ocurrido un nombre falso mejor? Parece una marca de vino barato.

—Pues a los hombres les chifla —replica Daniel.

—¿En serio? —Reviso los datos que han introducido—. Pensaba que íbamos a mentir.

—Y hemos mentido.

—Pero sí que me gusta salir a comer y retozar entre las sábanas… —digo, encogiéndome de hombros.

—Pero no ir al gimnasio y hacer ejercicio —comenta Rebecca, impaciente, mientras enarca una ceja.

—Qué tontería. —Bajo la pantalla del portátil y me levanto—. Me voy a la cama. —Me pongo de puntillas y le doy un beso a Daniel en la mejilla—. Buenas noches, pilluelo.

—Que descanses. Completa el perfil. Lo miraré mañana.

Pongo los ojos en blanco mientras subo las escaleras.

—Preocúpate por el tuyo y, en concreto, por lo fácil de complacer que eres —digo—. Céntrate en eso y sé un poquito más exigente.

—Si no lo has probado no critiques —replica.

—Uf —dice Rebecca con una mueca desde su cuarto—. Nunca le comeré la almeja a una tía. Es que ni de coña. Ahí delante… En toda tu cara… Tan cerca…

Me da mal rollo imaginármelo y río con cara de asco.

—¡Calla! —exclamo.

Media hora después, estoy tumbada en la cama, recién duchada y envuelta en una toalla. No dejo de darle vueltas a lo que antes me han dicho Daniel y Rebecca, pero, sobre todo, a lo que he dicho yo: «Ojalá me pareciera más a ti».

¿A quién quiero engañar? Soy libre.

No sé de dónde he sacado la idea de que estoy atada de pies y manos. Son los hombres los que tienen ideas preconcebidas de lo que quieren; solo buscan una Barbie.

Leo a conciencia el perfil que me han creado y sonrío cuando tengo una idea. Voy a demostrar lo superficiales y volubles que son en realidad los hombres.

Enciendo el ordenador, vuelvo a mi perfil y cambio mis respuestas.

Nombre	Rosita Leroo
Altura	Fetén
Peso	Guapita de cara
Aspecto físico	Por debajo de la media
Aficiones	Jugar con mis doce gatos
Pasatiempo favorito	Lavarme el pelo
Profesión	Taxidermista
Color de pelo	Rosa; por algo me llamo así (emoji que pone los ojos en blanco)
Ojos	Radiantes
Piel	Blanca como la leche

Me meto en Google para buscar la foto de un gato. Encuentro una en la que sale un minino gordo de ojos saltones. Es el gato más feo que he visto en mi vida.

—Misi, misi. —Sonrío y me la pongo de perfil.

Vuelvo a leer la pregunta:

¿Qué buscas?

Respiro hondo mientras medito la respuesta. Quiero escribir algo que me deje claro lo que ya sé: nadie me interesa lo más mínimo. Me retuerzo los labios mientras pienso en lo que voy a poner.

> Busco a alguien de un solo color, pero no de una sola talla. Con los pies anclados al suelo, pero que sepa emprender el vuelo. Que aparezca con el sol y se vaya con el chaparrón. Que no haga daño, pero que no sienta dolor.

Sonrío y le doy a «enviar». Así me quitaré a la morralla.

No contestará nadie.

Es jueves. Ha sido la mejor semana en siglos.

Daniel es divertidísimo. Hemos salido a cenar todas las noches, ya que, al parecer, nunca le apetece comer algo casero.

Cobramos como mendigos, pero queremos comer como reyes.

Nos ha informado oficialmente de que, en vista de que no conoce a nadie más en la ciudad, hemos sido designadas sus mejores amigas por defecto. Hasta me ha pedido que lo acompañe la semana que viene a un evento al que lo han invitado. Asistiré como su pareja, pero no es una cita; no tenemos esa clase de relación.

Sin embargo, reconozco que da gusto estar con él.

¡Ah, y... sorpresa, sorpresa! Nadie me ha contestado al mensaje de mi perfil.

Como sabía perfectamente.

Sonrío mientras me pongo el uniforme de *netball.*

Estoy en uno de los lavabos de la oficina. Mi turno ha acabado y tengo partido a las seis y media; no tengo tiempo de volver a casa y regresar a la ciudad.

Me enfundo el uniforme y me estremezco al mirarme.

—Buf —susurro—. Qué cosa más espantosa.

El vestido es ajustado, rojo chillón, se me pega al cuerpo como si fuera pegamento extrafuerte y es cortísimo.

Voy a mirarme al espejo. Parezco la jugadora de *netball* de una peli porno que va a rodar un *sketch* de pandilleras de lo más morboso.

No sé si reír o llorar.

—Madre mía, ¿quién ha elegido estos uniformes? —Suspiro mientras me recoloco las tetas—. Qué cosa más fea.

Me encojo de hombros. ¿Qué le vamos a hacer? Me hago una coleta alta y vuelvo a mi despacho. Todavía es pronto para irme, así que acabaré algunos trabajitos mientras espero.

Elliot

Miro el reloj. Jameson y Tristan han venido y están abajo con Christopher. En cuanto acabe estos informes, nos vamos. Dirigir la sucursal londinense de Miles Media, una de las empresas de comunicación más importantes del mundo, tiene sus desventajas. Seré el jefe, pero eso conlleva una responsabilidad que nunca cesa.

Mi hermano Jameson es el director ejecutivo de la sucursal de Estados Unidos y yo superviso las de Reino Unido y Alemania. La de Francia la dirigimos juntos. Es un cargo muy estresante, pero con el que disfruto enormemente.

Ha pasado mucho rato. ¿Qué estarán haciendo?

Hago clic en las cámaras de seguridad para ver si andan cerca. Aparece un mosaico de imágenes en la pantalla del ordenador. Tras un vistazo rápido, veo que están en la primera planta. Estoy a punto de cerrar la aplicación cuando capto un destello que parpadea en la esquina inferior izquierda, lo que me llama la atención.

¿Qué es eso?

Pulso en el recuadro para ampliarlo y examinarlo más de cerca.

Es una mujer con coleta y vestido deportivo de licra rojo chillón. Es ceñido y de una sola pieza. La falda es corta y acampanada. Qué raro.

La mujer está de espaldas a la cámara, junto a una fotocopiadora.

Me fijo en la pantalla y trato de averiguar de dónde es la imagen. Parece una... sala de fotocopias. No consigo ubicarla. ¿Es limpiadora o algo así? No, una limpiadora no usaría la fotocopiadora.

Estoy confundido.

Activo el sonido de esa cámara y oigo música. Habla un hombre.

—Buenas noches. Estás escuchando Disco con Dave.

La radio está puesta.

—Os tengo calados, marchosillos. Preparaos para mover el esqueleto al ritmo de los mejores temazos de todos los tiempos —prosigue.

Suena una canción. Es pegadiza y me resulta familiar, pero no recuerdo el título.

La mujer del vestidito de licra mueve el trasero al ritmo de la canción: dos golpes a un lado, dos golpes al otro.

Mmm, interesante.

Me apoyo en la mesa y me acaricio la sien con el dedo índice mientras observo cómo se mueve al son de «Ring My Bell».

«You can ring my bell... ell... ell.
Ring my bell».

Baila mientras hace fotocopias. Sonrío con satisfacción y me fijo en sus piernas kilométricas. Son musculosas y torneadas. Tiene la cintura estrecha y se le marcan las caderas al contonearse de un lado a otro.

Mmm...

Me paso el dedo por los labios mientras me reclino, totalmente embobado con ese culazo rojo.

«You can ring my bell… ell… ell.
Ring my bell».

Me lo estoy pasando pipa viendo cómo se menea al ritmo de la música. Baila como si no la viera nadie. Pero la estoy viendo yo y es una escena muy…

Se le cae un papel y se agacha a recogerlo sin doblar las piernas, permitiéndome ver ese culito ataviado con pantaloncitos rojos en todo su esplendor.

Me empalmo y alzo las cejas, sorprendido. Me echo hacia delante. Es oficial: ha despertado mi interés.

«You can ring my bell… ell… ell.
Ring my bell».

Me excita ver cómo mueve las caderas. La sangre me bombea en los oídos. Verla bailar y menearse me…

Pone que te cagas.

La tengo como un mástil. Inspiro con brusquedad. No recuerdo la última vez que una mujer me puso cachondo solo con verla.

Se le cae otro folio y se agacha contoneándose. De nuevo, gozo de una vista espectacular de sus piernas fibrosas y su culo. Tomo aire con brusquedad mientras se pone en pie y me imagino cómo sería hundirse en ella. Me recoloco el paquete.

Exquisita.

Se vuelve hacia la cámara y, por primera vez, le veo la cara. Me alejo del ordenador de un respingo.

¡Me cago en la puta!

Es Kathryn…

—¿Estás? —me pregunta Tristan a mi espalda.

Cierro la aplicación al instante y, alteradísimo, revuelvo los papeles que tengo encima de la mesa.

—Esperadme en el vestíbulo —digo tartamudeando—. Tengo que hacer una cosa.

—Vale, pero no tardes, ¿eh? —dice Jameson.

Oigo que se meten en el ascensor y yo miro la pantalla del ordenador sin dar crédito.

No.

No puede ser.

Kathryn ni es atractiva ni lo ha sido nunca. Me habría dado cuenta.

El rabo me palpita y reclama mi atención. Miro la puerta con aire culpable para cerciorarme de que mis hermanos ya se han ido.

Una ojeadita no me matará.

Lo más seguro es que ni siquierea fuera ella.

Abro la aplicación y veo cómo se menea al son de la música con su vestidito rojo.

«You can ring my bell… ell… ell.
Ring my bell».

Es ella.

Ahora se encuentra de cara a la cámara. No dejo de mirar la curva de su cuello, cómo le botan las tetas y se le marca la cintura. Cómo se le mueve la coleta al bailar.

Me imagino envolviéndome la mano en su coleta mientras la guío para que me la chupe.

Se me pone dura y me estremezco mientras niego con la cabeza, asqueado.

Joder…

Necesito echar un polvo.

Capítulo 2

Elliot

Recojo mis cosas a toda prisa; cuanto antes me aleje del ordenador, mejor. Lo apago y, tras echar un último vistazo a mi despacho, me dirijo al ascensor, lo llamo con vehemencia y exhalo con pesadez.

Estoy desconcertado: no es habitual que una mujer despierte una reacción física en mí. Últimamente el tema de la atracción se ha convertido en un problema: ninguna chica me atrae, sin importar lo guapa que sea, y no tengo ni idea del motivo. Incluso he salido con algunas de las mujeres más bellas y asombrosas del planeta y, aun así, nada. No he encontrado lo que busco. A lo mejor mis hermanos tienen razón y mis expectativas son demasiado altas y poco realistas.

Pero que me la ponga dura una empleada a la que detesto…

¡Y una mierda!

Salgo del ascensor con paso airado y me dirijo al vestíbulo. Jameson, Tristan y Christopher están fuera, esperándome. Jay y Christopher miran algo en el móvil de Jameson mientras charlan ajenos al mundo.

—¿Nos vamos o qué? —pregunto, impaciente.

Tristan me mira y dice:

—¡Encima! Si te estábamos esperando a ti.

Pongo los ojos en blanco mientras me ahueco el pelo.

—¿Os apetece una copa?

—Vale —masculla Jay.

Doblamos la esquina y, de camino, Tristan se saca el móvil del bolsillo. Entorna los ojos cuando lee el nombre que aparece en la pantalla.

—¿Quién es? —pregunto.

—Malcolm, mi vecino. —Responde a la llamada y dice—: Hola, Malcolm.

Lo escucha mientras andamos. Entonces me mira con los ojos entornados y niega ligeramente con la cabeza.

—¿Qué pasa? —articulo solo con los labios.

—Harrison —me contesta él de la misma forma.

Me río por lo bajo. Su hijo mediano lo lleva por el camino de la amargura.

Está hecho todo un rebelde…

—Vale, gracias por avisarme, Malcolm. Ahora déjamelo a mí. —Escucha en silencio—. No, te agradecería que no llamaras a Claire; está muy liada con las niñas —dice—. Y gracias de nuevo. —Cuelga y, al instante, llama a alguien—. Lo bien que me lo voy a pasar cargándome a ese crío —masculla en voz baja.

Sonrío mientras caminamos y lo oigo hablar por teléfono.

—Harrison —ruge—. ¿Te importaría aclararme por qué me ha llamado Malcolm para decirme que esta madrugada ibas por nuestra calle excediendo el límite de velocidad? Me ha dicho que ibas a toda hostia.

Su hijo dice algo.

—Escúchame —brama—. Hablamos de esto la semana pasada. Vas demasiado rápido para haberte sacado el carnet hace nada y no pienso permitírtelo. —Vuelve a escuchar a Harrison—. No me vengas con estupideces. ¿Por qué se lo iba a inventar? —Pone los ojos en blanco con fastidio—. Malcolm no quiere meterte en líos. No, ya te lo advertí. Castigado un mes sin coche.

Escucha a Harrison con cara de mala leche.

Me río entre dientes. Me giro y veo que Jay y Christopher se han quedado atrás y siguen mirando el móvil.

—¿Qué hacéis? —pregunto enfadado.

—Buscar una cosa —contesta Chris, que señala a Tristan y dice—: ¿A quién le grita?

—¿Tú qué crees? —Suspiro.

Jameson sonríe con suficiencia y dice:

—¿Qué ha hecho Harry esta vez?

—Correr con el coche.

—Ya le estás dando las llaves a tu madre, jovencito, o me subo al primer avión para volver a casa —refunfuña Tristan—. ¿Me he explicado bien?

Vuelve a escuchar a su hijo.

—Puede que te sorprenda lo que te voy a decir, Harrison, pero no eres invencible —insiste—. Podrías provocar un accidente o, Dios no lo quiera, matarte, y eso sí que no. Así que ya le estás dando las llaves a tu madre.

—Madre mía, qué exagerado —dice Jameson, que pone los ojos en blanco.

Me río. Es probable que observar a Tristan lidiando con adolescentes rebeldes sea mi nuevo pasatiempo favorito.

Tristan cuelga y, hecho un basilisco, se guarda el móvil en el bolsillo.

—¡La madre que lo parió! Cada vez que me voy de viaje se mete en líos —dice y se pega un puñetazo en la mano.

Entramos en un bar y nos sentamos al fondo. Se nos acerca una camarera y nos pregunta:

—¿Qué van a tomar?

—Yo un *whisky* Blue Label —contesta Tristan demasiado rápido—. Que sea doble.

—Yo una cerveza —digo con una sonrisa. Nadie saca tanto de quicio a Tristan como Harry.

—Yo también —repone Christopher.

—Que sean tres —añade Jameson.

Christopher se ríe al ver algo en el móvil de Jameson y me lo pasan.

—¿Qué hacéis? —pregunto y cojo el teléfono. Miro la pantalla y veo una foto mía. Frunzo el ceño mientras intento entenderlo—. ¿Y esto?

—Esta aplicación de ligoteo está usando tu foto —contesta Christopher con una sonrisilla.

—No me jodas —salto—. Cualquiera que no sea imbécil sabe que yo jamás usaría una aplicación de ligoteo.

—Oye, pues sales bien. Solo la están usando para atraer a las chicas —dice Tristan con una sonrisa—. Aunque, bueno, si de verdad hubieran querido atraer a las chicas habrían usado una foto mía.

Deslizo el dedo por la pantalla con furia.

—¿Cómo los denuncio? Les voy a desmontar el chiringuito ahora mismo.

—Estará por ahí explicado, o habrá un enlace para contactar con el administrador —dice Christopher mientras nos sirven las bebidas.

Los chicos se ponen a charlar mientras navego por la aplicación y busco un contacto para denunciar la mierda esa de usar mi foto. Sigo deslizando la pantalla cuando algo me llama la atención: el gato más feo que he visto en mi vida. Gordo, peludo y de ojos saltones. ¿Quién coño se pondría eso de foto de perfil en una aplicación de ligoteo?

Miro el perfil y me fijo en su nombre: Rosita Leroo.

Rosita Leroo. Frunzo el ceño. ¿Qué clase de nombre es ese?

Leo sus datos.

Nombre	Rosita Leroo
Altura	Fetén
Peso	Guapita de cara
Aspecto físico	Por debajo de la media
Aficiones	Jugar con mis doce gatos
Pasatiempo favorito	Lavarme el pelo
Profesión	Taxidermista
Color de pelo	Rosa; por algo me llamo así (emoji que pone los ojos en blanco)
Ojos	Radiantes
Piel	Blanca como la leche

«Aspecto físico por debajo de la media…». ¿Quién dice eso?

«Taxidermista…». ¿Se dedica a embalsamar animales muertos? ¿Quién es esta chalada? No quiero saber más.

Me cuesta creer que la gente ligue de verdad usando esta aplicación. ¿Cómo es posible?

Me imagino a una señora con el pelo rosa, blanca como la leche, sentada en un sofá con doce gatos, rodeada de animales embalsamados, y me da un repelús…

Dios santo.

Sigo leyendo.

> Busco a alguien de un solo color, pero no de una sola talla. Con los pies anclados al suelo, pero que sepa emprender el vuelo. Que aparezca con el sol y se vaya con el chaparrón. Que no haga daño, pero que no sienta dolor.

Madre mía. Pongo los ojos en blanco.

Hago un pantallazo del perfil que ha usado mi foto y me lo envío para ocuparme luego del tema.

Es tarde. Estoy en casa, tranquilo, después de cenar y tomar unas copas con los chicos. La luz de la luna entra con fuerza por la ventana. Doy un trago al vaso de *whisky* y me recuesto en el sillón.

Contemplo los colores y cómo se funden con la oscuridad. Los rayos de luz que descienden de los cielos.

Hago esto a menudo: me siento aquí bien entrada la noche y me empapo de la belleza que emana del cuadro colgado en la pared.

Leo el título:

Predestinado

¿En qué estaría pensando cuando lo pintó?

En un objeto, en una situación. ¿Qué estaba predestinado? ¿Una persona?

Me llevo la copa a los labios y el líquido ambarino me calienta la garganta al tragar.

Harriet Boucher, la mujer de la que estoy enamorado. Una mujer a la que ni siquiera conozco. Sin embargo, y por extraño que parezca, tengo la sensación de que no es así.

Hay sinceridad en sus pinceladas y una conexión muy fuerte con sus sentimientos, algo que no me transmite ningún otro cuadro. Me resulta extrañísimo. No me lo explico.

Mirar las obras de Harriet es como contemplar su alma.

Sobrecogedor.

Sonrío al imaginarme a la anciana. Sé que es bella; quizá ya no por fuera, pero sí por dentro… De corazón.

Tengo entendido que es francesa y que ha salido a la palestra hace relativamente poco. Harriet Boucher es una artista a la que sigo. Tengo todos sus cuadros salvo tres. Solo hay treinta en circulación. Es ermitaña y nadie conoce su identidad; todo son habladurías.

Solo me interesan las obras más exquisitas y singulares. He invertido millones de dólares en mi colección. No en vano es una de las mejores del mundo.

Pero Harriet es la reina, y yo persigo insistentemente sus obras.

Me la imagino en un pueblecito francés de lo más pintoresco, pintando al aire libre en su caballete. Me pregunto cuántos años hará que pintó este cuadro y en qué etapa de su vida estaría.

¿Sería joven o vieja? ¿Estaría enamorada?

¿Y quién estaba destinado a aparecer? ¿El amor de su vida? ¿Su hijo?

Exhalo con pesadez mientras contemplo mi adorado cuadro. Voy a investigar más a fondo, necesito descubrir quién es.

Poseo veintisiete obras suyas, me he gastado un dineral para conseguirlas y, aun así, sigo ardiendo en deseos de conocerla.

¿Por qué? No lo sé.

Lo que sí sé es que no quiero pensar en Kathryn Landon. Tengo que distraerme.

El lunes moveré algunos hilos para averiguar más sobre ella.

Debo hacerlo, ya ni siquiera es una opción. Necesito conocer a la persona que me conmueve con tanta intensidad… aunque solo sea para decirle lo que siento.

Enciendo el móvil y me acuerdo del perfil falso de la aplicación de ligoteo de tres al cuarto.

Es un fraude. Tengo que desmontarles el chiringuito. Me dispongo a indagar en la aplicación, pero no puedo pasar de la página principal a no ser que me registre y me cree un perfil.

Pongo los ojos en blanco con cara de fastidio. Me cago en… ¡Menuda mierda!

Apoyo la mano mientras veo cómo se contonea con esa falda roja, cómo mueve las caderas, lo largas que tiene las piernas, la sensualidad que desprende... He visto la cinta de seguridad más veces de las que me gustaría admitir, tal vez cada hora. No puedo dejar de verla.

Es un placer oculto, el fetiche sexual definitivo.

Aunque me gustaría negarlo, no puedo: Kathryn Landon me pone.

Llaman a la puerta. Minimizo la pantalla al instante y digo:

—Adelante.

Christopher asoma la cabeza.

—Voy abajo. ¿Te apetece dar una vuelta?

—¿A dónde vas?

—A la planta de informática.

Alzo las cejas y pregunto:

—¿A la planta de informática?

—Sí, tengo que revisar unos datos del informe con Kathryn.

Me levanto sin responder siquiera.

—¿Vienes? —me pregunta, sorprendido.

—Sí, ¿por qué no? Necesito estirar las piernas.

Tomamos el ascensor y en dos minutos estamos en la décima planta, la de informática. Hay cubículos por todas partes. Al fondo hay seis despachos separados por paredes de cristal y adornados con persianas venecianas negras y delgadas para gozar de intimidad.

Sigo a Christopher por el pasillo mientras la gente se abalanza sobre sus mesas y finge que trabaja. Nunca vengo a esta planta. Nunca me ha hecho falta. No tengo muy claro qué hago aquí ahora.

Christopher se detiene a hablar con alguien y yo continúo. Llego a la primera puerta de cristal y leo el letrero:

«Kathryn Landon».

Buf, hasta leer su nombre me deja un regusto amargo en la boca.

Llamo a la puerta.

—Adelante.

Abro.

—Hola.

Kathryn deja de mirar el ordenador como si le sorprendiera verme.

—Hola, señor Miles. ¿A qué debo el honor?

Frunzo los labios para no hacer ningún comentario mordaz. Esta mujer saca al sabelotodo que llevo dentro multiplicado por diez.

—Estaba dando una vuelta y se me ha ocurrido pasarme por aquí.

Esboza una sonrisa falsa y dice:

—¡Qué detalle! El rey ha decidido visitar a sus fieles súbditos.

La fulmino con la mirada mientras aprieto la mandíbula.

¿Cómo es posible que alguien que baila tan alegremente (y con tanta sensualidad, por cierto) supure tanto veneno?

Entro y cierro la puerta. Me siento sobre su mesa y entrelazo las manos sobre mis piernas.

Kathryn me mira de hito en hito mientras espera a que hable... Pero no digo nada. Nos quedamos en silencio.

—¿Y bien? —pregunta con una sonrisa.

La miro con los ojos entornados. ¿Qué coño le pasa a esta mujer?

Nadie me trata como ella; mi mera existencia la cabrea.

Sonríe como si estuviera contenta, pero siempre hay un pozo de agresividad en sus palabras. Es la gota que colma mi paciencia.

—¿Y bien qué? —pregunto.

—¿Va a aprovechar su visita para hablar conmigo?

Me quito una mota de polvo de la chaqueta mientras pienso qué decirle.

—¿Te gusta trabajar aquí? —pregunto.

Pone los ojos en blanco y dice:

—¿Otra vez va a intentar sobornarme para que dimita?

Me estremezco. No hice eso, ¿no?

—Pues claro que no —exclamo—. No digas tonterías.

Kathryn exhala con pesadez y mira la pantalla.

—¿Y bien? ¿Desea hablar de algo?

De tu vestidito rojo.

—No mucho. —Me paso el dedo índice por los labios sin dejar de mirarla.

—A ver… —Arquea una ceja—. ¿De qué se trata?

—¿De qué hablas?

—¿Por qué está tan raro? —pregunta.

—No estoy raro —replico, ofendido, mientras me pongo en pie—. He venido a visitarte, pero es obvio que no te apetece.

—Señor Miles.

—Elliot, y tutéame —la corrijo.

Me mira con el ceño fruncido y dice:

—Que me des permiso para tutearte ya es raro de por sí. Llevo siete años en la empresa y no me has pedido que te tutee ni has venido a verme ni una sola vez.

—He estado muy ocupado —contraataco.

—¿Durante siete años? —replica, arqueando todavía más la ceja.

—Exacto. —Me dirijo a la puerta—. Y ya sé por qué he estado tan ocupado.

—¿Por qué?

—Porque eres una pésima anfitriona, Kathryn.

Sonríe ligeramente y dice:

—¿Estás colocado?

—¡¿Qué?! —salto—. Pues claro que no, joder.

—Vale.

Respiro hondo mientras pienso en qué decir para enmendar esta conversación de mierda.

—Me voy —anuncio.

Kathryn sonríe con suficiencia.

—Vale.

—¿Hoy solo vas a decir eso? ¿«Vale»?

Kathryn entorna los ojos.

—Señor Miles.

—Elliot —la corrijo.

—Elliot, ¿estás bien?

—Perfectamente hasta que he venido aquí. —Exhalo con exasperación—. Pero ya me has amargado el día.

Kathryn sonríe y se lleva una mano al pecho.

—Ahí está, menos mal. Pensaba que iba a tener que llamar a un médico.

La fulmino con la mirada.

—Adiós, Kathryn.

Sonríe con amabilidad y se despide moviendo la punta de los dedos.

—Adiós. Que tengas un buen día, querido jefe.

—No seas pelota —espeto.

Vuelve a mirar la pantalla y dice:

—Lo decía por ser una buena anfitriona. ¿Qué tal se me da?

—De pena. —Salgo en tromba de su despacho y vuelvo al ascensor.

Pulso el botón con fuerza y aprieto la mandíbula mientras pienso en una excusa razonable para haber bajado.

Nada…

Ni una.

Esta mujer es una zorra de mucho cuidado.

Kate

Una hora después, salgo del edificio y me encuentro a Daniel con una amplia sonrisa. Está en la acera de enfrente, apoyado en su coche.

Sonrío y lo saludo con la mano mientras cruzo una de las calles más concurridas de Londres.

—¿Cómo has encontrado aparcamiento aquí?

—Habrá sido chiripa —dice y me guiña un ojo—. He pensado que podríamos ir de compras un ratito. —Me pasa un brazo por los hombros mientras paseamos.

—¿De compras? —Pongo cara de asco—. Buf, no quiero. No imagino un plan peor. Nos vemos en casa.

—Es que… —Hace una pausa para dar con las palabras adecuadas—. ¿Recuerdas que el jueves por la noche voy a asistir a una ceremonia y te pedí que me acompañaras?

—Sí.

—Vale, pues me han enviado la lista de invitados.

—¿Y?

—Todos los posibles clientes del mundo mundial irán.

Tuerzo el gesto de nuevo.

—¡En cristiano! ¿De qué hablas?

—De que tienes que parecer una diosa.

—¿Yo? —digo en tono burlón mientras me señalo el pecho—. ¿Por qué yo?

—Porque todo el mundo sabrá que te he vestido yo.

Freno en seco.

—No voy a ser tu escaparate con patas, Daniel —salto—. He cambiado de opinión. Ya no quiero ir. Llévate a Rebecca. Que sea ella tu maniquí.

—No. Te necesito a ti. —Enlaza el brazo con el mío y me obliga a caminar—. Tienes el aspecto que necesito y sé exactamente lo que te voy a hacer. No te preocupes: pago yo.

—¿Por qué?

—Pues porque lo devolveré todo el viernes. No te emociones, no soy tan majo.

—¿Eso no es… no sé, un delito? —pregunto, mientras se me abren los ojos como platos de la exasperación.

—Un poquito. Como metas la pata te mato. Ah, te he pedido hora para que te peinen y te maquillen.

—¿Qué le pasa a mi pelo? —exclamo.

Me pasa los dedos por la coronilla y el moño perfecto y apretado que llevo detrás.

—Nada… si tuvieras noventa años.

Pongo los ojos en blanco mientras dejo que me lleve.

—Primera parada: Givenchy —dice la mar de contento.

Ahogo un grito.

—¿Te has vuelto loco? No puedes permitirte comprar ahí.

—Anda, calla —replica, indignado, mientras me obliga a subir los escalones delanteros del suntuoso edificio—. Tengo que dar el pego hasta que mis sueños se hagan realidad y, si vas a apoyarme, tú también.

Me miro y levanto las manos como si reconociera la derrota.

—Parezco una puñetera bola de Navidad.

Daniel tiene una rodilla en el suelo y un alfiler en la boca. Me toca el bajo del vestido y me remienda el dobladillo.

—Nada de este traje grita Navidad —resopla—. Dime una sola cosa que te parezca navideña.

—Uy, no sé. —Me miro al espejo—. Quizá la manicura o los labios rojos y carnosos o los tacones de tiras dorados... No, espera. ¡¿Qué me dices del vestido sin tirantes que brilla más que mi futuro de lo dorado que es?!

—Estás espectacular, Kate. Reconócelo —dice Rebecca, que sonríe con aire distraído tirada en el suelo enmoquetado.

Nerviosa, vuelvo a mirarme al espejo y me paso las manos por las caderas.

—Pero no parezco yo.

—Esa es la gracia —dice Daniel mientras se pone en pie y me ahueca el cabello—. El pelo por aquí te queda genial.

—Las mechas rubias también son una pasada —coincide Beck—. ¿Cuánto le ha cortado?

—Diez centímetros. Lo tenías larguísimo. ¿Te lo recogías todos los días? —me pregunta Daniel.

—Solo para trabajar.

—Pues ya no. Estás diez veces más *sexy* con el pelo suelto. Como te vuelva a ver con el pelo recogido, te lo arranco estemos donde estemos y nos vea quien nos vea.

—Te estás volviendo un compañero de piso muy pelmazo —mascullo en tono seco.

—Me halagas. —Daniel saca su móvil y se pone a hacer fotos.

—No quiero que cuelgues fotos mías en Instagram —protesto.

—Calla, anda. —Suspira sin dejar de hacer fotos—. ¿Tienes idea de cuántas matarían por ir vestidas y peinadas como tú?

Tiene razón.

Sonrío con suficiencia.

—Y encima gratis —dice—. Mis servicios cuestan un huevo, ¿sabes?

—Perdona. —Esbozo una sonrisa torcida—. Es que…

—¿Qué pasa, cielo?

—Me siento muy… —No logro terminar la frase.

Daniel baja el móvil y me mira.

—¿Muy qué?

Me señalo las tetas y las caderas.

—Expuesta.

Daniel sonríe orgulloso y junta las manos.

—Cariño, si tuviera tu cuerpo ni me molestaría en vestirme.

Pongo los ojos en blanco y digo:

—Eso es porque eres una guarrilla de cuidado.

Daniel se ríe entre dientes y se encoge de hombros con descaro.

—¿Verdad que sí?

—No es un piropo —digo mientras vuelvo a contemplar mi reflejo.

Ahora el pelo me llega por debajo de los hombros, es de un color rubio miel y tengo tirabuzones. Llevo un vestido dorado y sin tirantes que me sienta como un guante y no deja nada a la imaginación. Me han maquillado los ojos ahumados y me han pintado los labios de rojo. No parezco yo. Parezco una chica de revista y eso me pone de los nervios. Me toco la barriga.

—Tengo mariposas en el estómago —susurro.

Daniel me tiende el brazo y enlazo el mío con el suyo.

—Es la forma que tiene el universo de decirte que estás divina —dice con una sonrisa de orgullo.

—Gracias. —Miro su esmoquin negro—. Tú también estás muy guapo.

—¿A que sí? —Me guiña un ojo y le pasa el móvil a Rebecca—. Haznos una para Insta.

Rebecca se pone en pie y nos saca una foto. Mientras tanto, llega un mensaje al móvil a Daniel. Lo lee y dice:

—El coche ya está aquí.

Le da un beso en la mejilla a Rebecca y dice:

—No nos esperes despierta. Esta noche arrasaremos.

Rebecca sonríe con satisfacción y yo me río por lo bajo.

—Qué exagerado eres.

Me lleva a la puerta a toda prisa y dice:

—Siempre, cariño. Siempre.

Entro en la sala de baile del brazo de Daniel.

—Estoy tan nerviosa que en cualquier momento podría echar la pota —susurro mientras nos abrimos paso entre los bellezones. Todos van de punta en blanco. Es impresionante.

—¿Por? —susurra él también—. ¿Porque estás *sexy* para variar?

Daniel me enseña la disposición de los asientos y entonces veo a Elliot Miles.

—Mierda —murmuro mientras me vuelvo con cara de asco.

—¿Qué pasa?

—Mi jefe está aquí.

—¿Y?

—Pues… que es un imbécil integral —musito con rabia—. No puedo verlo con estas pintas.

Daniel mira por encima de mi hombro para verlo.

—Ay…, madre —murmura—. ¿Ese es tu… jefe? ¿Casanova Miles es tu jefe? ¿En serio?

—¿Por qué lo llamas así?

—Es el mote que le ha puesto la prensa. Y, según he oído, lo tiene más que merecido.

Echo un vistazo por encima del hombro y veo a Elliot hablando con sus tres hermanos. Ay, no, han venido todos.

—Que no te engañe su cara bonita. Te robaría los riñones sin pensárselo dos veces —digo.

—Tía, ese hombre podría robarme lo que quisiera y hasta le daría las gracias.

Pongo los ojos en blanco con cara de fastidio.

—Vayamos a la barra —dice con una sonrisa mientras me lleva de la mano.

Nos sirven champán y a Daniel se le van los ojos al rincón de los hermanos Miles. Se lleva la copa a los labios y dice:

—Vaya, vaya, vaya, desde luego tiene amigos muy influyentes.

—¿Quién?

—Tu jefe.

—Ah, él. —Doy un sorbo al champán. Ojalá pudiera bebérmelo de un trago—. ¿Qué más da? —Me centro en meter barriga y musito—: Este vestido no me deja respirar.

—Mira con quién habla —dice Daniel, totalmente distraído.

—¿Me has oído? Que me estoy ahogando con la faja. ¿Por qué tengo que llevar la mierda esta? —susurro.

—Para que no se te resfríe el potorro. Está hablando con Julian Masters y Spencer Jones.

Me río y, al hacerlo, se me sale el champán por la nariz.

—¿El potorro? —digo entre toses.

Daniel me da palmaditas en la espalda.

—¿Qué es el potorro? —Me entra la risa tonta.

Sin dejar de mirar a los hermanos Miles por encima de mi hombro, dice:

—Esa cosa peluda que tienes entre las piernas.

Me parto de risa.

—¡¿Qué?! —Me ahogo y me río a la vez.

—Julian Masters nació en el seno de una de las familias más ricas del mundo. Es juez en el Tribunal Supremo —prosigue Daniel.

Paso de lo que dice y doy un trago al champán.

—Para que lo sepas, mi potorro ni tiene pelo ni necesita que lo proteja del frío.

—Spencer Jones es un donjuán. Sale en todas las revistas sensacionalistas. —Bebe más y añade—: Siempre hay que llevar el potorro tapado. Queda feo que se te transparente con el vestido.

Me río más y le pregunto:

—¿Cuántos potorros has visto a través de un vestido?

—Tantos que no puedo ni contarlos. Unas selvas más feas… ¡Oh! —Silba por lo bajo—. Ese es Sebastian Garcia.

Frunzo el ceño y echo una ojeada. A ese sí que lo conozco: es el primer ministro de Reino Unido.

—A lo mejor es que los han sentado juntos.

—No, se comportan como viejos amigos que llevan tiempo sin verse.

Miro a los bellezones que me rodean. Qué vestidos más magníficos. ¿Cómo será tener que asistir a eventos tan pijos día sí día también?

—Ostras —susurra Daniel—. Te ha visto.

—¿Quién? —Doy otro sorbo al champán.

—Elliot Miles. —Sonríe con aire amenazante y dice—: Y le gusta lo que ve.

—¿Qué? —Frunzo el ceño.

—Te está dando un repaso de arriba abajo.

—¿Qué? —Abro los ojos como platos—. ¿A qué te refieres?

—A que te está comiendo con los ojos.

—Pues mucho no va a ver —murmuro—. Porque llevo el potorro tapado con las bragas más ceñidas del mundo.

Daniel se ríe entre dientes y choca su copa con la mía.

—Di que sí.

—¿Dónde nos sentamos? —pregunto.

—Viene hacia aquí.

—¿Cómo?

—Con su hermano.

No, no, no.

—Kate —dice alguien a mi espalda.

—Tristan —digo sonriendo.

Me da dos besos y exclama:

—¡La madre que te parió! ¿Cuándo te has vuelto tan *sexy?* —Se ríe—. Estás espectacular.

Miro por encima de su hombro y veo a Elliot ahí plantado. Reprime una sonrisa y asiente con brusquedad. Él no es tan simpático como su hermano.

—Tristan, te presento a Daniel. Daniel, este es Tristan.

Se estrechan la mano.

—Elliot, este es Daniel. Daniel, te presento a Elliot.

Elliot asiente con la cabeza y le estrecha la mano.

Ni sonríe ni saluda.

Uf, qué incómodo.

—Voy a la barra —dice Daniel.

—Te acompaño —dice Tristan y se marchan juntos.

No, no, no.

Se me van los ojos a Elliot, que me mira fijamente. Siempre me resulta muy incómodo estar con él.

—¿Vienes a burlarte de lo que llevo puesto? —pregunto.

—Al contrario. Venía a decirte que estás preciosa, pero está claro que no quieres oírlo, así que lo retiro.

Agarro la copa con tanta fuerza que podría romperla en cualquier momento.

—¿Es tu novio? —me pregunta.

—Eh… —Miro a Daniel y a Tristan, que están en la barra—. Dejémoslo en amigo.

Con los ojos fijos en los míos, me pregunta:

—¿Qué clase de amigo?

—No la clase de amigo que estás pensando.

Asiente una única vez y dice:

—Entiendo.

—¿Ha venido tu… novia?

—No tengo novia.

—¿Mujer?

—Tampoco —contesta en tono seco.

—Ah.

Se hace un silencio incómodo. Se le tensan los músculos de la mandíbula, como si él tampoco estuviera a gusto.

—¿Me disculpas un momento? Voy al baño —digo sonriendo.

Él asiente una única vez.

—Encantada de verle, señor Miles.

—Elliot —me corrige sin dejar de mirarme a los ojos—. Igualmente.

Nos quedamos mirándonos más de lo debido.

¿Qué pasa aquí?

Ha cambiado.

Qué locura de noche. No recuerdo la última vez que me reí tanto. Hemos bebido, hemos bailado, Daniel se ha metido en el bote a las mujeres a las que necesita vestir y peinar y yo me lo he pasado de maravilla. Es tarde y pronto saldrá el sol.

—Hora de volver a casa —dice Daniel con una sonrisa mientras nos movemos al ritmo de la música. Mira a la otra punta de la sala y añade—: Kate, ¿qué te traes con tu jefe?

—Nada, ¿por?

—Porque no te ha quitado el ojo de encima en toda la noche.

—No digas tonterías —respondo en tono burlón, aunque reconozco que cada vez que lo busco lo pillo mirándome—. No me mira.

—Tú hazme caso, que sé en qué piensan los hombres.

Me río como una tonta y le pregunto:

—¿Y en qué está pensando él?

—En que se muere por tumbarte sobre su mesa y follarte como si no hubiera un mañana.

Me entra la risa tonta y digo:

—No me lo creo.

—No es habitual.

—¿El qué?

—¿Sabes con qué clase de mujeres suele salir?

—Ni lo sé ni me importa.

—Tía, tienes que ponerte al día con la actualidad urgentemente. ¿No lees las revistas o qué?

—No y me horroriza que tú lo hagas.

—Pues ha salido con una cantante de ópera muy aclamada por el público, una escritora y una abogada que defendía los derechos humanos. Nunca sale con chicas del montón, pero tú le interesas.

—¿Entonces debería sentirme orgullosa de ser una mujer del montón?

—Ya sabes a lo que me refiero —dice y me guiña un ojo con descaro.

Me río a carcajadas y Daniel me da vueltas. Mis ojos se cruzan con los de Elliot Miles, que me dedica la mirada más *sexy* que he visto en toda mi vida.

Nos miramos fijamente y, por un instante, el tiempo se detiene.

Me entran retortijones y aparto la vista al momento.

¿Qué cojones ha sido eso?

Es martes por la noche. Me preparo un té y lo dejo en la mesita de noche. Miro el móvil y me meto en la aplicación para ligar.

> Tienes un correo.

¿Cómo?

Abro el chat y leo el mensaje.

> Querida señorita Leroo:
> Es muy tentador conocerla, en serio. Sin embargo, soy alérgico a los gatos, y, como usted tiene doce, nuestro romance sería imposible.
> Mi consejo es que salga a la calle y mire al suelo. Allí encontrará al amor de su vida, aunque, como ambos sabemos, salir con una sombra tiene sus inconvenientes.
> Estoy seguro de que intentaba ser ingeniosa (un intento muy pobre, si se me permite añadir).
> La vida debe de ser aburridísima donde quiera que esté.
> Suerte con sus escarceos amorosos, señorita Leroo, ya que, si pretende seducir a alguien con esas frases, la va a necesitar.
> No renuncie a su quimera.
> Edgar Moffatt.

Hago clic en su perfil.

Nombre	Edgar Moffatt
Altura	1,30 m
Peso	De bolsillo
Aspecto físico	Muy atractivo
Aficiones	Tocarme la pilila
Pasatiempo favorito	Ver porno
Profesión	Basurólogo / Tocapollas

Color de pelo	Más calvo que una bola de billar
Ojos	Verdes
Piel	Por todo el cuerpo

Sonrío como tonta mientras me recuesto en el cabecero de la cama y releo el mensaje.

«No renuncie a su quimera».

En eso estoy, Edgar Moffatt, alias el Tocapollas, en eso estoy.

Apoyo la cabeza en la pared mientras me baja el sudor por el pecho. Es miércoles, son casi las ocho de la tarde y, después del día más largo del mundo, estoy en la sauna del gimnasio.

Hace calor y el vapor me envuelve. Suspiro, relajada.

Se abre la puerta y Elliot Miles entra con una toalla blanca atada a la cintura. Está desnudo de cintura para arriba. No veo más que músculos y piel bronceada.

Mierda.

Trago saliva para deshacerme del nudo en la garganta.

Elliot mira arriba y trastabilla al verme.

—Kathryn —dice y toma asiento.

—Hola. —Me sale un gallo al saludarlo.

Se abre la puerta de nuevo y un hombre se dispone a entrar.

—Está lleno —suelta Elliot—. Vuelve luego.

Capítulo 3

Miro directamente al frente. ¡Mierda! No lo mires, no lo mires, no lo mires.

—No sabía que venías al gimnasio de la oficina —comenta como si nada.

—Pues sí. —Sonrío incómoda mientras sigo con la vista clavada al frente. ¿Qué protocolo hay que seguir en las saunas? Porque ya he venido un par de veces y nunca me ha hecho falta concentrarme para no mirar a alguien en concreto.

El aire es caliente y está cargado. Me fijo en un trozo de madera detrás de la puerta y me quedo mirándolo. No puedo pensar en otra cosa que no sea que Elliot está aquí, invadiendo un espacio muy reducido. Casi puedo imaginarme su cuerpo desnudo bajo la toalla.

«Mira al frente», me recuerdo a mí misma.

No le des el gusto de verte babeando por sus músculos. Maldita sea, ¿no podría al menos tener un cuerpo menos apetecible?

—¿Qué tal el día? —me pregunta.

—Bien, gracias —contesto con una sonrisa—. ¿Y el tuyo?

—Ha mejorado considerablemente, gracias.

Frunzo el ceño. ¿Qué ha querido decir con eso? ¿Que ha mejorado al verme aquí? Trazo círculos con el dedo en la silla de madera que tengo al lado, y es que no sé ni qué decir ni a dónde mirar.

Ni qué pensar.

Mi cerebro quiere irse a un rincón oscuro y observar desde allí los músculos dorados que no dejan de hacerme ojitos cuando los miro de reojo.

Pero no, seguiré con la vista al frente.

—¿Vienes al gimnasio a menudo? —pregunto para llenar el incómodo silencio.

—No mucho —dice—. Tengo gimnasio en casa y por la noche corro en la cinta. Pero hoy se me ha hecho tarde y sé que en cuanto llegue a casa querré descansar. He corrido una media hora en la cinta de aquí.

Me lo imagino corriendo con el sudor cayéndole por…

Me aferro a mi asiento con una fuerza sobrehumana. «Ah» es lo único que consigo decir. Me miro y veo que el sujetador del bikini me tapa las partes íntimas.

A duras penas.

¿Qué pensará Elliot?

—¿Siempre te quedas mirando la pared cuando estás en la sauna? —me pregunta.

—Bueno, es una caja de madera cuadrada —digo encogiéndome de hombros—. ¿A dónde quieres que mire?

Elliot se ríe entre dientes y yo me muerdo el labio para no sonreír de la vergüenza. Sabe que estoy evitando mirarlo con todo mi ser.

—No sé, ¿quizá a la persona con la que hablas? —sugiere.

Me obligo a mirarlo.

—Eso está mejor. —Me mira a los ojos y me dedica una sonrisa lenta y *sexy*.

Las siento en la boca del estómago: tanto su sonrisa como las mariposas.

¿Qué está pasando aquí? Juro por Dios que está distinto, pero no me explico por qué.

Si no lo conociera, diría que está siendo más que simpático y que hasta coquetea un poquito conmigo. Es como si hubiera perdido el hilo, pero no estuviera segura sobre qué hablábamos.

—¿Por qué querrías que te mirara, Elliot? —pregunto mientras me esfuerzo por no apartar la vista de su cara.

Ha llovido desde la última vez; vamos, que hace tiempo que no mojo. Detesto reconocerlo, pero después de ver a Elliot Miles con esmoquin la semana pasada, me lo he imaginado desnudo más de una vez.

No puedo evitarlo y miro abajo. Tal y como suponía, tiene el pecho ancho y robusto y una fina capa de vello oscuro. Tiene los hombros cincelados y cincuenta mil abdominales. Su piel está tan bronceada que resplandece y su toalla parece un fluorescente blanco en comparación.

Guardamos silencio unos minutos. A él se lo ve la mar de contento con la situación; yo, en cambio, solo deseo que me trague la tierra y morir en paz. Si me levanto para irme me verá en todo mi esplendor.

Con mis defectos y mis virtudes.

Que sí, que voy con toalla, pero es minúscula. ¿Quién me mandaría a mí intentar llenar lo mínimo posible la bolsa de deporte?

Elliot se recuesta en la pared. Veo cómo se le contraen los músculos del abdomen cuando les da la luz.

No mires abajo. Por lo que más quieras, no mires abajo.

¡Estupendo! Yo que venía aquí a relajarme…

—¿Cuánto hace que conoces a Daniel? —me pregunta.

Frunzo el ceño. ¿Se acuerda de su nombre?

—No mucho. ¿Por qué lo dices?

Elliot me mira a los ojos y se encoge de hombros ligeramente.

—Por nada en particular. Como dijiste que solo erais amigos…

Lo interrumpo y digo:

—Solo somos amigos.

Elliot arquea una ceja y dice:

—Es muy sobón.

—¿Qué dices? Qué va. Es que él es así: cariñoso.

—Ya me di cuenta —dice en tono seco.

Lo miro, pero el cerebro no me carbura.

—¿Por qué te fijaste en eso? —pregunto—. Y más importante todavía, ¿a ti qué te importa?

—No me importa —salta demasiado rápido—. Solo comentaba.

Qué raro.

Si no lo conociera, diría que está un poco celoso. Pero es una tontería. Ambos sabemos que eso es imposible.

Me quedo mirándolo mientras trato de encajar las piezas.

—¿A ti qué te pasa? —pregunto.

—Nada —espeta. Se levanta como un resorte y, por primera vez, veo al completo su apolínea figura.

Madre mía.

Elliot Miles será muchas cosas, pero es innegable que la toalla le sienta fenomenal.

Aunque, por supuesto, a mí me da igual.

—He estado pensando en ti —dice Daniel mientras vamos en busca de nuestro pedido de comida tailandesa con los brazos entrelazados.

—¿A qué te refieres? —pregunto.

—No te ofendas.

Pongo los ojos en blanco y digo:

—Cuando alguien dice «no te ofendas» es porque va a decir algo ofensivo.

Daniel sonríe y me mira.

—¿Cómo eras antes de que murieran tus padres?

—¿A qué te refieres?

—¿Cómo eras? ¿Vestías diferente? ¿Tenías aficiones? ¿Te relacionabas con la gente?

Agacho la cabeza mientras caminamos. Nadie me había hecho estas preguntas.

—Diría que era… —Dejo la frase a medias y me encojo de hombros—. No sé.

—¿Te esforzabas por estar guapa cada día?

Hago memoria y asiento.

—Sí.

—¿Te pasabas el día trabajando?

—Qué va.

—¿Tenías novio?

—Sí, pero rompimos poco después de que mis padres murieran.

—¿Y no has tenido una relación seria desde entonces?

Vuelvo a encogerme de hombros.

—Cielo —dice y me besa en el hombro—. Me preguntaba por qué una chica tan guapa como tú… se comporta así.

Frunzo el ceño, extrañada.

—Te refugias en tu dolor, ¿a que sí?

Se me humedecen los ojos y agacho la cabeza. Oír a alguien decirlo en voz alta…

No he sido la misma desde aquel día. Lo sé.

Echo de menos a mis padres. Echo de menos su amor incondicional. Y sé que ellos son los que han muerto, pero ¿por qué me dejaron aquí sola?

Se me hace un nudo en la garganta.

Me enjugo con rabia la única lágrima que derramo.

—Para, no quiero hablar de eso.

Daniel vuelve a besarme en el hombro y dice:

—Vale, no hablaremos de eso. Debería haberme pedido rollitos de primavera. Qué hambre, coño —dice para cambiar de tema. Me da un apretón en el brazo.

Finjo una sonrisa. Por primera vez en mucho tiempo, siento que alguien me entiende.

Giro el anillo que llevo en el dedo mientras miro al infinito. He salido de la oficina y, mientras vuelvo a casa en el metro, repaso los últimos días. He estado ocupada y ensimismada, pero sobre todo no dejo de pensar en lo que Daniel me dijo sobre que me refugio en mi dolor.

¿Por eso estoy tan obsesionada con el trabajo? ¿Porque la alternativa es desmoronarme y perder mi empleo?

Si no me pongo guapa, nadie se fijará en mí… y no volverán a partirme el corazón.

Tengo un cacao monumental en la cabeza y aun así no dejo de imaginarme a Elliot Miles en toalla.

Pienso en sus músculos cuando me levanto, cuando voy a la oficina, cuando me acuesto. En la ducha, en el gimnasio, sola en la cama… En todas las situaciones habidas y por haber. Y, en serio, mis fantasías me van a llevar derechita al infierno. Digamos que en ellas Elliot Miles pasa mucho tiempo con la cabeza entre mis piernas y, madre mía, menuda lengua. Casi me parece ver cómo le brillan mis fluidos en sus labios cuando me mira; casi me parece sentir cómo me pincha la cara interior de los muslos con la barba.

No dejo de imaginar que me ordena que vaya a su despacho para tumbarme en su mesa y hacerme travesuras. Y sigue y sigue y sigue.

Joder… ¿Qué mosca me ha picado últimamente?

Y lo peor es que ni siquiera me cae bien. De hecho, hasta hace diez días, habría dicho que lo despreciaba.

Pero me noto distinta en algo; no sé en qué ni cómo explicarlo.

Mis hormonas se han revolucionado y me he vuelto una persona que se pasa el día pensando en sexo.

La que ha liado una toalla blanca.

Nos acercamos a mi parada. Me levanto y entonces veo mi reflejo en la puerta de cristal. Me llevo un chasco. Me veo desfasada y con una imagen muy distinta a la que di la otra noche en el baile.

A lo mejor ha llegado la hora.

Sonrío mientras leo el correo, tumbada en la cama. Le contesto:

> Querido Edgar:
> Qué pena que no te gusten los gatos. Tu vida podría estar llena de amor gatuno.
> Aun así, me intrigas. ¿Qué frases para ligar me sugieres que use en un futuro?
> Viniendo de un tocapollas, lo que me digas irá a misa.
> Espero con ansias que me contestes.
> Rosita Leroo

—Hola —dice Daniel, asomándose a mi cuarto.

Dejo de mirar el ordenador y respondo:

—Holi.

—¿Qué haces? —pregunta.

—Pues… —Me encojo de hombros, avergonzada—. Con el ordenador. ¿A qué hora has llegado?

—Ahora mismo.

—¿Y qué tal el día?

Se apoya en la jamba de la puerta y dice:

—Pues hoy he vestido a la tía más pesada que he conocido en toda mi vida.

—¿Y eso?

—Quiere que la transforme de arriba abajo, pero después no le gusta nada de lo que le recomiendo y no quiere ni probárselo.

Sonrío y pregunto:

—¿Es normal?

—A veces. Sobre todo con gente que no ha cambiado de estilo nunca. Hay quien teme cambiar.

—Entiendo.

—Tú, en cambio, eres toda una profesional. ¡Mira cómo fuiste la semana pasada!

Sonrío tímidamente y, al instante, se me ocurre una idea. Vacilo y echo una mirada furtiva al armario.

—A lo mejor podrías ayudarme a comprar ropa.

—Bueno, bueno, bueno.

—Lo que quiero decir… —Avergonzada de haberlo dicho en alto, retuerzo los dedos en el regazo—. Lo que quiero decir es que…

—No eres superficial.

—Exacto.

—Sino que necesitas unos consejitos.

—Sí. —Sonrío y lo medito un segundo—. Si fueras yo, ¿qué te pondrías para ir mañana a la oficina?

Daniel me mira a los ojos y dice:

—¿Si quisiera…? —Deja la frase a medias.

—No sé. —Me encojo de hombros—. Ir bien.

—¿Impresionar a cierto director ejecutivo?

—No —contesto en tono burlón—. Esto no tiene nada que ver con Elliot Miles.

Daniel se dirige a mi armario y se pone a estudiar lo que cuelga de las perchas.

—Pues debería. —Oigo cómo mueve las perchas—. ¿Y tus faldas?

Frunzo el ceño y me pongo de rodillas.

—¿A qué te refieres?
—¿Dónde están tus faldas para ir a trabajar?
—Ah. —Pienso un momento y añado—: Normalmente voy con pantalones.
Daniel se gira y me pregunta:
—¿Todos los días?
Asiento.
—Y también vas con zapatos planos, ¿a que sí?
—No planos del todo. —Me encojo de hombros.
Daniel pone los ojos en blanco y vuelve al armario.
—Es que no le veo el sentido a estar incómoda en la oficina, ¿entiendes?
—No, no lo entiendo. Ir sosa es lo que debería incomodarte, Kate —dice.
Pongo los ojos en blanco.
Una percha con una camiseta sale volando y aterriza en el suelo.
—¿Qué haces? —pregunto con el ceño fruncido.
—Limpiar este desastre de vestidor.
—¿Ahora? Son las nueve de la noche.
—No encuentro nada aquí dentro.
—¿Qué dices? Pero si está organizado por tipo de ropa —replico.
—Está la sección de mierda y la sección de supermierda —masculla en tono seco; otra percha sale disparada y aterriza en el suelo—. ¿Qué era eso?
Oigo cómo lo revuelve todo. Me lanza unos zapatos y unas cuantas perchas más.
—¿Y las blusas? ¿Y las blusas que te pones?
—Madre mía, ¿estás ciego? —Me bajo de la cama, entro en el vestidor y le señalo las blusas—. Aquí.
Daniel frunce el ceño mientras mira las opciones.
—¿Y ya está?
—Sí.
—Tengo que llevarte de compras urgentemente.
—No puedo permitirme comprar en Givenchy. —Suspiro.
—No hace falta que te gastes un dineral para estar guapa. —Hace un mohín con los labios como si fuera tonta. Recoge

una blusa, la mira y niega con la cabeza—. ¿Dónde coño compraste esto?

—Es de cuando iba a la uni.

Abre los ojos como platos y exclama:

—¿Tienes esta blusa desde la uni?

Me encojo de hombros y respondo:

—Creo que sí.

—Por el amor de Dios. —Sigue pasando perchas hasta que saca un vestido negro y largo; es ceñido, no tiene mangas y es de calle. Me lo pone por encima—. Con esto sí puedo trabajar. —Reflexiona un segundo y añade—: Ahora que lo pienso, tengo una bolsa de muestras en el coche y creo que hay una blusa.

Sale corriendo del cuarto, baja como un rayo las escaleras y cruza la puerta escopetado. Poco después lo oigo subir los escalones de dos en dos. Sonrío. No me cabe duda de que es su vocación; le encanta.

De vuelta en mi dormitorio, le baja la cremallera a la bolsa y saca una blusa negra.

—Esta es —dice con una sonrisa.

Frunzo el ceño mientras miro la blusa fijamente.

—¿Esta?

—Por encima del vestido.

Hago una mueca.

—¿Cómo?

Daniel me coge por los hombros y me gira hacia la cama.

—Tú confía en mí. Lo tengo todo bajo control.

Me miro en el espejo del ascensor. No reconozco la imagen que me devuelve. Llevo una falda negra y larga de tubo, vestido en sus ratos libres, y, por encima, una camisa abotonada, ajustada y negra, con algunos botones desabrochados. Un cinturón de charol estratégicamente colocado para ceñirme la cintura y unos tacones altos y negros de la boda de mi prima Mary.

Llevo el pelo suelto y arreglado además de maquillaje; no mucho, pero más de lo habitual. No me visto así para salir, no digamos ya para ir a trabajar.

Y no sé por qué me ha dado ahora por ir así..., pero es lo que hay. Suspiro, temblorosa, con los nervios a flor de piel.

Esta mañana tengo una reunión con Elliot y me dirijo a su despacho. Me miro al espejo y me dan escalofríos. Madre mía, ¿qué narices estoy haciendo? ¡Seré tonta! Pulso el botón de la planta dieciséis. Tengo que salir de aquí. No puedo verlo con estas pintas.

Se dará cuenta.

El ascensor deja atrás la planta dieciséis y yo cierro los ojos. Mierda.

Las puertas se abren en la última planta. Bajo los hombros y entro en recepción. Es completamente negra y hay una pared moderna de madera negra. Unas enormes letras doradas me indican dónde estoy. Como si pudiera olvidarlo...

MILES MEDIA

El suelo es de mármol negro y, como todo lo que me rodea, parece caro.

—Hola, Kathryn —me dice Leonie con una sonrisa. Me mira de arriba abajo y agrega—: ¡Qué guapa estás hoy!

—Gracias. —Sonrío mientras deseo que me trague la tierra—. Es que voy a un sitio... luego.

Acabo de poner una excusa por ir vestida así.

—Pues estás preciosa. Deberías vestir así siempre.

Esbozo una sonrisa falsa. Mátame, joder.

—Pasa, te está esperando.

Cruzo el pasillo y cierro los ojos. Ay, madre. ¿En qué estaría pensando Daniel al vestirme así? Se ha pasado muchísimo. Llamo a la puerta de Elliot sin hacer apenas ruido.

—Adelante —dice con su voz grave.

Cierro los ojos para mentalizarme y abro la puerta.

—Hola.

Elliot mira arriba y, de inmediato, baja la mirada. Entonces, como si reaccionara con retraso, despega los ojos de la pantalla y me da un repaso. Se endereza súbitamente interesado y, sujetando un boli entre los dedos, dice:

—Hola, Kathryn.

Aferro mi carpeta como si me fuera la vida en ello.

—Hola.

—Por favor. —Señala el asiento que hay delante de su mesa—. Pasa.

Entro mientras me mira de arriba abajo por segunda vez en el día de hoy. Se recuesta en la silla como si se sintiera muy satisfecho por un motivo misterioso.

Arqueo una ceja y pregunto:

—¿Qué?

Un atisbo de sonrisa asoma a sus labios y dice:

—¿Qué de qué?

—¿Por qué me miras así? —pregunto.

—Iba a hacerte la misma pregunta.

—Ah. —Me miro y me da la sensación de que tengo que justificar mi atuendo—. Es que estoy...

—Muy guapa —concluye por mí.

Lo miro sin saber qué decir. Me trago el enorme nudo que se me ha formado en la garganta.

—¿El informe? —digo tartamudeando.

—Sí —dice mirándome a los ojos—. Pongámonos con eso. —Señala mi asiento con el boli y vuelve a girar su silla hacia el ordenador—. Quería repasar unos puntos. No estoy seguro de cómo interpretar los datos.

—Vale —digo y tomo asiento.

Elliot mira arriba y entorna los ojos como si estuviera asimilando un nuevo dato.

—Perfume nuevo.

—¿Eh?

—Que hoy te has puesto otro perfume.

—Qué va —salto. La madre que me parió, qué mal se me da esto de intentar ser *sexy*.

—Sí, sí. Conozco tu aroma —dice, mirándome a los ojos—. Y hoy... hueles diferente.

¿Acaba de decir que conoce mi aroma? ¡Qué cojones!

Lo miro con el ceño fruncido.

—Pues... —Nerviosa a más no poder, niego ligeramente con la cabeza—. No sé, a lo mejor no te has acercado otras veces que me lo he puesto.

—Qué lástima.

Agacho la cabeza, confundida. ¿Está coqueteando conmigo? No lo pillo. Conozco a este hombre desde hace siete años, lo he odiado y, gracias a Dios, he sido inmune a sus encantos. He visto a todas mis compañeras de trabajo caer rendidas a los pies de Elliot Miles y nunca he entendido qué les atraía tanto de él.

Por más que lo intentara, no entendía qué veían en él.

Hasta ahora.

Ahora lo entiendo.

Abro la carpeta para distraerme.

Concentración.

—Veamos…, los beneficios previstos están a la izquierda del gráfico. —Señalo la línea rosa con el dedo con la esperanza de parecer profesional—. Esta línea de aquí son los ingresos actuales de la sucursal de Reino Unido y esta de aquí son los futuros gastos en publicidad, aunque todavía no disponemos de todos los datos de la sucursal de Francia. —Lo miro un momento para ver si me está escuchando. Se reclina en su asiento, tocándose el mentón con el pulgar y acariciándose los labios con el índice como si estuviera pensando en algo detenidamente.

—¿Qué haces? —pregunta.

—Pues… —Hago una pausa. ¿Eh?—. Pues explicarte el informe con la proyección de los ingresos. ¿No era eso…?

—No hablo de eso y lo sabes.

—¿A qué te refieres?

—¿Es una trampa?

—Perdón… —digo, frunciendo el ceño.

—¿Ese es tu plan?

—No entiendo.

Se levanta y se mete las manos en los bolsillos del traje como si estuviera enfadado.

—Es eso, ¿no?

—¿Cómo? —Confundida, niego con la cabeza.

—¿En serio me odias tanto como para caer tan bajo?

—¿De qué hablas? —pregunto arrugando la frente.

Tuerce el gesto y dice:

—No me vengas con esas, Landon, que no nací ayer. Ahora me cuadra todo.

—Qué bien —digo con los ojos como platos—. Así podrás explicármelo, porque no sé de qué hablas. ¿Qué le pasa al informe?

—Ya lo entiendo todo… —Niega con la cabeza como si hubiera tenido una revelación—. Es eso, claro —susurra.

—Señor Miles.

—Elliot —me corrige—. Y no me vengas con gilipolleces. —Coge un mando de encima de la mesa y apunta con él a una esquina del techo. Miro arriba y veo que la luz verde desaparece. Ha apagado las cámaras de seguridad—. ¿Conque este es tu plan? —dice con desprecio.

—¿Plan?

—Poner cachondo al imbécil de tu jefe hasta que no aguante más y vaya detrás de ti. Así podrás acusarlo de acoso sexual en el trabajo.

Se me desencaja la mandíbula del horror.

—¿Cómo?

—Venga ya, hombre. —Pone cara de asco—. Está más claro que el agua. El vestidito rojo y *sexy*, presentarte en aquel evento como si fueras un orgasmo con patas y volver a casa con otro. La sauna. Ja. —Echa la cabeza hacia atrás y añade—: Esa fue buena. ¿Cómo iba a resistirme después de verte tan *sexy* y sudorosa con ese bikini?

Me quedo mirándolo mientras se me fríe el cerebro.

Que lo pongo cachondo.

—¡Corta el rollo ya, joder! —gruñe.

Me estoy empezando a enfadar.

—Enciende otra vez la cámara, porque quiero que puedas ver este momento una y otra vez cuando te encierren en el manicomio. —Me pongo de pie y me planto frente a él—. Para que lo sepa…, señor Miles —digo con mofa—, he vivido un episodio muy traumático y me estoy reencontrando a mí misma. Mi nueva vestimenta, mis amigos y mis vestidos rojos no tienen nada que ver con usted ni con su ego desmedido.

Entorna los ojos y me fulmina con la mirada.

—Quizá esto le sorprenda, pero no he hecho más que tratarle igual que usted a mí: con desprecio. Perdóneme por no hacer fila para chupársela como el resto de la población femenina.

—No sabes nada de mí.

—Sé que no soy una zorra. En cambio, tú eres un gilipollas de mierda… Y, tonta de mí, por un momento, se me había olvidado.

Cierro la carpeta de golpe.

—¿A qué trauma te refieres? —brama.

—¡A ti qué te importa!

Me vuelvo y me dirijo a la puerta.

—Kate.

Me giro con ímpetu y lo señalo.

—Ni se te ocurra llamarme así —gruño—. Para ti soy Kathryn.

Salgo por la puerta hecha una furia, paso por recepción como una flecha, llamo al ascensor y me muerdo el labio para no llorar.

Se me humedecen los ojos de la rabia.

No llores…, no llores… ¡Que no te vea llorar, joder!

Una trampa…

Será gilipollas.

Capítulo 4

Entro en el ascensor como el mismísimo Hulk. Después del peor día de mi vida, me apetece pelearme con alguien… con quien sea.

Venid a por mí, que os vais a enterar de lo que vale un peine.

Tras reunirme con el soplapollas de Miles esta mañana, el día ha ido de mal en peor. Antes de la pausa de media mañana, y sin motivo, hemos tenido un fallo técnico en el ordenador, que no parecía estar por la labor de dejarnos tranquilos. Después, mientras disfrutaba de mi descanso, me llaman urgentemente para avisarme de que se ha caído la red, así que he tenido que volver deprisa y corriendo antes de que me trajeran la comida para solucionar el asunto. Al final he tenido que desconectar el sistema y reiniciar el wifi de todo el edificio. Y, por si fuera poco, va el soplapollas de mi jefe y me dice que espabile.

Me hierve la sangre. Que espabile, dice.

Se va a enterar.

Son las siete de la tarde. Me voy. Estoy cansada, enfadada y, para colmo, hambrienta.

Tengo tanta hambre que me comería una vaca.

Me voy a meter en el primer bar que encuentre y me voy a comer la escalopa más grande que tengan y unas patatas fritas. Y me voy a beber diez vasos de vino.

Se abren las puertas del ascensor y miro por el cristal. Pongo los ojos en blanco. Está lloviendo. ¡Cómo no!

Qué día más horrible.

Exhalo con pesadez. Me dirijo a la salida cuando oigo la campanita del ascensor detrás de mí.

—Kathryn —dice una voz grave a mi espalda—. Espera.

Me vuelvo y veo a Elliot saliendo del ascensor.

Buf, ¿en serio?

Justo cuando pensaba que el día no podía empeorar, va y cae la de Dios otra vez.

Me gustaría pasar de él e irme con paso decidido, pero entonces pareceré una cría malhumorada. Me quedo quieta y espero al rey de los imbéciles.

—Hola —dice mientras se me acerca sonriendo—. ¿Un mal día?

Lo miro con indiferencia. ¡Qué huevos tiene el tío!

—Podría decirse que sí.

Me vuelvo hacia las puertas y él acelera el paso para caminar a mi lado.

—¿Qué le pasaba al servidor? —pregunta.

—Mañana por la mañana te pasaré un informe con todos los detalles.

—¿Por qué no me lo cuentas ahora?

Me giro hacia él y le digo:

—Porque no quiero.

—¿Y eso?

—Porque sigo pensando lo mismo que esta mañana: que eres un gilipollas. Y, al parecer, si hablo contigo es para ponerte cachondo hasta que no aguantes más —cito haciendo unas comillas con los dedos.

Agacha la cabeza para que no vea que está sonriendo.

—Aún no se te ha pasado el disgusto, ¿no?

Lo miro con odio. ¡Me tiene hasta la coronilla!

—¿Tú de qué vas? —susurro con los dientes apretados.

—Simplemente he expresado mi preocupación —dice encogiéndose de hombros como quien no quiere la cosa. Mira la que está cayendo y añade—: ¿Qué tal si nos tomamos una copa y lo hablamos?

Pongo cara de asco.

—Pero ¿a ti qué coño te pasa? —susurro con rabia—. ¿Me acusas de querer tenderte una trampa para que te condenen por acoso sexual y ahora quieres que nos tomemos algo?

—Para mí ya es agua pasada. —Se encoge de hombros como si nada—. ¿Y por qué no ir a tomar algo? Has tenido un mal día. Te vendrá bien desahogarte.

—Para mí no es agua pasada. ¿Te crees que me chupo el dedo o qué?

—Seguro que podemos resolverlo con un vinito.

Exhalo con pesadez. Este tío es más tonto que las piedras.

—Señor Miles, ya se lo he dejado claro esta mañana: no me interesa. Y su acusación me ha ofendido muchísimo. Y, para que lo sepa, ¡yo estaba en la sauna antes, idiota!

Pone cara de estar pasándoselo en grande y dice:

—Hoy has dicho muchas palabrotas, Kathryn.

Me imagino dándole un puñetazo en toda la cara.

Se me dilatan las aletas de la nariz mientras me esfuerzo por calmarme.

—A-diós.

Me giro y me dirijo a la salida con paso firme. Entonces empieza a apretar. Veo el Bentley negro y al chófer de Elliot esperando en la zona de aparcamiento.

¡Mierda! Ahora voy a tener que irme echando humo mientras me ve desde el asiento trasero de su *gilimóvil.*

¡Que alguien me mate!

Abro la puerta.

—¿Quieres que te lleve? —me pregunta.

Paso de él y camino arrastrando los pies mientras procuro no pisar sobre mojado. Como me resbale en su cara me muero.

Doblo la esquina y busco el primer sitio que haya a cubierto. Me da igual qué lugar sea y dónde esté. Solo quiero largarme de aquí.

Veo una farmacia. Ostras, si tengo una receta. La enseñaré en el mostrador y así Elliot me perderá de vista. Entro disparada y, al girarme, veo que el Bentley negro arranca despacio y se incorpora al tráfico. Suspiro, aliviada. Menos mal que se ha ido.

Saco la receta y se la tiendo al farmacéutico.

—¿Puede darme esto?

—Enseguida. —El anciano de aspecto afable sonríe mientras coge la receta. La lee por encima de las gafas y me mira—. ¿Has tomado estas pastillas alguna vez?

—No, esta semana me ha atendido otra doctora y es la primera vez que me las recetan.

—Son muy fuertes. ¿Te importa si te pregunto para qué las quieres?

—Tengo endometriosis y mis menstruaciones son muy dolorosas. En teoría supondrán una mejoría inmediata.

El señor asiente y dice:

—Está bien, tiene sentido. Tómatelas con la comida, no las mezcles con alcohol y no conduzcas maquinaria pesada justo después.

—De acuerdo —digo con una sonrisa—. Gracias.

Suena un trueno y los dos miramos cómo rebotan las gotas al aterrizar.

—Está cayendo una buena —dice—. Hoy es día de acurrucarse bajo la manta.

—Cierto —digo sonriendo.

De eso o de emborracharse sola en un bar. Por primera vez en todo el día, me relajo un poco.

Me decanto por la segunda opción.

Elliot

Es temprano. La puerta de mi despacho se abre y Jameson entra.

—¿Estás?

—Sí. —Apago el ordenador y nos dirigimos al vestíbulo. Esta tarde nos reuniremos con la junta y mañana por la mañana Jameson volverá a Nueva York.

Salimos del ascensor y nos encontramos a una tía en falda con un culo de lo más *sexy* hablando con gente. Piernas kilométricas, pantorrillas torneadas y culo perfecto.

Al instante, los ojos se nos van al culo y Jameson arquea una ceja como diciéndome «no veas con la tía».

Sonrío con satisfacción y seguimos caminando. Entonces la chica de la falda se gira mientras habla con sus amigos. Es Kathryn. Eso sí que no me lo esperaba.

Asiento y digo:

—Kathryn.

Ella sonríe amablemente y contesta:

—Hola.

Sonríe a Jay y le dice:

—Holi.

—Hola —le dice él, sonriendo.

Nos quedamos ahí plantados y la vemos salir del edificio con sus compañeros.

Miro a los ojos a mi hermano, que me dice:

—Deberías darle un repaso.

La miro embobado hasta que por fin salgo del trance.

—No es mi tipo.

Veo cómo Jameson la observa cruzar la carretera por las ventanas delanteras y me entran los siete males.

—Es el tipo de todo el mundo —masculla en tono seco.

Es el tipo de todo el mundo.

—Calla, coño. —Me meto las manos en los bolsillos del pantalón con fastidio—. ¿Nos vamos o qué?

Envío el último correo y estiro los brazos. Ha sido un largo día… Bueno, una semana larga. Me levanto para ir al baño, pongo mi maletín encima de la mesa y, mientras recojo mis cosas, recuerdo qué día es.

Jueves.

Me miro el reloj: las siete menos veinte.

Me pregunto si estará…

Vuelvo a sentarme frente al ordenador y miro a mi alrededor con aire de culpabilidad. Nada que no haya hecho ya. Últimamente no dejo de mirar a mi alrededor con aire de culpabilidad; culpable de ver cómo trabaja cierta sarcástica directora de Tecnologías de la Información.

Estoy fatal, lo sé, y detesto reconocerlo, pero es que después de que esta semana reconociera sin tapujos que me odia durante nuestro encontronazo en mi despacho me pone que te cagas.

Joder, si hasta he merodeado por la sauna al salir del trabajo para devolvérsela.

Hasta ahora no ha habido suerte.

No pretendo ponerle remedio a la atracción enfermiza que parezco sentir por ella, pero, por algún motivo, no puedo parar. Me juro a mí mismo que es la última vez que la observaré por la cámara de seguridad y, cómo no, media hora después me sorprendo mirándola de nuevo.

Como ahora, sin ir más lejos.

Exhalo con pesadez por la frustración y me voy a la décima planta.

Me hundo en el asiento.

Mierda.

Miro su despacho en la pantalla mientras pienso en mi próximo movimiento.

Que sí, podría pedirle salir, pero ambos sabemos cómo acabaría eso.

Ni siquiera quiero salir con ella. «Es una bruja de cuidado, ¿recuerdas?».

¿Qué coño estoy haciendo?

Estoy a punto de apagar el ordenador cuando veo un pie en la parte inferior de la pantalla. ¿Eh?

Me inclino hacia delante para verlo mejor.

Es un pie cubierto por una deportiva blanca. ¿Y eso? ¿Está estirando o algo así?

Me acaricio los labios mientras la observo. No mueve ni un músculo.

Diez minutos…, quince.

Joder.

Pasa algo. Me dirijo al ascensor a buen paso y pulso el botón que me llevará a la décima planta. Miro lo despacio que bajan los números a medida que desciendo.

—Espabila —mascullo—. ¡Espabila, coño!

Se abren las puertas, recorro el pasillo a grandes zancadas y, al abrir la puerta de golpe, me encuentro a Kathryn en el suelo. Yace inconsciente con el vestido de deporte rojo y las deportivas.

Ahogo un grito.

—Kathryn. —Me arrodillo y la zarandeo—. Kate, despierta. ¿Estás bien?

Silencio.

Vuelvo a zarandearla. La cojo de las mejillas mientras intento que abra los ojos.

Nada…

—Mierda.

Saco mi móvil y marco el 999.

—Buenas tardes. Urgencias.

—Hola —digo tartamudeando—. Necesito que venga una ambulancia al edificio de Miles Media inmediatamente. Planta diez.

—¿Qué ha pasado, señor?

—He encontrado a una de mis empleadas desmayada en el suelo. Está inconsciente.

—¿Respira?

—Un momento, que lo compruebo.

—Si activa el manos libres puedo guiarle, señor.

Obedezco y dejo el móvil en el suelo, al lado. Le toco la cara a Kate y le digo:

—Kate, ¿me oyes?

—¿Respira?

Acerco la oreja a su boca.

—Mírele el pecho. ¿Sube y baja?

Mierda.

¿Estará muerta?

Todo me da vueltas y me entra el pánico.

—Que sean dos ambulancias —bramo—. ¡Me va a dar un infarto, joder!

—Mírele el pecho.

Le toco el pecho y, al hacerlo, noto que sube y baja.

—Respira. —Suspiro aliviado.

—¿Tiene pulso?

Cierro los ojos. ¿Cómo narices se comprobaba eso? Me he quedado en blanco. Por cosas como esta no soy médico, joder. No sirvo para nada cuando hay una emergencia.

—Tóquele justo debajo de la mandíbula con la yema de los dedos —me recuerda la operadora.

—Ah, sí, sí. —Le toco el cuello y, al hacerlo, noto que le late con fuerza—. Tiene pulso.

—¿Se ha caído? Compruebe si se ha hecho daño en la cabeza.

—¿A qué vienen tantas preguntas? ¡Envíe una ambulancia ya, hostia! —exclamo—. Morirá en cualquier momento.

—Necesito saber qué ha ocurrido, señor. No puedo ayudarle si no conozco todos los hechos.

Miro a mi alrededor en busca de sangre, pero todo parece normal. La ropa que llevaba antes está en una mochila, pero algo en su mesa me llama la atención: una caja blanca de pastillas con receta.

—Hay unas pastillas —digo tartamudeando mientras me lanzo a por ellas—. Son con receta.

—¿Cómo se llaman?

Agarro la caja con torpeza para leer el nombre rápido y se me cae al suelo. Me meto como puedo debajo de la mesa para recuperarla.

—Joder.

—Tranquilícese, señor.

—¡Envía una ambulancia ya, hostia! —grito—. ¿Cómo te llamas? Quiero tu nombre y tu cargo.

Se le va a caer el pelo a esta.

Kathryn gruñe.

—Kate —susurro y la cojo de la mano—. Despierta.

Ella frunce el ceño mientras vuelve en sí.

—¿Sigue ahí, señor? ¿Cómo se llaman las pastillas?

—Eh... Hidrocodona con acetaminofeno.

Kate parpadea varias veces y me mira.

—¿Estás bien? —musito.

—¿Cómo? —dice frunciendo el ceño. Intenta incorporarse apoyando el codo.

—Túmbate —rujo.

—¿Cuántos comprimidos se ha tomado? —pregunta la operadora.

—¿Cuántos comprimidos te has tomado? —pregunto a Kate.

Ella arruga la frente y dice:

—¿Eh?

Y, acto seguido, vuelve a desplomarse. Parece borracha.

—Está aturdida —intercedo.

—Se ha tomado un analgésico muy potente. Cuente los comprimidos, señor. Necesito saber cuántos ha ingerido.

—Envía una puta ambulancia si no quieres que atraviese el teléfono con la mano y te estrangule —vocifero.

Esta tía es inútil... No me extraña que haya gente que muera todos los días.

—Cuente. Los. Comprimidos.

Me hierve la sangre mientras cuento cuántos comprimidos quedan en el blíster.

—Hay treinta y ocho pastillas.

—¿Cuántas vienen en la caja?

Leo el texto de la caja a toda prisa hasta dar con la cifra.

—El blíster es de cuarenta comprimidos.

—Entonces ¿solo ha ingerido dos?

Miro a la mujer mareada que tengo delante y digo:

—Yo creo que ha ingerido más.

—¿Podría rebuscar entre sus pertenencias para comprobarlo?

—¿Cómo?

—Haga lo que le digo.

—Escucha, hija de puta. Ya estás enviando una ambulancia al edificio de Miles Media. Como esta chica muera te acusaré de... —Hago una pausa para pensar en un cargo apropiado—. Algo malo —balbuceo—. Asesinato.

—Mire en su bolso.

Hurgo en el bolso de Kate: monedero, llaves, maquillaje..., tampones. Me estremezco y lo tiro todo hacia atrás.

—¿Y bien? —pregunta la operadora.

—Estoy buscando, ¿vale? Es que hay un montón de chuminadas aquí dentro.

¡A la mierda! Vacío el contenido del bolso en el suelo.

—¿Qué haces? —murmura Kate mientras se incorpora con aire soñoliento—. Deja mi bolso.

Por poco se me salen los ojos de las órbitas.

—¿Que deje tu bolso? ¿Ahora? ¿Estás de coña?

—¿Eh? —susurra Kate.

—¿Qué sucede, señor?

Aprieto los dientes y digo:

—Que voy a dejar sin sentido a la paciente. Eso es lo que pasa.

—¿Cómo te llamas, cielo?

Kate frunce el ceño y dice:

—Kate Landon.

—¿Qué ha pasado?

Kate mira a su alrededor con el ceño fruncido y dice:
—No sé.
—¿Has tomado pastillas? —le pregunta la operadora.
—No —musita Kate.
Cojo la caja y abro mucho los ojos.
—¿Te suena?
—Ah, sí. —Se toca la frente al acordarse—. Sí, he tomado analgésicos.
—¿Para qué eran los analgésicos?
—Para el dolor menstrual —dice Kate y, al instante, me mira.
Pongo los ojos en blanco. Lo que me faltaba.
—¿Cuántos te has tomado? —le pregunta la operadora.
—Solo dos.
—¿Segura?
—Sí.
Me pellizco el puente de la nariz y mascullo en tono seco:
—Recuérdame que no me coloque contigo nunca.
—¿Puedes sentarte? —pregunta la operadora.
Kate prueba a incorporarse, pero le cuesta. La cojo de la mano y la ayudo a sentarse.
—Estoy grogui.
—Has sufrido una reacción adversa a las pastillas. Tienes sueño y estás aturdida. Le pasa a mucha gente.
—Entonces ¿está bien? —pregunto de sopetón.
—Solo necesita descansar.
—Voy a llevarla al hospital, a que le hagan una revisión —insisto.
—Señor, si va a urgencias es probable que le tengan horas esperando. Si solo se ha tomado dos comprimidos, le aseguro que solo necesita reposo y nada más.
Miro a Kate y le pregunto:
—¿Cuántos te has tomado? En serio.
—Dos.
La fulmino con la mirada e insisto:
—Lo digo en serio.
—Te lo prometo.
—Vale —espeto.
—¿Puedes llamar a alguien para que venga a buscarte?

—Ya la llevaré yo a casa.

Kate intenta levantarse.

—Estoy bien —dice y da un traspiés.

—Enhorabuena, señor. Lo ha hecho muy bien —me dice la operadora.

Zorra condescendiente.

—Ya, bueno. Ojalá pudiera decir lo mismo de ti. Es un milagro que no haya muerto con lo lenta que ibas. Menos mal que no había de que preocuparse. Trabaja más rápido la próxima vez. Adiós. —Y cuelgo con ímpetu.

Kate me mira y se le vuelven a cerrar los ojos.

—Va, que te llevo a casa. —Suspiro.

—Estoy bien —murmura con los ojos cerrados—. Dormiré… aquí esta noche.

Me pongo a recoger las cosas desperdigadas por el suelo.

—Deberías vaciar el bolso. Tienes una de mierda aquí dentro… —digo mientras vuelvo a guardárselo todo deprisa y corriendo.

—Como tú —susurra con los ojos aún cerrados.

—¿Para qué llevas un bolso tan grande? —salto—. Esto no es un bolso; es una maleta.

Kate frunce el ceño y se tapa la cara con el brazo.

—Cá. Lla. Te —murmura.

Me cuelgo su bolso al hombro y la ayudo a ponerse en pie. Está aturdida y se tambalea hacia un lado. Le ofrece un brazo y le digo:

—Va, arriba. Concéntrate.

Me mira con esa cara adormilada y ese pelo enredado y alborotado y sonrío sin querer.

—¿Qué pasa? —pregunta, arrugando la frente.

—Tienes una pinta de yonqui ahora mismo…

—Y encima voy… con el vestido rojo… de *netball* —dice arrastrando las palabras.

Sonrío mientras la llevo al ascensor.

—Qué pena.

Capítulo 5

La llevo despacio al ascensor y pulso el botón. Kate se bambolea y la rodeo con el brazo para sujetarla.

—Quieta ahí.

Me mira y le sonrío con suficiencia.

—No —balbucea mientras oscila a un lado.

La acerco a mí y le pregunto:

—¿No qué?

—No me... —dice mientras parpadea varias veces— molestes.

Me río entre dientes y digo:

—Imposible.

Se abren las puertas, la meto en el ascensor y se cierran las puertas. Kate apoya la cabeza en mi hombro y cierra los ojos. Nos veo en el reflejo de las puertas: esto sí que no lo habría dicho nunca.

Kathryn Landon durmiendo plácidamente bajo mi brazo.

Llegamos al vestíbulo y saco a Kate despacio. No opone resistencia.

—¿Va todo bien, señor? —pregunta el guardia de seguridad tras acercarse corriendo.

—Le han sentado mal unas pastillas y está mareada.

—¿Quiere que lo ayude? —farfulla mientras nos mira alternativamente.

—No, gracias. Me aseguraré de que vuelva a casa sana y salva.

Se dirige a la puerta casi corriendo y la sostiene para que salgamos.

Mi Bentley está en el aparcamiento. Andrew sale del coche y frunce el ceño al verme con Kate prácticamente a cuestas.

—¿Qué le pasa? —pregunta.

—Le han sentado mal unas pastillas y está grogui. La llevaremos a casa.

Abre la puerta de atrás en un santiamén.

—Sube al coche —le digo a Kate.

Cierra los ojos y apoya la cabeza en mi pecho.

—Ya iré… andando.

La madre que la parió.

Le pongo la mano en la cabeza, la obligo a agacharse y, cuando la tengo bien colocada, la meto en el asiento trasero de un fuerte empujón.

—Ay —se lamenta.

Me siento a su lado como puedo y cierro la puerta.

—¿Dónde vives? —le pregunto mientras nos incorporamos al tráfico.

Señala la ventanilla y dice:

—Ahí.

—¿Ahí dónde?

—Fuera —dice como si la exasperase.

Pongo los ojos en blanco. Esta mujer es un incordio hasta drogada.

—Dime tu dirección o vuelvo a hurgar en tu maleta.

—El número veinticuatro… —Frunce el ceño y levanta un dedo—. Ah, no, espera, esa es mi antigua dirección… Pueeees…

—¡Por el amor de Dios! —Me paso una mano por la cara, frustrado.

—Me la sé —insiste ella.

—¿Y bien?

—Es el… número cuarenta y cuatro de la calle Kent.

—¿Seguro?

—Shhh, no hables —susurra mientras se lleva un dedo a los labios de manera sobreactuada—. Me duelen los oídos de oírte —dice, señalándose las orejas.

Me hace gracia que gesticule cada palabra.

—Al número cuarenta y cuatro de la calle Kent —le indico a Andrew.

—Enseguida, jefe —dice Andrew, que gira a la derecha en el siguiente cruce.

A Kate se le cae la cabeza, así que la rodeo con el brazo y la estrecho contra mí. Ella cierra los ojos y descansa en mi pecho.

Tras diez minutos de trayecto, Kate ha sucumbido al sueño. Me pone una mano en el pecho y se arrima mucho a mí.

La miro con el ceño fruncido mientras me invade una sensación extraña.

Mmm…, interesante.

Al cabo de un rato, Andrew encuentra un sitio para aparcar, se vuelve y nos mira.

—Es aquí.

Frunzo el ceño al ver el antiguo adosado.

—¿Aquí?

—Sí.

—Kate —susurro. Sigue dormida, así que la zarandeo un poco—. Kate —susurro de nuevo.

—No susurre si la quiere despertar —masculla Andrew.

—Tú estate pendiente de la carretera —salto.

El sabelotodo este.

Se baja del coche riéndose entre dientes y abre la puerta de atrás por mi lado. Salgo y vuelvo a asomarme al interior.

—Kate —digo alzando la voz—. Levanta, que ya hemos llegado.

Andrew hace amago de ayudarme.

—Ya puedo yo —le digo.

Kate pone mala cara mientras vuelve en sí y mira a su alrededor, adormilada.

—¿Eh?

Le tiendo la mano y ella la acepta. Tiro para que salga, pero se resbala del asiento y cae al suelo.

—Ay…

Me río por lo bajo y me agacho para cogerla. Es un revoltijo de piernas y brazos.

—No veas lo que resbala el vestidito, muchacha.

Andrew pone los ojos en blanco y masculla en voz baja:

—Me cago en la leche.

La cojo de la mano para sacarla del coche, la rodeo con el brazo y, juntos, subimos poco a poco los seis escalones que conducen al adosado.

—Sube los escalones —le ordeno.

Ella, en cambio, se dispone a sentarse en el primer escalón.

—Dormiré aquí.

—Kate —digo en un tono lo más autoritario posible—. Concéntrate y sube las escaleras, por favor.

Ella sigue empeñada en sentarse y yo miro a Andrew que, apoyado en el coche, se parte de risa con el espectáculo.

—Tú calla —articulo solo con los labios.

Él sonríe, me guiña un ojo y se enciende un cigarrillo.

Eso es lo malo de tener al mismo chófer durante siete años: que se relaja que te cagas.

—Kate —digo con brusquedad—. Sube y podrás irte a la cama.

—Mmm… —Sonríe con los ojos cerrados y da un paso.

—Así, muy bien.

Avanza dos pasos más.

—Buena chica.

—Me dormiré aquí.

A base de levantarla cada vez que hace ademán de sentarse, llegamos a la puerta. Llamo al timbre.

Kate se apoya en mí y cierra los ojos. La abrazo fuerte.

Dos comprimidos y mira cómo está… No quiero ni imaginar cómo se pondría si de verdad tuviera algo grave.

Vuelvo a llamar al timbre… Nada.

—Kate, ¿hay alguien en casa?

—Sí —dice mientras me sonríe como una tonta—. Nosotros.

—Me refiero a tus compañeros de piso.

Ella se encoge de hombros y vuelve a apoyarse en mí.

—¿Y tus llaves? —pregunto.

Vuelve a encogerse de hombros.

—La madre que te parió. —Rebusco en su bolso hasta dar con las llaves—. ¿Qué llave es?

—La roja.

Meto la llave roja y abro la puerta.

—¿Hola? —digo alzando la voz.

Nada.

Vuelvo a mirar al coche y Andrew se encoge de hombros.

—Venga, a la cama —digo. La hago pasar y cierro la puerta.

Tras sortear la entrada, le pregunto:

—¿Y tu cuarto?

Kate señala las escaleras angostas y empinadas. Al verlas, me cambia la cara. Madre mía.

—Cómo no.

Lo medito un segundo. ¿Qué hago? No puedo dejarla aquí.

—Muy bien —digo mientras me la subo al hombro.

—Ah…, no —dice arrastrando las palabras—. Bájame.

—Calla —digo y le doy un cachete en el culo. Doy un paso y luego otro.

Tras unos cuantos más, los muslos me arden. Se me tensa el pecho.

Tropiezo hacia atrás. ¡Mierda!

«No la sueltes».

Todo es complicado con esta mujer del demonio.

Aprieto los dientes y subo las escaleras lo más rápido que puedo.

—Bájame —gimotea y le doy otro cachete en el culo.

—Compórtate. Deslomarme era lo último que me apetecía hacer esta noche.

Llegamos arriba y la dejo en el suelo. Me llevo una mano al pecho. Me cuesta respirar. Joder.

Qué chungo ha sido.

Kate se bambolea, así que la cojo de la mano y la llevo a su cuarto.

La acompaño a la cama, retiro las mantas y la acuesto. Le quito una deportiva y ella da una patada como para que me detenga.

—¿Sabes? —le digo mientras le desato la otra deportiva—. Muchas matarían para que las descalzara en la cama.

—Desesperadas —dice con la voz pastosa.

—No están desesperadas —digo con una sonrisa mientras le quito la otra deportiva. Lleva calcetines rosa claro. Le subo las piernas a la cama y la arropo.

Ella sonríe y me tiende la mano.

Yo la acepto y me siento a su lado. Le pesan los párpados y se esfuerza por mantener los ojos abiertos. Le aparto el pelo de la frente mientras la observo.

Su cabello rubio se desparrama por la almohada mientras hace un puchero con sus labios carnosos y rosados. Bate las pestañas luchando por mantenerse despierta.

Sí que es…

Echo un vistazo a su cuarto de paredes color crema. Hay una cama enorme de madera blanca, una estantería y un tocador con cestitas para el maquillaje y retratos familiares. Es muy acogedor. El techo está lleno de guirnaldas de luces y en un rincón hay un sillón con una otomana. Parece uno de los típicos dormitorios que solía visitar.

Vuelvo a fijarme en Kate, que duerme como un tronco sin soltarme la mano.

No puedo evitar sonreír. ¿Qué hago ahora? No puedo dejarla aquí sola. ¿Y si le pasa algo?

Eso sería muy descuidado por mi parte.

Supongo que tendré que esperar.

Al cabo de una hora necesito ir al baño, pero Kate no me suelta la mano ni para atrás. La muevo un poco y ella frunce el ceño y me agarra más fuerte.

—No —murmura medio dormida.

—Vuelvo enseguida —susurro.

—He dicho que no.

La marimandona esta. Me estoy muriendo de hambre y me voy a mear encima.

¡Que le den!

Me levanto y voy al baño de su cuarto. Miro a mi alrededor. Qué pequeño.

Un cesto para la ropa sucia, toallas rosas y una alfombra de baño a juego. Me lavo las manos y vuelvo al dormitorio. Me acerco a las estanterías y miro las fotos enmarcadas. En una aparecen dos ancianos, en otra sale Kate de joven con ellos; deben de ser sus padres. Una foto de un perro, un border collie blanco y negro. Otra de ella con un chico de más o menos su edad hará un par de años. Me pregunto si será su novio.

Me dijo que no tenía.

Sigo ojeando sus cosas y veo unos cristales colocados a conciencia.

No me digas que es una chalada que cree que los cristales tienen poderes curativos.

Mmm…

Hay mucha variedad en este cuarto. No se parece en nada a mi ático superestiloso.

Cotilleo los lomos de los libros. A ver qué lee…

Uf, novela romántica.

No lo habría dicho nunca.

Hay un platito de cristal y varias joyas de oro. Sonrío mientras cojo un anillo y pruebo a ponérmelo en el meñique… No pasa de la punta.

Qué manos más pequeñas tiene.

Me lo quito, lo devuelvo a su sitio y continúo mirando las fotos. ¡Lo que estoy aprendiendo de ella! Es como si me estuviera exponiendo su vida.

Y, sorprendentemente, no hay ni rastro de un caldero.

Saco su móvil del bolso y vuelvo a sentarme a su lado. Ella se da la vuelta y me pone la mano en los muslos.

Noto mariposas en el estómago.

Ya vale.

Debería irme ya; llevo horas aquí. ¿Dónde coño están Daniel y su dentadura perfecta?

—Kate —digo para despertarla—. Kate. —Le pongo el móvil delante—. Desbloquéalo. Tengo que hacer una llamada.

Kate frunce el ceño y se arrima más a mi muslo, a lo que respondo acariciándole el pelo. Nos quedamos así un rato. Mentiría si dijera que no estoy a gusto.

Pero tengo hambre y son casi las diez de la noche.

—Kate. —Le pongo el móvil en la cara—. Desbloquéalo, por favor.

—Mmm.

—Kate.

Lo toquetea sin abrir los ojos y me lo devuelve.

Vuelve a acurrucarse en mi muslo. La miro un momento.

Vale, lo reconozco.

Me gusta.

No una barbaridad, sino que no la odio tanto como pensaba.

Busco el nombre de Daniel en su lista de contactos.

Vaya, no hay ninguno.

No sé su apellido. ¡Mierda!

Este tío no me sirve para nada, coño.

Ha pasado una hora más.

¿Y si bajo a por algo de comer? Y luego… ¿duermo con ella?

A ver, es que no puedo dejarla sola.

Sí, haré eso.

Se abre la puerta del dormitorio y, asustado, dirijo la vista hacia allí. Es Daniel.

Kate duerme a pierna suelta y me está cogiendo de la mano.

Daniel frunce el ceño al verme y pasa la mirada entre Kate y yo.

—Está grogui —le digo a modo de explicación.

—Ehh… ¿qué pasa aquí? —pregunta al entrar en el cuarto.

—Unas pastillas le han hecho reacción y está grogui. Me la he encontrado tirada en el suelo de su despacho y la he traído a casa.

Daniel abre los ojos como platos y exclama:

—¡Hay que llevarla al hospital!

—Ya he llamado a urgencias y me han dicho que no le pasa nada. Tiene sueño, nada más. Está consciente, pero dormida.

Daniel abre mucho los ojos mientras la mira.

—¡Ostras!

Me levanto y digo:

—Ya que has venido, me voy.

Él se sienta en la cama junto a ella y le dice:

—¿Estás bien, cielo?

Para mi sorpresa, se me revuelve el estómago al ver cómo la mira.

«No la llames "cielo"».

Aprieto la mandíbula mientras me dirijo a la puerta.

—Te paso el testigo.

Daniel se pone en pie y me estrecha la mano.

—Le agradezco muchísimo que se haya ocupado de ella. Ya me encargo yo a partir de aquí.

Lo miro fijamente. No, no me cae bien.

Se toma demasiadas confianzas.

—No sé si hago bien dejándola en tus manos —digo.

Le cambia la cara y dice:

—¿Y eso?

—A ver, ¿cómo sé que no te vas a aprovechar de su estado?

Abre los ojos como platos y exclama:

—Pues porque soy amigo suyo… y vivo con ella.

Me coloco bien la corbata mientras barajo mis opciones.

—Mmm… —digo mientras me pongo los gemelos.

—Mire, señor… —salta Daniel.

—Elliot Miles —le corrijo.

Se aguanta las ganas de sonreír y dice:

—Señor Miles, gracias por cuidar de ella, pero ya estoy en casa. Agradezco lo que ha hecho.

—Está bien. —Echo un último vistazo a la habitación y digo—: Estamos en contacto.

Me dirijo a la puerta, pero antes de llegar me paro en seco, saco mi tarjeta de visita de color dorado y se la tiendo.

—Llámame si le pasa algo o si se produce algún cambio.

Acepta la tarjeta con extrañeza y dice:

—Descuide.

—Buenas noches.

Bajo las escaleras al trote, salgo por la puerta principal, voy hasta el Bentley y me siento en la parte de atrás.

—¿A dónde, jefe? —me pregunta Andrew mientras nos incorporamos al tráfico.

—A donde haya comida.

Kate

Me duele tanto la barriga que me despierto y hago una mueca.

Aaaay, maldita regla.

Me obligo a abrir los ojos para ir al baño. Me incorporo y frunzo el ceño al ver mi aspecto.

¿Eh?

¿Y esta ropa?

Me bajo de la cama y entonces piso una manta.

—¿Y esto?

Enciendo la lámpara y me encuentro a Daniel dormido encima de una pila de cojines, en el suelo, al lado de mi cama.

—¿Qué narices pasa aquí?

Salto por encima para ir al baño.

Es una emergencia.

Madre mía, la regla es un defecto de fábrica del cuerpo femenino.

Me siento en el váter y rememoro lo que pasó anoche. Un momento..., ¿por qué voy con el vestido de *netball?*

Estaba en la oficina... y luego... ¿qué ha pasado?

¿Y qué hace Daniel durmiendo en el suelo de mi cuarto?

Me doy una ducha rápida durante la que me devano los sesos para recordar qué pasó anoche. ¿Acaso bebí...?

No tengo ni la más remota idea. ¡Estupendo!

Me pongo el albornoz y, al volver al cuarto, veo a Daniel despierto y apoyado en el codo.

—¿Cómo te encuentras?

—¿Por qué llevaba el vestido de *netball?*

Se incorpora como un resorte y exclama:

—¿No te acuerdas?

—Pues... —Hago una pausa para hacer memoria—. No, estoy..., estoy confundida.

—Te desmayaste en el trabajo. Por lo visto, unas pastillas te hicieron reacción o algo así.

—¿En serio? —Rememoro—. Es verdad, los comprimidos para el dolor. Mierda.

—Menos mal que te encontró Elliot.

Al instante, los ojos se me van a Daniel.

—¿Quién?

—Elliot Miles te trajo a casa.

Abro mucho los ojos y digo:

—¡¿Cómo?!

—Pero no había nadie, así que se quedó hasta que llegué.

Me llevo las manos a la cabeza, horrorizada.

—¡Estás de coña! ¿Que vino… aquí?

Me paseo por el cuarto.

—Y se lo veía la mar de a gusto ahí sentadito, cogiéndote la mano.

Sonrío aliviada y digo:

—Vete a cagar, anda. Casi me la cuelas. ¿Qué pasó? Ahora en serio. ¿Nos cogimos una buena?

—Estoy hablando muy en serio.

Se levanta, va a mi mesita de noche, coge una tarjeta y me la tiende.

ELLIOT MILES 0423 009 973

—¡Noooooo! —exclamo—. No, no, no, no. —Se me acelera el corazón. Señalo el suelo y digo—: Ha estado aquí. ¿En mi habitación? —Vuelvo a señalar el suelo—. ¿Aquí?

—Sí.

Me aprieto los ojos con los dedos, horrorizada.

—¿Por qué le dejaste entrar? —Echo un vistazo a mi leonera y digo—: Está todo manga por hombro.

Daniel se encoge de hombros y dice:

—Pues no creo que le importase.

—¿Por? Digo, ¿por qué lo dices?

—Se lo veía muy contento mientras te daba la mano.

Se me salen los ojos de las órbitas y digo:

—Me estaba dando la mano… ¿Y qué coño hacía yo?

—Te arrimabas a él.

—¡¿Cómo?! —grito. Me llevo las manos a la cabeza—. Madre mía, me va a dar algo.

—Tendrías que sentirte agradecida ¿sabes? Cuidó de ti.

—¿Me estás vacilando? —exclamo. Entro en tromba en el baño y miro a mi alrededor: hay ropa sucia en un cesto y tampones en el armarito junto al lavamanos.

Vio esta pocilga, me vio dormida... Estaba acurrucada contra él.

—¡Mátame! —grito—. Mi vida se ha acabado.

Daniel se ríe por lo bajo mientras se dispone a salir del cuarto.

—Tengo que añadir que está que te cagas. ¿A que sí?

Cojo un cojín de la cama y se lo lanzo.

—¡Vete!

—Gracias por dormir en el suelo y quedarte a mi lado toda la noche, Daniel —agrega en tono amable.

—Gracias por arruinarme la vida al dejarlo pasar —grito.

—No fui yo quien lo dejó pasar; fuiste tú.

Oh, oh.

Me viene a la cabeza algo horrible.

—¿Qué coño le he dicho?

Me paseo mientras la angustia hace que me tire de los pelos.

—¿Y si le he dicho...? —susurro para mí.

—¿Que crees que está bueno? —Daniel interrumpe mi crisis nerviosa.

Se me van los ojos a él y le suelto:

—Yo no creo eso.

Daniel sonríe con suficiencia y dice:

—Si no creyeses que está bueno, te daría igual que hubiera visto tus bragas sucias en el cesto de la ropa sucia con los tampones ahí al lado.

—¡Aaaah! —chillo mientras me tapo los ojos con las manos—. ¡Sal!

Daniel silba mientras baja tan campante las escaleras.

Me hundo en la cama y me quedo blanca.

Esto no es humillante. Es lo siguiente.

Humillación. ¿Acaso existe una sensación peor?

Subo a la última planta con el rabo entre las piernas.

Temblorosa, tomo aire. Creo que no he estado más nerviosa en toda mi vida.

O más aterrada.

He hecho muchas tonterías a lo largo de mi vida y desmayarme en la oficina con el vestido de *netball* es de las mayores. Pero dejar que Elliot Miles me llevara a casa en coche mientras estaba colocada se lleva la palma.

¿Qué clase de idiota invita al cabrón de su jefe a ver su leonera y su baño lleno de tampones y después se acurruca junto a él?

Me pellizco el puente de la nariz. Ya está. Es el fin de mi carrera. Ha sido un placer, Miles Media. Si antes no me respetaba, ahora fijo que se pasará toda la vida echándome en cara lo que ocurrió anoche.

¿Debería buscarme otro empleo? No puedo seguir trabajando aquí... ya no.

El ascensor llega a la última planta y salgo. La asistente personal de Elliot levanta la vista del ordenador y sonríe.

Me amilano un poco. ¿Lo sabrá? ¿Se lo habrá contado a todo el mundo?

¿Seré el hazmerreír de la oficina?

—Hola, Courtney. —Sonrío incómoda.

—Pasa, te está esperando.

«Vaya si me está esperando».

Finjo una sonrisa y cruzo el pasillo sin mucho afán. Llamo a su puerta.

—Adelante —dice con su voz grave.

No hago nada y cierro los ojos. Después abro la puerta.

Y ahí está él, en su máxima arrogancia.

Traje gris, camisa blanca, pelo negro y una mandíbula con la que podría rayar cristales. Me obsequia con una sonrisa lenta y *sexy* mientras hace girar la silla en la que está sentado.

—Hola, Kate.

Aprieto la mandíbula para no corregirle y decirle que me llame Kathryn.

—Hola.

—¿Qué tal te encuentras?

Me encojo de hombros.

—Bien. Siento lo de anoche. No sé qué pasó. Pero quiero que sepas que estoy abochornada y horrorizada y que siento mucho que tuvieras que cuidar de mí. No... —Miro a mi alrededor para dar con las palabras—. Estoy muy avergonzada.

Él sonríe y me mira a los ojos mientras dice:

—No tienes por qué.

Inflo las mejillas. Estupendo, ahora se va a poner en plan condescendiente.

—Me asustaste —dice mientras coge un boli.

—Lo lamento.

Giro la cara y miro por la ventana. Lo que sea con tal de evitar su mirada.

—Kate.

Me centro en el edificio de enfrente.

—Kate.

Me obligo a mirarlo.

—Tómate el resto del día libre y ve al médico.

Abro la boca para replicar.

—Y no te hagas la lista conmigo —me interrumpe mientras se pone en pie—. No acepto un no por respuesta. Me acojonaste. Pensé que habías muerto.

Se me humedecen los ojos de la vergüenza.

—¿Qué pasa? —pregunta en un tono distinto al habitual. Amable, lisonjero.

—No sigas por ahí —espeto.

—Fue un accidente. Podría haberle pasado a cualquiera. ¿Por qué estás tan a la defensiva? —salta él.

—Yo no. Eres tú el que está a la defensiva.

—Qué va.

—Anda que no. Me has tenido manía desde el segundo día —balbuceo.

Elliot tuerce el gesto, extrañado.

—¿Cómo?

—Da igual, no he venido a hablar de eso. He venido a darte las gracias por cómo te portaste anoche.

Me mira a los ojos.

Retuerzo los dedos.

—Pues eso…, que gracias. —Me encojo de hombros—. Valoro muchísimo lo que hiciste por mí. No sé qué habría pasado si no me hubieras encontrado.

Se recuesta en la silla.

—De nada —dice sin dejar de mirarme a los ojos.

Vuelvo a encogerme de hombros. Qué incómodo es esto. Señalo la puerta con el pulgar y digo:

—Me voy.

—Al médico.

—Eso, sí.

Me dirijo a la puerta.

—Kate —dice.

Me vuelvo hacia él.

—¿Qué pasó el segundo día?

Me quedo mirándolo.

—Disculpa mi grosería, pero no tengo ni idea.

Guardo silencio un momento mientras pienso si debería explicárselo.

—Te dije que tenías los ojos más azules que había visto en mi vida. No a malas, sino… —Me encojo de hombros—. Como mera observación. —Elliot frunce el ceño—. Y desde entonces me la tienes jurada.

Elliot hace un mohín con los labios, como si pensase.

—No recuerdo que me dijeras eso.

—Ya. —Me obligo a sonreír y vuelvo a dirigirme a la puerta.

—Eh —dice.

Me vuelvo hacia él de nuevo.

Se mete las manos en los bolsillos y dice:

—La Kate vulnerable es un encanto.

Nos miramos a los ojos mientras saltan chispas entre nosotros.

—Ya, bueno… Todavía está colocada —susurro.

Elliot me sonríe con ternura.

«Vete».

Vete ya.

Me giro y salgo de su despacho hecha un lío.

¿Qué acaba de pasar?

Tal y como recomendó Elliot, me cogí el día libre y fui al médico por la tarde. Al parecer, se debió a una reacción adversa, así que no pienso volver a tomarme esas pastillas nunca más.

Es tarde y estoy cansada. Me he pasado el día dando vueltas sin hacer nada, aunque seguramente se deba a que tengo el orgullo herido.

Todavía no me creo que Elliot me viera en ese estado. Habría sido un suplicio con cualquiera, pero que encima haya sido él… ni os cuento.

Me llega un correo al móvil y sonrío al ver quién es. Llevamos toda la semana hablando. Edgar Moffatt y yo. Abro el mensaje.

> Hola, Rosita.

Sonrío y contesto.

> Hola, Ed.

Su respuesta no se hace esperar.

> ¿Qué haces?

Escribo.

> Ya en la cama. ¿Tú?

Le doy a «enviar».

> Igual, estoy reventado. Anoche lo pasé fatal.

Le contesto.

> ¡No me digas! ¿Qué pasó?

Veo aparecer los puntitos que me indican que está escribiendo la respuesta. Pero, de pronto, desaparecen de la pantalla. Vuelve a escribir y vuelven a aparecer los puntos. Se detiene otra vez. Menuda parrafada debe de estar escribiéndome. Espero a que termine.

Me encontré a una compañera de trabajo inconsciente en el suelo de su despacho. Llamé a urgencias, pero gracias a Dios no tenía nada y acabé llevándola a casa.
Me quedé con ella hasta que volvió su amigo, pero no pegué ojo en toda la noche de lo preocupado que estaba.

Me incorporo. ¿Cómo?

No puede ser…

Escribo.

¿Qué le pasó?

Vuelven a aparecer los puntitos. Se me va a salir el corazón por la boca.

Los analgésicos para el dolor menstrual le hicieron reacción.

¡¡Qué cojones!!

Me tapo la boca con las manos. No puede ser él… Ni de coña es casualidad.

¡Dios! El corazón me va a mil. ¿Qué le digo?

Me lo pienso y le escribo lo siguiente:

Espero que ya esté mejor. Debió de ser horrible para ti.

Ay madre; ay madre… ¡La madre que me parió!

Me contesta enseguida.

Para nada. No hay mal que por bien no venga.

Me levanto de la cama de un salto y me paseo por el cuarto con las manos temblorosas. La adrenalina me corre por las venas.

—¿Qué narices pasa aquí? —susurro.

¿Qué le digo?

Escribo.

¿Por qué lo dices?

Me contesta al momento.

Porque me gusta.

Abro los ojos como platos y, con las manos temblorosas, le escribo.

¿Cómo se llama?

Vuelven a aparecer los puntitos.

Kate
Kate Landon

Capítulo 6

—¡¿Cómo?! —Me levanto de la cama de un salto—. Y una mierda y una puta mierda.

Me estará tomando el pelo.

Un momento. ¿Sabrá que soy yo?

Vuelvo a ponerme frente a la pantalla del ordenador y me tapo la boca con la mano mientras pienso.

¿Cómo es posible?

Lo ha planeado. Ya está, es eso.

Pero… ¿cómo? No sabría planearlo ni yo, que soy la experta en tecnologías de la información.

—¿Lo sabrá?

Le doy vueltas durante un instante. Sí, me ha tendido una trampa, seguro.

Ya está, es eso.

Me siento en la cama con las piernas cruzadas y me hago una coleta alta para prepararme para la batalla.

Como me diga algo bonito, confirmaré que sabe que soy yo y está intentando camelarme.

Vale. Me dispongo a teclear.

Pienso un segundo y escribo.

> Pero ¿te gusta en qué plan?

Espero a que conteste… Nada.

Mmm, lo reformularé.

> ¿Te gustaría vivir una historia de amor épica con ella?

Vuelven a aparecer los puntitos.

Me gusta en plan que me la cepillaba.
Nada de amor, no es mi tipo.
Recuerda que soy basurólogo, solo pienso en cosas sucias.

Sonrío aliviada. Tú tampoco eres lo bastante hombre para mí, soplapollas.

Le contesto.

¿Y de qué se encarga esta chica?

Responde al instante.

Limpia retretes.

Me río a carcajadas. ¡Ya te gustaría, cabrón!

¿Una limpiadora de retretes no es lo bastante sucia para ti?

No.

¿Qué buscas? ¿Un mujerón con curvas y cabeza?

Me muerdo la uña del pulgar mientras espero a que conteste. ¿Por qué me importa lo que vaya a decir? Ni idea.

Busco una mujer extraordinaria.

Frunzo el ceño.

Y cuando la conozca, lo sabré.

Alzo una ceja y le contesto.

¿Cómo?

Creo en el amor a primera vista. Cuando nos miremos a los ojos, lo sabremos.
Y no hará falta nada más.

Me muerdo el labio inferior mientras asimilo lo que me ha dicho.

¿Eres un romántico?

Su respuesta no tarda en llegar.

Un romántico empedernido, sí.

Sonrío con ternura.

¿Y qué pasa con Kate, tu limpiadora de retretes?

Me la voy a follar pero bien.
Aunque le partiré el corazón para siempre.

Me río en alto mientras tecleo.

¿Qué opina ella de todo esto?

Todavía no lo sabe, pero le molo, te lo digo yo.

—Pobre diablo —digo mientras sonrío con suficiencia—. Qué equivocado estás.

¿Cómo estás tan seguro?

Doy un sorbo al té.

Los hombres notamos estas cosas.
Además, el otro día vino a mi despacho y me miró el paquete.

Me atraganto con el té y mancho toda la pantalla.

—¿Qué dices, anda? No te miré el paquete —susurro—. Tú flipas.

Recibo otro mensaje suyo.

¿Y tú qué? ¿Te ha ido bien con tus nuevas frases para ligar?

Buf, no quiero que piense que soy una pringada, así que miento.

Sí, he quedado con un chico el sábado por la noche.

A ver si cuaja la cosa.
¡Que vaya bien!

Miro la pantalla y las palabras que me ha escrito. Es lo más surrealista del mundo.

Igualmente.
Me voy a dormir.
Que descanses, Ed.

Que descanses, Rosita.
Un beso.

—¿Cómo? —dice Rebecca, extrañada—. ¿A qué te refieres?

—Es él —digo—. Edgar Moffatt es el alias de Elliot Miles.

—¡Qué fuerte! —exclama Daniel, que me coge el móvil para leer nuestros mensajes—. ¿Estás diciendo que, con toda la gente que hay en el mundo, estás chateando con tu jefe y él no sabe que eres tú?

—Exacto.

He salido a cenar con Daniel y Rebecca y estamos analizando el último giro de los acontecimientos.

Daniel lee los mensajes que Ed y yo nos hemos enviado.

—Buah, no me lo creo —susurra.

—Ni yo —digo con los ojos muy abiertos para que quede claro.

Rebecca le tiende la mano a Daniel para que le pase el móvil. Lo cojo para ofrecérselo y se pone a leer los mensajes.

—Le gustas a Elliot Miles —dice mientras hace ademán de chocar su copa de vino con la mía.

Pongo los ojos en blanco.

—«En plan que me la cepillaba» —dice Rebecca, que se ríe al llegar a esa parte.

—Y no está buscando a una tía buena —sigue Daniel.

Rebecca se lleva la mano al corazón y dice:

—No, él busca una mujer extraordinaria.

—¡Anda ya! —Resoplo—. Ese lo que quiere es mojar el churro.

Rebecca hace una mueca y dice:

—Puaj.

—Es la verdad —digo—. Solo quiere acostarse conmigo.

—¿Y... qué tiene eso de malo? —pregunta Daniel.

—Que no me van los aquí te pillo, aquí te mato —digo mientras enderezo la espalda para sonar más convincente.

—¡Anda que no! —interviene Rebecca—. ¿Y Heath qué? Estuvisteis meses dándole que te pego como si nada.

—Es Heath, no cuenta.

—¿Por qué no?

—Acababa de dejarlo con su novia; se acostaba conmigo por despecho. —Doy un sorbo al vino—. Eso es diferente.

Daniel pone cara de asco y dice:

—¿En serio preferirías ser el clavo del soso de Heath que compartir una noche de pasión y deseo con el dios del sexo Elliot Miles?

—Es mi jefe —digo.

—Mejor todavía. Pídele un aumento mientras se la chupas. Dos por uno.

Nos entra la risa tonta.

Rebecca despega los ojos del móvil y dice:

—¿En serio le miraste el paquete?

—¡Qué va! —Resoplo—. Ese delira. Tengo cosas mejores que hacer que mirarle la sardina.

Daniel y Rebecca se tronchan.

—¿De dónde sacas esas analogías, Kate?

—Eso me pasa por criarme con mi hermano Brad —digo mientras me encojo de hombros—. Me sé todos los nombres que existen para referirse al pene. Anaconda, badajo, manguera… —mascullo en tono seco mientras doy otro trago al vino—. Tú di, que seguro que lo he oído.

—Azótame con tu manguera —canturrea Daniel—. ¿A que suena bien? ¿Por qué no hacen canciones así, tío? Yo debería ser productor discográfico, os lo juro.

—¿Siguen existiendo los productores discográficos? —inquiere Beck—. Es decir, si ya no fabrican discos, ¿cómo se denomina a los que hacen eso?

—Buena pregunta —digo.

—Aquí tenéis —nos dice la camarera mientras nos sirve los platos con una sonrisa.

—Gracias.

La chica regresa a la cocina y nosotros empezamos a comer.

—Ah y el sábado por la noche salimos —dice Daniel mientras corta el bistec.

—¿A dónde? —pregunta Rebecca.

—Los de Club 55 abren un local nuevo y he conseguido cuatro pases VIP.

—¿Cuatro pases? ¿Puedo traer a Brett? —pregunta Beck.

—Claro, ¿por qué no? —dice Daniel, masticando—. No te olvides de que mañana tú y yo nos vamos de compras, Kate, necesitamos renovar tu vestuario de oficina.

—Pero si ya fuimos el fin de semana pasado —protesto.

—Sí, pero ahora la cosa está que arde. El buenorro de tu jefe quiere llevarte al huerto. Tenemos que conseguir que se le hinchen tanto los huevos que parezca que se le vayan a caer. Hay que hacerlo suplicar.

—No va a suplicar.

—Ya te digo yo que sí.

Pongo los ojos en blanco mientras me llevo el tenedor a la boca.

—Más te vale, porque con lo que estoy gastando por tu culpa, merezco un plus.

—Pídelo de rodillas —dice Daniel mientras alza su copa—. Gánate ese dinerillo, chica. Dile que te tragarás su leche a cambio de un coche de empresa.

—Para —digo entre risas—. Calla, anda.

—Es un decir —añade, encogiéndose de hombros.

Mastico procurando que no se me escape una sonrisa.

«Me la tragaría gratis».

Me siento en la cafetería y contemplo el Bentley negro aparcado frente a la sede de Miles Media. Solo son las seis y media y, a juzgar por la manera en la que el chófer se apoya a un lado del coche, como si estuviera listo para la acción, sé que Elliot saldrá pronto.

Doy un sorbo al café y mi cabeza empieza a divagar.

¿Siempre lo llevará su chófer?

—¿Está ocupado este sitio? —me pregunta alguien señalando el taburete contiguo al mío.

—No, no —digo con una sonrisa—. Todo suyo.

Vuelvo a centrarme en el edificio. Me pregunto dónde vivirá. Saco el móvil y, por primera vez en mi vida, busco en Google a Elliot Miles.

> Elliot Miles es el tercer hijo del magnate de los medios de comunicación George Miles y su esposa Elizabeth.
>
> Tanto él como sus tres hermanos aparecen en la lista de los más ricos de Estados Unidos; se calcula que su fortuna asciende a setecientos millones de dólares.

—¿Qué me estás contando? —susurro.

> Acostumbrado a las cámaras y, fiel a la tradición familiar, Elliot Miles se ha relacionado con algunas de las mujeres más bellas del mundo.

> Casanova Miles, como lo ha apodado cariñosamente la prensa debido a su aparente habilidad para someter a las mujeres a su voluntad, ha estado relacionado con Emmaline Howser, la célebre pianista; Heather Moretti, la aclamada directora artística de la revista *Vogue* de Estados Unidos; y, más recientemente, con Clarissa Mulholland, la abogada de las Naciones Unidas en defensa de los derechos humanos.
>
> Le gustan las mujeres interesantes e inteligentes. Hermosas también, por supuesto, pero no es prioritario para él.

Hago clic en «Imágenes» y me salen una infinidad de fotos de él acompañado de mujeres en galas, yates, discotecas y estrenos.

Es una puta estrella del *rock*.

Me muerdo el labio y enarco una ceja, indiferente. Madre mía, Casanova Miles, dame un respiro.

Qué más da. Salgo del apartado de imágenes y vuelvo a la página principal.

Sigo leyendo.

> Su colección de obras de arte es una de las mejores del mundo. Se calcula que ronda los doscientos millones de dólares y se encuentra en una galería privada de Nueva York. Es *vox populi* que sus cuadros más preciados están en su casa de Londres.

Pongo cara de incredulidad.

—¿Una galería de arte privada? ¿Estás de coña? —mascullo en voz baja.

Miro el Bentley sin dar crédito.

La madre que lo parió, tuvo que quedarse a gusto.

Me viene a la cabeza lo que Elliot me dijo anoche. No busca un bellezón.

Sino una mujer extraordinaria.

Me muerdo la uña del pulgar mientras medito a qué se referiría.

Ha salido con mujeres preciosas de todo el mundo.

«Extraordinaria».

Incluso el hecho de que eligiera esa palabra es raro.

«Y cuando la conozca, lo sabré».

Recuerdo nuestra conversación.

«Creo en el amor a primera vista. Cuando nos miremos a los ojos, lo sabremos».

Me muerdo el labio para no sonreír.

Se abren las puertas y veo salir a Elliot, que avanza con decisión.

Maletín en mano. Tieso como un palo. No le hace falta reafirmar su poder; le sale solo. Elliot Miles es un líder de los pies a la cabeza. Nació para mandar.

Asiente y le dice algo a su chófer. A continuación, se sienta detrás y cierra la puerta.

El coche se incorpora al tráfico y observo cómo se aleja.

«Cuando nos miremos a los ojos, lo sabremos».

Sonrío con dulzura.

Elliot Miles sigue creyendo en la magia.

Y sé que yo no soy la mujer a la que desea conocer.

No soy extraordinaria.

No nos miramos fijamente y se paró el mundo, y mucho menos nos llevamos bien.

Lo nuestro no es una historia de amor épica.

Solo soy una chica normal y corriente a la que quiere tirarse.

Apoyo la barbilla en la mano mientras miro por la ventana.

Pero no pasa nada.

Algún día aparecerá un hombre que se enamorará perdidamente de mí, me llevará lejos y viviremos felices y comeremos perdices.

Sonrío con pesar. Supongo que Elliot Miles y yo tenemos algo en común.

Yo también creo en la magia.

Al salir del coche nos deslumbran los *flashes.* Daniel me coge de la mano y me hace pasar por las sofisticadas puertas negras.

—¿Ves? —Sonríe, orgulloso—. Por eso hay que dar siempre buena imagen. Por si hay *paparazzi* cerca.

Echo la cabeza hacia atrás y me río de lo iluso que es.

—No han venido por nosotros, tonto; han venido a fotografiar a las verdaderas estrellas. Y, por favor, no digas *paparazzi,* que pareces un esnob.

Es sábado por la noche y estamos en la inauguración de una discoteca para pijos.

Daniel me sonríe con picardía mientras me recoloca los tirantes del vestido.

—Oye, que estamos en la lista de invitados.

—Tú estás en la lista de invitados; yo solo soy la pobrecilla que te acompaña.

—¿Y no estás arrebatadora?

Sonrío con nerviosismo mientras me aliso la falda.

—¿Seguro que no es demasiado?

Aprovecha que la cola avanza para enlazar el brazo con el mío y dice:

—Cariño, nunca es demasiado.

Me miro mientras sonrío: llevo un minivestido ajustado rosa fuerte de manga raglán y tacones de tiras color carne. Me he soltado el pelo para colocarme la mitad estratégicamente detrás de la oreja. Y, por primera vez en mi vida, me he pintado los labios de rosa. Parezco salida de una revista de alta costura de los años sesenta. Odio reconocerlo, pero sí que estoy guapa.

Llegamos a la entrada y Daniel enseña nuestros pases.

—Qué pena que no haya venido Rebecca.

—Ya ves. Últimamente está de un muermo… No sale a ningún sitio —digo.

Daniel arruga la nariz.

—Por eso no tengo intención de enamorarme pronto —dice mientras me lleva dentro.

—¿Por? ¿Porque tú no eres un rollo? —pregunto.

—Exacto —dice y se ríe por lo bajo.

Abro los ojos como platos al mirar a mi alrededor.

—¡Ahí va!

Los techos son tan altos que apenas distingo el tejado. Es oscuro y glamuroso, además en las esquinas hay escaleras que conducen a los pisos superiores.

—Esto sí que es una discoteca como Dios manda —dice Daniel con una sonrisa—. Vayamos a echar un vistazo.

De la mano, damos una vuelta por el piso de abajo. Hay una pista de baile, mesas y sillas. También hay unos sofás de cuero enormes alrededor de una chimenea. Subimos al segundo piso donde te puedes tomar un cóctel en una barra la mar de estilosa mientras suena música ambiental. ¡Y madre mía con la gente!

—¡Qué guapos son todos aquí! —susurro. Me siento fuera de lugar.

—Ya ves —dice Daniel—. No sé a quién mirar primero. A este paso me voy a quedar bizco. Esto parece un bufé libre.

Me río mientras subimos al tercer piso. Aquí el ambiente es distinto. Hay un bar tradicional y una terraza con sillones grandes y cómodos y guirnaldas de luces.

—¡Este es mi favorito! —Sonrío y miro la terraza—. ¿Nos sentamos ahí?

—Vale, pero vayamos antes al último piso y después volvemos a tomarnos algo.

—Vale.

Daniel me lleva por las concurridas escaleras y, cuando llegamos arriba, me quedo boquiabierta.

Una pista de baile gigantesca llena de bellezones ligeras de ropa.

—Este será el piso de las modelos —deduce Daniel, que sonríe con satisfacción al verlas.

Me bajo el dobladillo del vestido ya que de repente me ha entrado vergüenza.

¡No veas!

—Vale, bajamos —digo.

Daniel no les quita ojo a las chicas.

—¿No podemos quedarnos un ratito aquí?

—No estoy lo bastante pedo —digo. Lo tomo de la mano y me lo llevo abajo.

—Un ratito y volvemos.

—Vale, pero primero nos tomamos algo.

Las escaleras están abarrotadas. Hay un grupo de hombres subiendo y, en cuanto Elliot y yo nos miramos, suelto la mano de Daniel como si me quemase.

—Kate. —Intenta que no se le escape una sonrisa, pero fracasa estrepitosamente—. ¿Qué haces aquí?

—Aprender a cocinar —contesto haciendo alarde de mi ingenio.

Me da un repaso de arriba abajo y dice:

—Me da que todo lo que prepares va a estar buenísimo.

Dios…

Miro a Daniel, que sonríe de oreja a oreja.

—Diría que para mojar pan.

Elliot mira a Daniel y le pregunta:

—¿Cómo te llamabas?

—Daniel.

—¿Daniel qué más?

Daniel sonríe y dice:

—Daniel, el compañero de piso de Kate. Con eso tienes bastante.

Elliot observa a Daniel con el rostro impasible, pero es evidente que no está satisfecho con la respuesta.

Paso la mirada del uno al otro. Madre mía, qué incómodo es esto.

—Bueno, nos vamos. Me alegro de verte —digo con una sonrisa mientras seguimos bajando las escaleras.

—Adiós —dice Elliot y prosigue con su ascenso.

—Buah, chaval —susurro—. «Daniel, el compañero de piso de Kate». ¿A qué ha venido eso?

—Quiere buscarme en internet.

Pongo cara de confusión.

—¿Para qué?

—Para comprobar si soy una amenaza.

—¿Cómo?

—Te lo digo yo: este tío siente algo por ti. ¡Si por poco se queda la otra noche, cuando estabas inconsciente! —dice mientras nos dirigimos a la barra del tercer piso—. Dos margaritas, por favor —pide.

—Enseguida —contesta la camarera, que se da la vuelta para prepararlos.

Miro a Daniel y le pregunto:

—¿Y eso?

—Me dijo que no sabía si irse por si me excedía contigo.

—¿Elliot? —pregunto frunciendo el ceño.

—Sí.

—¿En serio te dijo eso?

—Como lo oyes.

—No quería dejarte conmigo. ¿Por qué?

—Aquí tenéis —nos dice la camarera, que nos sirve nuestras bebidas.

—Gracias.

Brindamos.

—Está claro que no le gusta que toquen lo que es suyo.

Me pongo derecha y digo:

—No digas tonterías, yo no soy de su propiedad.

Daniel se ríe por lo bajo y dice:

—Cielo, ambos sabemos que te está rondando. Te lo dijo él mismo.

—Ese fue Edgar. No sabía que estaba hablando conmigo. Además, a lo mejor nunca se decide a llevarme al huerto. Pensarlo y hacerlo son dos cosas muy distintas.

Daniel me mira a los ojos y dice:

—¿Alguna vez has visto a Elliot Miles renunciar a lo que desea?

Lo miro a los ojos mientras continúa:

—Prepárate para el ataque, encanto. Ambos sabemos que se lanzará. Lo presiento.

Doy un sorbo a mi margarita con los nervios a flor de piel. Detesto reconocerlo, pero yo también lo presiento.

Mierda.

Cuatro horas después, Daniel echa la cabeza hacia atrás de la risa y yo sonrío mientras bebo. Está sentado en uno de los sofás de la terraza, enfrente de mí. Un chico y una chica lo acompañan, cada uno a un lado. Están charlando. Pero no tengo ni idea de con quién está flirteando. Aunque creo que con los dos.

Los tres han encajado muy bien y su química me llega hasta aquí.

¿Qué se hace en estos casos? ¿Vuelven juntos a casa y el tío mira cómo se tira a su mujer o se les une?

Madre mía, soy una sosa.

—Te estaba buscando —me dice una voz grave.

Me giro y veo a Elliot sentado a mi lado. Me ofrece un cóctel de color rojo con muy buena pinta.

Está aquí.

Tú como si nada.

—Ay, hola. —Sonrío mientras acepto la bebida—. ¿Qué es? —le pregunto, señalando la copa.

—Ring My Bell. Se ha convertido en mi favorito desde hace poco.

Sonrío y le doy un sorbo.

—Buah, es fuerte.

No deja de mirarme a los ojos mientras me estremezco y dice:

—Me gustan las cosas que tienen un sabor fuerte.

Se me eriza el vello de la nuca. No me cabe la menor duda de que lo ha dicho con segundas. Me trago el nudo de la garganta.

—Vamos a bailar —dice Daniel y pierdo el hilo de mis pensamientos.

—Vale —digo tartamudeando.

«No me dejes con él».

Vuelvo a centrarme en Elliot.

—Cuéntame. —Da un trago a su copa y me dibuja un círculo con el dedo en el hombro—. ¿Qué se siente al pasarse siete años fingiendo ser una anodina experta en tecnologías de la información?

Sonrío.

—Sigo siendo una anodina experta en tecnologías de la información.

—Eres como el puto Clark Kent.

Me río de su analogía. Sus caricias me están poniendo tontorrona.

—¿Y quién eres tú bajo el disfraz? —susurro.

Me mira a los ojos y dice:

—Alguien que se muere de hambre.

Saltan chispas entre nosotros.

Me coloca bien el collar, de forma que el dije quede delante.

Me pasa un mechón de pelo por detrás de la oreja sin dejar de mirarme.

No puedo respirar.

Se acerca y me susurra al oído:

—Te deseo, Kate.

Me muerde suavemente la oreja, lo que hace que se me ponga la piel de gallina.

—Deseo estar encima de ti.

Capítulo 7

Elliot

Solo con rozarle la oreja con los dientes, se me aguzan los sentidos.

Le acaricio el brazo y noto que tiene la piel de gallina.

Joder.

Me pone.

Está oscuro. La cojo de las mejillas y la beso con ternura. Ella sonríe y me devuelve el beso.

Cada vez estoy más excitado. Se me pone dura.

Kate enreda su lengua con la mía y frunzo el ceño. ¡Hostia puta!

Me pone que te cagas.

Sí.

Sí.

Nuestras lenguas se enzarzan en una danza de lo más sensual y pierdo el control. Me inclino hacia ella.

Me aferro incluso más a su cara. El cuerpo me bulle de energía. Kate se aparta de mí y se pasa la lengua por los labios sin dejar de mirarme.

Me dispongo a besarla de nuevo cuando levanta una mano y me frena.

—¿Qué haces? —digo jadeando.

—Ya estoy satisfecha. —Se incorpora y saca el pintalabios del bolso como si nada.

Alzo las cejas, sorprendido. ¿Eh?

Abre un espejito y se retoca el pintalabios rosa fuerte que lleva.

Yo aprovecho para darle mordisquitos en el cuello. Se le vuelve a poner la piel de gallina. Sonríe.

—No te preocupes por el pintalabios. Se te borrará todo cuando me la chupes —le susurro al oído.

Ella se vuelve hacia mí y me lame los labios en un gesto de lo más sensual. Casi me corro aquí mismo.

—Me voy —murmura.

Sonrío con aire amenazador mientras me incorporo para marcharme.

—Cierto, nos vamos.

Desenrosca el pintalabios y dice:

—Tú no. Siéntate.

—¿Cómo?

—Lo siento —dice mientras se encoge de hombros—. Será que no me interesarás tanto, después de todo…

¿A qué se refiere?

Se acerca a mi oreja y dice:

—Y que conste que serás tú el que acabará debajo de mí.

Sonrío con suficiencia. Me gusta este juego.

Me pega un buen mordisco en la oreja. La cojo de la cabeza y la acerco a mí.

Durante un segundo estamos tan cerca que notamos la electricidad que desprende el otro.

¡Y hay para dar y regalar!

—¿Y qué hago yo con esto ahora? —Le cojo la mano y me la llevo al paquete, duro como una piedra.

Se le ensombrece la mirada y vuelve a besarme.

—Sube y tírate a una modelo —me susurra pegada a mi boca.

Me aparto con brusquedad; ese tono no me ha gustado.

—Cuidado —le advierto.

Se pone en pie y con una pierna a cada lado de las mías, se inclina y me susurra:

—Elliot…

Acaricio sus piernas kilométricas y exclamo:

—¡Y una mierda! Nos vamos ahora mismo.

Me echo hacia delante, pero ella me devuelve al asiento de un empujón.

—No se me va a bajar —le susurro.

Kate me besa mientras estira el brazo para coger algo de la mesa. Entonces noto que me toca la entrepierna.

Madre mía, menudo espectáculo nos hemos montado.

¿A quién coño le importa?

Vuelve a besarme y yo sonrío mientras me baja la bragueta.

¡¿Me la va a mamar aquí?! Joder, qué bestia.

Sí…, sí…, sí.

Noto que me arden las pelotas. Abro los ojos de golpe.

Frío. Qué frío, joder.

—¿Mejor así, cielo? —me susurra mientras se pone en pie y me acaricia la barba.

Miro abajo y veo que me ha metido un puñado de cubitos de hielo en los calzoncillos.

—¡¿Qué cojones haces?! —bramo.

Me están quemando los huevos.

Ella se ríe, me lanza un beso y se marcha. Y yo miro cómo contonea ese culo tan *sexy* mientras se pierde entre la multitud.

Me saco los cubitos de los calzoncillos y los tiro debajo de la mesa. Miro a mi alrededor para comprobar si alguien ha visto lo que ha pasado. Trato de recobrar el aliento mientras me paso una mano por la cara.

—¿Qué mosca le ha picado? —murmuro.

Me recuesto en el asiento y estiro los brazos hacia los lados y contra el respaldo.

La testosterona me corre por las venas. Tengo unas ganas de follar que no me aguanto.

Me viene a la cabeza lo que me ha dicho antes: «Será que no me interesarás tanto, después de todo…».

Embustera.

Nada es sencillo con esta mujer. Me muero de ganas de ir a su casa y llevármela a la cama.

Pero, obviamente, no lo haré.

Lección número uno: no se juega con fuego.

Sonrío con superioridad mientras doy un trago.

Kate Landon aprenderá la lección.

Por las malas.

Kate

—¡Taxi! —grito con el brazo en alto.

Se para uno y me meto de inmediato.

—Venga, tire —le digo al taxista.

—Pare el carro, señorita —dice mientras se incorpora al tráfico—. ¿Le pasa algo?

—Es que he quedado con un chico y no ha ido bien —miento. Me giro y miro por el retrovisor cómo la discoteca se hace cada vez más pequeña a medida que nos alejamos.

Vuelvo la vista al frente, profundamente aliviada. No me creo que haya hecho lo que he hecho.

Pienso en Elliot en la discoteca con los calzoncillos llenos de hielo y sonrío como una boba.

¡Caray! Quién me ha visto y quién me ve.

Creo que es el mejor momento de mi vida.

Me río para mis adentros. Ole yo.

Tres horas después decido que lo malo de hacerse la dura es tener que mantenerse firme.

Estoy tumbada en la cama, a oscuras, girando el anillo de mi madre mientras pienso. Es tarde, las cuatro de la mañana.

No he tenido noticias de Elliot. Pensaba que me escribiría, aunque fuera para soltarme alguna bordería. Y, aunque al volver a casa me he quedado una hora mirando la pantalla del móvil, Edgar tampoco me ha contestado.

Lo que me lleva a pensar que, en efecto, Elliot ha ido al piso de arriba a cepillarse a una modelo.

Tal y como le he sugerido... Me tapo la cara con el brazo, asqueada.

«Mira que eres tonta».

¿Por qué le habré dicho eso?

No dejo de pensar en cómo me ha besado y en lo anchos que son sus hombros.

¿Y podemos detenernos un momento para hablar de lo dura y grande que la tenía?

Es imposible. Ningún tío está tan bien dotado.

Parece un actor porno o algo así. O a lo mejor es que hace un huevo que no veo una y se me ha olvidado cómo es una erección.

Caliente y suave, venas gruesas… Mmm…

El deseo me palpita en la entrepierna; mi cuerpo está cabreado conmigo por no haberle dado lo que pedía.

¡Hasta yo estoy cabreada!

Un polvazo era lo que necesitaba esta noche, pero la realidad es otra completamente distinta. Tengo la regla.

Y, si alguna vez me acuesto con el inalcanzable Elliot Miles, va a tener que currárselo más… aunque solo sea un rollo de una noche.

No es que aspire a ser algo más que eso, pero me refiero a que no soy fácil de complacer.

Y menos para los capullos controladores que besan de maravilla.

La guarrilla que llevo dentro vuelve a asomar la cabeza y me pregunto cómo será estar debajo de él…

Detente.

Me pongo cómoda y me acurruco de lado.

«Duerme, anda».

Recuerdo su aliento en mi cuello y sus dientes en mi oreja y sonrío.

Por primera vez en años, me siento viva.

El lunes por la mañana entro en la sede de Miles Media como una estrella del *rock*.

Llevo un vestido ajustado de color negro y me he hecho una coleta alta, lista para comerme el mundo.

He superado mi crisis de inseguridad. Me la suda que Elliot se haya tirado a una modelo.

No significa nada para mí.

No, no y no. No me va a engañar con sus truquitos; bueno, que de pequeños tienen poco, pero ya me entendéis.

Y a Edgar lo mismo le digo. ¿Dónde se habrá metido este finde?

No tiene excusa para no haberme contestado. Al fin y al cabo, solo soy su amiga virtual.

En fin, que paso de los tíos.

Son lo peor.

Me siento en mi silla y al cabo de media hora veo a Elliot por el cristal hablando con alguien en su escritorio. Lleva su traje azul marino y una camisa blanca. Está más guapo que nunca, si es que eso es posible. Aparto la vista al instante.

Atención, que viene.

Me incorporo y me recoloco las tetas. «Venga, machote, ataca, que te vas a enterar».

Me paso diez minutos fingiendo que miro la pantalla del ordenador.

¿Qué hace?

Lo miro sin girar la cara. En plan acosadora total.

Está hablando y riendo con dos chicas.

¿Qué te hace tanta gracia, capullo? ¿Y desde cuándo te relacionas con la gente?

Alzo las cejas. Buf, qué típico...

Sigo fingiendo que trabajo. Entonces, pasa por delante de mi despacho mientras habla con Henry.

Aquí viene.

Llama a mi puerta como si nada a modo de saludo y sigue caminando tan pancho. Continúa hablando con Henry. Entran juntos en el ascensor y los pierdo de vista.

Me quedo mirando las puertas cerradas y pestañeo.

¿Cómo?

¿Llama a la puerta y se pira?

Eso no era lo que tenía que hacer.

Lo que tenía que hacer era entrar aquí, ponerse en plan cavernícola y exigirme que me tumbara en su mesa inmediatamente. ¡Si hasta me he puesto lencería *sexy* para estar a la altura!

Me hierve la sangre. Ahora va a hacer como que no ha pasado nada.

Quiere hacerme sufrir, ¿eh? ¡Pues de eso nada, monada!

Tan cabrón como siempre.

Pues que te den.

A lo mejor de verdad no ha pasado nada y solo es que su loción para después del afeitado se me ha subido a la cabeza. Que podría ser, porque el tío huele a las mil maravillas.

—¿A qué te refieres con que no te ha dicho ni mu? —pregunta Rebecca entre jadeos mientras caminamos.

—Pues eso, que no me ha dicho nada, ni una palabra —digo.

Daniel aprieta el paso para ponerse delante de nosotras y se gira.

—Espabilad, hombre, que se supone que estamos haciendo ejercicio.

Beck y yo cruzamos la carretera lo más rápido que podemos para darle alcance.

—Ya sabéis que si salgo a correr con vosotras tenéis que ir más deprisa, que quiero acelerar las pulsaciones.

—Pues corre tú —digo mientras pongo los ojos en blanco—. Venga, vete.

—¿Y qué más? —insiste Beck.

—Nada. Me lo he cruzado varias veces y no lo he notado raro. Pero nada nada. —Alargo los brazos y añado—: Estaba normal, como siempre.

Rebecca frunce el ceño.

—Está jugando contigo —dice Daniel para meter baza—. Más claro agua.

—Lo dudo —digo con la respiración entrecortada—. ¿Y tú el sábado qué? No viniste a dormir a casa.

Daniel se encoge de hombros y comenta:

—Nada, tonterías.

—¿Y eso qué significa? —pregunta Rebecca, ahogada—. ¿Podemos ir más despacio? Me va a dar un síncope.

—¿Te fuiste con aquella pareja? —le pregunto.

Daniel se encoge de hombros y dice:

—Puede.

—¿Te acostaste con él o con ella? —inquiere Rebecca.

—Un caballero no cuenta esas cosas.

Rebecca y yo nos miramos exasperadas.

—Necesitamos detalles —digo con la lengua fuera.

—Pues os vais a quedar con las ganas —replica Daniel—. Con saber que me lo pasé estupendamente tenéis más que suficiente.

—Eso es que te acostaste con los dos —aventuro.

—¿Quién era mejor en la cama? —pregunta Rebecca.

—¡Que no te voy a contar nada, pesada, calla ya! —le dice a Rebecca—. ¿Por qué no le preguntas a tu amiguita qué se siente al meterle hielo en los gayumbos a tu jefe cuando está empalmado?

Me tapo los ojos con las manos. Sigo sin creerme que haya hecho eso.

—¡No lo vuelvas a mencionar!

—Estáis hechos el uno para el otro, en serio —dice Rebecca. Caminamos un rato y pregunta—: ¿Y qué vas a hacer ahora?

—No lo sé —digo mientras me encojo de hombros—. Solo queda una semana para las vacaciones de Navidad.

—Qué mala suerte —replica Daniel.

—¿Por?

—Porque se os bajará el calentón. Y antes de que acabe el año él ya se habrá tirado a otra.

—Si es que no lo ha hecho ya. —Suspiro.

—Cierto —dice Rebecca.

—¡Como si me importara! —Sigo andando y empiezo a divagar… ¿Qué le vamos a hacer? Fue bonito mientras duró.

Es tarde cuando oigo que me llega una notificación. Sonrío y me levanto de la cama.

Edgar.

> Hola, Rosita:
> Acabo de ver tu mensaje, perdona. Es que me he pasado el finde trabajando.

Pongo los ojos en blanco. Mentiroso.

No pasa nada. Pensaba que habrías estado dale que te pego con tu churri. ¿Qué tal todo?

Veo los puntitos que me indican que está escribiendo.

Pues no, no ha habido tema este finde. ¿Qué tal tu cita?

Frunzo el ceño. ¿No ha habido tema… con ninguna? ¿O no ha habido tema con su churri? Voy a inventarme cómo me ha ido.

Muy bien. Me estoy empezando a enamorar.

Sonrío y espero a que conteste.

Qué suerte.

Arrugo la frente y escribo.

Entonces ¿no has quedado con tu churri?

Sí. Nos besamos.

Sonrío como una tonta y le contesto.

¿Y...?

Y nada. Está jugando conmigo y a mí eso no me va, así que ya no me interesa.

Se me desencaja la mandíbula del horror. ¡¿De qué coño va el tío este?!

Tecleo.

¡Desmemoriado!

Lo borro.

Mierda seca...

Lo borro.

Respiro hondo. Madre mía, qué tonta. Me recuesto, desanimada.

Al final le digo:

¿Y qué tal el beso?

Veo lo puntitos que indican que está tecleando.

Una pasada. No pienso en otra cosa desde entonces.

Sonrío con dulzura. Ni yo.

En ese caso, a lo mejor deberías pedirle una cita o algo así.

A lo mejor...

¿Y qué tal el día?

Bien. He trabajado y luego he tenido clase con mi entrenador personal. Estoy deseando que llegue Navidad para volver a casa.

Frunzo el ceño. Sé dónde está su casa, pero voy a hacer como que no.

¿Dónde está tu casa?

En mi ciudad natal, cerca de donde viven mis padres.

Sonrío con pesar. Debe de ser duro vivir lejos de todo el mundo. Me llega otro mensaje.

¿Tú vas a volver a casa por Navidad?

Me hundo en la cama y escribo.

Solo quedamos mi hermana, mi hermano y yo.
La Navidad es una época muy triste para mí.

Lo siento.

Y yo.

Bueno, si te ayuda a sentirte mejor, piensa que mi madre nos obliga a mis hermanos y a mí a ponernos jerséis de punto con renos.

Me río al imaginarme a los todopoderosos hermanos Miles vestidos con jerséis de punto para complacer a su madre en Navidad. Le mando una carita sonriente.

:)

Exhalo mientras espero a que escriba.

¿Por qué te estás enamorando?

Tal vez estoy enamorada de la idea del amor.

¿No nos pasa a todos?

Por chat es un verdadero encanto. Qué pena que en la vida real sea un manipulador de mierda que pierde el interés que te cagas de rápido.

Tal vez conozcas a tu chica extraordinaria en Navidad.

Tal vez. O quizá me pase la vida acostándome con gente que me importa un pimiento.

Frunzo el ceño y tecleo.

¿Y eso es malo?

No.

Pero...

Quiero más.

¿Más de qué?

Si lo supiera ya lo habría encontrado.

Me tumbo en la cama. Debería decirle que soy yo. Me está contando intimidades y, como algún día se entere de que me las está confiando a mí, se va a enfadar. Pero, no sé por qué, me da la sensación de que está alicaído y quiero animarlo.

Lo sabrás cuando la conozcas.

¿Tú crees?

Sonrío con pesar.

Pues claro.

¿Y tú?

No creo que quiera enamorarme. Duele mucho cuando se van.

Se hace el silencio unos instantes. Hasta que al final contesta:

¿Quién te dejó?

Mis padres.

¿Cómo?

Murieron.

De repente se me humedecen los ojos. Cierro sesión rápidamente para no estar en línea cuando conteste. No quiero hablar de ese tema; ni siquiera sé por qué lo he sacado.

Estoy cansada.
Que duermas bien, Ed.
Un beso.

Apoyo la cabeza en la pared mientras el sudor me baja por el pecho.

Estoy en la sauna del gimnasio de la oficina. Es miércoles y son las ocho de la tarde.

Está siendo una semana larga y tengo ganas de que llegue el viernes. Ni siquiera voy a ir a la dichosa fiesta de Navidad de mañana por la noche. No estoy de humor.

Esta época del año siempre es una mierda. La Navidad me recuerda lo que no tengo. Sin embargo, me consuela saber que, cuando despierte al día siguiente, me habré quitado ese peso de los hombros y volveré a ser yo misma. Siempre me pasa. Ojalá pestañeara y llegara el día.

Se abre la puerta y Elliot entra envuelto en una toalla.

—Eh —dice y se sienta delante de mí.

Mierda.

—Hola.

No dice nada, pero siento que me envuelve la electricidad.

Hay tensión sexual y eso es innegable.

Elliot inhala y apoya la cabeza en la pared. Sus músculos me provocan cuando los miro de soslayo.

Mierda.

No abrimos la boca en quince minutos.

Está tan tranquilo y normal, como si no nos hubiéramos besado en la discoteca.

Como si hubiera olvidado lo que me dijo. ¿Ocurrió o me lo imaginé todo?

Me estoy poniendo más y más furiosa con cada minuto que pasa. Hasta que llega un momento en que ya no aguanto más y exploto a lo bestia.

—¿Qué te pasa conmigo? —escupo.

Elliot me dedica una sonrisa lenta y *sexy*. ¡Porras!

Gana él.

—Me da igual que hayas ganado el jueguecito de mierda este —susurro.

Elliot me observa detenidamente.

—Y me da igual que te acostaras con diez modelos el sábado por la noche.

Pone cara de que le hace gracia.

—Porque no quiero acostarme contigo por nada del mundo.

Elliot alza una ceja.

—¿A qué viene esa cara? No me pongas esa cara, Elliot. Sé lo que estás haciendo.

Sonríe y echa la cabeza hacia atrás con los ojos cerrados. El tío está como si nada y yo me muero por dentro.

—¿Y qué estoy haciendo, Kathryn? —pregunta.

Kathryn… vuelvo a ser Kathryn.

—Comiéndome el coco —salto.

—Tu coco no tiene nada que ver con esto. Quiero comerte entera.

Se me desencaja la mandíbula del horror.

—¿Es necesario que seas tan gráfico? —murmuro con rabia.

Se encoge de hombros como si nada y dice:

—Así soy yo. Si buscas amor, ya te puedes ir.

Me quedo mirándolo. ¿Dónde está el chico encantador de internet? ¿Acaso son la misma persona?

Ed me cae mejor de aquí a Lima.

—Pues claro que me voy —digo y me ciño la toalla.

—¿Por qué?

—¿Por qué? —digo en tono de mofa—. ¿Me lo preguntas en serio?

—Tú tienes algo que yo quiero y yo tengo algo que tú quieres. Podemos ayudarnos el uno al otro.

—Querrás decir echar un polvo y ya.

Elliot sonríe mientras cierra los ojos de nuevo.

—No.

—¿No qué?

—Un polvo es un quiqui rápido que se echa al volver a casa por la noche.

—Venga, hombre —digo poniendo los ojos en blanco.

Elliot se echa hacia delante y me separa las piernas con las manos.

—Yo estoy hablando de abrirte de piernas y darme un festín contigo.

Me trago el nudo de la garganta.

—Y, en concreto, de metértela tan fuerte y durante tanto tiempo que ni siquiera recuerdes a los que han pasado por ahí antes que yo.

Nos miramos a los ojos.

—Y tú estarás mojada y llena de mí. —Me coge del pelo y me acerca a él. Y entonces me susurra al oído—: Y yo estaré lleno de ti. —Me lame la mejilla y se me cierran los ojos al notar su lengua húmeda.

Madre mía.

Se me pone la piel de gallina.

Me suelta y se sienta como si la cosa no fuera con él.

—Tómate un tiempo para pensártelo. Soy consciente de que esto no le va a todo el mundo y que muchas mujeres no lo soportan.

—¿Que me piense el qué? —pregunto.

—No hago las cosas a medias, no mantengo relaciones largas y tampoco comparto a mis amantes.

—¿Y qué haces entonces? —musito.

—Puedo follarte como nadie te ha follado.

El ambiente está cargado de electricidad.

—Piénsatelo bien, porque, si seguimos adelante, no seré clemente. —Se arrodilla entre mis piernas y me lame la cara interna del muslo. Lo miro embobada.

La madre que lo parió…

Me pasa la lengua por el muslo mientras me mira a los ojos. Los míos se me van a la puerta. ¿Y si entra alguien y lo ve ahí arrodillado lamiéndome?

—¿Quieres sexo sin compromiso? —susurro.

—Sí. —Tras un último beso en la parte de abajo de mi bikini, justo donde está la vagina, se pone en pie—. Quiero que lleguemos a un acuerdo.

Se me derriten las entrañas.

—¿Podremos acostarnos con otros? —pregunto.

—No.

—¿Por qué aceptaría eso?

Me mira a los ojos y dice:

—Porque solo así me tendrás.

Maldita sea. ¿Cómo lo sabe?

Se agacha, me sujeta de las mejillas y me besa con ternura, con la cantidad justa de lengua.

—Ya sabes cómo encontrarme.

Sale por la puerta sin mirar atrás y esta se cierra tras él.

Cierro los ojos y trato de regular la respiración.

Me cago en la puta.

Capítulo 8

Aparto la comida con el tenedor.

—Te he preguntado que si no te gusta —dice Rebecca, como si se estuviera repitiendo.

—¿Eh? —La miro aturdida—. Perdona, no te he oído. —Me apresuro a llevarme un bocado a la boca—. Pues claro que me gusta. Es mi plato favorito.

Daniel me mira fijamente y dice:

—¿Qué te pasa esta noche?

—Nada, ¿por?

—Porque apenas has abierto la boca desde que has entrado por la puerta.

—Estoy cansada, supongo —digo encogiéndome de hombros. No me apetece contarles que Elliot Miles me ha lamido el muslo en la sauna y quiere sexo sin compromiso, pero sin que me esté permitido acostarme con otros, ni que la tiene enorme y este mes se me está yendo de las manos.

—¿Sabes algo de Elliot? —me pregunta Rebecca.

Niego con la cabeza y miento:

—No.

Me da vergüenza la indecencia que me ha propuesto. No quiero tener que explicar la situación porque, francamente, ni yo misma la entiendo.

—¿Y de Edgar, tu churri virtual? —me pregunta Daniel.

—No. —Mastico la comida—. Tampoco he hablado con él.

¡La de trolas que estoy soltando esta noche!

¿Y por qué no? Cuando Edgar me dijo que lo nuestro no era una historia de amor épica y que solo quería echarme un polvo, no mentía. Ni siquiera es un escarceo amoroso; es una transacción comercial para intercambiar fluidos.

—Será imbécil —comenta Daniel—. Normal que estés depre.

—No estoy depre —resoplo, ofendida—. Elliot Miles no significa nada para mí.

Vale, puede que un poquito depre sí que esté.

Cuando Elliot me dijo que me deseaba, me pareció, por un segundo, algo nuevo y emocionante y una forma de escapar de la rutina. Madre mía, ¡si ponerle hielo en los calzoncillos ha sido lo más memorable que he hecho en todo el año! Pero ahora que sé que solo me ve como a una vagina con patas, su interés en mí ha perdido la gracia.

Y lo que es peor: me estoy planteando su oferta seriamente. Sé que es una estupidez, que resultará ser un capullo y que seguramente yo acabe despedida o herida.

O, peor todavía, las dos cosas.

Solo con recordarlo en la sauna, arrodillado entre mis piernas, noto retortijones en el estómago.

Elliot me hace sentir algo. Y, aunque sea algo malo, sigue siendo una sensación.

Me acabo de dar cuenta de que llevo años aletargada y que, si quiero volver a ser la de siempre, quizá pueda usar a Elliot Miles como el trampolín que necesito para alcanzar mi objetivo.

Sigo comiendo en silencio mientras Daniel y Beck hablan de la nueva aplicación para practicar pilates que se han descargado.

Vuelvo a divagar y acabo pensando en que me gusta Edgar. Es dulce, inteligente y encantador… Pero entonces recuerdo quién es en realidad.

No necesito complicarme la vida con Elliot Miles. Disto mucho de ser una chiquilla cegada por la lujuria y unos ojitos de cordero degollado. No necesito que mi jefe me coma la almeja en la sauna de la oficina para sentirme viva.

Ya soy mayorcita.

Pero «que mi jefe me coma la almeja en la sauna de la oficina»… hasta pensar en ello me pone.

Soy una puta ninfómana.

A ver, que me aclare del todo: irme a la cama con alguien tan guapo y autoritario será caer muy bajo.

Tiene todas las papeletas para salir mal.

—Te gusta, ¿no? —dice Rebecca, que vuelve a incluirme en la conversación.

—¿Quién? —pregunto, haciéndome la tonta.

Los dos ponen los ojos en blanco y dicen:

—Elliot Miles.

—No lo conozco. ¿Y a vosotros qué os pasa, que lleváis toda la noche erre que erre con el temita?

—Perdona —dice Rebecca con los ojos como platos.

Seguimos cenando.

—Mañana por la noche es la fiesta de Navidad de tu empresa, ¿no? —pregunta Beck para cambiar de tema.

—Son solo unas copas en la oficina. ¿Y vosotros qué vais a hacer?

—Voy a dormir a casa de Brett —contesta Rebecca.

—Yo me voy a casa unos días a ver a mis viejos —dice Daniel—. Mi madre está un poco plof.

—¿Qué le pasa? —pregunto yo.

—Este año ha superado un cáncer y le está pasando factura. Quiero ir a ayudarla con los regalos y con los preparativos de Navidad, que mi padre para eso no sirve.

Sonrío y le toco la mano a Daniel por encima de la mesa.

—Eres un buen hombre, ¿lo sabías?

—Bueno, es que este año solo estaré yo. A mi hermana la han mandado de misión y no volverá a casa hasta febrero.

—Está en la Marina, ¿no? —pregunto.

Daniel asiente con orgullo.

—Es una tiarrona. Como me coja me revienta.

Nos reímos por lo bajo.

—Tú comerás aquí el día de Navidad con tus hermanos, ¿no?

Asiento y digo:

—En su momento me pareció buena idea.

—¿Ahora no tanto? —me pregunta Daniel.

—Buf, ni he pensado en qué voy a cocinar. Es todo tan difícil...

—Bueno, yo solo estaré fuera dos días. Si quieres, cuando vuelva, te ayudo a preparar la comida. No me marcho hasta

Nochebuena. Y para entonces ya podemos tenerlo casi todo listo.

—No hace falta que te molestes —digo con una sonrisa.

—¿Qué voy a hacer sino? Como me quede más de dos días en esa casa me volveré majara y mañana es mi último día en el trabajo. Podemos probar algunas recetas mientras le damos al vinito.

Sonrío, agradecida de tener a Daniel como amigo, y me vuelvo hacia Rebecca.

—¿Y tú qué vas a hacer en Navidad, Beck?

—Haré de mediadora en las peleas de mi familia desestructurada. —Suspira.

Sonreímos mientras escuchamos el resto.

—Cuando tus padres se divorcian, una cree que se ha acabado el circo. Pues no, porque se buscan a dos gilipollas de pareja. Con lo cual tienes doble función con nata y extra de cobertura.

Nos reímos entre dientes.

Daniel alza su copa y Rebecca y yo nos unimos al brindis simultáneamente.

—Por la Navidad, el circo definitivo.

—Por la Navidad.

Son las once pasadas cuando me siento en el escritorio con un café. Me llega un correo.

Elliot Miles.

> Hola, Kathryn:
> Me gustaría reunirme con el Departamento de Tecnologías de la Información.
> Os quiero a todos en mi despacho en media hora.
> Elliot.

—Porras. —Me levanto y entro en el despacho contiguo—. Bob, ¿te ha llegado el correo de Elliot?

Bob deja de mirar la pantalla y me dice:

—Espera, que lo miro. —Abre la bandeja de entrada y arruga la nariz—. Sí. —Vuelve a mirarme y añade—: ¿Crees que es por la caída de la semana pasada?

—Seguro —digo poniendo los ojos en blanco—. Hoy no estoy de humor para esto.

Bob exhala con pesadez y entonces se asoma Joel.

—¿Os ha llegado el correo?

—Sí.

Nos quedamos un rato mirándonos los unos a los otros. Cuando Elliot Miles te invita personalmente a su despacho, no es precisamente para merendar.

Significa que estás en un lío de dos pares de narices.

—Como la tome conmigo, le diré que se lo meta por ahí —salta Bob.

—¿Que se meta qué exactamente? —le chincha Joel.

—Este empleo de mierda por el culo —contesta Bob.

—No veas, qué machote —dice Joel—. Ya sabes cómo va esto, deja que hable Kate.

Bob asiente en señal de conformidad.

Caguetas.

Pongo los ojos en blanco. Estupendo… lo que me faltaba.

Media hora después, nos plantamos en la última planta.

—Hola —dice Courtney, que nos recibe con una sonrisa—. Pasad, os está esperando.

Bob, Joel y yo nos miramos.

—Qué bien —digo, simulando una sonrisa.

Cruzamos el pasillo. Bajo los hombros y me preparo para el ataque.

Elliot Miles es muchas cosas, pero pusilánime no es una de ellas.

Bob llama a la puerta.

—Adelante —dice Elliot con su voz grave.

—Qué mierda —susurra Joel.

Sonrío. En realidad me hace mucha gracia el miedo que le tienen.

Entramos y vemos a Elliot sentado a la mesa. Se reclina en su asiento y alza el mentón a más no poder. Reconozco esa postura al instante.

No está enfadado, sino cabreado de cojones.

—Querías vernos —digo.

Señala la mesa de reuniones con el boli y dice:

—Tomad asiento.

Exhalo.

Odio esa puta mesa.

Elliot se levanta y se desabrocha la chaqueta con una sola mano. Lleva un traje azul marino y una camisa blanca y almidonada ceñida al torso. Se quita la chaqueta y la deja en el respaldo de su silla, lo que me permite disfrutar de ese culito tan cuadrado. Veo cómo se le contraen los músculos de los hombros al retirar la silla.

Estupendo. Lo que me faltaba: porno de oficina.

El pelo oscuro le tapa la frente y sus ojos son de un azul cristalino. No me vendría nada mal que fuera un pelín menos agraciado.

—Me gustaría hablar con vosotros sobre la caída de la semana pasada —dice y estampa el informe impreso en la mesa que tenemos delante. Bajo de las nubes de golpe.

Céntrate.

—Ya me lo imaginaba —mascullo en voz baja.

—Explícame qué pasó —dice.

Abro la boca para hablar cuando dice:

—Tú no. Joel.

Joel y Bob se miran, nerviosos.

—Verá, teníamos que actualizar el sistema de la web de administración y, para ello, debíamos introducir un nuevo código WAP.

Elliot coge un boli y no lo suelta mientras escucha las explicaciones de Joel.

—Lo que no tuvimos en cuenta fue que, al introducir el nuevo código, el sistema de todo el edificio se colapsaría.

—¿Por qué no lo tuvisteis en cuenta? —le pregunta con el rostro impasible.

Joel se encoge de hombros.

—¿No os pago para eso? Un especialista en tecnologías de la información debería estar capacitado para detener una amenaza inminente antes de que se produjera.

Joel abre la boca y vuelve a cerrarla. Me mira en busca de consuelo y yo le sonrío como puedo.

—No mires a Kathryn; mírame a mí. ¿Quién de los tres actualizó el sistema?

—Yo lo autoricé —contesto.

—No he preguntado eso —replica con aspereza—. ¿Quién actualizó el sistema?

Joder cómo se las gasta.

—Fui yo —susurra Bob.

Elliot se recuesta en la silla y fulmina con la mirada a Bob.

—Dime..., Bob —dice con desprecio—. ¿Cuántos trabajadores de Miles Media hay en este edificio?

Bob se traga el nudo de la garganta y dice:

—Unos dos mil, señor.

—Dos mil ciento setenta y uno —brama Elliot—. ¿Y cuánto crees que cobra por hora toda esa gente, Bob?

Bob empieza a sudar.

—Señor Miles, con el debido respeto... —intervengo.

—No. Me. Interrumpas. Kathryn —ruge.

Los tres nos encogemos.

—Solo el sueldo por hora de todos los empleados de este edificio asciende a un total de setenta y cuatro mil novecientas libras.

No movemos ni un músculo. Joder, que alguien me saque de aquí.

—Multipliquemos esa cifra por las tres horas que estuvimos sin internet —gruñe.

Bob agacha la cabeza.

—Vuestra incompetencia me ha costado doscientas veinticuatro mil setecientas libras.

Exhalo. ¡La leche!

—¿Queréis que os lo descuente del sueldo? —dice, mirándonos a los tres.

No decimos nada.

—¡Contestadme! —ruge.

—No, señor —decimos los tres.

Elliot se pone en pie y, con las dos manos apoyadas en la mesa, nos lanza una mirada asesina.

—Y, sin embargo, vosotros lo habéis descontado del mío —gruñe—. Dadme un motivo para que no rescinda vuestros contratos ahora mismo.

Menudo imbécil está hecho.

Furiosa, me recuesto y digo:

—Por mí adelante, rescinde mi contrato.

Elliot entorna los ojos. Está a punto de explotar como un volcán.

—Eso te gustaría, ¿eh? Huir de tu incompetencia en vez de afrontar las consecuencias. No sé por qué esperaba más de ti.

Pongo los ojos en blanco.

—¡No me pongas los ojos en blanco! —grita y todos pegamos un bote del susto.

Se abre la puerta y se asoma Christopher, que nos mira y finge una sonrisa.

—Elliot, ¿podemos hablar un minuto?

—Estoy ocupado —espeta.

—Ya —le apremia con los ojos como platos.

Elliot sale en tromba y cierra la puerta. Bob y Joel se hunden en la silla.

—Ni se te ocurra dimitir —susurra Joel.

—Eso digo yo —coincide Bob.

—A la mierda ya, hombre —susurro—. Estoy harta ya de tanta tontería. El tío este es un gilipollas de mierda. Yo me largo.

—Relájate, siempre ha sido así. ¿Por qué de repente te molesta? —murmura Joel.

Porque antes no quería acostarme con él.

—No sé a qué viene tanto escándalo —murmura Bob—. El tío gana doscientas mil libras cada diez minutos.

La puerta vuelve a abrirse. Entra Elliot, que ya se ha serenado, y toma asiento.

Christopher Miles, alias Xanax, es el único capaz de tranquilizar a Elliot y acabar con su mal genio.

Lo he visto muchas veces.

Elliot coge un boli y se recuesta mientras pasa la mirada de uno a otro.

—No volverá a ocurrir. ¿Me he explicado bien?

—Sí —contestamos los tres.

—Estoy decepcionado. Cuando pago por lo mejor, espero lo mejor. —Exhala con pesadez mientras nos mira a los tres y tira el boli encima de la mesa como si se rindiera—. Podéis volver a vuestros despachos.

Los tres nos levantamos.

—Kathryn, quédate un momento. Me gustaría hablar contigo de la propuesta que me has enviado.

Me hierve la sangre al volver a sentarme. Me muerdo la mejilla para no mandarlo a la mierda.

En cuanto Joel y Bob salen por la puerta, Elliot se vuelve hacia mí.

Nos quedamos mirándonos hasta que no lo soporto más y alzo una ceja.

—¿Qué quieres decirme de la propuesta?

Elliot se levanta, rodea la mesa, se sienta en ella, cruza los tobillos y se aferra al escritorio con ambas manos.

—No me amenaces, no me gusta —dice con calma.

—No era una amenaza.

—Yo sé separar mi vida profesional de la personal y creía que tú también.

—Claro que puedo. —Me enderezo y añado—: Es más, ya lo hago.

Elliot me mira a los ojos y dice:

—Mentira. Nunca me has amenazado con marcharte. Al contrario, te has quedado solo para fastidiarme. ¿Y hoy, de repente, quieres dimitir?

—Nadie me habla así, independientemente de si nos estamos acostando o no.

—Tú y yo no nos hemos acostado… todavía —dice haciendo énfasis en el «todavía»—. Pero pienso enmendar eso muy pronto.

Más quisieras.

Me quedo callada, no sé qué decir sin parecer melodramática. Tiene razón, hasta hoy no había considerado marcharme. Quizá sea incapaz de separar lo profesional de lo personal.

—Me voy a Nueva York mañana por la mañana —anuncia.

Asiento.

Me mira a los ojos y alza una ceja, impaciente.

—¿Y bien?

—¿Y bien qué? —digo.

—¿Te veré esta noche?

—Asistiré a la fiesta de Navidad como el resto de empleados. —Me encojo de hombros con indiferencia—. Así que supongo que sí.

Elliot entorna los ojos y dice:

—¿A qué viene ese tono?

Me pongo en pie y digo:

—Para ser tan inteligente, eres bastante tonto. Si crees que me pone que nos eches la bronca a mí y a mis compañeros por un error humano, te equivocas.

Vuelve a ponerse la chaqueta y se mete las manos en los bolsillos.

—Soy un profesional, Kathryn. No estaría donde estoy si no lo fuese. No toleraré a los incompetentes; me da igual la relación que tenga con ellos.

Me retuerzo en el asiento y miro por la ventana para evitar su mirada.

—¿Quieres un trato preferente, es eso lo que insinúas?

—Pues claro que no —salto.

—Ponte en mi lugar. ¿Quieres que te trate igual en la oficina o no?

Aprieto la mandíbula. El cabrón me tiene calada.

—Yo puedo separar a las dos —prosigue—. La Kathryn con la que trabajo y la Kate a la que deseo.

Me alza el mentón con un dedo para que lo mire a los ojos, fijos en mis labios.

—Y ahora hablemos de Kate —musita—. Me gusta.

Qué ojos más azules... Siento que me inclino hacia él.

Solo un beso...

Salgo del trance y digo:

—Mejor no.

Me vuelvo y salgo con paso firme del despacho. Llamo al ascensor con tanto ímpetu que me extraña no haberme cargado el botón. Entro a toda prisa para descender a la planta baja. Me vendrá bien tomar el aire y despejarme.

Ahora mismo todo es muy confuso. La vida me está dando pero bien y no precisamente en el buen sentido.

Suena música por los altavoces del gimnasio y se oyen risas por todas partes. Los camareros se pasean con bandejas de champán y cerveza, además hay globos y decoración navideña.

Estoy en la fiesta de Navidad, que no se parece a lo que había imaginado. En teoría, los empleados de Miles Media íbamos a pasar la noche fuera de Londres, pero el club de campo donde se iba a celebrar la fiesta se quemó el mes pasado.

Estoy al fondo con mi grupito bebiendo champán y mirando a los demás.

Las fiestas de Navidad siempre sacan lo peor de la gente y ya no ves igual a tus compañeros de trabajo. El año pasado, la doña perfecta que nunca ha roto un plato de la segunda planta pasó la noche con un director casado. Fue la comidilla de la oficina durante semanas. Pillaron a Marcus y a Neil, ambos casados, besándose en el fotomatón. Y Mandy, de la novena planta, se quitó la camiseta y bailó en sujetador porque tenía calor. Sonrío al recordarlo. Qué bien me lo pasé aquella noche.

Vuelvo al presente y pienso en la propuesta indecente de Elliot.

Por más que me atraiga mi jefe, que sí, no lo niego (aunque, después de lo de hoy, no se me ocurre por qué), no quiero ser el hazmerreír de la oficina.

Me ha dejado muy clarito que nada de compromiso, nada de relación estable o sentimientos y nada de quedar con otros.

Así pues, ¿por qué me estoy planteando siquiera aceptar?

¿A que la gracia de salir con alguien es divertirse, ir a sitios y conocerse? Si no voy a quedar con otros, ¿no preferiría estar con alguien que se enorgulleciera de salir conmigo?

Ojalá no hubiera hablado nunca con Edgar Moffatt. Porque está haciendo que vea a Elliot con otros ojos y que sienta una intimidad con él que no existe en realidad. Y no debería ser así.

Soy consciente de que es un cabrón sin escrúpulos y que nunca seré suficiente para él. Por más que lo intente, nunca seré la mujer increíble que busca.

Bueno, reformulo la frase. Ojalá hubiera conocido a Edgar en vez de a Elliot. Él sí que tiene todo lo que busco.

No podría parecerse menos a Elliot Miles, lo cual no tiene sentido porque son la misma persona.

Hasta que de pronto recuerdo que busca a una chica extraordinaria, que sigue creyendo en los cuentos de hadas y que las apariencias engañan.

Uf, es la pescadilla que se muerde la cola.

Durante un segundo estoy emocionada porque es una experiencia nueva e interesante que me pone una barbaridad y que nos permitiría follar como unos descosidos.

Y al siguiente me imagino a Bob y Joel enterándose de que me acuesto con mi jefe y lo que ellos y los demás compañeros pensarían de mí y me muero de la vergüenza.

Por más tentador que resulte echar una cana al aire, sé lo que debo hacer.

Voy a rechazar su oferta.

Y solo de pensarlo me pongo mala. Como reza el dicho, me tiene comiendo de su mano.

¡Y eso que solo nos hemos liado!

Recuerdo cómo me besó la otra noche en la discoteca.

Cómo me cogía de las mejillas y cómo cerraba los ojos.

Es tan… buff.

Echo un vistazo a la sala y lo veo llegar con Christopher mientras habla con los demás ejecutivos de la última planta.

Lleva un traje que le sienta como un guante y una cerveza Corona en la mano. Mira a todas partes sin dejar de hablar.

Me está buscando.

Basta.

No va a pasar.

Saco el móvil del bolso y finjo que hablo con alguien.

—¿En serio? Ahora voy. —Cuelgo y le digo a Joel—: Tengo que irme. A mi hermana se le ha averiado el coche y la ha dejado tirada en la autopista.

—Ostras. —Le cambia la cara—. Vale. —Me da un beso en la mejilla y añade—: Felices fiestas.

—Igualmente. —Me giro y le doy un beso en la mejilla a Bob—. Hasta el año que viene, Bob. Feliz Navidad.

—Igualmente, guapa.

—No le digáis a nadie que me he escabullido —susurro.

—Descuida.

Echo un vistazo a la estancia y Elliot y yo cruzamos la mirada. Me obsequia con una sonrisa lenta y *sexy* y le da un trago a la cerveza. Siento que me come con los ojos, que brillan amenazantes.

Mierda.

Apuro la copa y me voy al baño. Tengo que librarme de él.

Entro, me miro y salgo. Enfilo el pasillo y me meto directa en el ascensor.

Con el corazón a mil por hora, desciendo a la planta baja.

Que no me siga. Por Dios, que no me siga.

Necesito espacio.

A partir de mañana se irá dos semanas, lo que me dará un respiro.

Se abren las puertas, cruzo el vestíbulo y salgo a la calle, donde hay taxis esperando. Me meto en el primero.

—Hola.

El taxista sonríe y me mira.

—¿A dónde, cielo?

—A casa, lléveme a casa…

El copo de nieve desciende de lado a lado hasta que finalmente encuentra su sitio en el suelo. Por sí solo es insignificante, pero con sus congéneres es capaz de crear un manto de hielo magnífico.

La luz de la luna incide en la calle y en mi pijama. Estoy sentada hecha un ovillo y con las piernas cruzadas en el asiento junto a la ventana de mi habitación contemplando el exterior. Qué tranquilo y apacible parece el mundo…

Son las once y media de la noche y ni se me pasa por la cabeza acostarme. Todavía no se me han pasado los nervios.

El cerebro me va a toda velocidad.

Veo que un coche dobla la esquina e ilumina la calle con los faros. Se para enfrente de mi casa. Me asomo y descubro que es un Bentley negro.

Se abre la puerta y sale Elliot, que se dirige a mi puerta.

Ha venido. Mierda.

Capítulo 9

Oigo que llama a la puerta con el puño.

No son golpes suaves en plan «¿Estás en casa?», sino golpes rollo «Ya me has cabreado».

Vuelve a aporrear la puerta.

¿Qué hace? Son las once y media de la noche. ¿Y si mis compañeros estuvieran en casa? Bajo echando humo y abro con brusquedad.

Y ahí está él, tan guapo y déspota como siempre.

—¿Sí? —digo.

—¿Por qué te has ido?

—Estaba cansada.

Levanta una ceja sin dejar de mirarme a los ojos; sabe que es mentira.

—¿Qué quieres, Elliot?

—¿Me vas a dejar pasar?

—No.

—¿Por qué no?

Este hombre es desesperante, en serio.

—Pues porque es tarde y, como te he dicho, estoy cansada.

—Tenemos asuntos de los que hablar.

—De eso nada. Yo por mi parte no tengo nada más que añadir.

—¡Y una leche! —Se cuela por toda la cara, me deja plantada en el recibidor y sube a mi cuarto.

Exhalo.

—Venga, pasa.

Cierro la puerta y subo las escaleras. Al llegar arriba me lo encuentro en mi cuarto paseándose de un lado a otro, como preparándose para la batalla.

—¿Qué quieres, Elliot? —pregunto mientras cierro la puerta.

Me mira a los ojos y dice:

—Ya sabes lo que quiero.

—No, la verdad es que no.

Me acerco a la ventana y me asomo a la calle.

No sé qué decir para no sonar necesitada o quejica. Mejor ponte en plan borde. Madre mía, ya ni me conozco.

—La cuestión es… —empieza.

Me giro y me siento en el suelo, contra la pared.

Se calla a mitad de frase y nos miramos fijamente. Entonces se sienta a mi lado y se apoya también en la pared.

Guardamos silencio y miramos al frente. Parece que él tampoco sabe qué decir.

Es la primera vez que Elliot Miles se queda sin palabras.

—¿Qué te dije? —me pregunta en voz baja.

—¿Cuándo?

—Al segundo día de conocernos, cuando hablaste sobre el color de mis ojos. ¿Qué te dije?

—No me acuerdo —miento.

—Llevo tiempo pensando que debe de existir una razón para que me hayas odiado todos estos años.

No digo nada.

—Va, dímelo.

—Me dijiste que no te gustaba que las mujeres hicieran comentarios inadecuados en la oficina.

Elliot frunce el ceño.

—Y yo… —Dejo la frase a medias.

—¿Tú qué?

Me encojo de hombros.

Él sigue con la vista al frente. Nos quedamos un ratito más en silencio.

—Kate, a riesgo de parecer engreído…

—¿Tú? ¿Engreído?

Esboza una sonrisilla.

—Va, sigue —lo animo con una sonrisa.

—Las mujeres me tiran la caña a diario… y no es porque les guste.

Escucho atentamente.

—Son mi apellido y mi cuenta corriente lo que las atrae.

Se me cae el alma a los pies.

—Me paso tanto tiempo rechazando halagos que ni me doy cuenta. A mis hermanos les pasa lo mismo.

Frunzo el ceño.

—Así que cuando hace años me dijiste que tenía unos ojazos, lo cual, por cierto, ni recuerdo, seguramente pensé que estabas tonteando y te paré los pies para que no siguieras por ahí.

Me muerdo el labio mientras lo escucho detenidamente.

—¿Por eso has sido una borde todos estos años? ¿Para demostrarme que no estabas ligando conmigo?

—He sido una borde porque eres idiota.

Agacha la cabeza y se ríe por lo bajo.

Para mi sorpresa, yo también sonrío.

—Vale, eso es verdad.

Me coge de la mano y entrelaza los dedos con los míos.

—¿Qué te impide aceptar mi propuesta?

—Bueno —digo y lo miro fugazmente—, ¿no crees que es raro que te atraiga de repente?

—Ya ves. —Asiente—. No me lo explico.

Vuelvo a arrugar la frente. No esperaba que dijera eso.

—No sé por qué me siento así, pero fue instantáneo. Fue verte bailar con tu vestido rojo de *netball* y empalmarme.

—¿Cómo?

—Tengo que confesarte algo.

—¿El qué?

—Tal vez… —Hace una pausa para escoger sus próximas palabras con cuidado—… me haya puesto el vídeo en el que sales bailando en la sala de la fotocopiadora hace un mes o así… una y otra vez.

—¿Eh?

Me besa en el dorso de la mano y dice:

—Digamos que, como en la canción, hiciste sonar mi campana.

Cuando ato cabos me quedo boquiabierta.

—¿Va en serio?

Se muerde el labio para no sonreír.

—Elliot —jadeo, sorprendida.

—No pude evitarlo, estás tremenda.

Esbozo una sonrisilla.

—¿Sabes la de veces que me he pajeado con ese vídeo?

Me echo a reír y exclamo:

—¿Qué?

Vuelve a ponerse serio y dice:

—¿Qué más? ¿Cuáles son los otros obstáculos?

—Pues… —Lo medito un segundo y digo—: ¿Por qué no te van las relaciones?

—Porque ya me he hartado.

—¿Y eso?

—Porque en cuanto salgo con una chica sin esconderme, aparecemos en todas las revistas y la prensa no deja de preguntarle si nos casaremos en breve. Miran con lupa todo lo que hacemos y sale en todas las revistas.

No digo nada y escucho.

—¿Tienes idea del estrés que supone eso para una pareja? —pregunta. No me lo quiero ni imaginar—. Si parezco frío y distante… es porque lo soy.

—Elliot… —susurro con pena.

Se encoge de hombros como si nada, como si le pareciera perfecto ser frío y distante.

—Hará unos seis años decidí que solo quedaría en secreto y que no saldría con nadie públicamente. Así me ahorro los chismorreos y las invenciones de los *paparazzi.* Me resulta más llevadero. Sé que es egoísta, pero es lo que hay.

—¿Y qué pasará cuando conozcas a la mujer definitiva?

—Supongo que, llegado el momento, lo resolveremos juntos.

Sonrío con ternura y le doy un golpecito con el hombro.

—Buena respuesta.

—Lo sé —dice y me devuelve el golpecito—. ¿Podemos acostarnos ya?

Me río de la sorpresa.

—No.

Elliot sonríe y pega la cabeza a la pared.

—Yo venía a seducirte; sincerarme, no entraba en mis planes que nos sinceráramos.

—Necesitaba esta conversación. —Su respuesta tiene sentido. Es posible que pueda lidiar con todo esto—. ¿Podríamos…, no sé, ir despacio?

Se vuelve hacia mí y suspira largo y tendido.

—No es mi fuerte que digamos.

—Por favor. —Me acerco y le beso con dulzura—. ¿Por mí?

Nuestro beso se intensifica y Elliot me coge de las mejillas. Me mete la lengua y nos besamos una y otra vez... Madre mía, qué bien besa.

Me sienta a horcajadas encima de él. Le toco el pelo mientras nos besamos; es dulce, tierno y cada vez que me mete la lengua me sube la temperatura.

Noto su erección cada vez que me arrimo a él.

Ostras...

Me aparto y lo miro.

—Despacio, ¿recuerdas?

Hace un mohín con los labios y dice:

—¡Estarás de coña!

Sonrío avergonzada y digo:

—Por favor.

—Pero voy a estar fuera dos semanas.

Si no paro ahora, luego no seré capaz. Así que me pongo en pie y lo ayudo a levantarse.

—Lo sé.

Me abraza y me da un besito.

—Recuerda el trato.

Le sonrío y le digo:

—A ver, recuérdamelo.

—Nada de terceras personas.

—Eso también va por ti, ¿eh?

—Ya.

—¿Y qué vas a hacer en Nueva York?

—Pajearme con tu vídeo.

Me río y le aparto el pelo de la frente para mirarlo.

—Gracias por venir.

Me abraza y nos quedamos así un rato. Elliot no es como pensaba.

—Estoy cachondísimo —murmura cerca de mi pelo.

—Dos semanas —le digo entre risas.

Lo cojo de la mano y lo acompaño a la puerta. Él se gira para besarme.

—Dos semanas —le recuerdo, pero él no aguanta más y me estampa contra la pared y me besa. Pasamos a besarnos con frenesí. Elliot me toca el culo mientras su erección se me clava en la cadera. Se me derriten las entrañas.

—Despacio —digo jadeando cerca de su boca.

Elliot se aparta de mí y pega la frente a la mía.

La electricidad que desprende es tan fuerte que estoy a punto de ceder y llevármelo a la habitación.

—Tienes dos semanas. —Me besa—. Y después serás mía.

Asiento mientras trato de respirar con normalidad.

Nos miramos por última vez y dice:

—Adiós.

Cierro la puerta y me apoyo en ella mientras recobro la compostura.

¿En serio ha pasado lo que yo creo?

La emoción me burbujea en el estómago.

Dos semanas para adelgazar, depilarme de arriba abajo y ponerme buenorra.

Sonrío como una tonta. Está chupado.

Hola, Rosita:
¿Qué te cuentas?
¿Qué tal el día?

Sonrío y respondo. Llevo tres días sin ver a Elliot, pero Edgar no ha dejado de escribirme.

Con cada mensaje que me envía Edgar, más culpable me siento por lo que le estoy haciendo a Elliot. Él se sincera conmigo mientras que yo miento descaradamente. Tengo ganas de confesarle que soy yo, pero todavía no se ha dado la ocasión. Me encanta hablar con Edgar y me encanta conocer otra faceta de Elliot. Es como si tuviera una doble identidad y gracias a ella pudiera descubrir sus secretos más oscuros e íntimos.

Se lo contaré, tengo que hacerlo. Pero estoy esperando al momento adecuado, que ojalá sea pronto porque esto no puede seguir así.

Lo más curioso de todo es que, aunque sé que son la misma persona, no me lo parece. Elliot tiene un carácter fuerte, es cabezón y muy *sexy;* Edgar, en cambio, es sensible, profundo y tierno. Elliot no se ha puesto en contacto conmigo, mientras que Edgar no ha parado de enviarme mensajes.

Y no para ligar, sino para charlar.

> Hola, Ed:
> El día ha estado bien. He ido al gimnasio y he comprado algunas cositas para Navidad, ya casi lo tengo todo. Solo me falta mi hermano. ¿Qué has hecho tú?

> No hago más que pensar en Kate.

El corazón me da un vuelco y sonrío.

> Te ha dado fuerte, ¿eh?

> Eso parece...

Me muerdo el labio mientras pienso en cómo contestar. Escribo.

> ¿Qué te gusta de ella?

> No lo sé, pero me muero de ganas de averiguarlo.

Apoyo la barbilla en la mano y sonrío a la pantalla con aire soñador.

Yo también me muero de ganas de averiguarlo.

Quedan once días.

La sugerente voz de Michael Bublé cantando villancicos resuena por toda la casa.

—Creo que ya está casi todo —dice Daniel mientras se sirve una copa—. Los regalos están envueltos, la comida está lista y no te olvides de juntar las capas del *trifle* mañana por la mañana.

Alzo mi copa y brindamos.

—Gracias —digo con una sonrisa—. No lo habría conseguido sin ti.

—El placer es mío. ¿Seguro que no quieres venir a casa de mis viejos esta noche?

—No, estaré bien aquí, de verdad.

—No me hace gracia que pases la Nochebuena sola.

—Iré al gimnasio y me acostaré temprano, que ser la anfitriona el día de Navidad es un trabajazo.

Suena el timbre y Daniel me mira a los ojos.

—¿Esperas visita?

—No.

Abro la puerta y me encuentro a un repartidor con el ramo de flores rosas más grande que he visto en mi vida.

—¿Kate Landon?

—Sí, soy yo.

—Esto es para usted.

—Caray.

—Firme aquí, por favor. —Me indica dónde tengo que firmar y le quito el gigantesco ramo de las manos.

—Gracias. —Cierro la puerta y dejo el ramo como buenamente puedo en la mesa del comedor—. ¡¿Y esto?! —Habrá unas trescientas flores de todos los tonos habidos y por haber de rosa y blanco. Toco los pétalos—. Qué bonitas —susurro.

—¿Quién te las manda? —pregunta Daniel, cortante.

—No tengo ni idea.

Cojo el sobrecito blanco que las acompaña y lo abro.

Kate:
Feliz Navidad.
Un beso,
Elliot

—Anda. —Me quedo boquiabierta de la sorpresa—. Se ha despedido con un beso. —Me llevo la tarjeta al pecho.

—¿Quién te lo manda? —me insiste Daniel.

Le tiendo la tarjeta y, cuando la lee, me mira a los ojos y dice:

—¿Elliot... Miles?

Sonrío.

Abre los ojos como platos y dice:

—¿Que Elliot Miles te ha mandado flores?

Le arrebato la tarjeta de las manos y digo:

—Es un detalle, nada más.

—¿Me estás vacilando? —Ahoga un grito y añade—: ¿Qué está pasando?

—Nada. —Llevo las flores arriba con Daniel pisándome los talones.

—¿Ha pasado algo entre vosotros? —pregunta.

—No.

—¡Y una mierda! Tiene que haber pasado algo.

—Me dijo que le gustaba, ya está.

—¿Y no se te ocurrió mencionarlo?

—No sabía si lo decía en serio. —Dejo las flores en mi tocador y sonrío mientras las recoloco.

—Vaya si te lo decía en serio. Llámalo, vete derechita tras él y agradéceselo en persona.

Me troncho de risa y le digo:

—Está en Nueva York, tonto.

—¿Que está en Nueva York y te manda flores a casa? —exclama—. Madre mía, a este le ha dado fuerte. —Me arrebata la tarjeta de la mano y la lee en voz alta.

Kate:
Feliz Navidad.
Un beso,
Elliot

—Feliz Navidad a ti también, bombón —dice—. Podría haberte puesto «con cariño» o algo así, ¿no crees? Así es muy impersonal.

Vuelvo a quitarle la tarjeta. La emoción me burbujea en el estómago mientras contemplo las flores. Me imagino a Elliot diciéndole a la florista qué poner en la tarjeta.

—Tengo que llamarlo para darle las gracias.

—Es verdad. —Daniel sonríe, me coge por los hombros y me gira hacia la puerta—. Venga, espabila. Baja para que yo también lo escuche.

—No —digo entre risas—. Lo haré a solas esta noche cuando te vayas.

Daniel me rodea con un brazo mientras nos dirigimos a las escaleras y me da un beso en la sien.

—Al final el tío va a tener buen gusto.

Me paseo de un lado a otro con el móvil en la mano. Es Nochebuena, son las ocho de la noche y tengo que llamarlo.

Estoy de los nervios y el corazón me va a mil.

Hace años me llamó en un congreso para que le enviara un informe y me guardé el número para saber a quién no cogérselo si volvía a llamarme. Ni en un millón de años habría imaginado que sería yo la que lo llamaría a él para darle las gracias por un ramo de flores.

¿Qué le digo?

«Gracias por las flores, son preciosas…». ¿Y luego qué? Con suerte será él quien continúe la conversación a partir de ahí.

Cierro los ojos y me mentalizo.

Tengo que llamarlo. Sería de mala educación no darle las gracias.

Cierto.

Al lío.

Ay, madre. Me llevo una mano al vientre para ver si así me tranquilizo; siento que voy a vomitar en cualquier momento.

Sobrevuelo su nombre con los dedos. Joder. Cierro los ojos y pulso el botón dc llamar.

Me paseo de un lado a otro mientras espero a que conteste. A lo mejor está ocupado. Hombre, es Nochebuena, claro que estará ocupado.

—Hola —me dice con su voz grave.

Mierda.

—Elliot, hola. Soy Kate.

—Hola, Kate. —Se oye a gente hablando de fondo—. Espera, que me voy a un sitio más tranquilo. —Oigo que camina y cierra una puerta—. Mucho mejor.

Hago una mueca y digo:

—Gracias por las flores, son preciosas.

—Como tú.

Sonrío como una tonta y digo:

—¿Siempre eres tan zalamero?

Se ríe por lo bajo y dice:

—Hago lo que puedo.

Nos quedamos callados.

—¿Qué hacías? —me pregunta.

—No mucho, envolver regalos. ¿Y tú?

—Estoy en un cóctel en casa de mis padres.

Me imagino a los famosos y los ricachones con los que estará codeándose. Nuestras vidas son radicalmente opuestas.

—No te entretengo, entonces. Vuelve a la fiesta —susurro.

—No, prefiero hablar contigo. Esta gente es un rollo.

Sonrío mientras me paseo de un lado a otro. Estoy tan nerviosa que no puedo estarme quieta.

—¿Qué harás mañana? —me pregunta.

—Mis hermanos vienen a casa. ¿Y tú?

—Estaré en Los Hamptons, en casa de mis padres. Cocina Tristan.

—¿En serio?

—Sí, se las da de chef. Lleva preparando la comida de Navidad desde que tenía unos dieciocho años; gracias a Dios sus habilidades culinarias han mejorado mucho desde entonces.

Sonrío mientras me imagino al guapo de Tristan Miles en delantal.

—Once días para volver a verte —susurra.

¿Eh?

El corazón me da un vuelco.

—No veo la hora —susurro.

Volvemos a quedarnos callados.

—Vuelve a la fiesta —digo sonriendo.

—No quiero.

Me muero, qué…

—Me has alegrado el día —musito—. Gracias.

—Lo he hecho encantado.

—Nos vemos pronto.

—No lo bastante.

Cierro los ojos mientras la emoción me recorre de arriba abajo.

¿De verdad está pasando esto?

—Feliz Navidad, Kate Landon —me desea con su voz grave y *sexy.*

Esbozo una amplia sonrisa y le contesto:

—Feliz Navidad, señor Miles.

La llamada se alarga más de lo debido, ya que a ninguno de los dos le apetece colgar.

Al cabo de un rato oigo un chasquido, que me indica que Elliot ha finalizado la llamada. Tiro el móvil a la cama y me pongo a dar vueltas de la alegría sin moverme del sitio.

¡La madre que me parió!

Comemos en silencio en torno a la mesa de Navidad.

La comida está deliciosa y suenan villancicos de fondo.

Pero es duro, por la ausencia de dos personas que deberían estar aquí. Todos los años deseo que sea la última Navidad mala y todos los años me llevo el chasco del siglo.

Si por mí fuera me iría corriendo a mi cuarto y me echaría a llorar en la cama. No quiero celebrar la Navidad si me voy a sentir tan vacía.

No es justo.

Mis hermanos, Elanor y Brad, también comen en silencio. Sé que los tres nos sentimos igual al respecto.

Sin embargo, somos muy diferentes. Elanor posee una belleza clásica, es sofisticada, inteligente y solo lleva ropa de marca. Se codea con la flor y nata y tiene un trabajo superchulo en importaciones, por lo que se pasa el día viajando y saliendo con chicos exóticos. La miro y pienso que todos los chicos que se han fijado en ella han acabado perdidamente enamorados.

Mi padre decía que la habían bendecido los dioses. Hasta su marca de nacimiento es perfecta: un corazoncito rosa en el cuello, cerca de la oreja. ¿Cómo es posible que un antojo sea *sexy?*

Brad se parece más a mí y valora las cosas sencillas de la vida. Es fisioterapeuta y acaba de abrir su propio centro en Londres. Tenía pareja desde hace seis años, pero han roto hace nada. Según él, ya no había chispa y acabaron convirtiéndose en mejores amigos. Yo creía que estarían juntos para siempre. Solo de pensar que la chispa entre dos personas que se quieren tanto puede apagarse me cago encima. Si les ha pasado a ellos, le puede pasar a cualquiera.

—Está riquísimo, Kate —dice Brad, señalando la comida—. En serio.

—Gracias. —Y añado para decir algo—: Para las patatas he seguido la receta de la abuela.

Brad asiente, demasiado emocionado para hablar.

Normalmente nos juntamos con los demás parientes: las tías, los tíos y los primos. Pero hace tres años decidimos que celebraríamos la Navidad a solas; de ese modo, si nos apetece estar tristes, nos lo podemos permitir. No hay nada peor que fingir felicidad cuando te estás muriendo por dentro.

—He encontrado un comprador para la casa de mamá y papá —anuncia Elanor.

Frunzo el ceño y digo:

—Si aún falta mucho para que la vendamos; vamos a tardar por lo menos seis meses en vaciarla.

—Ya lo he hecho.

—¿El qué? —inquiere Brad.

—He vaciado la casa de mamá y papá.

—¡¿Cómo?! —Vuelvo a arrugar la frente—. ¿A qué te refieres?

—Han pasado seis años, alguien tenía que hacerlo.

—Te dijimos que queríamos hacerlo juntos.

—¡Es que tardabais la vida en decidiros!

—Porque no estábamos preparados —balbuceo—. ¿Y sus cosas?

—Lo he dado casi todo a la beneficencia.

Conmocionada, me hundo en la silla mientras se me humedecen los ojos. Un hachazo habría dolido menos.

—Dime que es mentira.

—¿Para qué queremos nosotros todo eso? Lo he donado todo.

—¡¿Cómo?! —grito levantándome de un salto—. ¿Cómo has podido?

—Más te vale que sea mentira —gruñe Brad—. Te dijimos que no tocaras la casa.

—Alguien tenía que hacerlo y estaba harta de esperaros.

—¿Y sus cosas? —grito.

—Te lo he dicho, lo he donado casi todo.

Me imagino las queridas pertenencias de mamá y papá expuestas en una tienda de segunda mano.

—¿Dónde están? —pregunto entre lágrimas inconsolables.

—Relájate. —Resopla—. He guardado las fotos.

—¿Y mis cosas del desván? —pregunto.

—Las he tirado —dice encogiéndose de hombros como si le importara un comino.

Lloro más fuerte al pensar en la vajilla y los bordados con punto de cruz de mamá, en su ropa y en todas las cosas que quería que mis hijos heredaran algún día.

¿Cómo ha podido?

—No puedo creer que nos hayas hecho esto… Bueno, sí me lo creo —exclama Brad—. Solo piensas en ti. Eres la persona más egoísta que he conocido en mi vida. Sabías perfectamente que Kate quería esas cosas.

Tengo el jersey empapado de tanto llorar. Necesito alejarme de ella.

Subo corriendo a mi cuarto y cierro de un portazo.

Oigo a Elanor y Brad gritándose más fuerte que nunca, así que me tapo la cabeza con la almohada para no oír cómo discuten.

No debía ser así.

Feliz Navidad mis cojones.

Hola, Rosita:
Feliz Navidad.
¿Qué tal el día?

Apenas leo bien el mensaje de lo hinchados que tengo los ojos. No voy a arruinarle el día.

Muy bien, ¿y el tuyo?

Me echo a llorar mientras espero a que conteste.

Cuando hablo con él me siento mejor.

Edgar Moffatt, mi adorada distracción.

El único problema es que nuestra amistad no es real.

Elliot solo quiere acostarse conmigo y tengo que engañar a Edgar para que me hable.

Me limpio las lágrimas con furia para leer los mensajes.

Sé que está mal. Soy un desastre.

Me suena el móvil y veo que es Elliot. El corazón me da un vuelco.

—Hola. —Sonrío al aceptar la llamada. No hemos hablado desde que lo llamé la semana pasada para darle las gracias por las flores.

—Hola —dice con su voz grave y *sexy*.

—¿Qué tal? —pregunto. Qué gusto oír su voz. A ver, sí, hablo con Edgar todos los días, pero él no sabe que soy yo.

—He vuelto a Londres.

Frunzo el ceño y digo:

—Pensaba que volvías la semana que viene.

—Es que me moría de ganas de verte.

Se me cae la mandíbula al suelo de la sorpresa y exclamo:

—¿En serio?

—Sí, en serio. ¿Paso a recogerte a las siete?

Sonrío y digo:

—Vale.

—Hasta luego.

Cuelga y yo me tapo la boca con las manos.

Madre mía, ¡¡que se moría de ganas de verme!!

Me miro al espejo de cuerpo entero con cara de asombro. Voy hecha un pincel y me gusta lo que veo.

Daniel se lo ha pasado en grande escogiéndome un modelito para esta noche; hemos arrasado en las tiendas. Llevo un vestido negro y ajustado de tirantes finos y tacones altos color carne. Me he soltado mi abundante melena rubia y llevo un maquillaje natural.

Es posible que también me haya puesto un poquito de bronceador, pero rezo para que no se dé cuenta; no quiero que parezca que me va la vida en impresionarlo.

En cuanto dan las siete, veo las luces de su coche delante de mi casa. Me pongo el abrigo negro y largo y bajo las escaleras.

La puerta del cuarto de Daniel se abre, así que lo apunto con el dedo y le digo en tono de advertencia:

—No salgas.

—Que te lo pases bien.

Le lanzo un beso y él me dice adiós con la mano y cierra su puerta. He pedido a mis compañeros que se quedaran en sus habitaciones cuando Elliot viniera a recogerme, solo por esta noche. Ya es lo bastante incómodo; no hace falta añadir más gente a la mezcla.

Elliot llama a la puerta y yo cierro los ojos. Allá vamos.

Abro a toda prisa y ahí está él, con sus vaqueros negros, su camiseta gris y su americana.

Y esos ojazos azules que se le iluminan al verme.

—Hola —musito.

Él da un paso al frente, me abraza fuerte y me besa; ni hola ni «voy a besarte».

Solo labios, succión y… Madre mía, empieza bien la noche.

Capítulo 10

Elliot se aparta y, sin soltarme la mano, levanta la suya y me mira de arriba abajo.

—Estás preciosa —susurra.

Sonrío con ternura.

Vuelve a besarme y dice:

—Vámonos o me comeré el postre antes de cenar.

Me conduce al Bentley, abre la puerta trasera y subo al coche.

El chófer mueve la cabeza a modo de saludo y Elliot se sienta a mi lado.

—Andrew, te presento a Kate.

—Hola.

—Hola.

Andrew se incorpora al tráfico y Elliot se lleva mi mano al regazo para acariciarla con el pulgar envuelto en un aire meditabundo.

—¿Qué tal en Nueva York? —susurro. ¿Nos oirá Andrew? Se me hace raro tener a alguien ahí escuchándonos.

Elliot me obsequia con una sonrisa lenta y *sexy* antes de apoderarse de mis labios.

—Digamos que no me retuvo —murmura cerca de mi boca. Me acaricia el pómulo con el pulgar mientras me mira.

Uf…

Caray, este hombre es todo un seductor.

Yo también quiero ya el postre.

Sonrío avergonzada; me arden las mejillas.

Elliot es muy intenso.

Se aparta para relamerse los labios, que le sabrán a mi pintalabios.

—En un rato Andrew te dejará en el restaurante. Nosotros daremos la vuelta a la manzana y tú entrarás y dirás que te ha invitado el señor Miles. Entonces te llevarán a un comedor privado.

Me cambia la cara.

—Enseguida estaré contigo. Así tendremos algo de intimidad. —Me da un beso en el dorso de la mano como para suavizar el golpe; se ha dado cuenta de que estoy decepcionada—. Te acostumbrarás, preciosa —me asegura en voz baja—. Así es mi vida.

Finjo una sonrisa y miro por la ventanilla; no quiere que lo fotografíen conmigo.

«No pienses eso».

—A lo mejor salgo por patas antes de que vengas —murmuro.

Elliot se ríe entre dientes y dice:

—Prueba, a ver qué pasa. —Me da otro beso en la mano y añade—: Te encontraré.

—Soy rápida —le chincho.

—Yo más.

Nos miramos fijamente. Tengo la sensación de que en cierto modo me está advirtiendo.

Le gusta el control.

—No hace falta que vayamos a un restaurante si no quieres —digo—. Parece muy engorroso.

—No, ya he reservado. Es mi favorito. La comida y los cócteles están para chuparse los dedos. Te gustará, te lo prometo.

Asiento y él me coge la mano y se la pone en el regazo.

Al cabo de un rato, el coche para delante de un restaurante italiano. Diviso a unos fotógrafos más arriba sentados en cajas.

—Kate, te dejo en la esquina —me informa Andrew como si nada.

—Vale.

El coche para al doblar la esquina.

—Tú entra en Bella Donna y diles que vienes de parte del señor Miles. Te estarán esperando —me recuerda Elliot.

Asiento y digo:

—Vale.

Me dispongo a salir del coche cuando Elliot me atrae hacia él para besarme de nuevo. Se me van los ojos al asiento delantero, a Andrew, que mantiene la vista al frente. ¿Cuántas veces habrá presenciado una escena similar?

Qué situación más extraña.

Me aparto de Elliot y abro la puerta rápidamente.

Doblo la esquina y entro en el restaurante.

La recepcionista me sonríe y dice:

—Hola.

—Hola. Vengo de parte del señor Miles.

La mujer finge una sonrisa y me da un repaso de arriba abajo.

—¡Claro! Por aquí, por favor.

La sigo mientras atravesamos el restaurante. Abre una puerta grande y enfilamos un pasillo. Abre otra puerta de doble hoja y entramos en una estancia con chimenea y mesa para dos. Está iluminada con velas y es superromántica.

Retira una silla y me coge el abrigo.

—¿Desea tomar algo mientras espera al señor Miles?

Me quedo mirándola. Sabe de qué va el tema. ¿A cuántas mujeres traerá Elliot aquí?

—Sí, un margarita y un chupito de tequila, por favor.

La chica esboza una sonrisita.

—Pensándolo mejor, que sean dos chupitos.

—De acuerdo.

Y, antes de que se vaya, añado:

—Y rapidito, porfa —digo casi en tono de súplica.

La muchacha esboza una amplia sonrisa y dice:

—¿Es una de esas noches?

—Algo así.

—Está bien.

En cuanto sale por la puerta miro a mi alrededor. ¡Madre mía! Esto es otro nivel. Parece que estoy en una estación de esquí de Suiza o algo así... No es que haya estado en una estación de esquí de Suiza, pero así es como me las imagino.

Se abre la puerta y entra Elliot, que sonríe, se inclina y me besa antes de tomar asiento.

—Hola.

Qué besucón que es.

Sonrío nerviosa y, de inmediato, llega la camarera con una bandeja de plata.

¡No! La idea era que la trajeras antes de que viniera él, tonta.

—Aquí tiene: un margarita y dos chupitos de tequila. —Los deja delante de mí y miro a Elliot, que sonríe; está claro que le hace gracia.

Madre mía, me siento la mayor pringada del universo.

—Gracias.

—¿Tienes sed? —pregunta.

Asiento y doy un trago al margarita; ojalá pudiera tragármelo de una sentada.

—Para mí un Barbaresco del 96 —pide Elliot a la camarera.

—Enseguida, señor —dice, y vuelve a retirarse.

Me tiembla la mano mientras bebo el margarita. Elliot apoya la cara en el puño y me observa. Se rasca la sien con el dedo índice, lo que le confiere un aspecto de relax total.

—¿Estás nerviosa?

—Un poquito —admito y doy un lingotazo al cóctel.

—¿Puedo hacer algo al respecto?

—Puedes pasarme el tequila.

Elliot enarca una ceja y me pasa un chupito.

Madre mía, debo de parecer la mayor pardilla del mundo, pero como no me pimple esto me voy a pasar toda la noche diciendo chorradas por culpa de los nervios. Echo la cabeza hacia atrás y me lo bebo todo de un trago.

—Tragas bien.

Lo miro.

Su mirada se ha ensombrecido. Los dos sabemos que no se refiere al tequila.

Vale, es oficial: Elliot Miles quiere darme mandanga esta noche.

Os lo digo yo.

—Ajá… —Me estiro para coger el otro vaso; todavía no estoy lo bastante borracha para mantener esta conversación.

Elliot me lo pasa y me lo bebo del tirón. Justo en ese momento vuelve la camarera con su vinito.

—Aquí tiene, señor. —Le sirve un poco para que lo cate.

Elliot lo paladea y dice:

—Perfecto, gracias. Querríamos intimidad. Te llamaré si necesitamos algo.

Noto que la chica sonríe bajo su seria apariencia.

—Por supuesto, señor. —Vuelve a la cocina y sé que sabe por qué bebo tequila como una cosaca. Quiero ir a la cocina, hablar de este percal y beber con ella.

Elliot estira el brazo bajo la mesa y en menos que canta un gallo acerca mi silla a la suya.

—Así mejor. —Me toca el muslo con su manaza y agrega—: Quiero tocarte.

Empiezo a notar los calores del tequila.

—Eres muy tocón —susurro.

—Y tú muy tocable. —Me mira los labios y me coge de la cara—. ¿Qué has hecho mientras no estaba?

—No mucho… —Dejo la frase a medias. ¿Cómo voy a unir dos palabras mientras me mira así?

Se acerca a mi oreja y susurra:

—¿Te has tocado? —Su aliento me hace cosquillas y me eriza el vello de los brazos.

—¿Y tú? —pregunto.

Me roza los labios con los suyos.

—Todos los días. Correrme es mi pasatiempo favorito.

Me lo imagino cascándosela y se me derriten las entrañas. ¿Cómo puede ser tan *sexy?*

—¿Te corres todos los días? —susurro.

—Sí —dice, recostándose—. ¿Tú no?

Niego con la cabeza.

—Bueno. —Me coge la mano y se la lleva al paquete; la tiene durísima—. Pues vamos a tener que ponerle remedio. —Tensa la polla con mi mano encima—. ¿No te parece?

Lo miro de hito en hito mientras se me fríe el cerebro.

Este tío no se anda con chiquitas; está en modo sexo total. Conozco a Elliot. Sé que es un hombre agresivo y que cuando desea algo, lo consigue.

No sé por qué me sorprende que sea así… pero, en cierto modo, me impacta.

—¿Vas a hacer que me corra… todos los días? —susurro.

Se ríe por lo bajo y me atrae hacia él tirándome del pelo.

—Cariño, voy a hacer que te corras hasta que te desmayes.

Joder, joder, ¡qué cojones!

No necesita desnudarme; me voy a desmayar ya mismo.

Sonrío y, envalentonada por el tequila, digo:

—Eso ya lo veremos.

—Te lo aseguro. —Se da unas palmaditas en el regazo y dice—: Aquí.

—¿Cómo?

—Abre esas piernas y siéntate encima de mí.

—¿Aquí? —chillo.

Me agarra más fuerte del pelo a la vez que me besa con pasión. Esto se me está yendo de las manos.

—Kate —dice con tono autoritario—, cuando te diga que hagas algo, lo haces. Y nada de preguntas.

El corazón me va a mil.

—Ya —insiste.

Parpadeo, atónita. ¿Qué puedo perder? Solo por liarme a escondidas con un malote ya voy a ir derechita al infierno. Me levanto y se pasa una de mis piernas por encima. Después me sube el vestido para que separe las piernas y me sienta en su regazo.

Estamos cara a cara y muy pegaditos.

—Así mejor. —Me besa el pecho y me roza la teta con los dientes.

¡Que estamos en un restaurante!

No he hecho algo así en mi vida. ¡Qué repentino! Estará mal, pero no veas lo que me pone.

Me mira y me dice:

—Córrete, princesa.

—¿Eh? —susurro.

—Restriégate contra mi polla. Quiero que te corras antes de cenar.

—Elliot —musito—, ¿estás loco?

Me sonríe y se apodera de mis labios.

—Mi placer nace de ver el tuyo.

Me coge de las caderas y me mueve mientras me besa. Tengo el clítoris justo encima de su miembro, como si quisiera provocarme para pedir más.

Y eso hago.

La tiene durísima y me está frotando en todos los puntos más placenteros.

—Elliot —musito pegada a su boca.

—Así, nena. ¿Lo sientes? ¿Sientes lo que tengo para ti? —Me besa con pasión—. Voy a reventar —murmura pegado a mis labios—. Necesito correrme. Es tuya. Cógela.

Jo… der.

Oír a esa voz tan familiar decir semejantes guarradas hace que me explote la cabeza. Me dejo llevar mientras me asaltan los temblores.

—¿Tú también quieres correrte? —Me mueve más rápido—. Estás deseándolo. Te lo noto.

Pega los labios a mi oreja y me susurra:

—¿Estás hinchada y mojada para mí?

Cierro los ojos y el cuerpo se me mueve solo. Tiene un objetivo, y no podría disuadirlo, aunque lo intentara.

—A lo mejor debería tumbarte en esta mesa, abrirte de piernas y lamerte hasta la última gota… aquí mismo. —Me muerde la oreja y añade—: No sabes las ganas que tengo de probarte. No pienso en otra cosa. —Me muerde fuerte en el cuello y yo doy un respingo, al borde del desmayo.

¡La madre que lo parió que a gusto se quedó! Elliot Miles es el rey diciendo cochinadas y eso que todavía no hemos llegado al clímax.

Tiemblo de nuevo y Elliot me coge tan fuerte del culo que casi duele.

Se le ha ensombrecido la mirada y sus labios grandes y bellos están hambrientos.

—Córrete para mí, encanto. Restriégate contra mi polla.

Cuando ya no puedo más me dan espasmos; el orgasmo es tan fuerte que gimoteo pegada a su boca. Elliot esboza una sonrisa triunfal mientras me besa y yo vuelvo al planeta Tierra.

Se aparta y me observa. Me pasa un mechón de pelo por detrás de la oreja con ternura y dice:

—Ya podemos cenar.

Capítulo 11

Me miro en el espejo del baño del restaurante. Estoy colorada e irradio satisfacción.

¿Quién eres tú y qué has hecho con Kate?

¿Qué narices acaba de pasar?

Me moría de los nervios y, de repente, estaba sentada encima de él, restregándome contra su pantalón sin haber cenado siquiera... Pero ¡bueno! ¿Qué mosca me ha picado?

Me he comportado como una adolescente falta de sexo.

Qué vergüenza. Así se aparenta indiferencia. Di que sí.

El artículo que encontré en internet se mofa de mí: *«Casanova Miles, como lo ha apodado cariñosamente la prensa debido a su aparente habilidad para someter a las mujeres a su voluntad...»*.

¡Vaya si las somete!

Ay madre, ahora soy una de esas... ¡Me mato!

Si soy sincera, estoy tardando más de lo normal en lavarme las manos y peinarme un poco porque me muero por salir por patas. Este hombre quiere que haga cosas que no me habría imaginado en la vida.

Regreso al comedor privado y tomo asiento.

Elliot está recostado en la silla, copa en mano, y me mira fijamente.

—¿Pasa algo? —me pregunta.

—No —digo mientras recupero el margarita.

—Estás muy callada.

—Ah, eso —digo mientras me encojo de hombros con timidez—. Es que me da un poco de vergüenza.

Elliot frunce el ceño y dice:

—¿El qué?

—Déjalo, es una tontería. —Doy un sorbo al cóctel. ¿Para qué habré dicho nada?

—Kate —dice en tono de advertencia.

—Es que… no me creo que haya hecho eso.

—¿El qué?

Lo miro de hito en hito. No tiene la menor idea. Para él debe de ser normal hacer estas cosas.

—No llevaba ni dos minutos aquí sentada y ya estaba restregándome contra tu pantalón.

Me mira fijamente y dice:

—¿Y qué es lo que te da vergüenza?

—Da igual. —Dejo la copa en la mesa con brusquedad—. ¿Nos vamos ya?

—No —contesta sin dejar de mirarme a los ojos—. Explícame lo que has dicho.

—Elliot.

—No me vengas con esas. ¿A qué te referías? —me espeta.

Me quedo callada, no sé muy bien qué decir.

Se echa hacia delante y dice en voz baja:

—Aquí solo estamos tú y yo, Kate. Y lo que pasa entre nosotros… no le incumbe a nadie. Y si satisfacerme sexualmente te da vergüenza, entonces… —Se encoge de hombros.

—Entonces ¿qué?

—¿Entonces qué hacemos aquí?

Frunzo el ceño y digo:

—¿Por qué te empeñas en hacerme sentir como una adolescente descarriada?

—¿Porque te estás comportando como una? —Alza su copa y gira el contenido—. Soy intrépido, Kate. Me gusta el sexo y me gusta que sea a lo bestia. Me gusta que las mujeres con las que estoy se corran… a menudo. —Se lleva la copa a los labios y da un trago; veo cómo saca la lengua y se la pasa por el labio inferior—. Si buscas sexo convencional, no soy tu hombre.

—Yo no he dicho que…

—¿Te va a dar vergüenza cada vez que haga que te corras? —me interrumpe.

—Baja la voz —susurro con rabia mirando a mi alrededor.

—En esta habitación estamos solos; nadie más, solo tú y yo.

Me quedo mirándolo.

—Y siempre estaremos solos; nadie más, solo tú y yo. No habrá nadie más en nuestra cama. —Me envuelve la cara y me acaricia el labio con el pulgar—. No te flageles por experimentar una sensación nueva, princesa —susurra antes de besarme con ternura y yo me derrito de nuevo—. Te pondré contra las cuerdas… pero porque lo necesitarás. —Funde su lengua con la mía y esbozo una sonrisita mientras rodeo esos hombros anchos con los brazos.

¡Madre mía, qué hombre!

—Deja de juzgarte —murmura cerca de mis labios— o lo nuestro no funcionará.

Asiento y me aparto de él. Elliot es… demasiado. Juntamos las cabezas, me da un besito en la mejilla y se queda a mi lado.

Entre nosotros ha surgido una intimidad que parece inapropiada.

Cada palabra que sale de su boca va a misa. Es como si me estuviera instruyendo para desempeñar un papel que él mismo ha creado. Como si me estuviera entrenando para satisfacer sus necesidades.

Sean las que sean.

Pero este juguete tiene corazón y me da miedo que corra peligro porque lo de esta noche solo ha sido la punta del iceberg. Si esta cita me ha enseñado algo es que no puedes esconderte de Elliot Miles.

Si quisiera, podría hacer que me postrase ante él. Noto que estoy bajando la guardia, pero al mismo tiempo no quiero bajarme del carro.

Elliot sostiene el abrigo para que me lo ponga. Lo hago, y entonces me gira y me besa como si tuviéramos todo el tiempo del mundo. Es un beso lento, erótico y tierno que hace que sonría con dulzura cerca de sus labios.

Soy adicta a sus besos.

Oigo sirenas a lo lejos…

Que empiecen los juegos.

Las puertas negras metalizadas del garaje tardan en abrirse. En el asiento trasero del Bentley, Elliot sostiene mi mano en su regazo. Andrew está al volante.

Entramos despacio y pasamos junto a una fila de cochazos. Hay seguratas rondando. Este sitio parece más un concesionario de coches de lujo que un aparcamiento subterráneo. Andrew detiene el vehículo delante de las puertas de cristal que conducen al ascensor. Sale, me abre la puerta y yo también me bajo.

—Gracias.

Elliot me rodea con el brazo y me guía al ascensor. Aprieta un botón y subimos. Mira al frente con cara de que hay algo que le hace mucha gracia.

—¿Y esa cara? —pregunto con una sonrisita.

—Nada —dice y me besa en la sien—. Es que no todos los días traigo a la mismísima Kate Landon a casa —contesta como si nada.

—Vamos a tomar café, Elliot —digo—. No te emociones.

—No se me ocurriría.

—Me alegro. —Me pongo erguida y me esfuerzo por no sonreír. Me gusta este juego.

Da un paso adelante y yo retrocedo. Apoya las manos en la pared que tengo detrás y dice:

—¿Y si paro el ascensor… y te doy el café aquí?

Abro los ojos como platos y digo:

—No te atreverás.

Se ríe por lo bajo y me besa.

—Anda que no.

—Elliot —susurro.

El ascensor pita al llegar a nuestra planta.

Elliot sonríe cerca de mis labios mientras se abren las puertas.

—Salvada por la campana.

Me muerde el labio inferior y me toma de la mano. Salimos a lo que parece un área de recepción privada. Hay una mesa grande y redonda en el centro con un arreglo floral y cuadros enormes y abstractos pintados de rojo y negro en las paredes. Elliot pone la mano en un escáner y la puerta hace clic y se abre.

Nada más entrar me quedo sin aire. Ventanas del suelo al techo ofrecen unas vistas magníficas de la ciudad, que brilla a lo lejos. El techo es superalto y lo miro boquiabierta. Veo que una escalinata divide la estancia.

—Tu casa es de dos plantas.

—Sí —dice como si nada mientras me lleva a la cocina, me quita el abrigo, me sienta en la encimera y se coloca entre mis piernas.

La cocina es blanca y moderna. Miro a mi alrededor y exclamo:

—Madre mía, es preciosa.

—¿A quién le importa mi casa? Hablemos del café.

Me muerde en el hombro, que está al aire, y a mí me entra la risa.

—Vale, hablemos del café.

Me mira a los ojos y me pregunta:

—¿Cómo te gusta? —Está despeinado y pone ojos de loco.

—¿El café?

—Sí. —Sonríe y me mordisquea los pechos por encima del vestido.

—Ay… —Me río.

—Capuchino, con leche, cortado… —me va susurrando.

—Solo está bien.

Me coge de las caderas y me atrae hacia él con brusquedad antes de separarme un poco las piernas y tocarme los muslos, al desnudo.

—Qué arriesgado —murmura sin perder de vista las manos.

—¿Arriesgado? —susurro mientras me frota por encima de las bragas con los pulgares.

Se le ensombrece la mirada y dice:

—Es muy fácil hacerse daño con un café solo.

Nos miramos a los ojos mientras saltan chispas entre nosotros.

—¿Y qué propones para… reducir el riesgo?

Se pone a trazar círculos con los dedos y dice:

—Azúcar.

—Azúcar —susurro mientras cuela los dedos por debajo de la tela. Se pone a dibujar círculos en mis labios húmedos y tiemblo por dentro.

—El azúcar siempre va bien para los cafés solos. —Me mete un dedo hasta el fondo y los dos tomamos aire con brusquedad sin dejar de mirarnos. Le da un tic en la mandíbula de tanto apretarla—. Sobre todo si la taza es tan estrecha y pequeña. —Me introduce otro dedo y jadeamos a la vez.

Me besa mientras estoy despatarrada y hace magia con sus fuertes dedos.

Cada vez que me mete la lengua en la boca, sus dedos cobran fuerza y a duras penas puedo mantener los ojos abiertos. Los ecos de mis gemidos excitados lo envuelven y llenan la estancia.

—Qué café más bueno —susurro mientras le toco el pelo.

Él sonríe y dice:

—Esto es café… con azúcar… —Se le cierran los ojos cuando pierde el control por un momento—. Joder, el café está cerrado.

—Percolado —musito.

—Cafetera de émbolo —refunfuña. Agrega un dedo más a marchas forzadas y gira al final, lo que hace que me estremezca.

Sííí… qué gusto.

Me da vergüenza lo rápido que este hombre consigue que me corra.

Lo sujeto de la cabeza y lo beso lo más fuerte que puedo.

—O me sirves ya el café o lo derramo todo por el suelo.

—Aguanta, joder —susurra pegado a mi boca—. Que me voy a beber la taza.

Cachonda a más no poder, me esfuerzo por respirar con normalidad.

Me baja de la encimera y sube las escaleras conmigo en brazos. Es muy fuerte. Me agarro a él como si me fuera la vida en ello. Cruza el pasillo con paso firme, abre la puerta de una patada y, en un solo gesto, me quita el vestido por la cabeza.

Me muestro ante él con mi conjunto negro formado por un sujetador sin tirantes y unas bragas. Elliot sonríe mirándome de arriba abajo. Cuando volvemos a cruzar las miradas, los ojos le brillan de deseo.

Me desata el sujetador y lo tira por ahí y, acto seguido, me baja las bragas y me da un beso en mis partes antes de levantarse.

—Túmbate en la cama y abre esas piernas para mí —susurra con aire amenazante y los puños apretados a los costados.

Nunca he estado con un ser tan fogoso. Nunca he deseado complacer tanto a alguien.

Me tumbo en la cama, me armo de valor y separo las piernas.

Me mira; el ardor que desprende su mirada me quema la piel. Se quita la camiseta y, a cámara lenta, se desabrocha los vaqueros y los tira al suelo.

Me quedo sin aire. La madre que me parió.

Su piel es de un tono oliváceo, su pecho es ancho y tiene un poco de vello negro mientras que su abdomen es firme y musculoso. Se me van los ojos más abajo.

La tiene grande…, muy grande.

Es el mejor café que he visto en mi puta vida.

Cada vez más nerviosa, me trago el nudo de la garganta.

Nos miramos a los ojos y él esboza una sonrisa preciosa que me deja sin aliento.

—Hola —musita.

El corazón me da un vuelco y digo:

—Hola.

—Estoy desnudo con Kate Landon.

Me parto de risa. No doy crédito.

—¿Qué nos está pasando?

Sonríe con aire enigmático y se tumba entre mis piernas. Una vez se pone cómodo, dice:

—No lo sé, pero me gusta. —Me pasa su lengua gruesa por mis partes y yo por poco pego un brinco. Me separa más las piernas para lamerme mejor y se le cierran los ojos del placer—. Qué rico —murmura para sí.

Lo observo como si no estuviera aquí, sino en el limbo, a medio camino entre el cielo y el infierno. Le acaricio el pelo, abundante y rizado.

Se embravece y me hace cosquillas con su barba de dos días. Me lame con más y más vehemencia hasta que llega un momento en que me frota con toda la cara.

Se me arquea la espalda y exclamo:

—¡Madre mía, Ell! —Echo la cabeza hacia atrás del placer—. Sube, sube, sube —digo como si cantase—. Ya. —

Me incorporo y lo sujeto de la cara para que me mire—. ¡Elliot, ya!

Nos miramos y veo que le brillan esos labios tan bonitos y carnosos empapados de mis fluidos.

Exactamente como en mis fantasías.

Sin mediar palabra, me tumba, me separa las piernas, se pone un condón y se arrodilla ante mí. Me coge un pie, lo besa y se lo lleva al hombro. Me besa el otro pie y hace lo mismo con él.

En esta postura estoy completamente a su merced.

Nos miramos y él me pasa la puntita por los labios de la vulva; a un lado y al otro, a un lado y al otro.

Lo espero conteniendo el aliento.

Se cierne sobre mí con las manos apoyadas en el colchón y mis piernas en sus hombros mientras me la mete un poco.

Lo abrazo y él me besa con ternura. Me la mete un poco más y yo me tenso.

Ay.

Duele.

Me agarra más fuerte de las pantorrillas y yo le toco los hombros susurrando:

—Ell, ve con cuidado.

Frunce el ceño y dice:

—Nadie me ha llamado así nunca.

—Eso es mentira —murmuro—. Yo lo acabo de hacer.

—Listilla —dice con una sonrisa y se hunde más en mí.

—¡Ay! —gimoteo. Me aferro tanto a él que le clavo los dedos en la espalda.

—Ya casi estoy, preciosa. No falta nada —susurra.

Hago una mueca de dolor. Madre mía… Elliot es…

—Para, para, para —suplico—. Dame un momento.

Me besa y enreda su lengua con la mía y yo lo acerco más a mí. Nos besamos un buen rato y es entonces cuando, en medio de tanta ternura, mi cuerpo se abre y lo deja entrar del todo.

Elliot mueve las caderas, primero a un lado y después al otro, para destensarme.

Cuanto más desesperados estamos, más agresivos son nuestros besos.

Separa las rodillas y la saca. Me la vuelve a meter. Y así una y otra vez hasta que finalmente me libero y él me deja saborear el momento.

Me embiste con tanto ímpetu y tanta fuerza que la cama choca contra la pared. Le cuelga la mandíbula y el pelo se le pega a la cara del sudor; creo que no he visto una imagen tan perfecta en mi vida.

Elliot Miles folla como negocia, con mano dura y sin miramientos.

Sabía que este hombre era de otro mundo, lo que no sabía es que era todo un mundo.

Sus dientes están en mi cuello; sus manos, en mi culo y su polla abarca hasta el último centímetro de mi cuerpo. Pero son los gemidos que emite, los gemidos de puro placer…

Se me van los ojos a la nuca.

La posesividad, el calor…

Buf…

Rotundamente, el mejor polvo de toda mi vida.

Se me curvan los dedos de los pies y me entran espasmos mientras me aferro a él.

—Joder, joder, joder —gruñe mientras me golpea en el punto G—. Sííí. —Se mantiene al fondo y yo grito cuando me corro. Noto el inconfundible tirón y él echa la cabeza hacia atrás y yo sonrío anonadada.

Nos miramos a los ojos, y entonces, me besa con delicadeza.

Es un momento íntimo y tierno y puro y todo lo que no debería ser. Siento que bajo la guardia por completo.

—Kate Landon, eres increíble —susurra.

—¿A que sí? —digo en broma mientras lo abrazo fuerte.

Sonríe pegado a mi cuello y dice:

—Pero voy a tener que repetirlo para asegurarme. —Me da la vuelta y añade—: Y esta vez seré muy exhaustivo.

Elliot

Estoy tumbado de lado, apoyado en un codo, mientras contemplo cómo duerme Kate. El sol se cuela por los extremos de las cortinas y, a medida que pasa el tiempo, entra más luz y la veo mejor. Su cabello del color de la miel baña la almohada, sus labios carnosos forman un puchero y, de vez en cuando, se le mueven las pestañas como si estuviera soñando.

Se gira hasta quedar bocarriba y, por primera vez, le veo el cuello.

Mierda.

Lo tiene lleno de mordiscos. Apenas se le marcan, pero ahí están. Azorado, la destapo para echar un vistazo al resto del cuerpo.

Sus pechos turgentes suben y bajan al ritmo de su respiración. Me cuesta horrores no abalanzarme sobre ellos y chupárselos. Está claro que va sobrada en ese aspecto.

¿A quién quiero engañar? Va sobrada en todos los aspectos.

Miro más abajo, paso por el vientre y al llegar a las caderas contraigo el rostro: se distinguen cuatro moretones. Me incorporo para mirarle el otro lado y, horrorizado, confirmo que sucede lo mismo.

Marcas de dedos.

Nos recuerdo hacia el final de la noche, ella de rodillas en la cama y yo de pie detrás de ella. Cómo la agarraba de las caderas, cómo me acogía ella en su interior... Noto que se me va toda la sangre al paquete y se me pone dura otra vez.

Kate se estira en sueños y se despatarra. Me quedo sin aire.

Me cago en la puta.

Tiene los pliegues irritados por restregarle la barba. Están rojos y le ha salido un sarpullido. Tiene pinta de doler.

Asqueado conmigo mismo, vuelvo a tumbarme. Se me fue la pinza totalmente. Está llena de cardenales.

Hacía tiempo que no vivía una noche así... Si es que alguna vez he vivido una noche igual.

Para ser tan estirada, cabalgar se le da de cine. Los mejores polvos de mi vida.

Hasta el último centímetro de mí ardía.

Me está palpitando la polla, el recuerdo de anoche basta para ponerme como una moto.

Ya vale. Nada de sexo para ti.

Kate se revuelve, parpadea un poco y, al final, abre los ojos. Esboza una sonrisa radiante y susurra:

—Hola.

Sonrío y le doy un besito.

—Hola. —Le aparto el pelo de la frente y me deleito con lo guapa que es.

¿Por qué estoy tan besucón?

Me abraza fuerte y yo sonrío. No me resulta raro o incómodo, más bien lo contrario: es agradable y familiar.

Kate se separa un poco y me aparta el pelo de la frente.

—Lo de anoche fue increíble —susurra con la voz ronca.

—Tú eres increíble —digo y la atraigo hacia mí.

Ella sonríe y cierra los ojos.

—¿No se te baja nunca o qué?

—Ah, eso. —Me aparto y entonces caigo en la cuenta de que piensa que quiero otro asalto—. Lo siento.

Me toma de la cadera y me acerca a ella de nuevo.

—No lo sientas, no me quejo.

—Pues espérate a que te veas el cuello —le digo abriendo los ojos de manera exagerada.

Se toca el cuello y dice:

—¿Qué le pasa a mi cuello?

—Que tendrá unos mil mordiscos —mascullo.

Kate sonríe con suficiencia y dice:

—Eres una puta bestia. Me duele todo. Es como si me hubiera atropellado un camión.

No puedo evitarlo: le muerdo una teta y ella da un respingo.

—Perdona, anoche me pasé contigo —digo en tono de disculpa.

—¿Qué dices? Han sido los mejores polvos de mi vida.

Me quedo mirándola, no sé cómo reaccionar. Los mejores polvos de su vida…

—No te imaginaba así para nada.

—¿Por? —dice y creo que no he visto una sonrisa más sincera en toda mi vida.

Me pongo nervioso.

—Pensaba que te harías la dura.

Kate me besa y me dice, pegada a mis labios:

—Y yo pensaba que tú serías frío como el hielo, pero eres todo lo contrario. Cariñoso, tierno y… maravilloso.

Parpadeo, atónito. Tierno… ¿me han llamado tierno alguna vez?

Vale, ahora la cosa se está poniendo rara de cojones.

Me enderezo y me aparto ligeramente de ella.

—No, no te vayas —susurra. Me acerca a ella en un santiamén y se acurruca contra mi pecho—. Quédate conmigo.

La rodeo con un brazo y noto cómo le late el corazón, pegado al mío. Frunzo el ceño mientras la abrazo.

Esto. Es. Rarísimo.

Estamos igual de a gusto que dos personas que se conocen bien.

Kate se apoya en un codo y sonríe sin quitarme los ojos de encima.

—Entonces, si has vuelto a casa seis días antes solo para verme… —Me besa en el pecho—, ¿significa eso que eres mío toda la semana porque, en teoría, nadie sabe que has vuelto?

Sonrío y le acuno la cara con una mano. Le acaricio el labio inferior con el pulgar y le pregunto:

—¿Y qué harías conmigo si me tuvieras una semana para ti solita?

Me besa debajo del abdomen y yo inhalo con fuerza mientras separo las piernas.

Esta mujer es insaciable.

Me lame el miembro y dice:

—Escaparme contigo.

Se lo mete entero en la boca y yo me tumbo y le toco el pelo.

—¿Y si nos vamos por ahí?

Kate me mira, sorprendida.

—¿Eh?

Le bajo la cabeza y digo:

—No pares. Chupa y escucha. Las dos cosas a la vez.

Ella se ríe y vuelve al trabajo.

Sí, podríamos irnos por ahí.

La verdad es que no es mala idea.

Si nos quedamos en Londres esta semana, solo podremos estar en mi casa o en la suya. Pero si nos vamos por ahí… Tengo el *jet* aquí. Podría planear algo… Ando justo de tiempo, pero…

—Te voy a llevar por ahí esta semana —anuncio.

Kate me mira y frunce el ceño.

—¿Cómo? —dice con mi polla en la boca.

Sonrío. ¡Qué mona es, joder!

—No se habla con la boca llena.

Se la saca y dice:

—No podemos irnos. Tengo que prepararme y luego está lo de…

—Kate. —La levanto y la tumbo encima de mí—. Si nos quedamos en Londres, no podremos salir de casa.

A juzgar por cómo me mira, intuyo que está sumando dos y dos.

—Es toda una semana.

—¿Y a dónde iríamos?

—A algún sitio con sol y cócteles. —Una sonrisa asoma a sus labios—. Pago yo —añado para tentarla.

Me va dejando besos mientras se desliza para regresar a mi entrepierna y dice en tono burlón:

—¿Esta es mi paga extra, señor?

Me río por lo bajo y vuelvo a abrirme de piernas.

—Sí, así que elegiremos destino en función de lo bien que me la chupes.

—No puedes permitirte un resort tan bueno. —Me la chupa entera y me la sacude de tal forma que se me van los ojos al cielo.

Me estremezco a la vez que se me contraen los huevos.

—Quizá tengas razón.

Doblo la esquina de la calle de Kate y me detengo enfrente de su casa.

—Te recojo en unas horas.

—¿Estás seguro de que quieres hacer esto? —me pregunta frunciendo el ceño.

La beso y le digo:

—Segurísimo.

«Es una semana, no te emociones».

—Vale —dice con una sonrisa—. ¿Qué meto en la maleta?

—Nada, si vamos a ir sin ropa.

Ella se ríe y vemos a su compañero de piso salir la mar de arregladito. Baja las escaleras y se mete en el Audi que hay aparcado delante de la casa. Es guapo y viste bien. Vemos cómo arranca y se pierde en la lejanía.

—¿Cómo se llama? —pregunto.

—¿Daniel?

—Ya sabes de quién hablo, no te hagas la tonta.

—¿Qué te pasa con él? —inquiere con el ceño fruncido—. Es mono.

—Seguro.

La desea.

—¿A qué te refieres?

—A nada. Es que se pasa el día tocándote. Nada más.

—Es su carácter.

—Pues no me gusta.

Kate pone los ojos en blanco y dice:

—Es un amigo, Elliot. —Abre la puerta del coche y añade—: Nos vemos en unas horas.

—Vale. —Asiento y me muerdo la lengua para no poner a parir al imbécil de su compañero sobón.

Ya resolveremos esto él y yo en otro momento.

Me suena el móvil y veo el nombre de Tristan en la pantalla.

—Hasta luego. —Me da un beso rápido y sale del coche escopeteada.

—Eh, hola —digo por el manos libres.

Kate se vuelve y se despide con la mano y yo me pongo el cinturón mientras la veo entrar.

—¿Puedes hablar? —pregunta Tristan.

—Sí.

La puerta de la casa de Kate se cierra y me incorporo a la carretera.

—¿Qué tal anoche? —inquiere Tristan.

—Bien —contesto con una sonrisita de suficiencia.

«Increíble».

—¿Y?

—¿Y qué?

—Que ya puede haber sido la pera limonera para haberte ido de Nueva York una semana antes. ¿La conozco?

Esbozo una sonrisita. Se podría decir que sí.

—No.

—¿Vais a volver a quedar?

—Pues da la casualidad de que nos vamos de viaje una semana.

—¿Qué? ¿No decías que anoche era la primera vez que quedabais?

—Sí.

—¿Y la segunda vez que quedéis va a ser para iros de viaje? —Ahoga un grito y añade—: Flipo contigo. Ya puede haber sido la hostia.

Sonrío mientras doblo la esquina.

—No te emociones, que no me voy a casar con ella.

Se ríe y dice:

—Antes lo dices antes pasa.

—Solo es una semana. Así no tendré que preocuparme de los *paparazzi*.

—Bien visto. ¿Y a dónde la vas a llevar?

—Ni idea. ¿Se te ocurre algo?

—¿En qué habías pensado?

—En un sitio privado en el que haga sol y haya playa. Cócteles y restaurantes.

—Mmm..., ¿qué tal San Bartolomé?

—No, en esta época del año seguro que me topo con algún conocido. Quiero pasar lo más desapercibido posible.

—Voy a ver qué encuentro.

—Vale, gracias. —Me pita el móvil por una llamada entrante—. Me llaman. Hablamos luego. —Descuelgo y digo—: Elliot Miles.

—Hola, señor Miles. Soy Peter, de Investigaciones Strathborn.

—Ah. —Estaba esperando a que me contestaran—. ¿Qué tal?

—Muy bien. Tengo buenas noticias.

—Qué bien.

—Por fin tenemos una pista sobre su pintora, Harriet Boucher.

—¿De qué se trata?

—Creemos que hemos localizado su paradero.

Escucho atentamente. Llevo buscando a la artista más de un año.

—¿Y bien?

—Si es ella, y estamos bastante seguros, se encuentra actualmente en el sur de Francia.

Frunzo el ceño al oír eso.

—¿Estáis seguros de que es ella?

—Me lo confirmarán esta semana. Vive completamente alejada de la sociedad.

—Reservaré un vuelo en cuanto te lo confirmen. Quiero conocerla en persona.

—Señor Miles, ¿le importa si le pregunto qué relación le une a esta mujer?

—Es personal —respondo, cortante.

—Está bien. Le llamaré.

—Gracias. —Cuelgo y doblo la esquina. No sé por qué me fascina tanto Harriet Boucher, pero… necesito dar con ella.

Es como si me hablara a través de sus cuadros… y no sé por qué.

Pero no dejo de pensar en ella; no puedo abandonar la búsqueda.

Hay una palabra que la define.

Extraordinaria.

Capítulo 12

Kate

Subo las escaleras dando saltos y me giro para despedirme de Elliot con la mano. Él sonríe y se despide con aire juguetón.

Sonrío y abro la puerta sin perder ni un segundo.

—Hola —digo para avisar a Rebecca de que he llegado.

Sale corriendo de su cuarto y me dice:

—Madre mía, ¿cómo ha ido? —Se mira el reloj y añade—: ¿Vuelves ahora? La madre que te parió. Cuéntamelo todo con pelos y señales.

—Pues… —Sonrío como si me diese vergüenza y me encojo de hombros—. Ha ido bien, supongo.

—¿Qué habéis hecho? —pregunta mientras se tumba en el sofá.

—Cenamos en un comedor privado.

—¿En un comedor privado?

—Después fuimos a su casa. Es un milagro que pueda andar.

Abre mucho los ojos y exclama:

—¡¿Os habéis acostado?! Tú nunca follas en la primera cita.

—Lo sé, pero debería, porque madre mía, la mejor noche de mi vida.

Rebecca sonríe con aire soñador y me pregunta:

—¿Vais a volver a quedar?

—Sí.

—¿Cuándo?

—Viene a recogerme en tres horas.

—Dos citas seguidas, eso es que está interesado.

—Nos vamos de viaje una semana.

—¿Cómo? —Se incorpora tan rápido que se cae del respaldo del sofá, se pega un porrazo que no veas y se da en el codo—. ¡Ayy!

—Ay madre, ¿estás bien? —Corro a ayudarla a levantarse.

Se frota el codo y dice:

—Joder, qué daño.

Me río entre dientes mientras la ayudo a ponerse en pie.

—Pero ha sido divertido.

—¿Que te vas de viaje con él? —pregunta, escandalizada.

—Sí, ¿a qué viene esa cara?

—Apenas lo conoces.

—¿Y?

—¿Vais a dormir en la misma habitación? ¿Qué harás cuando tengas que cagar?

Abro la boca para contestar, pero no me salen las palabras.

—¿Y si te tiras un pedo o roncas… o…? —Levanta las manos, consternada—. ¿Y si babeas mientras duermes? Es un problema logístico. No puedes impresionar a un hombre si estás una semana con él.

La miro mientras se me pasan por la cabeza mil y una situaciones terribles a cámara lenta.

—No había pensado en eso.

—¿Qué ha pasado con lo de hacerse la dura?

—¿Y eso qué más da? —Alzo las manos en señal de rendición—. Hizo que me corriera mientras cenábamos, así que creo que lo de hacerse la dura ha pasado a mejor vida.

Rebecca abre los ojos como platos.

—¿Has dicho que tuviste un orgasmo mientras cenabais?

Hago una mueca y digo:

—Más o menos.

—¿Cómo que más o menos?

Inflo las mejillas mientras asimilo cómo va a sonar lo que voy a decir.

—Me restregué contra su pantalón mientras él estaba sentado en la silla.

Se le van a salir los ojos de las órbitas. Se tapa la boca con la mano y se troncha de risa.

—Sí, ya sé lo que parece.

—¿De verdad? ¿Me lo estás diciendo en serio? Te vas a enamorar de él y él perderá el interés porque no ha tenido que arrastrarse… ni un poquito. Y te partirá el corazón.

Me río. Qué exagerada es.

—O… podemos divertirnos y usarnos mutuamente para el sexo mientras tomamos el sol en la playa y bebemos cócteles.

Rebecca alza las cejas.

—Ya hemos hablado de esto. Sé perfectamente cuál es mi relación con él. No busca pareja y yo tampoco —aseguro—. Simplemente quiero… pasármelo bien y no preocuparme por el futuro, al menos en una temporada.

—¿Desde cuándo? Porque hasta hace nada estabas empeñada en buscar al tío perfecto para que fuera el padre de tus hijos.

—Para ya —salto, enfadada—. No saques conclusiones precipitadas, no busco nada. Es una semana para tomar el sol. —Me dirijo a la puerta con determinación y la abro de mala gana. Señalo la ventisca de fuera y añado—: No me atrae nada pasar las Navidades en un Londres nevado. Me queda una semana de vacaciones y mira. —Señalo la nieve—. ¿Qué voy a hacer aquí con este tiempo?

Rebecca se limita a mirarme fijamente.

—Es una semana y no soy tonta. —Subo las escaleras con decisión—. Es Elliot Miles, por el amor de Dios. ¡Ni que pudiera romperme el corazón!

—Estás siendo una ilusa —me dice desde abajo.

—Y tú una melodramática —replico mientras pongo los ojos en blanco. Me tiro en la cama. ¡Hay que joderse!

Me quedo ahí tumbada un rato compadeciéndome de mí misma. Me da mucha rabia que no se alegre por mí.

Sonrío con ganas. ¡Que le den! Porque yo sí que me alegro.

A ver. Miro la maleta abierta encima de la cama. ¿Qué más necesito para irme de escapada romántica con un dios del sexo?

Mmm… Ojeo la lista.

Pasaporte	Sí.
Bikinis	Sí.
Crema solar	Sí.
Vestidos para ir de cita	Sí.
Lencería	Sí.
Zapatos	Sí.
Libros	Sí.
Portátil	Sí.
Jersey	Sí.
Neceser	Sí.
Cargador del móvil	Sí.
Píldoras anticonceptivas	Sí.
Lubricante	Sí, sí y requetesí. No me creo lo dolorida que estoy.

Este hombre es un bruto. Sonrío. No es que me queje. Duele, pero en el buen sentido.

Me quedo mirando la maleta un rato mientras pienso en qué más podría necesitar.

Sonrío y me dirijo al armario.

Vestido rojo de *netball*	Puntazo

Al cabo de una hora, me llega un correo y sonrío. Es Ed. He cambiado el sonido de sus notificaciones.

Hola, Rosita:
¿Qué tal? ¿Qué te cuentas?

Sonrío y contesto.

Muy bien. ¿Qué tal tu cita con la limpiadora de retretes?

Los nervios me consumen mientras veo los puntitos. Está escribiendo.

Increíble.

Abro mucho los ojos y me tapo la boca con las manos, sorprendida.

¿En serio?

Sonrío como una tonta. Me cuesta escribirle de la emoción.

Eso son palabras mayores.
¿Qué es lo que te ha gustado tanto de la cita?

Veo los puntitos mientras bailo ligeramente sin moverme del sitio. Sabía que él también lo había sentido.

No es solo cosa mía.

Ella. Es...
No hay palabras para describir lo *sexy* que es esta mujer.
Digamos que ha sido una noche estupenda.
Me la voy a llevar de viaje, así que a lo mejor estaré sin internet y no podré escribirte.

Me río en alto de la emoción. ¡Madre mía! Por primera vez tengo la sensación de que nos va a ir bien. A lo mejor este viaje hace que Elliot saque más al Edgar que lleva dentro.

Buah, ojalá.

¿Te la llevas de viaje?
¡No veas!
¿Y cómo se te ha ocurrido la idea?

Contengo el aliento mientras espero a que conteste.

La quiero una temporada para mí solito.

Sonrío y cierro los ojos. Yo también te quiero para mí solita.

Camino mientras pienso. ¿Qué le digo?

Mmm...

¡Qué suerte tiene!
Pásatelo bien y conéctate si puedes.
Besitos

Vale, lo intentaré.
Besos

Me llega un mensaje al móvil.

Estoy en la puerta.
Un beso

Sonrío mientras me asomo a la ventana de mi cuarto y veo que el Bentley negro se detiene junto al bordillo.

Que se despida con un beso no debería emocionarme tanto.

Echo un último vistazo al dormitorio y entonces me invade la típica sensación de que se me olvida algo, pero vete a saber qué.

Bajo las escaleras con alegría.

—Beck, me voy —grito.

Rebecca sale de su cuarto y sonríe extendiendo los brazos.

—Cuídate.

La abrazo y le digo:

—Sí.

—Pásatelo bien.

—Vale.

—Y vuelve cuando quieras. Si no os entendéis, no te lo pienses y vete.

Abro los ojos como platos y digo:

—Sí, mamá. Ojalá estuviera aquí Daniel. Quería despedirme de él.

—Estará fuera todo el día.

—Dile que me he ido.

—Vale. —Abre la puerta y salgo tan rápido que rozo a Rebecca al pasar. Me siento como Escarlata O'Hara escapando de Alcatraz o algo así. Sé que no debería estar tan emocionada, pero es que me muero.

Andrew, que está en la entrada, me coge la maleta.

—Gracias —le digo con una sonrisa.

Intento acercarme al coche con calma. Elliot sale y me aguanta la puerta.

—Hola —dice.

Es tan alto que me saca un buen trecho. Me pongo de puntillas y lo beso.

—Hola.

Me toca el culo y sonríe.

—Hola —dice de nuevo.

—Cuánto tiempo —le susurro.

Elliot se ríe por lo bajo y se aparta para que suba al coche. Miro arriba y veo a Rebecca en la entrada espiando nuestro encuentro.

Sí, sé que estoy muy besucona... pero ahora sé que Elliot cree que soy increíble y es hora de que sigas a lo tuyo.

Subo al coche y Elliot se sienta a mi lado.

Andrew se pone al volante tras guardar la maleta en el maletero.

—Gracias, Andrew —digo con una sonrisa.

Asiente con la cabeza mientras se incorpora a la carretera.

—Hola, Kate. Me alegro de volver a verte.

Elliot se reclina en el asiento y me observa. Lleva vaqueros azules, una camiseta blanca y deportivas, además hay una cazadora azul marino en el asiento. Sus ojazos azules parecen muy penetrantes hoy... o seré yo, que lo veo todo color de rosa... Un rosa increíble.

Le toco el muslo y le tomo la mano. Tiene unos cuádriceps robustos y musculosos. Todavía me emociono al pensar que puedo tocarlo así. Se lleva mi mano a los labios y me besa en la yema de los dedos. Le sonrío como una tonta.

—¿Y esa cara, Kathryn? —me pregunta con una sonrisita.

Se me van los ojos a Andrew. Me muero si lo digo en voz alta.

Elliot alza las cejas como para que conteste.

—Es que estoy emocionada —susurro.

Me obsequia con una sonrisa lenta y *sexy* y dice:

—Pues ya somos dos.

Miro a Andrew por el retrovisor. ¿Nos oirá?

Me acerco a Elliot y le susurro:

—¿A dónde vamos?

Él sonríe y me atrae hacia él con el brazo.

—Es una sorpresa.

—¿Eso es que no lo sabes todavía?

Se ríe por lo bajo y me da un beso en la sien.

—Exacto.

Miro arriba y veo que Andrew se apresura a volver a mirar la carretera. Nos ha visto.

Me acurruco contra el pecho ancho de Elliot, que me rodea con sus fuertes brazos. Su loción para después del afeitado es de otro mundo. ¿Cómo huele tan bien?

—Tengo la sensación de que me he dejado algo —susurro.

—Solo necesitas las píldoras anticonceptivas —responde con una sonrisita.

Abro mucho los ojos y miro a Andrew.

—Para —me dice Elliot solo con los labios.

—¿Nos oye? —le pregunto del mismo modo.

—¿Y? —Elliot alza una ceja—. Olvídate de él.

Jo, qué incómodo. ¿Cómo vas a olvidar que hay alguien ahí escuchando todo lo que dices?

Me pregunto qué no habrá oído... Lo que daría yo por someterlo durante una hora a un detector de mentiras. Apuesto a que sería algo digno de escuchar.

Me suena el móvil en el bolso. Lo saco y veo que es Daniel. Elliot también ha visto su nombre. Me dispongo a guardarlo cuando dice:

—Cógelo.

—No, ya lo llamaré luego.

—Cógelo —repite con más vehemencia y deja de abrazarme.

Joder, va a cantar mucho como no lo coja ya.

—Hola —contesto con una sonrisa forzada.

—¿Qué haces? —me suelta Daniel.

—Ja, ja. Uy, hola, Daniel. —Finjo que me río. Mierda, que Elliot nos va a oír—. Estoy de camino al aeropuerto.

—¿Te vas de viaje con él? —brama.

Me pego el teléfono como si quisiera atravesarme el cráneo con él para que Elliot no oiga nada.

—Sí, solo serán unos días.

—¿Te has vuelto loca? —me espeta—. Qué gilipollez más grande.

Elliot me mira a los ojos entornando los suyos.

Me trago el nudo de la garganta y digo:

—Pues me muero de ganas. Te dejo, que me pillas en mal momento. —Vuelvo a fingir que me río. La madre que los parió a todos. ¿Por qué mis compañeros de piso tienen que ser tan aguafiestas?

—No vayas, no es buena idea —insiste Daniel.

Veo que a Elliot se le mueve la nuez como si estuviera apretando la mandíbula.

—Una noche con él y ya haces todo lo que te dice. Ninguna polla vale tanto, Kate.

Ay, Dios. Me quedo blanca.

Dios, lo que ha dicho.

Elliot me fulmina con la mirada. Desde aquí percibo lo mosqueado que está.

—Adiós, Daniel.

—Llámame si…

Cuelgo antes de que acabe la frase.

Abochornada, vuelvo a guardar el móvil en el bolso. ¿Por qué no lo tendría en silencio?

¡De puta madre!

—Es que Daniel es un pelín sobreprotector —lo excuso mientras me encojo de hombros, avergonzada.

—Y quiere pelea —masculla Elliot en tono seco. Mira por la ventanilla.

Nos pasamos buena parte del trayecto sin hablar. Elliot está pensando en vete a saber qué mientras yo planeo formas de cortarle la lengua a Daniel.

Madre mía, ¿qué será lo próximo?

Elliot ya me ha dicho esta mañana que no le gusta que Daniel me toque.

No quiero ni imaginar qué pasará la próxima vez que se vean… Porque se verán; vivo con uno y me acuesto con el otro.

¿Y qué mosca le ha picado a Daniel? Porque cuando Elliot me iba detrás bien que estaba encantado. ¿Y de repente ahora no es buena idea?

Uf, qué desastre, de verdad.

Llegamos al aeropuerto de Heathrow, pero en vez de acceder por la entrada principal, vamos por una calle secundaria y nos detenemos ante la barrera de un punto de control.

Andrew le pasa unos papeles por la ventanilla al guardia de seguridad, que los acepta y se los lleva a su puesto para comprobar que esté todo en orden.

Elliot está callado y taciturno. Daniel lo ha cabreado.

«No es culpa mía».

Si le sirve de algo, lo cierto es que Daniel también me ha cabreado a mí.

No quiero decir nada por si Andrew me oye, así que guardo silencio. Nos permiten cruzar la barrera y poco después atravesamos una calle que conduce a la pista de aterrizaje.

Tengo ganas de preguntar de qué va esto, pero no quiero parecer tonta. El trayecto dura lo que me parece una eternidad y finalmente paramos junto a un avión con pinta de caro.

Andrew detiene el coche y se apea.

Miro el avión con los ojos como platos: es grande, lujoso y parece un *jet.*

—¿Este avión es tuyo?

—De los Miles, sí.

—¿Cuántos tenéis?

—Tres.

—Ahí va… —Los nervios me roen el estómago. ¿Qué se contesta a eso?

Es fácil olvidar que Ed, mi dulce basurólogo, es un Miles.

A ver, sé que lo es, pero… es que no parecen la misma persona para nada.

Me invade el pánico. ¿Y si no lo son?

Pierdo el hilo de mis pensamientos cuando Elliot abre la puerta del coche y me tiende la mano.

—Ven.

La acepto y bajo del vehículo. Hace mucho viento y acabo despeinada.

El motor del avión hace mucho ruido. Elliot me conduce a las escaleras y, en lo alto, nos recibe una azafata de aspecto elegante y un piloto totalmente uniformado.

—Me alegro de verle, señor Miles —dice el piloto.

Elliot les estrecha la mano a ambos.

—Gracias.

La azafata sonríe y mira a los ojos a Elliot más de la cuenta. Como respuesta, él me agarra de la cintura para dejarle claro lo que hay.

Mmm… ¿Quién será?

Elliot me lleva al interior… ¿No me presenta?

Me encojo ligeramente, me siento insignificante.

La disposición me resulta extraña porque no hay pasillo, sino unos asientos de cuero color crema que van de dos en dos y una sala grande al fondo. Las puertas están cerradas, así que no veo el interior.

En la sala de estar hay un televisor enorme.

Elliot abre el compartimento superior y me dice:

—Puedes dejar la maleta aquí.

—Vale. —Me estiro para guardarla y él me pone las manos en las caderas para subirla en mi lugar—. Gracias —susurro.

Señala un asiento que hay junto a la ventanilla y yo me hundo en él. Elliot se sienta al lado.

Estoy incómoda. Acabo de subir a un avión en el que tanto el piloto como la azafata se han dirigido a él por su nombre y a los que, sin embargo, no me ha presentado.

Es raro… y molesto.

Miro por la ventanilla y no digo nada.

Me recuerdo a mí misma que en teoría nadie sabe que estamos liados y que Elliot está protegiendo su intimidad.

¡Pues que me hubiera puesto un nombre falso! ¡Como si me llama Chochete Ocasional! ¡Me la suda!

Uf, no debería enfadarme por algo así; estoy molesta conmigo misma.

—¿Desea que le traiga algo? —pregunta la bella azafata mirando a Elliot más de lo estrictamente necesario.

—Sí. —Sonríe mientras se reclina en el asiento—. Dos copas de champán, por favor. —Me mira y dice—: ¿Quieres algo más?

—No, gracias —contesto con una sonrisa falsa. No me hables, no estoy de humor para hablar con maleducados.

—Eso es todo, gracias —dice Elliot.

La azafata sonríe y se mete en la salita de delante.

Elliot me sube la mano por el muslo y yo retuerzo los labios. No lo digas, no lo digas...

Me toca entre las piernas al inclinarse para mirar por la ventanilla.

Le aparto la mano y le susurro:

—Para.

—¿Qué te pasa?

—Nada, pero en vista de que no tengo nombre tampoco importa, ¿no?

Pone cara de pillo y dice:

—¿Estás enfadada porque no te los he presentado?

—Qué va. —Me cruzo de brazos y vuelvo a mirar por la ventanilla.

Anda que no. Menudo cabreo llevo.

—Tengo mis motivos —susurra.

—Obviamente —digo con una sonrisa afectuosa—. Me encanta bailar al son de tus caprichos y motivos.

Elliot se ríe entre dientes, apoya la cabeza en el respaldo y me mira.

—¿Qué pasa? —pregunto en tono seco.

—Me preguntaba cuánto tardaría Kathryn en aparecer.

Alzo el mentón a más no poder mientras miro por la ventanilla y digo:

—Pues Kathryn no aguanta tus tonterías, Elliot.

—No, pero me la chupa que da gusto, así que la perdono.

—Shhh —susurro con rabia mientras miro si la azafata está por ahí—. ¿Quieres callarte?

Se acerca a mí y me acaricia el cuello con la nariz.

—Para —digo y, como respuesta, me muerde acercándome la cabeza a la suya. Sonrío mientras me aparto de él con disimulo.

—Prométeme una cosa —susurra.

—¿Qué?

—Que pronto echaremos un polvo. Necesito follarte cuando estés cabreada conmigo.

Me río a carcajadas. No doy crédito. Este hombre es tonto.

—Con lo irritante que eres, no creo que tengamos que esperar mucho, Elliot —digo y me quito el cárdigan.

—¿Qué ha pasado con el apodo tan mono que me pusiste anoche? —susurra.

Retuerzo los labios y finjo que me pongo seria.

—¿Cómo dices?

—Ell —susurra.

—No tengo ni idea de qué hablas.

—Aunque creo que sonaba más bien así: «Aah, Ellllllllllllll». —Imita cómo gimo en la cama—. «Fóllame más fuerte, Ell. Ah, Dios, sí, así». —Pone los ojos en blanco y yo le pego con el cárdigan.

—Cállate —susurro mientras me esfuerzo por no sonreír—. Mira quién fue a hablar, el que gime como una vaca.

Se parte de risa. Me acerca a él para darme un beso.

—En realidad es como un toro galardonado, que no te enteras, Landon.

Sonrío cerca de sus labios y nos besamos con más intensidad, pero entonces recuerdo el meollo del asunto y me aparto de él.

—Deja de arreglar los problemas con besos.

—Dios me libre. —Se recuesta de nuevo y añade—: Pero que conste que he ganado yo.

Me quedo a cuadros.

—De eso nada.

—Aquí tienen, dos copas de champán. —La azafata nos entrega las bebidas y nos separamos como si hubiéramos hecho algo malo. Además, nos deja una bandeja de fresas recubiertas de chocolate en la mesa de delante.

—Gracias —decimos a la vez con una sonrisa.

—¿Desean algo más? —pregunta.

—Por ahora no. Quizá luego, cuando despeguemos, te pediremos que nos traigas más champán —contesta Elliot, que se lleva mi mano al regazo.

La azafata sonríe y regresa a la salita de la parte delantera.

Elliot alza su copa.

—¿Por qué brindamos? —pregunto alegremente.

—Por las islas Canarias.

Abro mucho los ojos y digo:

—¿Vamos a las islas Canarias?

Elliot sonríe y da un trago al champán.

—¿A qué parte? —susurro, fascinada, tras un sorbo.

—Hay un club de intercambio de parejas —contesta como si nada.

Frunzo el entrecejo. ¿Cómo? La madre que lo parió. Tendría que haberme pensado mejor esto del viaje.

—Sigue —mascullo en tono seco.

—Unos hombres enmascarados te atan y miras cómo me acuesto con un montón de tías buenas.

Me ahogo con el champán y toso fuerte.

—¿Qué?

Me da palmaditas en la espalda y añade:

—Pero no te preocupes, que si te portas bien dejaré que me limpies cuando haya acabado con ellas.

—¿Lo dices en serio? —Me río. Menos mal que está de guasa—. ¿Y cómo voy a limpiarte?

—Con la lengua, claro —dice y da otro trago al champán con una sonrisilla traviesa.

Me acerco más a él y le digo:

—Te has dejado una parte de la circular, querido Ell. Esa que dice que mientras te aburres de tirarte a chicas que ni fu ni fa —Bebo champán— yo me estaré marcando un trío con los cachas enmascarados que, déjame decirte, tendrán permitido —Hago una pausa para dar con las palabras adecuadas— dejar su semilla en mi interior… Y tú serás el encargado de limpiar su estropicio… con la lengua. —Sonrío y choco mi copa con la suya.

Se estremece como si se lo imaginase con claridad y entonces hace un mohín con los labios, asqueado.

El avión avanza a trompicones por la pista y yo me agarro a los reposabrazos y cierro los ojos.

—Eres una cochina, Landon —me susurra mientras el avión alza el vuelo.

—Hago lo que puedo —respondo sujetándome como si me fuera la vida en ello.

—¿Cómo es que ellos se corren dentro de ti y yo no?

—Porque ellos son imaginarios —susurro con los ojos cerrados—. Y tú eres un mujeriego de carne y hueso que seguramente se ha cepillado a diez millones de mujeres.

—A nueve millones y medio, no te pases.

Me río a mandíbula batiente y él hace lo propio. Nos miramos a los ojos y se lleva mi mano a los labios para besarla con un cariño tácito. No es un gesto forzado ni uno que lamente.

Elliot Miles es la monda.

Me gusta este jueguecito… aunque no tengo ni idea ni de cómo se llama ni de si tiene reglas.

Lo único que sé es que se juega en las islas Canarias y que va a ser una semana muy buena. Seguramente la mejor de mi vida.

Sonrío al mirar por la ventanilla. Sin embargo, muy a mi pesar, siento que me voy a llevar un chasco tremendo con Elliot.

Pero el subidón compensará el bajón… supongo.

—¿Le apetece otra copa, señor? —pregunta la azafata cuyo nombre desconozco. Aunque reconozco que cuanto más bebo, más me enfada que suspire por Elliot.

Que está pillado, zorra.

Vale, no. Pero hoy sí… y la semana que viene también, así que ya te estás largando.

—No, gracias, Clarise, nos retiramos ya —contesta Elliot tan pancho.

—Ah. —Asiente como si no se lo esperara—. Sí, claro. —Se vuelve y añade—: Llámeme si precisa de mis servicios. —Entra en su sala y cierra la puerta.

—Claro —dice mientras me mira con cara de estar pasándoselo bomba.

—No tiene gracia —replico, seria. No va a precisar de tus servicios. ¿Cómo se atreve a bromear con eso siquiera?

Elliot se pone en pie y me tiende la mano.

Frunzo el ceño y pregunto:

—¿Qué haces?

—Retirarme.

—¿De dónde?

—De aquí. —Me obliga a levantarme para conducirme al fondo del avión, donde abre una puerta de doble hoja que da a un dormitorio de lujo con una cama gigantesca.

Una cama... una cama... ¿Qué cojones hace una cama en el avión?

Lo miro a los ojos y me responde con un guiño.

Me entra el pánico.

—No —susurro.

Me mete de un empujón y cierra la puerta. Entonces, me tira a la cama como si me estuviera haciendo un placaje y se tumba encima de mí. Se quita la camiseta y la tira al suelo.

Su sonrisa juguetona me desarma y, por un instante, olvido dónde estoy.

Entonces me acuerdo.

—¿Qué haces? —susurro con la voz tomada por el pánico mientras trato de zafarme—. Para, quítate de encima —le espeto—. Están ahí al lado.

Elliot me besa en el cuello y noto cómo se le pone dura contra mi vientre.

—¿Te has vuelto loco o qué coño te pasa? —susurro—. Elliot. —Me revuelvo para quitármelo de encima—. Eres un adicto al sexo de los grandes —balbuceo.

Esboza una sonrisa *sexy* y se levanta para quitarse los pantalones. Los estampa contra la puerta y se oye el ruido del botón al chocar con ella. Me tapo los ojos con las manos y susurro:

—Madre mía, ¿se puede saber qué haces?

—Darte la bienvenida al club. —Sonríe desabrochándome los vaqueros y bajándomelos como puede.

—¿Qué club?

—El Miles High Club. —Me quita los vaqueros del todo.

Me troncho de risa y me tapo la boca con la mano. Le hago un gesto con el dedo para que se calle.

—Eres tú la que no para de hacer ruido. —Me quita la camiseta, la hace girar por encima de su cabeza como si fuera un lazo y da sacudidas como si estuviera montando un toro.

Me río a carcajadas mientras reboto debajo de él.

—¿Qué haces?

—Prepararme para gemir como un toro. —Sonríe, me besa y me quita las bragas. Las huele con ganas y las lanza contra la pared. Llegan a la puerta y caen al suelo. Y Elliot me besa de nuevo.

Me imagino a la estirada de la azafata entrando y viéndonos de esta guisa tan comprometedora.

—Elliot —exclamo con los ojos muy abiertos, escandalizada—. No podemos darle al tema, que están ahí —susurro, presa del pánico—. Nos van a oír y tú haces un ruido que te cagas.

Me tapa la boca con la mano y me succiona un pezón.

—Calla y fóllame, Landon.

Se me escapa la risa entre sus dedos. Abro mucho los ojos y digo:

—Elliot.

Me muerde un pezón y yo me revuelvo todo lo que puedo mientras empiezo a excitarme. Noto cómo se me calienta la sangre. Elliot mueve la lengua con la cadencia adecuada. Mi miedo a que nos pillen sumado a su actitud pasota dan como resultado una mezcla de lo más embriagadora.

Está siendo pícaro y majo a la vez.

Me separa las piernas con las rodillas, y entonces, como si hubiera recordado algo, se baja de la cama de un salto, hurga en el bolsillo de los vaqueros y saca un botecito de lubricante y dos condones. Me los enseña y mueve las cejas como si acabara de ganar la lotería.

Me río, no puedo evitarlo. Cuando está así es monísimo.

—¿Quién eres tú y qué has hecho con el cascarrabias de Elliot Miles? —susurro.

Vuelve a tumbarse encima de mí, y entonces, como si lo hubiera ensayado mil veces, nos da la vuelta y yo paso a estar arriba. Me siento a horcajadas encima de él, que se pone lubricante en los dedos y me lo restriega por la entrepierna.

Apoyo las manos en su amplio pecho mientras me explora con los dedos sin dejar de mirarme.

—Está justo aquí —susurra.

¿Y no es maravilloso?

Mientras nos miramos a los ojos, me toca con los dedos y nos ponemos como una moto. Algo cambia. No sé qué es, pero hace que el corazón me dé un vuelco.

—No —susurra. Me coge de las caderas y me baja con cuidado hasta su dureza; me pasa los labios por su miembro.

—¿No qué? —digo con voz trémula. Madre mía, qué gusto.

—Me mires así.

—¿Así cómo?

—Como… —Me la mete y cierra los ojos por el placer.

Quiero interrumpirlo, no me apetece oír lo que iba a decir.

Sé perfectamente cómo lo estaba mirando.

Como si fuera mío.

—¿Como si te fuera a follar como si no hubiera un mañana? —pregunto mientras le levanto la polla y me la meto hasta el fondo para distraerlo.

Abrumado por lo bien que encajan nuestros cuerpos, sube las rodillas mientras me toma.

—No abras la boca a no ser que sea para decirme lo fuerte que vas a follarme —susurro.

Se ríe por lo bajo y me agarra de las caderas.

—A sus órdenes, señora.

Sonrío.

—¿Qué? —pregunta con los dientes apretados.

—Que suenas muy estadounidense cuando te pones en plan militar.

—No me digas. ¿No será porque soy un jodido estadounidense? —Me levanta y me baja tan de golpe que contraigo el rostro para no gritar.

Madre mía… qué gustazo… en serio.

—No. —Me encorvo hacia delante y le muerdo el labio—. Soy yo la que se está tirando a un estadounidense.

Se ríe por lo bajo y me da un cachete en el culo que resuena por toda la habitación.

—Pues dale caña.

Encontramos el ritmo ideal y, de vez en cuando, me eleva tanto que hacemos mucho ruido al chocar.

—Shhh —susurro mientras echo un vistazo rápido a la puerta. Aprieto los dientes con fuerza; así no armamos tanto escándalo.

El orgasmo crece más y más en mi interior hasta alcanzar su máximo apogeo. Cierro los ojos para no ver a Elliot; no puedo mirarlo cuando me invade esta sensación.

—Abre los ojos —susurra.

Lo ignoro.

Me coge del pelo y me acerca a su rostro.

—Abre los ojos y mírame cuando te corras, joder.

Abro los ojos a regañadientes, a escasos centímetros de su cara, y nos miramos fijamente mientras nos empapamos del otro.

Frenético, animal, depravado.

Me la mete a toda leche en la vagina, húmeda y abierta para él. Me muerde el labio y se sacude con fuerza en mi interior.

—Aaay —gimoteo.

Me sostiene cerca de él y, entre temblores, me corro con ganas.

Se aparta de mí y se lame el labio como si siguiera hambriento; su mirada se ha tornado oscura y amenazante.

No se parece en nada al hombre despreocupado que me ha traído a esta cama.

La inquietud se apodera de mí. Ay, Dios, ¿con quién me estoy acostando?

Hay dos versiones de Elliot Miles.

Capítulo 13

El pecho sube y baja a causa de mis resuellos y me desplomo en los pectorales de Elliot, quien me acoge sin problema en sus brazos y me da un beso en la sien. Nos sumimos en un plácido silencio durante un rato.

Lo miro y le pregunto:

—¿Con cuántas te has acostado?

—No lo sé. —Se pasa la mano por la cara y añade—: Con muchas. —Me mira y dice—: ¿Por? ¿Con cuántos has estado tú?

Le dibujo un círculo en el pecho con el dedo. ¿Para qué habré dicho nada? Ahora pensará que soy una pringada.

—Con siete.

Frunce el ceño y dice:

—¿Siete?

Asiento.

—¿Contándome a mí?

Asiento.

—Vaya... —Me acerca a él y noto que sonríe cuando me besa en la frente.

—¿Qué significa ese «vaya»? —pregunto.

—Nada —dice mientras se encoge de hombros—. Me ha sorprendido, solo eso.

—¿Por qué te ha sorprendido?

—Porque de adolescente yo ya había estado con siete.

—Eso es porque eres un pichabrava.

Se ríe entre dientes y dice:

—Será por eso.

Me apoyo en un codo para verle la cara y le pregunto:

—¿Cuántos años tienes?

—Treinta y cuatro. —Me deslumbra con su sonrisa y me retuerce un mechón de pelo que se me ha rizado—. ¿Y tú?

—Veintisiete.

Arruga el ceño.

—¿Qué pasa? —pregunto.

—Entonces... ¿te saco siete años, soy el séptimo hombre con el que te has acostado y tienes veintisiete años?

Sonrío como una tonta mientras hace sus cálculos.

—¿Cuándo es tu cumpleaños? —me pregunta.

—El 17 de julio.

—¿Cómo? —Se apoya en el cabecero y exclama—: Y una mierda.

—Te lo juro.

—¿El 17 del séptimo mes del año?

Me río.

—Ajá.

Se queda mirándome y veo cómo pasa de fruncir el entrecejo a obsequiarme con una sonrisa lenta y *sexy.*

—¿Qué pasa?

—El siete es tu número.

—¿Y eso qué significa?

—El siete es el número de los dioses, es mágico.

—¿Qué? ¿Desde cuándo? —Sonrío—. ¿Cómo lo sabes?

—Numerología. Búscalo en internet.

Me tumbo de espaldas y digo:

—Pues no me siento yo muy mágica que digamos.

Elliot se coloca encima de mí y me pasa las manos por encima de la cabeza.

—Eso ya lo decidiré yo. —Me besa en el cuello y va dándome mordisquitos en dirección a la entrepierna.

—La numerología no hace alusión a mi vagina, Elliot —digo entre risitas.

Me muerde el pezón y dice:

—Anda que no.

El coche de alquiler se detiene en la entrada y por la ventanilla observo la casa que tenemos delante. Es blanca y clásica. El porche es grande y da la vuelta a la vivienda, mientras que los jardines son preciosos y están bien cuidados. El chófer detiene el coche y se dispone a vaciar el maletero.

Elliot también se asoma y dice:

—No está mal.

—¿Nunca has estado? —inquiero.

—No, pero un amigo de Tristan sí y dijo que estaba guay.

Sonrío y muevo los hombros, entusiasmada.

—Me parecería bien cualquier sitio. ¡Como si vamos de acampada! ¿Qué tal la próxima vez?

—Venga, vale. —Se ríe por lo bajo y abre la puerta—. Mi hermano me ha dicho todo lo que hay que saber. Tú espérame que ya te alcanzaré.

Sonrío. Vamos, que no piensa ir de acampada en su vida.

Nos bajamos del coche y Elliot le da propina al chófer, que nos lleva las maletas por el camino de entrada.

Se abre la puerta principal y aparece un hombre con un uniforme blanco como de cirujano. Es mayor, rondará los sesenta.

—Hola, señor Miles —dice con un acento muy marcado. Es moreno y bastante atractivo para su edad.

—Hola —dice Elliot, que le estrecha la mano—. Encantado.

—Me llamo Henley y soy el conserje de Brogana. Bienvenidos.

Elliot me señala y dice:

—Te presento a Kathryn.

—Hola. —Sonrío y le estrecho la mano.

—Pasen, pasen —dice mientras señala la casa y entra. Lo seguimos y me quedo sin habla.

—Hala —susurro, maravillada.

Elliot sonríe de oreja a oreja al mirar a su alrededor. Todo es blanco menos los muebles de época, que son de madera oscura. Hay alfombras enormes de colores chillones y cuadros abstractos colocados a conciencia. Toda la pared del fondo son unas puertas de doble cristal que ofrecen unas vistas impresionantes de la playa y el mar. Hay una piscina infinita de un intenso color azul junto a la terraza. Esta casa es de otro nivel.

—Hay un sendero privado cruzando esa puerta que lleva a la playa —nos informa Henley mientras nos señala la puerta de aspecto antiguo de la izquierda—. Los dormitorios, los baños y el gimnasio están al final del pasillo. Disponen de servicio de habitaciones las veinticuatro horas del día y nuestros empleados están a su entera disposición, ya que también se alojan en la casa. Si necesitan algo, llamen al timbre —dice mientras le entrega un mando a Elliot—. Espero que la casa sea de su agrado, señor.

Elliot asiente y dice:

—Es preciosa, gracias.

Henley sonríe y asiente mientras hace una reverencia.

—Los dejo solos, señor.

—Gracias. —Sonrío, contentísima.

—Henley —dice Elliot—, ¿conoces algún restaurante en el que se cene bien?

Henley sonríe amablemente y dice:

—Por supuesto, señor. ¿Qué le apetece?

Elliot me mira y dice:

—¿Qué quieres, princesa?

El estómago me da un vuelco. Me encanta cuando me llama así.

—Elige tú, Henley. Sorpréndenos —digo con una sonrisa—. Me gusta todo.

Henley asiente y dice:

—Perfecto, Kathryn. ¿A qué hora?

—Pues... —Los miro alternativamente.

Elliot mira el reloj y dice:

—En hora y media o así.

—Por supuesto, señor. Le avisaré cuando haga la reserva —dice Henley, que sale de la casa y cierra la puerta.

Elliot me abraza y dice:

—Siete días aquí. —Me sonríe.

—Lo sé. —Me pongo de puntillas para besar esos labios grandes y bellos—. No sé si podré soportar semejante tortura.

—Pues espero que te gusten las criadillas de macho cabrío para cenar —repone Elliot.

Lo miro horrorizada y digo:

—Henley no nos haría comer eso.

—Regla número uno cuando vas de viaje, Kate. —Vuelve a besarme—. No digas que te gusta comer de todo. —Me da un golpecito en la nariz—. Porque créeme, no te gusta todo. —Se gira para llevar las maletas a la habitación.

Sonrío detrás de él y digo en alto:

—Me gustan tus huevos. Y tú eres un poco macho cabrío.

Elliot se ríe con ganas y es una risa fuerte y alegre que retumba en mi alma. Sonrío como una tonta cuando sale del cuarto y me mira.

—¿Y esa cara?

—Es que tienes una risa muy bonita.

Alza una ceja y dice:

—¿Para ser un macho cabrío, dices?

—Sí. —Me entra la risa tonta—. Para ser un macho cabrío.

Unas luces tenues brillan por encima de nuestras cabezas y yo sonrío al magnífico acompañante que se sienta delante de mí.

Gracias a Dios vamos a cenar marisco; ni rastro de criadillas de macho cabrío.

La conversación es fluida y ocurrente y no decae en ningún momento. Es curioso, pero Elliot y yo nos llevamos muy muy bien. Reímos y hablamos con mucha naturalidad. Lo nuestro es mucho más que sexo desenfrenado… aunque en nuestra relación también hay bastante de eso.

Que no me quejo.

El cielo está despejado y nos encontramos en un bello restaurante con terraza.

—Este debe de ser uno de los trabajos más duros del mundo —digo mientras abro una pinza de cangrejo.

—¿Cuál? —pregunta Elliot, enfrascado en la tarea que le ocupa.

—El de pescador. Siempre a la intemperie, haga sol o viento. Y sin saber cómo va a ir el día y si picarán los peces. —Dejo los restos en el plato reservado para ello.

—Estás de coña. A mí me parece el mejor trabajo del mundo. Ni traje ni agobios. —Se mete un poco de cangrejo en la boca y añade—: Ni compañeros imbéciles.

Dejo de comer y lo miro atentamente.

—Eres una caja de sorpresas. No eres en absoluto como te imaginaba.

Da un sorbo al vino con cara de que le ha hecho gracia mi comentario y dice:

—No te dejes engañar, Kate. Soy todo lo que imaginabas.

—Qué va.

—Los próximos siete días estaré de vacaciones —dice con los ojos fijos en los míos.

—¿Y eso qué significa?

—Significa que solo puedo darte siete días.

¿A qué coño viene eso?

Me quedo mirándolo un momento y, a continuación, sigo abriendo el cangrejo con los alicates. Siento que me está dando un toque de atención.

—¿Cuándo tuviste una relación por última vez?

—Hace años.

—¿Y eso?

Se encoge de hombros y dice:

—No sé, las relaciones y yo no nos llevamos bien.

Guardo silencio, no sé qué contestar a eso.

—¿Y la tuya? —me pregunta.

—Hace seis años de la última seria. —Doy un trago al vino—. Pensaba que era el definitivo.

—¿Y no lo era? —inquiere sin despegar los ojos de su labor.

—Obviamente no.

—¿Qué pasó?

—Muchas cosas. ¿Podemos cambiar de tema?

Me mira a los ojos y alza una ceja, insatisfecho con la brevedad de mi respuesta.

—Eh, lo entiendo. Quieres que lo nuestro dure una semana y ya está. Por mí bien.

Alza su copa y bebe, claramente molesto.

—Estoy segura de que tienes a todas las mujeres occidentales a tus pies, Elliot, pero te garantizo que yo no seré una de ellas. No eres la clase de hombre del que me acabaría pillando.

—Vale.

—Vale —le espeto.

Comemos un rato en silencio.

—Tendría que haberte llevado a comer testículos de macho cabrío —masculla en tono seco.

—Ya lo hiciste —digo—. En el avión.

Esboza una sonrisita, pero no puede evitarlo y acaba ensanchándola.

—Y te encantaron.

Troceo la comida mientras me esfuerzo por mantenerme seria.

—Pasables, supongo.

Nos miramos y saltan chispas entre nosotros.

—A lo mejor debería darte un poco más esta noche —susurra en tono amenazante.

—No —digo mientras me llevo el tenedor a la boca.

—¿No?

—Esta noche demuéstrame lo bien que cocinas... ya que solo dispones de seis días para impresionarme —respondo sin emoción en la voz, como si me aburriera—. Se te acaba el tiempo, Miles.

Elliot sonríe; es evidente que se lo está pasando pipa.

—Siete contando esta noche y la impresionaré, señorita Landon, descuide.

Procuro mantenerme seria. Este juego me gusta.

—Ya veremos.

Sudorosa, arqueo la espalda por encima de la cama y arrugo las sábanas con las manos.

Elliot me lo ha comido todo, hemos follado, me he corrido y otra vez está dale que te pego con la lengua ahí abajo. Una y otra vez.

Me mueve de un lado a otro como si fuera una muñeca de trapo y vaya si estoy impresionada. ¡La madre que lo parió!

Me he corrido tres veces y el tío no para.

Me está demostrando con creces quién manda en la cama. Es innegable que es él. Nada que objetar. Cuando estamos desnudos, soy toda suya.

Entre fuertes temblores, lo agarro del pelo para que deje de comerme los bajos.

—Suficiente —gimoteo—. Por favor, Ell —le suplico.

Sonríe pegado a mi entrepierna; le brillan los ojos de satisfacción.

—Ya te diré yo cuándo es suficiente. —En un visto y no visto, se levanta, me tumba bocabajo, me coge de las caderas para ponerme de rodillas y me la mete despacio y con cuidado. Cierro los ojos cuando lo oigo gemir desde lo más profundo de la garganta.

Joder…

Este hombre es un dios.

La saca y me la vuelve a meter despacio; el cuarto se empapa del sonido de mis fluidos.

—¿Tienes idea de lo cachondo que me pone ese sonido? —susurra—. Tu cuerpo acogiéndome.

La saca y me embiste con fuerza.

—Lo deseas —dice en tono amenazante—. Deseas que te folle fuerte. —Me da un cachete en el culo que resuena a nuestro alrededor.

Me sumo en una especie de viaje astral, como en un subespacio.

Estoy tan excitada que no puedo ni hablar.

Entonces me monta, me la mete hasta el fondo, con severidad, y yo no puedo hacer nada salvo mantener la postura.

—Mira —gruñe.

Me coge del pelo y me gira la cara para que mire el espejo de la pared.

Veo sus ojos oscuros en el reflejo mientras arremete poco a poco; distingo cada músculo de su torso y cada gotita que le perla la piel.

Se me mueven los senos al ritmo de sus embestidas y Elliot echa la cabeza hacia atrás todo lo que puede mientras se enfrenta al placer.

No hay duda de que nuestros cuerpos son dinamita cuando se juntan; esto es lujuria pura y dura.

Solo había oído hablar de ella, pero no pensaba que existiera en la vida real. Pero madre mía, lo que me he estado perdiendo… ¡La Virgen!

Sube el pie a la cama para metérmela mejor y el cambio de postura me lleva al éxtasis. Chillo contra el colchón y Elliot me empuja hacia abajo para que se me levante el culo. Abierto del todo para su ataque.

Nuestros cuerpos colisionan y noto hasta el último centímetro de su maravilloso pene.

Tan adentro, tan placentero…

Elliot gime cada vez más alto y con voz más grave y me agarra tan fuerte de las caderas que casi me hace daño. Sonrío al notar que va a perder el control por culpa del orgasmo que se avecina.

Así es como más me gusta: desinhibido y, al menos en este instante, mío.

Elliot se queda ahí al fondo y grita cuando se corre a lo grande. Nos cuesta respirar. Aminora el ritmo de las embestidas a medida que se vacía del todo y, acto seguido, me coge de las mejillas y me regala un beso.

Es dulce y tierno, muy diferente al polvo que acabamos de echar.

Se tumba a mi lado y nos tomamos nuestro tiempo para besarnos. Los dos sabemos que lo nuestro no va a ningún lado, pero el puñetero me hace desear que sí.

Me aparta el pelo de la frente y me mira a los ojos. Noto una opresión en el pecho.

¿La notará él también?

—Se te da de fábula —me susurra con dulzura.

Sonrío tímidamente, abrumada por la emoción.

Como si se hubiera dado cuenta de que estoy sensible, me da un abrazo de oso y me besa en la frente.

—Duerme, tesoro —susurra.

Cierro los ojos y apoyo la cabeza en su pecho. Aquí estoy a salvo y calentita. Si pudiera hacer cualquier cosa esta noche, elegiría quedarme con él así.

Soy consciente de que no me vale con seis días a su lado… Ya quiero más.

Elliot me dibuja un círculo en el hombro desnudo y me susurra:

—¿Tienes idea de lo preciosa que eres para mí, Kate Landon?

Cierro los ojos con pesar.

Elliot Miles me romperá el corazón algún día.

Capítulo 14

Cierro el grifo, salgo de la ducha y me envuelvo con la toalla.

Veo a Elliot afeitándose la mejilla con calma mientras se mira al espejo.

—¿Duele? —le pregunto.

—No. —Enjuaga la cuchilla con agua caliente. Con esa toalla blanca atada a la cintura está para comérselo.

—Qué rabia me da ese chirrido. —Embobada, me apoyo en el tocador y lo observo.

—Te acostumbrarás. Llevo afeitándome… —Hace una pausa para calcularlo— veintiún años ya.

Me siento en el armarito de delante.

—Qué viejo eres.

—Gracias. —Le da unos golpecitos a la cuchilla en el lavamanos—. Pero ya conoces el dicho: uno es tan mayor como la mujer que se le arrime. —Alza las cejas y dice—: Por lo que yo tengo… veintisiete años.

Le quito la cuchilla y digo:

—¿Puedo probar?

—No soy un conejillo de Indias, Kathryn.

Me río y le pongo la cuchilla en la cara.

—Pues cualquiera lo diría —exclamo, concentrada—. Porque anoche bien que follabas como uno.

Se ríe por lo bajo y me atrae por las caderas sobre la encimera.

—¿Y lo bien que me lo pasé?

Sostengo la cuchilla en alto y me muerdo el labio inferior, concentrada.

Elliot cierra los ojos y dice:

—Esto no es buena idea.

Le afeito la mejilla despacio y digo:

—¿Por qué no?

—Una mujer con una cuchilla cerca de mi garganta no augura nada bueno.

Me echo a reír.

—Sé hacerlo, en serio.

—Eso ya lo decidiré yo.

—En fin, ¿cómo es que te afeitas de vacaciones?

—Porque quiero besarte y pincho que te cagas.

—Oooh, tu primer sacrificio por mí. —Me detengo un momento y sonrío mientras le atuso el pelo revuelto—. Ay, mi osito, qué mono es —digo como si le hablase a un bebé.

Elliot pone los ojos en blanco y dice:

—Va, espabila. —Se estira la piel de la cara y agrega—: Y no me llames osito, no es varonil.

—Por Dios, señor Miles, ¿acaso no sabe que para cuando acabe la semana va a ser mi putita? —digo para chincharlo.

Sonríe y me arrebata la cuchilla.

—Yo no estaría tan seguro.

—¿Qué vamos a hacer hoy? —pregunto.

—Lo que quieras.

—Ostras… ¿y qué hacemos? Las posibilidades son infinitas. —Sonrío con aire soñador.

Elliot lava la cuchilla y abre mi neceser. Saca las píldoras anticonceptivas y las examina. Extrae la que me toca hoy y se la pone en la punta del dedo para que la coja. Lo hago y me la trago.

—¿Cuándo fue la última vez que te hiciste una prueba de ETS? —me pregunta.

—¿Por?

—Por saberlo.

—¿Por qué?

—Porque no quiero ponerme condón mientras estemos aquí.

Frunzo el entrecejo.

—¿Y eso?

Se encoge de hombros y me besa.

—No quiero y punto.

—Pues no. —Me aparto de él.

—¿Y eso? —Parece sorprendido—. No lo he hecho nunca sin condón.

Lo miro con cara de no entender nada.

—¿Nunca?

—No.

—¿Y por qué quieres hacerlo conmigo?

—No sé, me apetece y ya está.

—Pues vas a tener que esperar un pelín más. —Me bajo del armarito, vuelvo al dormitorio y busco qué ponerme en el vestidor.

Elliot me sigue y dice:

—¿Por?

—Porque es un acto muy íntimo para mí, algo que haces con tu pareja.

—Somos una pareja.

—Solo durante esta semana, Elliot. Eso no cuenta.

—No, también quedaremos en casa. Hicimos un trato, ¿recuerdas? Sexo sin compromiso y sin terceras personas.

Intento que no se me escape la sonrisa; es la primera vez que habla de una relación a largo plazo.

—¿Y bien? —Pone los brazos en jarras como si estuviera indignado—. ¿Lo has hecho así con otros?

—Pues claro. Para eso están los novios.

—Bueno, yo también soy tu novio… durante esta semana.

Pongo los ojos en blanco mientras saco la ropa y la dejo encima de la cama.

—Eso tiene que contar —dice.

—No te creas. —Dejo caer la toalla y me pongo la parte de abajo del bikini.

Elliot me abraza y trata de seducirme.

—Haré que valga la pena —dice y me besa en el cuello.

—No. Fin de la discusión. —Me zafo de su agarre y me pongo la parte de arriba del bikini—. Vístete, que nos vamos.

—No te librarás tan fácilmente, no necesito una cama. —Me agarra y me estampa contra la pared—. No hay superficie que se me resista.

Me parto de risa y digo:

—Calla, tonto, que si te he dicho que no es que no.

Las islas Canarias se corresponden con lo que siempre soñé. Sol, arena y mar con un telón de fondo espectacular. Hemos comido en los restaurantes más bonitos, nos hemos tumbado en la playa durante horas y hemos tomado cócteles en bares pequeños y pintorescos a la orilla del mar hasta bien entrada la madrugada.

Este sitio es el paraíso con sus edificios antiguos y coloridos que se alzan sobre acantilados con vistas al mar. No he estado nunca en un lugar más perfecto.

Tres días.

Solo han bastado tres mágicos días para caer rendida a los pies de Elliot Miles.

Hemos hablado durante horas, hemos reído, hemos comido manjares exquisitos y hemos hecho el amor en todas las posturas habidas y por haber.

No me resulta incómodo o extraño, sino natural y bonito... La clase de sensación que siempre he anhelado.

Se le mueven las pestañas y tiene los labios ligeramente entreabiertos. Veo cómo se le infla y desinfla el pecho mientras duerme con la sábana blanca tapándole las caderas descuidadamente.

Elliot Miles es una fuerza con la que hay que lidiar y no por su apellido.

Sino por lo que es.

Por primera vez en mi vida me siento escuchada.

Y me suena tonto hasta a mí... porque si sé algo de Elliot Miles es que no sabe escuchar.

Lo observo de lado y apoyada en un codo. Llevo así más de una hora. Necesito ir al baño, pero no quiero levantarme y despertarlo de su plácido letargo.

Le miro el pecho, el ombligo y la fina línea de vello oscuro que se pierde bajo la sábana. Tiene la piel olivácea y el pelo oscuro.

Es un hombre con un físico espectacular.

Pero conozco un secreto sobre Elliot Miles: podría desencadenar batallas, frustrar sueños e iluminar una ciudad desde el espacio.

Su corazón es su fortaleza. Y quizá no me lo entregue a mí.

Pero siempre recordaré que durante esta semana lo tuve en mis manos.

Pestañea varias veces antes de abrir los ojos. Frunce el ceño hasta que me ve bien la cara y es entonces cuando me obsequia con la sonrisa lenta y *sexy* a la que me he vuelto adicta.

—¿Qué miras? —susurra mientras me abraza fuerte y me da un beso en la frente.

—Tu cara de macho cabrío.

Se ríe entre dientes con una risa grave y ronca que me envuelve los sentidos.

—Bejejeje —dice.

Me echo a reír.

—Los machos cabríos no hacen bejejeje.

—¿Y qué hacen entonces? —pregunta con una sonrisa.

—Pues no sé, pero bejejeje seguro que no.

Me tumba de espaldas, se cierne sobre mí y me besa con suavidad.

—Ya que no puedo hacer bejejeje, al menos hazme gemir —dice mientras me separa las piernas con la rodilla.

Le sonrío. Qué hombre, Dios mío.

—¿Te refieres a como una vaca?

Se ríe por lo bajo y dice:

—Soy un puto toro, Kate. Ya te lo dije.

Elliot

Subo el sendero siguiendo el culito *sexy,* las mallas negras, la camiseta de tirantes blanca de Kate, que enseña el ombligo, y la coleta rubia que se le mueve al caminar.

¡Qué regalo para la vista!

Kate y yo estamos escalando una montaña y es empinada. Se vuelve y mira detrás de mí.

—Mira, Ell, qué chulo.

Me giro y admiramos las vistas.

Kate sonríe de cara al viento con aire melancólico y me quedo mirándola.

—Qué preciosidad —susurra.

—Sí que eres preciosa, sí —digo con una sonrisa.

Kate me mira a los ojos y me sonríe tímidamente.

—Me refería a las vistas.

La tomo de la mano y le beso la yema de los dedos.

—Lo sé.

Sonríe con dulzura y dice:

—¿Nos hacemos una foto?

—Si quieres…

Saca el móvil, pega su cara a la mía y, con el horizonte de fondo, hace una foto. La mira con una sonrisa de oreja a oreja.

—Quería ver tu cara de prota de la peli antes de que me subieras a caballito.

Me río.

—Querida, si lo que deseas es rodar cuesta abajo y morir, yo te llevo.

Se vuelve y reanuda el camino.

—Yo podría contigo —dice como quien no quiere la cosa.

—No lo dudo —digo entre resuellos mientras subo—. Así son los caballos.

Se ríe y dice:

—¿Sabes? Llevaba mucho sin hacer senderismo… desde que murieron mis padres, de hecho.

Arrugo el ceño. Es la primera vez que lo menciona.

—¿Tus padres han fallecido?

Sigue andando un poco por delante y dice:

—Sí, murieron en un accidente de tráfico hace seis años.

Mierda.

—Lo siento.

—Y yo.

Seguimos caminando.

—¿Cómo eran? —le pregunto.

Se gira y me dice:

—Mi madre era como yo.

—Una ninfómana, entonces.

Se ríe a carcajadas y dice:

—Y mi padre era el hombre más cariñoso del mundo.

Asciendo mientras la escucho.

—Teníamos una especie de ritual para las ocasiones especiales.

Voy con la lengua fuera. Qué colina más empinada, joder.

—¿En qué consistía?

—Comíamos cucuruchos de helado.

Sonrío al escucharla.

—¿Veíamos una peli? Cucuruchos. ¿Celebrábamos algo? Cucuruchos. Cuando conseguí mi primer empleo, vino a recogerme con un cucurucho.

—Hace siglos que no me como un cucurucho —digo.

—Y yo… desde que murió.

Caminamos un rato y entonces pregunta:

—¿Cómo son tus padres?

Me lo pienso un momento y contesto:

—Trabajadores.

Se vuelve y frunce el ceño, como si le sorprendiera mi respuesta.

—¿Y te molesta?

—No necesariamente. —Avanzo un poco más—. De niño nunca tuve ocasión de salir por ahí y aburrirme.

Kate no dice nada y escucha.

—Estuve en un internado desde los siete años. Las vacaciones siempre eran un torbellino, nos apresurábamos de un resort exótico al siguiente. —Me encojo de hombros—. No sé… —Dejo la frase a medias.

—¿Mandarías a tus hijos a un internado?

—Ni harto de vino.

Se vuelve como si le sorprendiera.

—¿Qué harías diferente? Es decir, ¿en qué se diferenciaría tu forma de educar respecto a cómo te educaron a ti?

—Pasaría tiempo con ellos.

Se para en seco y se gira.

—¿No has pasado tiempo con tus padres?

—Y sigo sin pasar tiempo con ellos.

Se queda mirándome un momento.

—¿Y tus hermanos?

—Mis hermanos. —Sonrío—. Con esos sí que paso tiempo. Se hacen querer los condenados.

Se ríe y sigue ascendiendo.

—De niños solo nos teníamos los unos a los otros. Lo son todo para mí.

Caminamos otro trecho.

—Nuestra infancia consistió en prepararnos para tomar las riendas de Miles Media. A veces nos da pena no haber podido tomar nuestras propias decisiones.

Kate sigue avanzando por delante de mí. No sé por qué, pero siento la necesidad de contarle todo esto.

—Tendría que callarme ya. —Jadeo—. Que esto está cada vez más empinado.

—Es verdad. Hora de llevarme a caballito, Miles. Demuéstrame de qué pasta estás hecho.

Me río y seguimos subiendo.

—Ojalá fueras fontanero —dice como si nada.

Arrugo el ceño y digo:

—¿Y eso?

Se vuelve y dice:

—Porque así no tendría que compartirte.

Nos miramos a los ojos.

—Y serías un tío normal y corriente que se pillaría por mí.

«Eso sería lo más fácil del mundo».

Sonrío con cariño y digo:

—Es lo más bonito que me han dicho nunca.

—Si eso es lo más bonito que has oído —Se ríe y sigue subiendo—, debes de juntarte con unos idiotas de cuidado.

—Pues sí, es verdad… Pero soy muy bueno desatascando tuberías. Así que sí que soy fontanero… más o menos.

Rompe a reír y dice:

—Ya ves. Y de los buenos, además.

Doy un sorbo al cóctel en la tumbona.

El sol poniente se refleja en el agua y el arrullo de las olas al besar la arena me inunda los sentidos.

Kate está jugando a voleibol con unos niños en la orilla. La veo reír y hablar con ellos como si fueran amigos a los que hace tiempo que no ve.

Está muy animada y se ríe a carcajadas, despreocupada y contenta.

Lleva un bikini blanco y creo que no he visto una imagen más perfecta y bonita en toda mi vida.

Serena.

Así es ella... Me aporta una serenidad que no recuerdo haber sentido jamás.

No tengo que fingir ser algo que no soy; puedo ser yo.

No le importan mi apellido, mi dinero o su apariencia.

No se ha maquillado ni se ha arreglado el pelo en todo el viaje y creo que ninguno de los dos nos hemos mirado al espejo ni una sola vez.

Es liberador no tratar de impresionar al otro. Me ha visto con mis peores pintas y yo a ella también y, sin embargo, lo nuestro funciona.

Saco el móvil y abro la bandeja de entrada. Sonrío al ver el nombre de Rosita.

La he echado de menos.

> Hola, Ed:
> Espero que estés disfrutando de tus vacaciones.
> A mí me va bien. Mi nuevo novio ha resultado ser un encanto.
> Hace un frío aquí... Ojalá estuviera en algún sitio con sol. A ver si el año que viene me voy de viaje.
> Pásatelo bien, que en nada volverás a tu trabajo de basurólogo.
> Besitos,
> Rosita

Sonrío. Oigo la risa de Kate y miro a ver cómo va el partido de voleibol.

Es la amistad más rara que he entablado en mi vida. Rosita Leroo es todo lo contrario a las mujeres con las que salgo, pero me entiende y, por alguna razón, yo a ella también.

Me gusta la amistad que tenemos.

¿Qué le digo?

Caminamos de la mano por la orilla del mar de vuelta a casa.

—Te he comprado una cosa.

—¿Ah sí? —dice con una sonrisa.

O sale bien o sale mal…

Me meto la mano en el bolsillo y saco dos helados de cucurucho.

Kate los mira de hito en hito y enseguida se le humedecen los ojos.

Mierda.

—Es que… se me ha ocurrido… —balbuceo— que como es nuestra última noche aquí y todo eso…

Me mira a los ojos y sonríe con ternura. Se pone de puntillas y me besa.

—Gracias —susurra mientras coge uno—. Eres muy considerado.

Mira que me han llamado cosas en la vida, pero eso nunca jamás.

Se sienta en la arena y me anima a que haga lo mismo con un par de golpecitos. Quitamos el envoltorio a los helados.

Se queda mirando el suyo. Contemplo cómo una lágrima solitaria le recorre la mejilla y pienso que a lo mejor no ha sido buena idea.

Le paso un brazo por detrás y nos comemos el helado; yo en silencio, ella entre lágrimas.

Siento los recuerdos y el amor removiéndose en su psique a medida que se apoderan de ella.

Eso hace que yo también desee ser fontanero.

La luz de la luna entra a raudales por la ventana y, despacio, le quito el vestido a Kate.

Está distinta, algo ha cambiado entre nosotros desde que he comprado el helado.

Se ha despojado de su coraza y la veo vulnerable en otro sentido.

Es abrumador, embriagador y la deseo más que nunca, si es que eso es humanamente posible.

Nos besamos con dulzura mientras desvestimos al otro lo más rápido que podemos.

Desnudo… quiero estar desnudo.

Me baja los pantalones y, con el rabo ahí colgando, la tumbo en la cama.

—¿Tienes idea de lo preciosa que eres para mí? —susurro.

Me sonríe y, al hacerlo, noto una opresión en el pecho.

—Un momento. —Me dispongo a coger los condones.

—Ell… no —susurra.

—¿No qué?

—No te pongas condón. Esta noche quiero que estemos piel con piel.

Nos miramos fijamente y… ¡joder!

Esta mujer…

Me coloco encima de ella; la necesidad de estar cerca es tan imperiosa que no podría controlarme aunque quisiera.

Nos besamos y nos abrazamos y, con una conexión que no he sentido jamás, me acoge.

Y me retiene.

Y me destroza para siempre.

Kate

El avión frena en seco en la pista de aterrizaje mientras me entran ganas de tirarme al suelo y montar una pataleta.

No voy a bajar, no podéis obligarme.

Elliot suspira profundamente con la vista al frente. Me mira de reojo apoyándose en el reposacabezas.

—Ya estamos en casa —dice.

—Sí —digo con una sonrisa tan grande como falsa—. Yupi.

Se ríe por lo bajo y me besa.

—Ya ves.

La azafata (¿cómo narices se llamaba? No me acuerdo) sale de su habitáculo, va a por nuestro equipaje y lo lleva a la puerta. Entonces aparecen los dos comandantes y desenganchan la puerta.

—Un placer volar con ustedes —dice Elliot con una sonrisa mientras les estrecha la mano—. Gracias.

—Gracias. Que pasen una buena noche —contesta uno de ellos.

Un chico encargado de llevar las maletas sube al avión y recoge nuestro equipaje.

—¿Solo estas tres? —pregunta.

—Sí, por favor —dice Elliot.

Baja las escaleras.

—Gracias —digo con una sonrisa mientras salgo por la puerta y me azota la ventisca. Todo es blanco y deprimente.

¡Qué frío hace en Londres, joder! ¡Uf! ¿Por qué tendré que ser de aquí?

Elliot sale detrás de mí y se estremece.

—Joder —masculla en voz baja.

—¿Por qué no seré española? —digo.

—Porque eres inglesa —dice Elliot mientras me da la mano—. Vigila, que resbalan —dice, refiriéndose a las escaleras.

Bajamos despacio hacia el coche que nos espera: un Audi negro, no el Bentley de siempre.

El chófer es una mujer. Sonríe y abre la puerta trasera. ¿Eh? ¿Y esta quién es?

—Hola —dice Elliot mientras me hace un gesto para que suba yo primero.

Él entra después de mí y cierra la puerta.

La conductora entra y se vuelve hacia nosotros.

—¿Al aparcamiento vip del 1A?

—Sí, gracias —dice Elliot mientras se pone mi mano en el regazo.

Frunzo el ceño, confusa, y él me besa en la punta de los dedos.

—Le he pedido a Andrew que me traiga el coche. Quiero llevarte a casa personalmente.

—Ah. —Quizá quiera quedarse a dormir.

Me desanimo por dentro. Seguramente lo haga para que Andrew no vea mi cara de pena al bajar del coche.

—Qué bien —miento.

Cinco minutos después, la mujer aparca en un *parking* subterráneo y, cómo no, ahí, en primera fila, está el Mercedes de Elliot.

Me pregunto quién habrá llevado a casa a Andrew después de dejar el coche aquí. ¿Habrá cogido el autobús o habrán venido a buscarlo? ¿Qué ocurre en estos casos? ¿Hay un chófer para el chófer?

Elliot guarda mis cosas en el maletero y a los diez minutos ya estamos de camino a casa.

Está callado y pensativo y agarra el volante con firmeza. Yo, por mi parte, miro por el parabrisas y me pregunto para mis adentros si podría atarlo y meterlo en el maletero. Tal vez podría secuestrar su avión y encañonar a los comandantes para que nos lleven de vuelta a las islas Canarias.

Ya noto cómo nos vamos distanciando poco a poco; una vez en Londres ha dejado de ser Ell, el juguetón, para ser Elliot Miles... el director ejecutivo duro de pelar.

Y lo cierto es que no nos conocemos de nada.

Lo que es una mierda. Si Elliot solo quería sexo esporádico y no esperaba nada de nuestra relación, ¿por qué narices ha tenido que ser tan dulce y cariñoso? ¿Será consciente de su actitud?

Esto sí que es enviar señales contradictorias y lo demás son tonterías.

En las islas Canarias daba igual porque sabíamos que el tiempo del que disponíamos era escaso y limitado. Una encantadora escapada de una semana para evadirnos de la realidad.

Sin compromiso.

Pero ahora que hemos vuelto, no estoy tan segura.

Sé que todavía no estoy preparada para que se vaya. A lo mejor hay esperanza para nosotros, porque, jopé, congeniamos de maravilla. Solo espero que él sienta lo mismo.

Elliot para el coche delante de mi casa y apaga el motor. Apoya el brazo en el volante y me mira.

—Gracias —susurro.

Él asiente sin dejar de mirarme a los ojos.

—Me lo he pasado superbién.

Esboza una sonrisa arrebatadora y dice:

—Yo también.

—¿Quieres…? —Me encojo de hombros. No debería decir esto, pero las palabras me salen solas—. ¿Quieres pasar?

—No puedo. —Deja de mirarme para fijar la vista en el parabrisas—. Tengo que leer un montón de correos antes de volver a la oficina mañana. No he encendido el ordenador en toda la semana y no puedo quedarme trabajando hasta tarde porque tengo que asistir a un evento. Como no los conteste hoy, la semana se irá al garete.

—Ah… —Asiento mientras me describe su apretada agenda.

Me acaricia el muslo y dice:

—Eres una mala influencia para mí, Landon. Nunca he dejado de trabajar estando de vacaciones.

Sonrío y digo:

—Es que es muy divertido distraerte.

Me mira a los ojos; hay algo flotando en el ambiente.

Se parece mucho a… arrepentimiento.

—Está bien. —Fuerzo una sonrisa.

—Está bien… —responde él.

Nos quedamos un rato mirándonos. No sé si está esperando a que diga algo o va a hablar él.

¿Cuándo volveremos a vernos?

No preguntes, tú finge indiferencia.

Abro la puerta del coche y digo:

—Bueno, me voy.

—De acuerdo. —Baja del coche y abre el maletero.

Tiene que ser él quien proponga quedar, yo no voy a insistir. Él dijo que lo nuestro era solo sexo, aunque sé que no es verdad. Por lo tanto, si ha cambiado de opinión, tendría que tomar la iniciativa.

—¿Quieres que te lleve la maleta a la puerta? —pregunta.

—No. —Se la quito—. Ya puedo yo, pero gracias de todas formas.

Nos miramos fijamente y ahí está otra vez esa espiral de palabras no dichas.

—Adiós, Kate. —Me besa con dulzura y noto una opresión en el pecho.

Ni pasión, ni amor prohibido, ni intención de estamparme contra el coche y tomarme aquí mismo. Me besa con tristeza y un profundo pesar. ¿O soy yo, que me he vuelto muy dependiente?

Sea lo que sea, es un asco.

Me aparto de él. Su cambio de actitud no me gusta.

—Adiós. —Me giro y subo las escaleras delanteras. Me vuelvo y me despido con la mano. Responde de la misma forma y, sin más dilación, sube al coche y se aleja antes de que llegue a introducir siquiera la llave en la cerradura.

Me entra el bajón. Se ha ido.

Veo cómo el coche se pierde en el horizonte. Meto la llave y entro.

Me cago en la puta.

—¡He vuelto! —anuncio.

Daniel sale en tromba de su cuarto y dice:

—Hola, preciosa. —Se ríe y me abraza. Me levanta los brazos y me mira de arriba abajo—. Cariño, estás espléndida. ¡Y qué morena! ¿Cómo ha ido?

—Muy bien —contesto con una sonrisa—. Me lo he pasado estupendamente.

Le cambia la cara y dice:

—¿Y eso qué significa?

—Nada, que me lo he pasado muy bien —respondo—. ¿Cómo iba a pasarlo mal de vacaciones?

—¿Y...? —pregunta a la vez que alza una ceja.

—Elliot es... —Hago una pausa para dar con la palabra adecuada— maravilloso. —Miro a mi alrededor y me desplomo en el sofá. Daniel también se desploma a mi lado.

—Pensaba que te habrías enamorado perdidamente de él solo para que te partiera el corazón y tendría que contratar a un sicario.

—No. —Sonrío con pena—. Aunque sería muy sencillo enamorarme de él.

—¿Qué ha pasado?

—Nada. Elliot es la hostia, pero, como él mismo dijo, solo era una semana. No me prometió nada ni voy a ahondar en eso, pero me encantaría que la relación tuviera futuro.

Daniel asiente mientras asimila mis palabras.

—Si sabe lo que es bueno, echará la puerta abajo y no te dejará escapar.

Sonrío, agradecida por sus cálidas palabras. No está tan mal volver a casa.

—Sí, eso pienso yo.

—¿Has comido? —me pregunta.

—He comido en el avión. ¿Y tú?

—No, no tenía ganas de cocinar.

—Si quieres te acompaño a comer fuera.

—¿En serio? —Sonríe y me pasa el brazo por detrás.

Apoyo la cabeza en su hombro.

—¿Te apetece ir a un tailandés a verme comer? —me pregunta.

Sonrío y digo:

—Claro que sí.

El lunes por la mañana entro en el ascensor como una estrella de *rock* y pulso el botón de mi planta con decisión.

Está todo controlado. Que pase lo que tenga que pasar.

Elliot no me llamó anoche para desearme buenas noches. No sé por qué pensé que lo haría. Ed tampoco me ha escrito y, sinceramente, me da igual. Apenas me he fijado.

Estoy bien, muy bien, superbién.

He tenido las mejores vacaciones de mi vida... Dejémoslo ahí.

Pienso repetírmelo hasta que me lo crea, pero bueno, de momento así me siento mejor.

Al menos ahora sé que sigo viva.

Sigo con los pies en la tierra, aunque ligeramente herida y rota, pero al final resulta que no me morí con mis padres y tendré un futuro dichoso. Sé que será así.

Entro en mi despacho sonriendo. Fue bonito mientras duró.

Quiero más, pero, por primera vez en mucho tiempo, sé que lo soportaré si no lo consigo.

Es lo que hay.

Once de la mañana.

Llaman a la puerta.

—Kathryn —dice una voz familiar.

Miro arriba y veo a Elliot. Se me dibuja una sonrisa en la cara.

—Hola —le digo, exultante. Anoche lo eché de menos.

—¿Tienes ya el informe sobre el uso de los buscadores que te pedí? —me suelta.

Frunzo el ceño. Su saludo (o, mejor dicho, la ausencia de él) me ha dejado de piedra.

—No, pero te lo preparo ahora, si quieres.

—Gracias. Date prisa, por favor, lo necesito en una hora.

Está siendo frío y distante, como el Elliot Miles que recuerdo.

Lo miro a los ojos.

—Por el amor de Dios, no me mires así, que no estoy de humor, joder —me espeta antes de irse.

Lo sigo con la mirada. ¿Y esto?

Estoy en el comedor hecha un lío.

¿Cómo lo estaría mirando?

¿Con ojitos de cordero degollado? El corazón me iba a mil. ¿Lo habrá notado?

Seguro. Madre mía…

Bajo de las nubes de golpe.

—¿Habéis visto a Elliot Miles esta mañana? —dice una chica de la mesa.

—Ya ves, tía. Moreno está incluso más buenorro.

Se me la piel del pescuezo de gallina mientras las escucho con disimulo.

—Seguro que ha pasado las fiestas en un yate, en Ibiza, con alguna supermodelo o algo así. A lo mejor se han casado y todo —interviene otra.

—No se casaría con una supermodelo —comenta una señora mayor—. Elliot Miles no sentaría la cabeza por una chica así.

La miro y digo:

—¿A qué te refieres?

—Elliot se casará con una artista, una escritora o una filántropa.

—¿Por qué lo dices?

—Es muy profundo. ¿No te has fijado en las cosas que le interesan?

—No. ¿Qué le interesa?

—El mundo del arte. Se casará con una chica singular. Por eso es tan celoso de su vida privada, para que los escarceos que mantiene de mientras con las típicas *barbies* no le afecten cuando conozca a la definitiva.

Se me cae el alma a los pies.

—Supongo.

Doy un sorbo al té. ¿Soy una de esas *barbies?* Me viene a la cabeza lo que me dijo antes y se me revuelve el estómago.

«Por el amor de Dios, no me mires así, que no estoy de humor, joder».

—Despierta, Kate —me dice Daniel mientras se sienta en mi cama.

Trato con todas mis fuerzas de abrir los ojos. Anoche apenas pegué ojo de lo preocupada que estaba por Elliot.

No me ha llamado, no sé nada de él y no tengo ni puta idea de qué pasa entre nosotros, pero no estuvo bien que ayer me hablara así.

—Mira —me apremia Daniel.

Me pone el periódico en la cara.

—¿Qué pasa? —pregunto arrugando el ceño.

—Que mires, coño.

Pongo cara de asco mientras me esfuerzo por leer el titular.

«Elliot Miles se marcha de la gala
con Varuscka Vermont».

¿Eh?

Me incorporo y le quito el periódico de las manos.

Vuelvo a leer el titular y miro la foto.

Elliot va con esmoquin y está en el asiento trasero del Bentley con una morenaza... Conduce Andrew.

—¿De cuándo es esta foto? —pregunto.

—De anoche.

Miro a Daniel a los ojos, horrorizada.

—¡Qué cojones!

Capítulo 15

Voy por la calle hecha un basilisco, más furiosa que nunca.

¿Cómo se atreve?

¿Cómo coño se atreve?

Que sí, que vale, que no quería nada más, pero tío… échale huevos y dímelo, cagueta de mierda asqueroso.

Que yo sepa, cuando te pasas casi toda una semana dale que te pego con alguien, al menos le debes una mísera explicación.

Uf, qué rabia. Me hierve la sangre.

Misión cumplida, supongo. Salí con Elliot para ver si sentía algo.

Pues sí, siento algo: una rabia incontenible e irrefrenable.

Entro en mi casa con paso airado.

—Buenos días —me dice el vecino con una sonrisa.

«¿Tú crees?».

Fuerzo una sonrisa y sigo andando. Ni siquiera soy capaz de mentir y darle la razón.

Quitaos de en medio, que esta quiere guerra.

A la una de la tarde me llega un correo.

> Kate, ven a mi despacho inmediatamente.
> Elliot

¡Ja! Más quisieras… tonto del culo.

Le contesto.

> Elliot:
> Lo siento, estoy ocupada.

Envíame un correo con tu petición y la leeré en cuanto pueda.
Kate

Su respuesta no se hace esperar.

Kate, es urgente.
¡Deja lo que estés haciendo y ven ahora mismo!

«Ahora mismo», exclamación… ¿Qué pasa aquí?

¿Cómo se atreve?

Se me van a salir los ojos de las órbitas.

Tecleo con tanta fuerza que por poco rompo el teclado.

Elliot Miles.
¡Vete a la mierda!

No. Parezco una cría. Lo borro y vuelvo a intentarlo.

Elliot.
¿De verdad eres tan idiota que no ves más allá de tu…?

No, lo borro.

No te pongas a su altura. No le des el gusto. Cierro los ojos y respiro hondo para calmarme. No dejes que te afecte…

Pasa del correo.

Vuelvo a ponerme manos a la obra y al cabo de media hora me llega otro correo.

Kate, ¿vienes o qué?
Te estoy esperando.

Ya está. Esta es la gota que colma el vaso. Le contesto:

No voy a ir.
Como te he dicho, estoy ocupada. Envíame un correo con lo que necesites.

Deja de hacerme perder el tiempo con exigencias inadmisibles.

Le doy a «enviar».

¿Quién se cree que es?

¿Hasta dónde llega la estupidez humana?

Me levanto, abro el archivador con brusquedad, guardo el archivo y lo cierro de la misma forma.

—Imbécil, gilipollas, mamón —mascullo en voz baja. Vuelvo a sentarme y aporreo el teclado—. Deja de apagarte, cabrón.

Exhalo con pesadez. Cálmate… cálmate… cálmate. Cálmate, joder.

Se me está revolviendo el estómago y, sinceramente, hacía mucho que no me veía tan superada por las circunstancias ni me sentía tan inestable. No puedo hacerme esto. Ahora sé que no es una relación sana para mí. No puedo permitir que un hombre tóxico me suma en un pozo de oscuridad.

La puerta del despacho se abre y al levantar la vista me encuentro a Elliot con ese traje gris que le sienta como un guante, esa mandíbula cuadrada y ese pelo oscuro. Su presencia enseguida se apodera del reducido espacio. ¡Qué rabia que sea tan guapo! Es desesperante, en serio. Vuelvo a mirar la pantalla a regañadientes.

—¿Qué haces? —me espeta.

«No te alteres. No le des el gusto».

—Trabajar —contesto con calma sin despegar los ojos de la pantalla.

—Te he pedido que vinieras a mi despacho. —De soslayo, veo que se guarda las manos en los bolsillos mientras espera a que conteste.

—Y yo te he dicho que me enviaras un correo con tu petición. Ahora, si me disculpas, tengo trabajo. Cierra la puerta al salir.

—La llevé a casa, punto.

Lo miro a los ojos.

—Discutió con su pareja y al ver que estaba esperando un taxi, me ofrecí para llevarla a casa.

Lo miro detenidamente. ¿Será verdad?

Vuelvo a centrarme en el ordenador y digo:

—No tengo ni idea de qué hablas.

Se queda callado un momento, como si analizara la situación.

—¿Por qué estás tan borde?

Estoy a punto de estallar cuando me vuelvo hacia él y le digo:

—Se llama ética laboral, Elliot, y no estoy nada borde.

—Bien. —Alza el mentón a más no poder en señal de aprobación—. Le diré a Andrew que te recoja esta tarde a eso de las siete.

Frunzo el entrecejo. Señor, dame fuerzas. Me vuelvo hacia el ordenador e imprimo una hoja de cálculo.

—Hoy no puedo, lo siento. Tengo un compromiso.

—¿Qué compromiso?

Paso de él, me levanto y abro el cajón más alto del archivador, mientras que Elliot, raudo y veloz, pone la mano encima de la mía y lo cierra con brusquedad.

—¿Qué compromiso? —gruñe.

—Lavarme el pelo —salto. Se me ha agotado la paciencia.

—Entonces ¿sí que estás enfadada?

Vuelvo a mi sitio volando y me giro hacia la pantalla.

—¿Qué tendría que haber hecho? ¿Dejarla en la calle? —replica.

—No sé de qué hablas.

—Por eso no me van las relaciones. Las tías os montáis películas por todo. La llevé a casa. Ya está.

—Tú y yo no tenemos una relación. Ya me lo has dejado más que claro. Por mí como si te llevas a Varuscka Vermont a dar una vuelta en tu *superjet.* Esto no tiene nada que ver con que la llevaras a casa. Vete.

—¿Entonces? —Pone cara de que le hace gracia la situación—. Has leído el artículo.

—Elliot, no me interesa este juego. Es más, ya estoy harta.

Pone los brazos en jarras y dice:

—¿Y eso qué significa?

—Pues que… —Dejo la frase a medias.

—Teníamos un trato.

Pongo los ojos en blanco y digo:

—¿Te refieres al trato que establece que no te pueden ver ni fotografiar conmigo, pero que no pasa nada si te ven saliendo de un sitio con otra? ¿O te refieres al trato que estipula que nadie puede enterarse de lo nuestro y que puedes hablarme como a un trapo cuando te dé la gana? Noticia de última hora, Elliot: no me interesa, así que lo siento, pero paso.

—El lunes estaba muy estresado —brama.

—Pues hoy lo estoy yo —gruño.

Me mira a los ojos y dice:

—¿Qué quieres decir con eso?

—Te estoy diciendo que puedes salir con Varuscka. Este acuerdo no va a funcionar con nosotros.

—¡¿Cómo?! —estalla.

La puerta se abre de sopetón.

—¿Te apetece un café? —me pregunta Kellie.

—¡Llama antes de entrar en un despacho! —salta Elliot.

Kellie nos mira con los ojos como platos y susurra:

—Perdón. —Y se va corriendo.

Elliot me fulmina con la mirada; se le dilatan las aletas de la nariz mientras lucha por mantener el control.

—¿Hemos terminado? —escupe, lleno de ira.

—No seas melodramático —digo sin despegar los ojos de la pantalla. No quiero mirarlo.

—Kathryn —ruge.

—No me hables así y luego irrumpas aquí con exigencias. No sé cómo te lo montas con las demás, pero a mí no me vale, ya te lo digo.

Casi noto cómo explota la bomba atómica. La furia que irradia es palpable.

Sin mediar palabra, sale de mi despacho echando humo. Cierra tan fuerte que las ventanas tiemblan a causa del portazo.

¡Piii, piii!

Alguien toca la bocina en la calle. Me asomo a la ventana de mi habitación y sonrío y saludo con la mano al ver el camioncito.

Estoy entusiasmada: voy a tener a mi hermano para mí solita las próximas veinticuatro horas. Me he cogido el día libre. Vamos a ir a casa de mamá y papá a recoger nuestras cosas (Elanor las ha guardado en cajas de plástico). Brad ha contratado un camión de mudanzas y yo nos he reservado un hotel para esta noche.

Saldremos a cenar, nos relajaremos y pasaremos un rato juntos. Me vendrá de maravilla pasar tiempo en familia.

Después de la semana de mierda que he tenido, este finde me vendrá de perlas para distraerme. Elliot Miles es el colmo de la frialdad. No ha posado la vista en mí desde el día que se plantó en mi despacho, ya no digamos mirarme a los ojos. Eso menos.

Y no será porque no haya tenido ocasiones. Nos hemos cruzado en el pasillo (sin que mostrara señales de reconocerme) y hemos cogido el mismo ascensor esta mañana. Y, aun así, nada, ni una palabra.

Es como si me lo hubiera imaginado todo. Tal vez sea así.

No sé, pero estoy hasta la coronilla de darle vueltas a todo. Si ha podido pasar página tan rápido, he hecho la mar de bien.

Aunque eso no quita que haya herido mis sentimientos y mi orgullo.

Recojo mis cosas y bajo las escaleras.

—¡Me voy, adiós! —anuncio.

Daniel sale de su cuarto y dice:

—Pásatelo bien, guapísima. —Me da un beso en la mejilla—. Y olvida al idiota de Miles.

Le sonrío y le aparto el pelo de los ojos.

—¿Y ese quién es?

Me da un golpecito en la nariz y dice:

—Esa es la actitud.

—¿Y Beck? —pregunto.

—Duchándose.

—Vale. —Me dirijo a la puerta—. Dile que me he ido.

—Descuida. Ah, estaré aquí mañana, por si quieres que te ayude a descargar.

—No te preocupes, ya me ayudará Brad. Feliz finde —digo mientras salgo por la puerta. De pronto, me doy cuenta de que hace un frío que pela y me ciño más la chaqueta—. ¡Nieve de mierda! —mascullo en voz baja.

Cruzo la carretera corriendo y me subo al camión. Brad, con su gorra de camionero, saca bíceps y dice:

—No me digas tú que no parezco un puto mafioso con el camión.

Me echo a reír mientras me pongo el cinturón.

—Qué tonto eres.

Brad se ríe entre dientes y se incorpora al tráfico.

—Vamos a por nuestras cosas.

—Vengo a por las pertenencias del almacén 405, por favor —le digo a la recepcionista con una sonrisa.

—Estupendo. Te estábamos esperando. —Se vuelve y saca del armarito de las llaves un manojo con una etiquetita amarilla—. Cruza el pasillo cinco y al llegar al final, dobla a la derecha. Tu almacén es el último de la izquierda.

—Vale, gracias.

Salgo por donde he venido y Brad enlaza el brazo con el mío. Es un día duro, uno al que pensé que no tendría que enfrentarme ni en un millón de años. Inquietos, seguimos las indicaciones de la recepcionista y vamos al almacén. Brad mete la llave en la cerradura y, despacio, abre la puerta del garaje.

Solo diez cajas descansan al fondo de un garaje casi desierto.

Los dos pestañeamos, atónitos. Esperábamos muchas más.

—¿Y lo demás? —susurro.

Brad se encoge de hombros.

El pánico se apodera de mí. La vida de mis padres no cabe en diez cajas.

—¿Y lo demás? —balbuceo—. Elanor dijo que guardó lo importante.

Brad saca el móvil y llama a Elanor.

—Eh, ¿estamos en el almacén correcto? Aquí solo hay diez cajas.

Oigo que le contesta superrápido, lo que hace que el corazón me vaya a mil. Cuando habla así es porque ha hecho algo malo.

La expresión angustiada de Brad me dice que lo hemos perdido todo.

—¿Estás de coña? —gruñe Brad—. Sabes que lo queríamos todo. ¿Cómo coño te atreves a hacerle eso a Kate? Yo tenía más de diez cajas en casa de mamá y Kate también. —Se aleja para gritarle y yo rompo a llorar mientras contemplo el garaje casi vacío con el corazón rugiéndome en los oídos. Pensar que hemos perdido nuestras amadas posesiones y los recuerdos de nuestra infancia es como perder a papá y a mamá de nuevo.

No… no habrá sido capaz.

Imposible.

Nadie es tan despiadado.

—Dime. —Se calla un momento para escucharla—. ¿A qué tienda de segunda mano, Elanor? —Lo oigo gritar desde la entrada.

Caigo de rodillas, desesperada. Lo ha donado prácticamente todo. Hasta mis pertenencias y las de Brad. Había un montón de cosas, el desván atesoraba muchos recuerdos.

Los adornos navideños de mamá, la porcelana que heredó de la abuela, los tapices… Las herramientas de papá. Mis aficiones… ¿perdidas también?

Duele, duele mucho.

Me llevo una mano a la barriga mientras noto que me falta el aire.

Brad me rodea con sus enormes brazos y me abraza mientras lloro.

—Lo siento mucho, Kate. Lo siento muchísimo.

Cenamos con la mirada perdida y los ánimos por los suelos.

Volvemos a vivir una pérdida muy grande.

—Es que no me lo explico —dice Brad en voz baja—. ¿Cómo narices es posible que tenga los mismos genes que nosotros?

Miro su cara de pena, está tan destrozado como yo.

—Elanor solo mira por Elanor. —Suspira—. Necesitaba el dinero que le diese la venta de la casa y no estaba lista para que nosotros metiésemos baza.

—Pero si iba a hacer esto, ¿por qué no nos lo dijo y ya está?

—Porque sabía que nos negaríamos.

Nos quedamos callados un rato.

—¿Te ha dicho dónde estaba?

—En un viaje de negocios.

—¿Dónde?

—No lo sé. Seguramente en Ibiza, de fiesta con algún ricachón. Ya sabes cómo es: no sé cómo se lo monta, pero siempre se los mete en el bolsillo.

—Porque es guapa. —Suspiro.

—¡No me jodas! Nadie es tan guapo.

—De todas formas, ¿qué le pasa con el dinero? ¿Por qué le gusta tanto? Nosotros no somos así y hemos crecido en la misma casa.

Brad se encoge de hombros y dice:

—Pues va a por tu jefe.

Frunzo el ceño y digo:

—¿Cómo?

—Sí, hace unos meses desayunamos juntos y me leyó en voz alta la lista de las personas más ricas que acababan de publicar en el periódico. Me dijo que pescaría al Miles ese.

Me falta el aire.

—¿Qué Miles?

—El jefazo.

—¿Jameson, el que trabaja en Nueva York?

—No, el de la sede inglesa.

—Elliot. —Se me acelera el corazón.

—Sí, ese. Lo buscó en el móvil y me enseñó una foto y todo el rollo.

Abro mucho los ojos, horrorizada.

—Me tomas el pelo. —Busco como loca una foto de Elliot y le enseño el móvil a Brad—. ¿Es este?

—Sí, es ese. Seguro que lo tenía todo planeado. —Pone los ojos en blanco, asqueado—. La muy bruja.

Se me cae el alma a los pies. Elanor pega mucho más con Elliot que yo.

Sé cómo actúa, sé que atrae a los hombres, tanto que no se le resisten.

Si de verdad le interesase Elliot, no le costaría ligárselo.
Elanor es extraordinaria. Me invade el miedo.
Es imaginármela presentándose en una reunión familiar con él y notar una opresión en el pecho. Sé que algún día tendré que verlo con otra.
Pero con ella no, por favor.
Con cualquiera menos con ella.

Es jueves, son las once de la noche y me siento a oscuras con el ordenador.

> Querido Ed:
> ¿Qué tal? Perdona, acabo de ver el mensaje de la semana pasada. He estado liadísima.
> Hace mucho que no hablamos y quería saber si estabas bien.
> Un beso,
> Rosita

No he hablado con Ed desde la bronca del martes con Elliot. Me escribió esa noche, pero no le he contestado.
¿Para qué? Solo me sentiría peor.
Es que, en serio, ¿cuánto debo de importarle para que quiera hablar con Rosita y, mientras tanto, se comporte como un capullo conmigo, que es con quien se acuesta realmente?
Está clarísimo que a Elliot Miles le importo un comino y no puedo fingir que no duele, porque no es así. Duele más de lo que debería. Ya conocía las reglas del juego y, aun así, me tiré a la piscina como una tonta.
Al echar la vista atrás pienso: «Vaya leñazo me he pegado».
Esta semana ha sido agotadora. Estoy estresada y no dejo de imaginar que recibo una invitación para ver a la malvada de mi hermana casándose con el hombre de mis sueños.
Vale, no, no es el hombre de mis sueños, pero yo lo vi primero y para eso es mi fantasía, qué narices.
Dejadme en paz.

Elanor le dijo a Brad que tenía planes para Elliot. ¿Qué significa eso? ¿Es un eufemismo para dar a entender que se lo tiró en el pasado?

Se me revuelve el estómago de pensarlo.

No, por favor.

Veo los puntitos. El corazón me da un vuelco, está escribiendo.

> Hola, Rosita:
> Te he echado de menos.
> Sí, estoy bien, nada nuevo por aquí. ¿Y tú qué tal?
> ¿Cómo va tu historia de amor?
> Ed

Exhalo con pesadez. No puedo contarle la verdad, no puedo revelarle mi identidad. Esta mentira tiene las patas muy cortas, aunque supongo que tampoco hay razón para confesar ahora mismo; total, no verá a Kate próximamente. Pero esto no me hace ningún bien. Tengo que romper la relación del todo, esto no puede seguir así. No quiero que me hable de sus futuras conquistas… ni de la zorra de Elanor.

Uf, me muero. ¿Os imagináis?

Opto por mentirle.

> De maravilla. Este chico es perfecto.

Me dispongo a darle a «enviar», pero me lo pienso y añado:

> ¿Qué tal con Kate?

Contengo el aliento mientras espero a que conteste. Va a doler, lo sé.

Qué pregunta más tonta.

> Kate y yo hemos roto.

Cierro los ojos con pesar y le escribo.

¿Y eso? ¿Qué ha pasado?

Me encariñé demasiado.

Me incorporo de golpe. ¿Cómo?
El corazón me va a mil.

¿Por qué lo crees?

El primer día de vuelta a la rutina, solo llevaba veinticuatro horas sin verla y ya la echaba de menos. No me gustó la sensación.

Abro los ojos como platos. ¿Qué me estás contando?

¿Se lo has dicho?

No. Me fastidiaba estar tan colgado cuando solo habíamos pasado una semana juntos, así que le hablé mal. De eso hace ya dos días, y desde entonces no nos dirigimos la palabra.

Me levanto de la silla de un salto. ¡Qué fuerte!
¿Así lo vivió él? ¿Qué le digo?
Me paseo de un lado a otro haciendo aspavientos con las manos mientras pienso.
Mmm…

A lo mejor le gustabas mucho y le daba miedo que le hicieras daño.

No, no creo que sea eso. No voy a perder el tiempo con alguien que sale huyendo por algo tan insignificante. Ni siquiera quiso hablar del tema.
Está claro que le importó un comino y yo no estoy para que me monten pollos por tonterías.
Se acabó.

Me hundo en la silla con el alma rota. Mierda…

Jopé, Kate, es que eres tonta.

Tiene razón. ¿Por qué no hablé con él al menos?

¡Me cago en todo!

¿Y qué le digo ahora? Qué rabia no poder revelar quién soy.

Esta cagada enorme tiene que acabarse, pero ya.

Le escribo.

Qué pena. ¿Qué tienes pensado hacer este finde?

No pienso estarme quieto. Mañana me mudo a mi casa nueva y por la noche voy a una subasta de arte. Y supongo que me pasaré el finde vaciando cajas. ¿Y tú?

Inflo las mejillas. Me entran ganas de decirle que me pasaré el finde lloriqueando por él, pero me contengo.

No haré mucho, será un finde más bien tranquilo.

Vale, me voy a dormir ya. Me alegro de que volvamos a estar en contacto por fin.
Te echaba de menos.
Que descanses.
Un beso,
Ed

Vuelvo a leer los mensajes detenidamente.

«Me encariñé demasiado».

Me desplomo en la cama.

Que se encariñó demasiado… ¿Lo habré leído bien?

Me levanto y lo leo una y otra vez. No, no lo he soñado.

Ahí está, palabra por palabra.

Tenía miedo… Quizá yo también.

Se me dibuja una sonrisa tonta en la cara.

Aún hay esperanza para nosotros.

Elliot

Sonrío mientras conduzco por el camino rural bordeado de árboles. Es un lugar verde y plácido con colinas.

—¿A que es bonito?

Christopher asiente y dice:

—Sí. —Frunce el ceño y contempla el paisaje—. Pero ¿qué narices vas a hacer tú aquí?

Me encojo de hombros con alegría.

—Criar a mis hijos. Ya sabes que no quiero que crezcan en una ciudad.

—Pero si ni siquiera tienes novia —masculla en tono seco.

—Está cerca —respondo con una sonrisa—. Lo presiento.

Christopher se pasa la mano por la cara, indignado.

—No es un barco que se acerca en mitad de la noche. Simplemente decides que estás listo para sentar la cabeza y eliges a alguien con quien ponerte a ello.

Pongo cara de asco y digo:

—Así no va la cosa.

—Sí, va así.

—Pues para mí no. —Conduzco en silencio un ratito—. No eliges a alguien y cruzas los dedos para que os vaya bien. Sigues las señales.

Christopher pone los ojos en blanco y dice:

—Venga, hombre, tú y tus dichosas señales. ¿Qué crees que va a pasar? ¿Que conocerás a una chica y aparecerá un cartel con luces de neón encima de su cabeza en el que ponga «Ella es tu mujer ideal»?

Me río entre dientes.

—Básicamente.

—A lo mejor ya la conoces —dice como si nada mirando por la ventanilla.

—No creo.

—Ay, es verdad, que cuando la veas vivirás tu momentazo superromántico y lo sabrás. —Niega con la cabeza—. ¿Cómo coño es posible que seamos familia?

—Tendré mi momento. Perdón por creer en el destino. Cuando la conozca, estaré cien por cien seguro de que es ella.

—¿Y qué pasa con la tía esa con la que te fuiste de viaje?

Kate.

Agarro más fuerte el volante mientras ardo de rabia por dentro; me cabrea estar lloriqueando por ella. Me tiene cogido por los huevos, pero no pienso reconocerlo.

—No salió bien.

—¿Por eso estás inguantable desde que volviste?

—¿Qué dices, anda? —le espeto.

—¡Anda que no! Estar contigo es un suplicio. Saltas a la mínima.

—Calla, anda.

Viajamos un rato en silencio.

—¿Julian Masters no vivía por aquí? —dice Christopher.

—Sí, a unos diez minutos o así. Fue así como descubrí esta zona. Me invitó al bautizo de su hijo. He tardado dieciocho meses en encontrar la casa que quería. Bueno, el terreno que quería; a lo mejor construyo la casa desde cero. Pero la propiedad es preciosa. Doce mil metros cuadrados.

—¿Y cuál es el plan?

—Vendré a vivir aquí unos tres meses para ver qué me gusta de la casa y qué no. Entonces la reformaré o la reconstruiré. Es enorme. Tiene diez dormitorios, cinco salas de estar y los cuartos reservados para los criados. En su momento fue una finca rústica inmensa. La casa tendrá unos doscientos años, así que le hará falta un buen repaso.

Christopher me mira enseguida y dice:

—Fijo que está embrujada.

—Calla, anda.

Lo miro de reojo y veo que levanta las manos como si quisiera asustarme.

—Buuuuuuuu —dice imitando a un fantasma—. ¿Y no tendrás miedo aquí solo, en ese caserón encantado… sin nadie que te oiga gritar?

—Calla, coño —le espeto mientras me imagino pasando miedo yo solo.

—Me pregunto cuánta gente habrá muerto en esa casa.

—Ya está. —Paro el coche—. Sal.

Se parte de risa.

—Lo digo en serio. Sal. Te he traído aquí para que veas mi casa nueva, no para que me acojones.

—Entonces reconoces que tienes miedo. Al menos ahora ya sé qué regalarte para que estrenes la casa.

—¿El qué?

—Un vale para que vengan los cazafantasmas.

—Te mato.

Sigo conduciendo y paramos en la entrada. El letrero de piedra junto a la puerta dice así:

Encantada

—¿Y eso? —pregunta Christopher, frunciendo el ceño.

—Es el nombre de la casa. —Abro mucho los ojos—. ¿No lo sabes?

Alza las cejas y dice:

—Pero vas a cambiarlo, ¿no?

—No.

—Madre mía, esto va de mal en peor. ¿Quieres vivir en el castillo encantado con tu princesa? —Hace un mohín con los labios.

—Algo así. —Sonrío y avanzo por el largo y arbolado camino de entrada unos cinco kilómetros más.

—¿Todo esto es tuyo? —inquiere Christopher mirando las colinas que nos rodean. El paisaje es tan bonito que parece pintado.

Sonrío orgulloso y digo:

—Sí.

—Buah, qué pasada.

—Así soy yo, una puta pasada.

Se ríe por lo bajo y, tras rodear el lago, llegamos a la casa. La agente inmobiliaria ha aparcado ahí y se baja del vehículo. La saludo con la mano y paro el coche.

Christopher mira la casa de arenisca por el parabrisas y dice:

—Joder si está embrujada. Ya te digo. Si tiene foso y todo.

—Es un lago, gilipollas —susurro mientras me apeo del coche.

—¡Elliot! —Brianna sonríe y me estrecha la mano—. Bienvenido a tu nuevo hogar.

—Gracias. —Noto que Christopher se nos acerca por detrás—. Te presento a mi hermano Christopher. Christopher, esta es Brianna.

—Hola. —Brianna sonríe tímidamente y se queda mirando a Christopher más de la cuenta. Tengo que esforzarme para no poner los ojos en blanco. No entiendo cómo esta mujer vende tantas casas con lo que le gusta tontear, aunque eso explica la cantidad de contactos que tiene.

—Bienvenido a tu nuevo hogar. —Me entrega las llaves; hay un lacito rojo en el llavero—. ¿Cuándo llegarán tus cosas?

Se oye un vehículo a lo lejos y, al girarnos, vemos que los camiones de la mudanza recorren despacio el camino de entrada.

—Ya vienen.

—Hay un sobre en el primer cajón de la cocina con las instrucciones de absolutamente todo.

—Gracias.

—Te dejo, entonces. Enhorabuena. Estoy segura de que vas a ser muy feliz en esta casa.

Le estrecho la mano y digo:

—Gracias.

—Y recuerda, si puedo hacer algo por ti, lo que sea —dice, recalcando esto último—, llámame.

Fuerzo una sonrisa y digo:

—Descuida, gracias. Me has ayudado mucho.

Sonríe como si esperara que le dijera algo más.

Miro de reojo a Christopher, que alza las cejas. Esta mujer no me atrae nada.

Qué momento más incómodo.

—Vale, adiós. —Me dirijo a la puerta con paso firme y, tras mover la mano con pena, Brianna se mete en el coche.

Introduzco una llave en la cerradura, pero no gira.

—¿Te la has tirado? —me pregunta Christopher al ver cómo se marcha.

—No. —Me estremezco mientras pruebo con otra llave—. Ni ganas.

—Es muy…

—Rara. —Acabo por él la frase y pruebo con otra llave.

—Ya, bueno, abre.

—¿Qué te crees que intento? —Sacudo la cerradura.

El camión de la mudanza se para y bajan cuatro hombres.

—Hola.

—Hola —digo—. No tardo nada. —Pruebo con otra llave—. Joder —susurro—. ¿Por qué no me ha dicho qué llave era?

—A lo mejor se supone que hay que atravesarla como un fantasma.

Respiro hondo y digo:

—¡Me cago en la leche, Christopher! Ayúdame.

La llave gira por fin y la puerta se abre con un chirrido largo y fuerte.

Christopher y yo nos asomamos, nos miramos y volvemos a asomarnos al interior.

Es gigantesca y majestuosa, con unos techos altísimos y unas cornisas de lo más sofisticadas. Antigua y como salida de otro mundo.

Es como viajar al pasado.

Sumamente bella.

—Ahí va —susurra pasmado Christopher.

Sonrío ampliamente al visualizar lo chula que puedo dejar esta casa.

—Ya sé por qué le pusieron ese nombre —susurra Christopher.

—Y yo. Ya estoy encantado.

Kate

Estoy tirada en el sofá comiendo Nutella directamente del bote.

—Eres consciente de que se te va a poner el culo gordo, ¿no? —dice Daniel mientras guarda su ropa.

—¿Qué más da? Si no me lo va a ver nadie. —Suspiro.

—Excepto Elliot Miles. ¿Qué pasa con él, por cierto? No has contado nada en toda la semana. ¿Por eso estás así?

—Esto no tiene nada que ver con Elliot Miles —miento.

Bueno, puede que un poquito.

—Entonces ¿por qué estás así?

—Por mi hermana, que es una bruja. Solo quiero una hermana buena que se preocupe por mí. En teoría las hermanas son mejores amigas por defecto.

Daniel sonríe mientras se sienta a mis pies para ponérselos en el regazo.

—Decidido, esta noche te llevo por ahí.

—No pienso salir. —Suspiro.

—Venga, que te lo pasarás bien.

Alzo una ceja y digo:

—Siempre dices eso.

—Y siempre es verdad.

—¿A dónde vas?

—A una subasta de arte.

—¿Qué? —Me incorporo—. ¿Dónde?

—Aquí, en Londres. ¿Te apuntas? —me pregunta con una sonrisa afectuosa.

—Pues ahora que lo dices… —Me muerdo el labio mientras se me ocurre una idea—, a lo mejor sí. —Me levanto con decisión y añado—: Pero primero tienes que dejarme increíblemente *sexy*.

Daniel se ríe entre dientes y dice:

—Misión aceptada.

Son las nueve cuando entramos en la sala de actos de Halifax, una sala de baile que pertenece al conservatorio de música. El lugar donde se celebrará la subasta de arte.

Llevo un vestido ajustado azul oscuro de manga larga con la espalda descubierta, unos tacones de vértigo y mi abundante melena al viento. Voy toda de marca y guapísima.

Al menos eso espero.

A la izquierda de la sala hay un bar en el que todos hablan con todos. Los camareros portan canapés y champán en bandejas de plata. A la derecha se está celebrando una subasta; se oye al subastador alzar la voz. Los asistentes son muy variopintos y parlotean tan alto y con tanta alegría que el sonido hace eco en el techo.

Miro a mi alrededor. ¿Dónde estará? ¿Será esta la subasta correcta?

—Vamos a ver cómo va la subasta —susurro.

Daniel me rodea con el brazo y nos dirigimos a ese rincón de la estancia. Hay un cuadro enorme en un caballete y unas quince personas se agolpan a su alrededor.

—Un millón cien mil —oigo que dice una voz familiar en tono cortante. Elliot está delante, en el centro, pujando.

Empujo a Daniel hacia atrás para que veamos bien.

—¿La tiene tan grande como su cartera? —susurra.

Ya te digo. Me echo a reír.

—Pórtate bien —le susurro.

Miro a Elliot pujar por el cuadro, completamente enfrascado en su tarea. Lleva vaqueros negros, un jersey de punto del mismo color y el pelo revuelto a la perfección. Me vienen a la cabeza sus palabras.

«Me encariñé demasiado».

Sonrío para mis adentros mientras continúa la puja. Nos quedamos al fondo viendo cómo transcurre. No sé si me aterra o me fascina lo mucho que Elliot desea el cuadro. Es obvio que no va a dar el brazo a torcer. Prácticamente ya es suyo.

Es inquietante verlo así, frío y distante, con tal de conseguir el objeto de su deseo. Rememoro sus palabras: «Busco una chica extraordinaria». ¿A ese punto llegaría con tal de alcanzar su objetivo? ¿A ser insensible y estricto? ¿Por eso me apartó? ¿Para hacer sitio a su mujer extraordinaria?

—¡Vendido! —exclama el subastador mientras da un golpe con el mazo—. Enhorabuena, señor Miles.

El público, maravillado, aplaude.

—Aunque, si soy sincero, para mí ha tirado el dinero; ese cuadro no es tan bueno.

—¿Has visto ese bolso? —me susurra Daniel al oído mientras señala a una mujer.

—Sí.

—Quince mil dólares.

Por poco se me salen los ojos de las órbitas.

—Qué fuerte, flipo —susurro.

Daniel ríe y me arrima más a él mientras charlamos.

Al mirar arriba, me encuentro con la expresión de Elliot; emana una furia termonuclear.

¿Y este?

Se acerca con paso firme y gruñe:

—Quítale tus manazas de encima.

Abro mucho los ojos, horrorizada.

¿Cómo?

Daniel me agarra más fuerte de la cintura.

—Que te den.

Capítulo 16

—Elliot —balbuceo—. ¿Qué haces?

—Te he dicho que le quites tus manazas de encima —escupe Elliot con los dientes apretados.

Daniel sonríe con ironía la mar de tranquilo. Alza una ceja y dice:

—¿A ti qué coño te pasa?

—Tu cara de payaso.

Hostia puta. Me aparto de Daniel. Qué pesadilla. Echo un vistazo alrededor y veo que la gente se está percatando del jaleo.

Elliot avanza hasta quedar cara a cara con Daniel.

Me interpongo entre los dos, con la espalda vuelta hacia Daniel.

—¿Quieres parar? —susurro.

—Quítate de en medio, Kathryn —susurra Elliot con rabia.

—Vete a casa, guapito. La chica está conmigo —susurra Daniel.

A Elliot se le dilatan las aletas de la nariz; va a explotar.

—¿Queréis parar los dos? —susurro—. Elliot, quiero hablar contigo… fuera.

Pero él, como si se dispusiera a atacar igual que una cobra, no despega los ojos de Daniel.

¿Y a este qué le pasa?

—Ya, Elliot. —Lo tomo de la mano y lo alejo de Daniel—. Tenemos que hablar.

Pasa de mí.

—¡Ahora! —Me abro paso entre la multitud y salimos a la terraza por las puertas de atrás. Lo llevo a un rincón y se pone las manos en los costados. Parece un volcán escupiendo furia.

—¿Se puede saber qué haces? —susurro con rabia.

—¿Qué coño haces tú? —gruñe—. ¿Has roto conmigo… por él?

—No. ¿Quién dice que hemos roto?

—No soy idiota, Kate. Se te pega como una lapa. —Se pasa una mano por el pelo luchando por no perder el control.

—Solo somos amigos —susurro.

—Con derecho a roce.

—No. —Alzo las manos en señal de fastidio—. Tú y yo somos amigos con derecho a roce.

—Te dejas la parte en que te montas películas.

—¿Cómo? Tú me hablaste como si fuera una mierda —le espeto—. Y para que lo sepas, eras tú el que no quería compromiso.

—Ni que hubiera terceras personas —me corta.

—Ah, entonces tú sí puedes irte a casa con Varuscka, pero yo no puedo vivir con Daniel.

—¡Que solo la llevé a su casa! ¡Punto!

Pongo los ojos en blanco y digo:

—Eso está por ver.

—¿Se cuela en tu cuarto cuando está cachondo? —Asiente como si se imaginase algo—. Ahora ya lo entiendo todo. Hostia, está clarísimo.

—Escúchame. —Le clavo el dedo en el pecho con fuerza—. Si quieres estar conmigo, compórtate como un adulto y no como un niñato con una puta rabieta.

—¡¿Cómo?! —vocifera. La gente de alrededor se vuelve para ver a qué se debe el escándalo.

—Baja la voz —susurro, enfadada—. ¿Dónde está el chico de ensueño que me llevó de viaje?

Hace un gesto amplio con las manos y dice:

—Joder, Kate, estoy aquí.

—No. Tú no eres él. Me estás tratando como Elliot Miles, el controlador ambicioso, y ese chico no me gusta. No me ha gustado nunca.

—No puedo cambiar mi forma de ser.

—No te estoy pidiendo que te cases conmigo, Elliot. Ni siquiera te estoy pidiendo una relación con todas las de la ley.

—Entonces ¿qué me estás pidiendo?

Lo miro un momento mientras me aclaro las ideas. Soy consciente de que puedo salir herida (es más, es muy probable), pero estoy harta del miedo a sentir algo… lo que sea. Y, aunque la cosa acabe como el rosario de la aurora, al menos no pensaré: «¿Qué habría pasado si…?».

A la mierda, voy a intentarlo.

Tengo que hacerlo.

—Quiero que le des una oportunidad a lo nuestro y que no seas un capullo cada vez que te asustes —susurro con ternura. Tengo que calmar los ánimos.

—No tengo miedo —escupe.

—Y una mierda. —Lo tomo de la mano—. Deja de esconderte de mí, Elliot. Veo lo que escondes.

Furibundo, aparta la mirada.

—No quiero que te toque.

—Vale.

Me mira a los ojos.

—Elliot, no quiero que esto se acabe… sea lo que sea esto —susurro—. Quiero ver a dónde nos lleva, pero no que me trates como a un trapo sucio porque tengas un mal día.

Arruga el entrecejo.

—¿Podemos ver a dónde nos lleva sin que seas un capullo un ratito? —pregunto.

—Te lo he dicho, no puedo cambiar mi forma de ser.

Empiezo a pensar que quizá sea el peor comunicador del mundo. Empatizo con él y le doy un besito poniéndome de puntillas. Frunce el ceño como si mi gesto lo hubiera sorprendido.

—No soy fontanero, Kate —murmura mientras me toca las caderas.

—Pero se te dan muy bien las tuberías.

—Bueno… —Me obsequia con una sonrisa lenta y *sexy*, y sé que, al menos por un instante, he domado a mi tigre—, es que estas tuberías son de órdago.

—¿Volvemos a casa? —susurro.

—¿Y qué pasa con tu pareja? —inquiere en tono monótono.

—¿Daniel? —Me encojo de hombros—. Ahora se lo digo. Solo necesita a alguien con quien entrar. En diez minutos de reloj ya habrá pescado un mujerón. No tienes que preocuparte por él, Elliot. Es lo último que debería preocuparte. Lo he visto ligando con otras un millón de veces. Te aseguro que solo somos amigos.

Un atisbo de sonrisa asoma a sus labios y sé que mi respuesta lo ha convencido.

—Como vuelva a provocarme, me lo cargo.

—Vale. —Sonrío al hombre voluble que tengo delante—. Hablaré con él.

—Me he mudado hoy. —Se encoge de hombros—. Todavía no estoy instalado y todo está lleno de cajas.

—No pasa nada —digo con una sonrisa—. Como si dormimos en el suelo.

—¿Quién ha dicho nada de dormir? —replica a la vez que alza una ceja.

Le sonrío y él me abraza con fuerza; es un gesto tierno que me sorprende y me emociona.

¿Será verdad que se está cociendo algo entre nosotros?

—¿Quedamos en la entrada en diez minutos? —le pregunto—. Tengo que despedirme.

Se aparta y me agarra la mano con fuerza.

—En diez minutos como mucho estoy fuera —le digo para tranquilizarlo.

Por cómo exhala con pesadez, sé que no quiere que vaya a despedirme de Daniel.

—Elliot.

—Está bien, tienes cinco minutos.

Le doy un beso rápido y vuelvo a la sala de subastas. Daniel no está donde lo dejé. Miro a mi alrededor. ¿Dónde se habrá metido?

Lo localizo hablando con unas chicas en un rincón. Sonrío. ¿Veis como le decía la verdad a Elliot? Daniel es un ligón de primera. Me ve al mirar arriba y se disculpa con las chicas.

—Hola.

—Menos mal que te has librado del soplapollas ese —susurra.

—Verás… —Frunzo el ceño—, en cuanto a eso…

Pone los ojos en blanco y dice:

—No me lo digas.

—Tenemos que hablar.

—¿Con fluidos corporales? Venga ya, Kate.

—Para. Quiero ver a dónde nos lleva esto.

—¿Por qué?

—Porque me hace olvidar quién soy, Daniel. Cuando estoy con él, ya no soy la Kathryn triste. Por primera vez en años, me siento como la antigua Kathryn. Necesito que seas mi amigo y apoyes mi decisión.

—Lo que hay que oír —masculla en voz baja—. ¡Si está chalado!

—Puede. —Me encojo de hombros—. ¿Te importa si me voy?

—No —me espeta—. ¡Que te zurzan!

Sonrío.

Me da un beso en la mejilla y dice:

—Adiós.

—¿Estás seguro?

Abre mucho los ojos y dice:

—Segurísimo.

—¿Nos vemos en casa?

—Sí. —Daniel se gira y vuelve a hablar con las chicas, completamente ajeno a todo lo demás. Suspiro, aliviada, y, hecha un manojo de nervios, me dirijo a la puerta.

Salgo a la calle y al mirar a mi alrededor veo el Mercedes negro en doble fila. Cruzo la carretera y me dispongo a entrar por el lado del copiloto. La puerta hace un chasquido al abrirse y subo al coche. Tengo a Elliot tan cerca que me cambia el humor al instante y, en pocos segundos, mis nervios se transforman en emoción.

—Ey —susurro.

Me mira de reojo y saltan chispas entre nosotros.

—Me cabreas —dice.

Esbozo una sonrisilla. Ese es el mandón que conozco.

—No voy a aguantar tus tonterías, Elliot. Y no me pidas que lo haga, porque no.

Va a decir algo, pero le corto y digo:

—Calla y bésame.

Me acuna las mejillas y me acerca a él. No se anda con chiquitas y me mete la lengua hasta la campanilla. Su agarre es dominante y *sexy* y… Dios…

—Me has cabreado —insiste.

—¿Y qué vas a hacer al respecto? —murmuro pegada a sus labios.

Me agarra más fuerte de las mejillas y me pasa los dientes por el labio inferior.

—Ya verás. —Se incorpora al tráfico, da marcha atrás con brusquedad y sale disparado. Alterno mi atención entre él y la carretera mientras me trago el nudo de la garganta.

Joder.

Creo que me espera una noche movidita.

Tras lo que se me antoja una eternidad, llegamos a un campo.

—¿Aquí está tu casa nueva? —pregunto frunciendo el ceño.

—Sí. —Asiente con la vista clavada en la carretera.

—¿Cuándo te has mudado? —Me había contado que se había comprado una casa, pero nunca le pregunté dónde.

—Hoy.

—Entonces ¿es tu primera noche aquí?

—Sí.

—Anda. —Trato de no sonreír como una tonta. Me gusta pensar que su primera noche aquí vaya a ser conmigo. Elliot abandona la carretera principal y vemos un cartel de piedra, aunque no consigo leer qué pone—. ¿Esta es tu calle?

—Este es el camino de entrada.

—¿El camino de entrada? —Ahogo un grito—. ¿Todo este terreno es tuyo? ¡La leche!

Un atisbo de sonrisa asoma a sus labios mientras subimos la colina por el caminito. No veo casi nada porque está oscuro, pero gracias a los faros se ven un montón de árboles.

—Es temporal —dice sin dejar de mirar el sendero.

—¿A qué te refieres?

—A que voy a vivir aquí unos meses tal y como está la casa ahora, para averiguar lo que me gusta y lo que no, y luego o bien la reformaré o la construiré de cero. Es muy… —Hace una pausa para dar con el término adecuado— original en su estado actual.

—Me gusta lo original.

—A mí me gustas tú —responde él mientras me echa un vistazo rápido.

Sonrío y digo:

—Y tú a mí.

Alarga el brazo y me acaricia el muslo.

—Enseguida podrás demostrarme cuánto. —Me mete la mano debajo de la falda y me toca la ropa interior.

Ahí está, ese es el adicto al sexo que conozco.

—Solo si te portas bien —susurro.

Se ríe entre dientes y yo miro por el parabrisas y abro mucho los ojos, estupefacta.

—¿Esta es tu casa nueva?

—Sí. —Se detiene en un aparcamiento circular y apaga el motor.

—Hostia puta, Elliot.

Me besa y dice:

—Ven. —Se apea del coche, me abre la puerta, me coge de la mano y me lleva al porche de la magnífica mansión.

Es enorme y parece salida de una película. No se ve un pijo.

—Alúmbrame con la linterna del móvil —me pide Elliot.

Saco el móvil con torpeza, activo la linterna e ilumino la puerta.

Él saca un manojo de llaves del bolsillo. Oigo los animales del bosque a lo lejos. No se ve un alma y está todo oscuro. Si soy sincera, estar aquí fuera da un poquito de yuyu.

Elliot mete una llave en la cerradura, pero no gira. Prueba con otra.

—Putas llaves —susurra.

Sonrío al verlo tan apurado. No es propio de él no saber hacer algo.

—¿Quieres que pruebe yo? —le pregunto.

—No —me espeta—. Soy perfectamente capaz de abrir una cerradura, Kathryn.

—¿Seguro?

Me mira con cara de pocos amigos.

Me echo a reír y alzo las manos con ademán juguetón.

—Vale, jefe, usted perdone.

Tiene problemas con la llave, así que le paso una mano por la espalda y ese culo tan perfecto.

—Eso está mejor —masculla mientras sigue intentándolo—. No pares. —Prueba con más—. ¿Por qué hay tantas llaves en esta anilla, coño? —Sacude la puerta con energía.

—Tendrás un montón de puertas.

—Que se van a ir abajo pero ya —salta, frustrado. La puerta cede al fin y Elliot la abre. Profiere un chirrido largo y lento al abrirse. Ilumino el interior con la linterna.

—¿Y los interruptores? —pregunto.

—A saber. —Me coge de la mano y me lleva dentro—. Apunta a las paredes con la linterna.

Me río mientras hago lo que me dice. Qué inesperado es todo.

—Mira, aquí están. Al lado de la puerta. ¿Quién lo habría dicho?

Elliot enciende las luces y la sala se ilumina. Me quedo boquiabierta al ver lo majestuosa que es.

—Elliot —jadeo.

—¿Te gusta? —Sonríe con dulzura mientras mira a su alrededor.

—Madre mía, me encanta. —No salgo de mi asombro—. Es chulísima.

Me giro y veo que Elliot me está mirando fijamente. Noto una opresión en el pecho. No mentía al decir que no sé lo que hay entre nosotros.

Pero hace que lo sienta todo.

Lo bueno, lo malo y lo feo... pero, sobre todo, hace que me sienta viva.

Retuerzo los dedos delante de mí.

—Gracias por invitarme a pasar tu primera noche aquí juntos... Significa mucho para mí.

—Bueno —Se encoge de hombros—, alguien tenía que protegerme de los fantasmas.

Me echo a reír y me acerco a él. Me abraza y nos besamos.

Con suma delicadeza, se entrega a mí. La emoción salta del uno al otro como un eco.

Y sé que no debería ser así, pero lo siento de verdad.

Frunce el entrecejo y me aparta el pelo de la frente sin dejar de mirarme. Aprieta los labios como si se estuviera conteniendo para no decir algo en alto.

¿Por qué lo hará?

—¿Quieres cenar o…?

—Ya no sé qué quiero —susurra con los ojos clavados en mí.

—Pues yo sí lo sé. —Lo tomo de la mano y lo llevo a las escaleras—. ¿Y tu cuarto?

—Arriba, en algún sitio, no tengo ni puta idea.

Me echo a reír y él aprovecha para atraerme a su lado y besarme.

Con pasión, con apremio; el sentimiento subyacente me parte el alma.

Me lleva por la escalinata bifurcada y, cuando llegamos a lo alto, nos quedamos de nuevo a oscuras.

—¿En serio hay fantasmas aquí? —susurro.

—Tranquila, nada da más miedo que tú.

Le doy miedo… Lo sabía.

No son imaginaciones mías; entre nosotros hay algo.

—Creo que mi cuarto está por aquí.

—¿En serio no sabes dónde está? —Me río.

—El tío de la mudanza me ha instalado la cama mientras yo iba a la subasta. Solo he estado aquí media hora. Después me he ido.

Me echo a reír. Giramos a la derecha y cruzamos el pasillo. Elliot le da al interruptor y ante nosotros aparece un dormitorio enorme. Los techos están decorados y las arañas de luces son bellas y originales. También hay ventanas mirador con banquitos en los que sentarse. Esta habitación derrocha tanta personalidad que me muero. En el centro hay una cama con dosel de madera gigante. La casa parece sacada de una peli romántica.

—Es un poco anticuada —murmura Elliot. Es evidente que no le convence la casa tal y como es ahora. Está acostumbrado a tener lo mejor de lo mejor al alcance de su mano.

Ahogo un grito y digo:

—Me estás vacilando. Es alucinante.

Me hace caminar de espaldas hasta la cama, me quita el vestido por la cabeza y lo tira por ahí. Se hace el silencio mientras me devora con los ojos. Su mirada ardiente me quema la piel.

Estoy en ropa interior delante de él, vulnerable y a su merced. Cuando me mira a los ojos, los suyos brillan de deseo.

—¿Me has echado de menos? —le pregunto.

Me acuna las mejillas y, desinhibido y salvaje, me besa con pasión.

Nos besamos sin cesar y entonces su erección me roza la barriga.

Él podrá ocultarme sus sentimientos todo lo que quiera, pero su cuerpo no miente.

No puede, no tiene donde esconderse.

Literalmente.

Mientras nos besamos, Elliot me quita el sujetador y me baja las bragas. Me toca de arriba abajo mientras me besa con más ímpetu. Me aúpa del culo para restregarme por su dureza.

Le cuesta trabajo respirar. Hostia puta, lo que me hace sentir este hombre.

No sé si alguna vez he estado con un hombre que me afecte tanto físicamente.

Le quito la camisa por la cabeza y le desabrocho los pantalones. Fundimos nuestras lenguas.

Nuestro nivel de excitación está por las nubes.

Le bajo los calzoncillos y, con su erección ante mí, sonríe pegado a mis labios. Me río de la emoción cuando me levanta en brazos y yo le rodeo la cintura con las piernas.

Caemos en la cama sin dejar de besarnos, con su cuerpo meciéndose entre mis piernas. Me pasa el miembro por la vulva, que está húmeda.

Me mira fijamente y yo lo contemplo, embobada.

Me mete la puntita despacio y a mí me falta el aire mientras levanto las piernas.

Cierra los ojos y se retira.

—¿Qué haces? —balbuceo.

—El condón.

—No, Ell.

—Para —me espeta mientras se quita de encima.

No se fía de mí.

Vuelta a empezar. ¡Mierda!

Hurga en la cartera y saca dos condones. Se pone uno y, cuando vuelve a la cama, su actitud ha cambiado. Mi dulce Ell ha desaparecido.

Elliot Miles, la máquina del sexo con mayúsculas ha llegado.

Que no me quejo, también me encanta.

Se tumba encima de mí y, en vez de alargar el momento íntimo que hemos compartido hace tan solo unos instantes, me sube las piernas de modo que mis rodillas estén casi a la altura de sus hombros y, con ojos oscuros, me pasa la puntita de arriba abajo por los labios, que están húmedos.

—¿Quieres esto? —susurra.

Asiento, y es que soy incapaz de responder.

—Contéstame —brama.

—Sí —gimoteo.

Le brillan los ojos de satisfacción y se hunde en mí. Con violencia y sin contemplaciones. Mi cuerpo se resiste a acogerlo, así que insiste con más vehemencia y me clava al colchón.

Gimoteo de nuevo mientras él se vuelve para besarme en la rodilla y lamerme con ternura.

—Ábrete —me ordena en voz baja, pegado a mi piel.

—Eso intento —digo, haciendo una mueca.

Me embiste de nuevo y mueve las caderas.

—Inténtalo más.

La excitación se sobrepone al dolor y sonrío ligeramente.

—Así.

Vuelve a mover las caderas y me arqueo en señal de aprobación.

—Sí… —Jadeo. Me la saca y me la vuelve a meter y yo gimo—. Dios.

Estoy empapada, lo que le permite metérmela más al fondo. Sonríe con aire amenazador y dice:

—Eso es, nena, ábrete. Déjame entrar. —Se recoloca mis piernas encima de los hombros y me besa con cariño en el pie.

Ver ese gesto tan íntimo hace que se me acelere el corazón.

Está en el mismo barco que yo, sé que sí.

Me la saca y me la vuelve a meter más adentro. Mi cuerpo lo succiona, listo para explotar.

Elliot gira las caderas y yo tiemblo por dentro.

Nadie folla como Elliot Miles; nació para esto.

El maestro.

Me embiste con ímpetu y hasta el fondo y cierro los ojos y paso las manos por ese cuerpo tan musculoso para sentir cómo se le marcan los abdominales.

Me besa en el cuello, en la oreja. Su aliento hace que se me erice el vello de la espalda. Me posee con tanto fervor que envía ondas sísmicas a mi sangre. Me la saca y baja hasta mi humedad para barrerla con su ávida lengua.

Joder.

Nunca he estado con un hombre que haga esto: lamer el coño en pleno polvo. Le encanta.

Me encanta.

Me vuelve loquísima.

Me separa los pliegues y me lame como si fuera su última comida. Su cara de puro éxtasis dibuja una sonrisa en la mía.

Elliot Miles no le como el coño a una mujer para satisfacerla.

Lo hace para complacerse a sí mismo y no he visto o experimentado nada más sensual en mi puta vida.

Me levanta las piernas y me devora de verdad. Su barba pincha tanto que me entran espasmos.

Arqueo la espalda; me dirijo a toda mecha hacia un orgasmo arrollador. Mientras me estremezco de arriba abajo, Elliot, con un único movimiento, me gira con brusquedad y me pone a cuatro patas.

Me la mete hasta el fondo y deja que saboree el clímax sin restricciones.

Me embiste a lo bruto y con rudeza; el violento eco de nuestros cuerpos colisionando se oye por toda la habitación. Me coge de las caderas con tanta fuerza que casi duele. La quemazón que me produce al metérmela a toda hostia es demasiado buena para ser verdad.

¡Así es como debe ser el sexo, joder!

Ardiente, duro y sudoroso.

Que la regla sea que no hay reglas.

Me cambia de postura y me clava los hombros al colchón. Entonces empieza a gemir con voz grave, profunda y gutural.

Ya ha perdido el control y es su cuerpo el que ha tomado las riendas.

Y toma lo que necesita del mío.

Bruto y rudo… de Elliot Miles se puede sacar de todo.

—Fóllame —gruñe—. Fóllame más fuerte.

Me contraigo lo más fuerte que puedo; se le van a salir las rodillas. Chilla mientras se queda al fondo y la polla le da un tirón.

Hundo la cara en el colchón al correrme de nuevo y él se mueve despacio y se vacía del todo en mí.

Bajamos de las nubes y Elliot se desploma encima de mí. Los dos estamos chorreando. El corazón le va igual de rápido que a mí.

—La cama funciona —dice entre jadeos.

Sonrío adormilada y, extremadamente cansada, digo:

—Y que lo digas.

Me despierto al notar que Elliot se levanta de la cama. Sonrío y me estiro.

Madre mía, qué noche.

Oigo que Elliot va al baño y me quedo medio dormida un ratito más. Se pone a rebuscar en una bolsa de viaje y me apoyo en los codos.

—¿Qué haces?

—Me muero de hambre —masculla hurgando en su bolsa—. Anoche no comimos.

—Bueno, sí.

—Digo comida.

Me incorporo y digo:

—Voy a prepararnos el desayuno.

—Si no hay comida.

—Mierda.

Me coge de la mano y me saca de la cama.

—Va, vayamos a pillar algo.

—Vale. —Voy al baño y, cuando salgo, me encuentro con que está abajo. Me pongo su camisa y bajo yo también.

—¿Qué es eso? —lo oigo mascullar mientras descorre las cortinas del salón.

Oigo un ruido extraño, como si unas bolas de granizo impactasen contra la ventana o algo así.

Frunzo el ceño y trato de concentrarme.

—¿Y ese ruido?

Elliot mira a su alrededor y dice:

—No lo sé.

Vamos de cuarto en cuarto abriendo todas las cortinas.

—¿Hay algo detrás de las paredes?

Elliot abre mucho los ojos, horrorizado.

—¿Como qué?

—No sé. ¿Ratas?

—¡¿Cómo?! —brama—. Y una mierda. Eso sí que no.

A medida que recorremos la parte trasera de la casa, se oye más y más.

Elliot alarga los brazos, como preparándose por si lo atacan. Sonrío a medida que nos acercamos a una cortina gigantesca que tapa una puerta corredera.

—¿Qué narices hay ahí? —susurra con los ojos como platos.

—No lo sé.

Se asoma a la cortina y se yergue como si estuviera indignado.

—¿Qué hay?

—Patos.

—¿Eh?

Descorre la cortina y veo a unos patos picoteando el cristal como locos. Es obvio que están desesperados. Saltan los unos encima de los otros para llegar hasta nosotros.

—¿Qué hacen? —pregunto, arrugando el ceño.

Elliot abre la puerta de un tirón.

—¡A tomar por culo! —les espeta.

Los patos saltan encima de sus pies y entran corriendo.

—¡La madre que me trajo! —exclama Elliot.

Me troncho de risa.

—¡Fuera de mi casa! —grita mientras se le echan encima—. ¿Qué coño hacen?

Son muy ruidosos y están armando jaleo.

Lo quieren a él y le saltan encima. Elliot sale en tromba de la casa y empiezan a perseguirlo.

—¡Que os den! —grita huyendo de ellos—. Llama a alguien.

Echo la cabeza hacia atrás y me río a carcajadas.

—¿A quién llamo?

Ver a Elliot Miles huir de una bandada de patos que lo persiguen por el sendero es demasiado para mi corazón; por poco me caigo al suelo de la risa.

—No tiene ni puta gracia, Kathryn —grita mientras da patadas al aire para ahuyentarlos, aunque solo consigue que los patos graznen más alto—. ¡A tomar por culo ya!

Capítulo 17

—Hola, Brianna —brama Elliot mientras camina de un lado para otro—. Tenemos un problema.

Lo escucho sentada en un taburete junto a la encimera de la cocina.

—Patos, eso es lo que pasa. —Calla y escucha—. Pues me han atacado. —La escucha un momento y añade—: Patos salvajes.

Sonrío. Tras huir durante quince minutos como un loco, Elliot ha cerrado las puertas y los patos han vuelto al lago.

Elliot arruga el entrecejo y dice:

—No. ¿Qué cláusula? Yo no he aceptado semejante cláusula. —Me mira a los ojos, horrorizado.

—¿Qué pasa? —le pregunto solo con los labios.

Niega con la cabeza y dice:

—Pues no los quiero.

La escucha atentamente y dice:

—¿Desde cuándo el contrato de venta de una casa incluye animales? Qué disparate. —Se dirige a la ventana y se pone a mirar el campo—. ¿Una cabra? —salta. Me mira a los ojos y me muerdo el labio inferior para no sonreír—. ¡¿Que qué?! —estalla—. ¿Un poni y un cerdo? Ni hablar. Ni harto de vino —explota—. Ven aquí y llévatelos. Ya.

Niega con la cabeza, asqueado.

—¿Y a quién se los vendo? —replica—. Esto no es *Jack y las habichuelas mágicas,* Brianna. Uno no va al mercado a vender cerdos, joder.

Me parto de risa. Elliot me fulmina con la mirada y me tapo la boca con la mano.

—¿A qué te refieres? —Se pasea de nuevo y vuelve a contemplar el prado por la ventana. Entonces me mira a los ojos—.

Pues ya puedes ir averiguándolo. —La escucha y añade—: Vale. —Y cuelga.

—¿Qué te ha dicho? —pregunto.

—Pues se ve que la antigua propietaria tenía ochenta y ocho años y un zoo, y que uno de los requisitos de la venta era que el comprador se hiciera cargo de sus fieras porque la mujer se ha ido a vivir a una residencia.

Abro mucho los ojos.

—Ostras.

—Y ahora Brianna va a investigar qué hago con ellos.

Me cambia la cara.

—¿Y eso?

—Pues porque no quiero animales de granja, Kathryn. No soy el puto Pepito.

—Dales tiempo. Cuando se acostumbren a tu presencia se calmarán.

—Te digo yo que no.

Me dirijo a la puerta de atrás y echo un vistazo a los prados. Los patos están picoteando la tierra que hay cerca del lago.

—Será que tienen hambre.

—¿De sangre humana? —Coge las llaves—. Pues la mía no la van a probar, eso ya te lo digo. Vámonos a desayunar, que estoy que me desmayo. —Me toma de la mano y dice—: Venga.

Dos horas después paramos con el coche delante de mi casa.

—Gracias —digo con una sonrisa.

Por cómo Elliot frunce los labios al mirar mi casa, sé que no le hace gracia que vaya a reencontrarme con Daniel.

—¿Qué vas a hacer el finde? —pregunto.

—Vaciar un montón de cajas.

Podría echarle una mano… No, aparenta indiferencia.

—Vale, que te lo pases bien. —Sonrío.

—¿Y tú? —me pregunta mientras me sube una mano por el muslo. Aprovecho para besarle en el hombro.

—Esta tarde limpiaré un poco en casa y mañana por la noche ceno con mi hermano.

—Vale. Que te diviertas.

Nos miramos y yo sonrío tímidamente. Elliot Miles me hace sentir como una colegiala; todo me da vueltas y estoy mareada.

—¿Te llamo? —sugiere.

Sonrío y le digo:

—Vale. —Lo beso, pero se resiste a separarse de mí.

Detesto despedirme de este hombre.

Nos besamos con más ganas y Elliot sonríe pegado a mis labios.

—Para o te llevo a casa a jugar a la granja de Pepito.

Me echo a reír y abro la puerta del coche. Al salir, me asomo a la ventanilla.

—Suerte con los patos.

Pone los ojos en blanco y dice:

—No me lo recuerdes.

—¿Qué vas a hacer con ellos?

Se encoge de hombros y dice:

—Esperar a que mi puñetera agente inmobiliaria me llame.

—Vale, suerte. —Me despido con la mano—. Adiós.

Me sonríe y, tras despedirse con la mano, se va.

Elliot

Me detengo en la conserjería del *parking* subterráneo y me bajo del coche.

—Me alegro de verle, señor Miles.

—Hola, Raymond —le digo con una sonrisa—. ¿Mi hermano está en casa?

—Creo que sí.

Le entrego las llaves del coche y subo a su planta con el ascensor. Una vez en recepción, toco el timbre. Oigo un zumbido y, mientras espero, me fijo en que hay un cuadro nuevo. Lo examino detenidamente y mascullo en voz baja:

—Bah, del montón.

Se abre la puerta y aparece un Christopher desaliñado en bóxers. Frunce el ceño y dice:

—Hola.

Sonrío y me balanceo sobre la punta de los pies.

—Hola.

—¿Qué haces aquí?

—Vengo a buscarte. Vístete.

—No es buen momento…

No lo dejo acabar la frase y entro en su casa sin permiso. Y entonces me encuentro cara a cara con una morenaza tumbada en el sofá sin más que una camiseta.

—Uy. —Hago una mueca y me vuelvo hacia Christopher—. Perdón por… interrumpir.

Christopher abre mucho los ojos como para mandarme a la mierda de manera sutil.

—No te preocupes. Elliot, te presento a Siena.

Asiento y digo:

—Hola.

—Hola —dice ella con una sonrisa radiante.

Oigo ruido en el pasillo y veo a una pelirroja que quita el hipo que solo lleva una camiseta de Christopher.

—Uy… —Sonrío. Dos chicas…, pues va a ser verdad que sobro—. Hola.

—Te presento a Chantel —me adelanta Christopher.

—Hola —susurra la chica mientras me come con los ojos.

Me suena. La he visto en algún evento. Con ese cuerpo es imposible olvidarla.

Miro a mi hermano a los ojos, que retuerce los labios como para mandarme a la mierda en el acto, pero esta vez sin disimulo.

—Señoritas, lamento interrumpir, pero necesito llevarme a mi hermano unas horas.

—No… —dice Siena arrugando la frente.

—Ah, el deber me llama —dice Christopher como si nada mientras entra en la cocina—. Se acabó la fiesta, chicas. Hasta la próxima.

—Jooo —protestan las dos.

Sonrío y sigo a mi hermano. ¡Yo también tuve mi época! La recuerdo bien: muchas mujeres y muy poco tiempo.

Christopher enciende la cafetera y prepara dos cafés.

—¿Qué coño haces aquí a estas horas tan intempestivas?

Me miro el reloj y digo:
—Son las diez y media y tenemos un problemón.
—¿Qué problemón? —masculla en tono seco mientras bebe.
—Hay patos asesinos rondando por mi casa nueva.
—¿Cómo? —pregunta con el ceño fruncido.
—Patos, por lo menos doce. Me han atacado esta mañana. Me perseguían para chuparme la sangre.
Abre mucho los ojos y dice:
—Pero ¿patos de verdad?
—Sí, Christopher —le espeto—. ¿Qué otros patos hay?
—¿Y qué quieres que haga? Yo no sé nada de patos.
—Vístete.
—¿Por?
—Porque vas a ayudarme a cazarlos.
—No podemos hacer eso —farfulla—. Llama a alguien.
—No.
—¿Por qué no?
—No voy a llamar a alguien cada vez que tenga un problema con la casa. Quiero solucionarlo solo.
—Mira —masculla mientras bebe—, si tantas ganas tienes de experimentar la lucha del hombre contra la naturaleza en esa tierra hechizada, ¿podrías al menos hacerlo sin mí? Soy urbanita. No me van nada los castillos embrujados ni los animales salvajes.
—No. —Me pongo en pie—. Va, espabila.
—La madre que te parió.
Las chicas entran en la cocina y dicen:
—Nos vamos.
Christopher se levanta y comenta:
—Frederick os llevará a casa. —Besa a Siena y se vuelve hacia la pelirroja para tocarle el culo mientras la besa. A juzgar por su lenguaje corporal, diría que es su favorita.
Se vuelven hacia mí y dicen:
—Un placer.
—Igualmente. —Fuerzo una sonrisa.
Piraos ya, coño, que quiero irme.
Christopher las acompaña a la puerta y las oigo reírse mientras se despiden.

No hace mucho, yo era así. ¿Cómo es posible que esa vida me atrajera durante tanto tiempo?

Paso de las bobaliconas; ser un donjuán ya no me entusiasma. En su momento fue divertido, pero ahora, al echar la vista atrás, me parece todo un borrón. Ni una sola de ellas destacaba.

No como Kate.

Recuerdo cómo me miró anoche mientras me montaba, su piel perlada por el sudor, su mirada de deseo... Noto un hormigueo por todo el cuerpo solo de rememorarlo.

—¿Y esa cara? —masculla Christopher cuando vuelve a la cocina.

Lo miro. Mi fantasía al garete.

—¿Eh?

—¿En qué piensas?

—En lo tardón que eres. Espabila, coño.

Paro el coche enfrente de mi casa. Christopher y yo miramos por la ventanilla y dice:

—Yo no veo patos.

Todo está en silencio.

—Mmm... —Abro la puerta despacio.

—Vigila, no vaya a ser que te arranquen la pichurrina de un picotazo —dice Christopher mientras se baja del coche.

Miro a mi alrededor; no se ve un alma.

—Mi pichurrina ganaría a un pato de calle.

Christopher y yo nos plantamos en el extremo del camino de grava. Rodeamos la casa y miramos el lago.

—¿Y bien? ¿Dónde están? —pregunta Christopher.

Miro el lago y los prados.

—No sé... —Damos una vuelta completa mientras buscamos.

Un remanso de paz.

—Yo no veo patos —insiste Christopher.

Mira el valle con los brazos en jarras y dice:

—Eeh... EJ —dice.

—Dime.

—¿Eso también es tuyo?

Miro atrás y veo que me pregunta por los prados que hay a la derecha de la casa.

—Sí.

Christopher entorna los ojos como si hubiera divisado algo a lo lejos.

—¿Qué hace esa cosa?

Voy hasta él y miro en la misma dirección.

—¿Qué cosa…? —Me callo de golpe.

Hay una oveja negra y enorme, pero no es la típica oveja; esta tiene cuernos curvos y redondos. Vemos cómo retrocede, coge carrerilla y da un cabezazo al poste con todas sus fuerzas.

Oímos el ruido que hace al chocar; se oye en kilómetros a la redonda.

—¿Qué cojones es esa cosa? —susurro.

—Ni idea. —Christopher arruga el ceño mientras ve cómo la oveja vuelve a coger impulso para estamparse con la cabeza con todas sus fuerzas—. Una oveja loca.

Nos miramos y digo:

—¿Qué es este sitio dejado de la mano de Dios? —susurro.

De pronto oímos graznidos a nuestra espalda. Nos giramos y vemos a los patos subiendo la colina a toda pastilla para llegar hasta nosotros. Han desplegado las alas y abren los picos, listos para atacar.

—¡Corre! —grito mientras salgo escopeteado hacia la casa.

—Aaah, mierda —exclama Christopher.

Saco las llaves del bolsillo mientras oigo a los patos rabiosos cada vez más cerca.

Miro el llavero atestado de llaves y digo:

—No, no, no.

—¿Qué pasa? —grita Christopher mientras me alcanza.

—No sé qué llave es.

—¿Cómo que no sabes qué llave es, joder? —exclama.

—El coche. Ve corriendo al coche.

Nos abalanzamos sobre el vehículo, entramos en tromba y cerramos las puertas con brusquedad. Los patos graznan mientras nos rodean.

—No exagerabas. —Christopher jadea con una mano en el pecho. Mira a nuestros agresores y dice—: ¿Y ahora qué hacemos?

Arranco el motor y digo:

—Salir pitando.

Almorzamos, bebemos cerveza y trazamos un plan. Dos horas después, volvemos al caminito de entrada.

Echo una miradita con confianza a la pala que acabo de comprar, perfectamente colocada en el asiento de atrás.

Aparco el coche y le entrego las llaves a Chris. Las mira con el ceño fruncido.

—¿Ya sabes cuál es?

—Creo que es una de las pequeñas de cobre, pero no estoy seguro.

Chris asiente y dice:

—No se ve un alma.

—Con suerte se habrán ahogado en el lago —mascullo mirando a mi alrededor.

—¿Cuál es el plan? —pregunta.

—Yo te protejo con la pala y tú abres la puerta.

—Vale. —Se dispone a apearse del vehículo cuando se gira y me dice—: No des un portazo.

—Bien visto —susurro.

Vamos al porche casi de puntillas. Christopher se pone a probar llaves en silencio mientras yo le doy la espalda, pala en mano. Preparado por si atacan.

—Espabila.

—¿Qué vas a hacer si vienen? —susurra mientras trastea con la cerradura.

Aferro la pala y digo:

—Enseñarles quién manda.

Se ríe por lo bajo y dice:

—Sí, sí, no hay duda de que eres el dueño de estos dominios.

—Vete a la mierda.

Al fin, la cerradura cede y Christopher abre la puerta. Entramos y cierro de un portazo.

—Esto es de locos —le espeto mientras me dirijo a la cocina a grandes zancadas—. Yo no he aceptado este marrón. —Empiezo a abrir cajones a lo bruto—. ¿Y el sobre? —Abro y cierro todos los cajones hasta que finalmente lo encuentro. Leo la carta por encima y me fijo en el punto tres:

> Los patos deberán comer sus bolitas cada mañana y el hambre los vuelve agresivos.
> Las bolitas están en los establos de los prados.

¿Cómo?

—¿Qué pone?

Miro a Christopher, estupefacto.

—Que tienen hambre.

Christopher arruga el entrecejo.

—Teníamos que darles de comer.

—¿Y qué comen?

—Lo pone aquí: bolitas.

—¿Y dónde están?

—En los establos de los prados.

Abre los ojos como platos mientras me señala con el dedo.

—Tú flipas si crees que me voy a acercar a la oveja loca esa.

Cojo las llaves y digo:

—Venga, volvemos a la ciudad.

—¿Para qué?

—Para comprar comida para patos, ¿tú qué crees?

Me siento al calor del hogar mientras me tomo un *whisky* y unas sombras rojas bailan en la pared. Estoy a oscuras; la única luz que alumbra la estancia es la que proviene de las lámparas y el fulgor de las brasas. Me siento realizado: hoy no solo he vaciado un montón de cajas, sino que he solucionado el tema de los patos.

Los cabrones estaban famélicos… Bueno, en realidad son hembras, así que…

Sonrío mientras el líquido dorado me calienta la garganta. En cualquier caso, se han mostrado encantados de que les diera sus dichosas bolitas.

Miro a mi alrededor y me hincho de orgullo. Adoro esta casa. Hay mucho por hacer y todavía no la siento mi hogar, pero sé que en cuanto cuelgue los cuadros de Harriet eso cambiará.

Llevo años coleccionándolos, de ahí que me resulte tan extraño no tenerlos conmigo.

Cojo el móvil y miro la hora: las nueve y media de la noche.

¿Llamo a Kate?

No.

Ha salido con su hermano, déjala tranquila.

«Quiero oír su voz».

La viste anoche, relájate.

Me levanto y me sirvo otra copa. Me paseo por la casa mirando a mi alrededor. Me encanta esta casa, me encanta todo de ella... Quizá los patos no, pero todo lo demás es perfecto.

¿Y si le escribo a Rosita en vez de llamar a Kate? No, quiero hablar con mi chica.

«Una llamada rapidita para desearle buenas noches».

Sobrevuelo el nombre de Kate con los dedos. No debería.

Pero lo haré.

Pulso «llamar» y espero a que responda.

—Eh —susurra.

Oír su voz hace que se me dibuje una sonrisa en la cara.

—Hola.

—Hola —dice; fijo que también está sonriendo.

—Llamaba para desearte buenas noches.

—No me digas.

Noto mariposas en el estómago.

—¿Qué haces? —quiere saber.

—Preguntarme cómo voy a sobrevivir esta noche sin ti.

—Pues no te lo preguntes más y ven a buscarme.

Sonrío y digo:

—He bebido, no puedo conducir.

—Vaya.

—Pero puedo pedirle a Andrew que vaya a recogerte.

—¿En serio?

—¿Dónde estás?

—Justo ahora estoy saliendo del restaurante. ¿Qué tal si viene a recogerme a casa en media hora o así?

—Vale.

No cuelga.

—Ah, Kate.

—Dime.

—Haz la maleta, así puedes pasar el finde aquí.

Vacilo. «Echa el freno».

—Es que sigo necesitando un escudo humano —añado.

Se echa a reír y dice:

—¿Cómo están tus patos?

—Patitiesos.

—Eso ya lo decidiré yo.

Me río entre dientes.

—Vale, hasta ahora.

—Adiós. —Apuro el vaso y subo al piso de arriba. Tengo que ducharme y tengo que…

Tengo que aguantar más esta noche. Con esta mujer vuelvo a ser un colegial; basta una mirada suya para que me corra.

Abro el grifo y saco el lubricante del armarito del baño. Me echo un chorro en la mano y me lo restriego por la polla, que ya está dura.

La masajeo de arriba abajo y vuelvo a la base. Mmm, qué gusto.

La estancia se llena de vapor mientras me toco. Me agarro de los huevos con fuerza y me imagino que es Kate quien me toca… me doy placer para luego multiplicar el de ella.

Creo que nunca en la vida me había pajeado tanto como desde que estoy colado por ella.

Es el tabú definitivo.

La empleada con la que no puedo salir, a la que no debería desear.

La mujer que no me puedo sacar de la cabeza, joder.

En este preciso instante, mi rabo vive por y para estar dentro de ella.

Todo lo demás le da igual.

Se me acelera la respiración y empiezo a sudar. Me la sacudo más y más fuerte; mi necesidad aumenta por segundos.

Cierro los ojos y me la imagino desnuda en mi cama, despatarrada y con su vulva rosa y húmeda abierta para mí. Se introduce un dedo despacio y hasta el fondo a modo de calentamiento. Se separa los pliegues en una invitación para que entre.

«Elliot», susurra.

Gruño mientras muevo la mano a toda velocidad. De puta madre.

¿Ya? ¡La Virgen!

Echo la cabeza hacia atrás y, tras apuntar al techo con la polla, me corro con ganas. El torso se me embadurna de semen blanco y espeso.

Jadeo mientras se me pasa el subidón. Abro el grifo del agua caliente y miro arriba mientras me cae en la cabeza. Me apoyo en los azulejos para no resbalarme.

Ni siquiera necesita estar presente para provocarme orgasmos de película.

Con pensar en ella me basta.

Tengo que controlarme. No he tardado ni un minuto.

Joder.

Una hora después, y tras dejar la puerta entreabierta, me siento en el sofá junto al fuego.

El coche ha llegado hace nada, así que Kate no andará muy lejos.

Me he pajeado un poco más; lo que sea con tal de mantener al monstruo a raya.

Tengo que durar más… ¡mierda!

La puerta se abre y Kate aparece. Tarda un poco en darse cuenta de que estoy sentado casi a oscuras.

—Hola —dice con una sonrisa.

Doy un trago al *whisky* y digo:

—Hola.

Lleva una chaqueta larga y negra y tacones de aguja. Se planta delante de mí y, despacio, se desabrocha la chaqueta y la tira al suelo.

Me quedo sin aire: lleva un corsé de seda negro y un liguero con unas braguitas de encaje negras.

La luz incide en su piel y dibuja formas en ella.

Inspiro bruscamente y ella se arrodilla entre mis piernas y me las separa con fuerza.

«Sí».

Se le oscurecen los ojos y se mete mi polla en la boca; me pasa la lengua por el glande y yo le toco el pelo mientras la observo.

Joder.

Esta mujer va a acabar conmigo.

Me paso diez minutos viéndola y sintiéndola. La deseo con cada ápice de mi ser, joder. Cuando ya no lo soporto más, la acerco a mí y nos besamos con agresividad; chocamos los dientes del deseo. Se sienta a horcajadas en mi regazo y yo le aparto las bragas y se la meto hasta el fondo con un único movimiento.

Nos quedamos quietos y, al mirarnos fijamente, el aire se carga de electricidad.

Es una energía tántrica que escapa a mi control.

—¿Te das cuenta de que estás dentro de mí? —murmura.

Me trago el nudo de la garganta mientras la miro. Asiento, incapaz de proferir palabra.

Se pone en cuclillas, y gracias a ello siento todos los músculos dentro de su maravilloso cuerpo.

—Fólleme, señor Miles —susurra en tono amenazador, con los ojos cerrados y voz ronca y anhelante.

Me aferro todavía más fuerte a sus caderas; estoy a nada de perder el control.

Me acerca los labios a la oreja y me pega un lengüetazo.

—Llevo todo el día esperando a que me la metas —susurra y me besa con pasión.

Se me cierran los ojos mientras enredamos las lenguas. No puedo…

La agarro de las caderas y la embisto con fuerza.

—Pues aquí la tienes.

Capítulo 18

Kate

Sonrío ligeramente con los ojos cerrados cuando noto que Elliot me acaricia el brazo con la yema de los dedos hasta llegar al hombro. Me aparta el pelo de la cara con cuidado y me da un besito en el cuello y otro y otro.

Me abraza fuerte y me toma de la mano mientras se arrima a mí.

Nunca me cansaré de despertar en brazos de Elliot Miles.

Es como si la ira que domina su mundo se desvaneciera mientras duerme y amaneciera un Elliot más modosito y tierno.

—Buenos días —susurro.

Me besa en la mejilla y dice:

—Buenos días, princesa.

Sonrío; me encanta que me llame así. Me doy la vuelta para mirarlo de frente.

—¿Qué tal has dormido?

—Como un lirón.

Me arrimo a él y digo:

—Y qué lirón más bonito.

Me da un besito y dice:

—Claro que sí. A lo mejor tiene que ver con que me das mandanga hasta que me dejas fuera de combate.

Me echo a reír, pero entonces recuerdo algo y lo miro.

—¿Qué ha pasado con los patos?

—Ah, eso. —Sonríe y sale de la cama—. Pues se ve que… tenían hambre.

—¿Cómo? —Lo miro con una sonrisa.

—Bueno, hambre, yo diría que estaban famélicos los cabrones. —Se levanta, totalmente a gusto con su desnudez. Me fijo en su pecho amplio y robusto y su piel aceitunada. Apenas tiene grasa y se le marca hasta el último tendón. Está en forma, tal y como demuestran sus musculosos cuádriceps y su abdomen definido. Tiene brazos fuertes y en los antebrazos se le ven unas venas como sogas.

Desciendo hasta su entrepierna, cuyo vello oscuro no resulta excesivo, y a las joyas de la corona.

Es innegable que Elliot Miles es el paradigma de la perfección masculina, pero no es solo un cuerpo bonito. ¿Y qué más? Todavía no lo he descubierto.

Pero, a diferencia de la mayoría de hombres que he conocido, cuanto más sé de él, más me gusta. Es como una cebolla que se va pelando poco a poco ante mis ojos.

Se la sacude una vez, despacio, y al mirarlo a los ojos se encoge de hombros y dice:

—Si vas a mirarme así, al menos te ofreceré algo digno de ver.

—¿Así cómo? —pregunto con una sonrisa.

—Como si fueras a devorarme.

Me parto de risa.

—¡Qué va!

Recoge su camiseta y me pega con ella.

—No lo niegues. —Se pone la camiseta y los bóxers.

—¿Qué haces?

—Voy a dar de comer a los patos, no vaya a ser que se pongan violentos.

—¿Cómo? —Me apoyo en los codos.

—Me temo que es verdad.

—¿En serio vas a rechazar un polvo… para dar de comer a unos patos? —Me río.

Se coloca sobre mi cuerpo y me pasa las manos por encima de la cabeza.

—Quédate con esa idea, ahora vuelvo. —Me besa y yo sonrío pegada a sus labios.

—Como vuelvan a perseguirte lo grabo —le aseguro con una sonrisa.

—Va. —Me toma de la mano y me saca de la cama—. Levanta y dale una alegría al cuerpo.

—¿Qué?

—Que te levantes y le des una alegría al cuerpo —repite mientras revuelve en el armario y me lanza una bata.

—¿Eso haces tú cada día? —pregunto—. ¿Levantarte y darle una alegría al cuerpo?

—No. —Me mira a los ojos con un brillo pícaro en los suyos—. Solo cuando estás aquí.

—Ja, buena esa.

Me abraza sin ninguna consideración y me muerde en el cuello. Bajamos a la cocina y miro cómo echa las bolitas en un recipiente con cuidado.

—¿Cómo averiguaste que tenían hambre?

—Lo ponía en la carta. —Señala la carta que hay en la encimera y la cojo.

Estimado señor Miles:

Felicidades por su nueva adquisición.

Confío en que nuestra querida Encantada le haga inmensamente feliz.

Mi difunto marido y yo tuvimos la suerte de vivir aquí los últimos sesenta años. Fueron los días más felices de nuestra vida.

Como ya sabe, mis problemas de salud exigen que me traslade a una residencia a la tierna edad de ochenta y ocho años.

Gracias de todo corazón por aceptar hacerse cargo de nuestros queridos animales.

Son la cuarta y la quinta generación que han nacido en la finca y no han salido de aquí.

Solo de imaginármelos en la calle se me parte el alma. Por eso me hizo muy feliz saber que usted los cuidaría con tanto cariño.

Le he dejado unas instrucciones muy sencillas más abajo para que sepa cómo tratarlos. Por favor, no dude en llamarme si necesita cualquier cosa.

Este es mi número de contacto: 0434358922

El veterinario del barrio, Max Manalo: 99952132

Rosie el poni de las Shetland está en el prado del fondo.

Tiene muy buen carácter y disfruta de la compañía de los humanos. Tiene forraje en el establo del fondo de la propiedad y es prácticamente autosuficiente.

Billy el macho cabrío está en el prado más alejado. Es un poco rebelde, pero también es muy buen chico. Prácticamente, se alimenta de hierba, pero también tiene un saco de comida en el establo en el que aparece escrito su nombre.

Las patas.

Nuestras queridas señoritas son una fuente inagotable de diversión. Sin embargo, se ponen muy nerviosas si no se les da de comer.

No disponen de suficiente comida en el lago, por lo que deberá proporcionarles su ración de bolitas cada mañana.

Aliméntelas con regularidad y no le darán problemas.

Humphrey el carnero.

Humphrey era de mi marido. Con el tiempo aprenderá a quererlo.

No le gusta la gente y se pone agresivo si se siente atacado.

Es del todo autosuficiente. No le recomiendo que juegue con él.

Llame al veterinario si le ocurre algo. No intente tratarlo usted solo.

La única presencia que toleraba era la de mi difunto marido y me temo que no es el mismo desde que falleció.

Muchísimas gracias, señor Miles.

No se imagina el alivio que supone saber que alguien va a cuidar de ellos.

Atentamente,

Frances Melania

Miro a Elliot, anonadada.

—¿Te lo puedes creer? —dice.

Vuelvo a leer la carta por encima.

—Entonces... ¿eres un granjero de pleno derecho?

—No. —Va con las bolitas a la puerta de atrás y se asoma a la cortina—. Es temporal. Cuando lo solucione, van fuera.

—No, Elliot. Le has dado tu palabra, o al menos lo ha hecho tu abogado. Se quedan.

Niega con la cabeza, asqueado, y abre la puerta de un tirón. Las patas corren tras él nada más verlo con las alas desplegadas y graznando bien alto.

Elliot corre por el césped, les tira las bolitas y vuelve a la casa como una flecha. Entra a toda prisa y cierra como si lo estuviera persiguiendo un animal salvaje.

—¿Ves? —dice, orgulloso—. Sé lo que me hago. —Se limpia las manos como si se hubiera enfrentado a un dragón y hubiera vencido.

Esbozo una amplia sonrisa: el pobre diablo teme por su vida.

—Estoy muy impresionada, señor Miles.

Elliot me coge de la mano y dice:

—Venga, volvamos, que enseguida se hace de noche.

Subimos la colina que lleva a la casa de la mano. Ha sido un día espléndido. Hemos dado una vuelta por la propiedad para contemplar los alrededores. Es realmente magnífica y hay mucho por ver.

—¿Cuándo la compraste?

—El año pasado, en junio.

—¿Hace más de seis meses? —pregunto, sorprendida.

—Sí, la señora quiso quedarse todo lo posible después de que yo firmase el contrato, así que esperé.

Sonrío mientras volvemos por la colina.

—La espera valió la pena. Es impresionante.

Elliot mira las colinas que se alzan ante nuestros ojos y dice:

—En cuanto la vi, supe que sería mía.

Me hace sonreír lo soñador que es.

—¿Siempre has querido vivir aquí?

—No, durante mucho tiempo estuve molesto por tener que vivir en Reino Unido. Quería volver a Nueva York.

Frunzo el ceño al escucharlo.

—¿No podías volver?

—Sí, pero entonces no tendría el mismo cargo que ahora. Solo era posible aquí. Jameson es el director ejecutivo de Estados Unidos.

Ahora lo entiendo mejor. Asiento y digo:

—¿Qué pasó? ¿Qué pasó para que quisieras…?

—No sé —dice sin dejar de caminar—. Hace unos años volví a Nueva York. Y estaba en un bar con un montón de amigos a los que echaba de menos.

Lo escucho atentamente.

—Y ninguno dijo nada que me interesase.

Arrugo el ceño.

—Fue como si se me encendiera la bombilla y tuve una revelación, una que, por algún motivo, había pasado por alto. Me di cuenta de que lo único que me unía a Estados Unidos eran Nueva York y mi familia, que es con quien estoy siempre que voy. En ese preciso instante decidí que haría mi vida aquí.

Sonrío.

—Además —Se lleva mi mano a los labios y me besa en el dorso—, tengo debilidad por las inglesas.

Esbozo una sonrisita.

—En plural —le recuerdo.

—En singular —articula solo con los labios.

Caminamos un rato y le pregunto:

—¿Y lo del arte?

—Ah, eso. —Sonríe como si hubiese estado esperando que se lo preguntase—. Colecciono cuadros desde que tuve la edad suficiente para que me dieran paga.

—¿Y eso? —inquiero con una sonrisa.

Alza las cejas como si no supiera qué contestar.

—Me atrae.

—¿Cómo?

—No sé. —Su mirada se pierde por los prados mientras medita la respuesta—. Es como si, al contemplarlos, sintiera lo mismo que los artistas cuando los pintaron. —Se agacha a coger una flor y me la da.

Noto una opresión en el pecho.

—Por ejemplo, hay una pintora. Harriet Boucher. Estoy perdida y locamente enamorado de esa mujer.

Me echo a reír.

—¿Debería preocuparme?

Se lleva mi mano a los labios y me besa en la yema de los dedos.

—Es mayor.

—¿Cómo de mayor?

—No sé, rondará los noventa. La he estado buscando porque sé que se me acaba el tiempo para dar con ella.

—¿A qué te refieres?

—Tengo todos los cuadros que se han puesto a la venta al público excepto tres. Pero me faltan más; seguramente estén guardados en algún sitio. Quiero dar con ella antes de que fallezca para hacerle una oferta por ellos y asegurarle que no caerán en el olvido.

Arrugo la frente y pregunto:

—¿Qué hace que esos cuadros sean tan especiales?

—Todo. —Sonríe—. Sé que parece una locura, pero les tengo un cariño que no puedo explicar. Me paso horas mirándolos y aun así necesito más. Es como si hablaran un idioma que solo yo entiendo.

Sonrío al escucharlo.

—Tengo una conexión con esa pintora. —Se encoge de hombros como si se avergonzara. Se agacha a coger otra florecilla rosa y me la ofrece.

—Gracias. —La acepto con una sonrisa.

—No sé qué es. A lo mejor nos conocíamos en otra vida.

Se me eriza el vello de los brazos y, al mirarlo, de pronto se me humedecen los ojos. Pestañeo para que no vea las lágrimas.

—¿Qué te pasa? —pregunta frunciendo el ceño.

Me encojo de hombros, avergonzada, y digo:

—Nada. —Niego ligeramente con la cabeza—. Es que probablemente sea lo más bonito que le he oído decir a alguien en toda mi vida. Tienes que encontrar a esa anciana y decírselo en persona. —Sonrío con aire soñador—. Ya me imagino lo feliz que la harás.

—La mayoría de la gente cree que estoy loco.

—Yo creo que es… —Hago una pausa para dar con la palabra adecuada— mágico.

Elliot sonríe tímidamente y dice:

—No sé yo, a lo mejor es como buscar una aguja en un pajar.

—Bueno, ahora eres granjero. —Abro mucho los ojos para enfatizar mi argumento—. Te las apañarás.

Se dispone a cogerme, pero me aparto antes de que me alcance y huyo colina arriba. Elliot ruge y se pone a perseguirme mientras yo me río a carcajadas.

Ha sido un día redondo, inmejorable.

El nombre la finca no podría ser más acertado. Me tiene totalmente encantada.

Lunes, once de la mañana.

Me siento en la sala de juntas con mis compañeros mientras esperamos a Elliot para que dé comienzo nuestra reunión mensual. Después de un fin de semana de escándalo, estoy en el séptimo cielo.

Elliot entra tieso como un palo y vestido con un traje azul a medida que le sienta como un guante. Va peinado como si acabara de echar un polvo y me mira a los ojos cuando dice:

—Buenos días. —Y cierra la puerta.

Su presencia se apodera de la estancia al instante; es el poder en persona.

Madre mía, las mariposas de mi estómago están como locas. Me declaro fan absoluta de este hombre.

En mi defensa diré que tiene muchas cosas admirables. Nunca he conocido a alguien como él.

—Buenos días —digo mientras procuro ponerme seria y actuar con normalidad.

Elliot deja el ordenador en la gran mesa de juntas y pregunta, mirándonos a todos:

—¿Qué tal el fin de semana?

—Bien, gracias —contestan mis compañeros, que enseguida se ponen a hablar.

—¿Y el suyo? —le pregunto yo.

Me mira a los ojos y, con la mejor cara de «ven aquí, que te voy a dar lo tuyo» que he visto en mi vida, me dice:

—Excelente.

El corazón me da un vuelco.

Me muerdo el labio para no derretirme a sus pies en público.

Contrólate, Kate. Echa el freno.

Elliot está ojeando los apuntes de la reunión del mes pasado cuando noto un dolor agudo en la barriga.

No, no, no.

La regla.

Cierro los ojos. Joder, ahora no.

La reunión sigue su curso mientras me dan punzadas en el vientre y el sudor me perla la piel.

Elliot está al lado de la pizarra, rotulador en mano, hablando.

Me da un retortijón muy fuerte y agacho la cabeza.

Uf, cómo duele.

Elliot me mira y frunce un poco el ceño mientras habla.

Él sigue, pero noto que ya me ha bajado y me levanto de un salto.

—Perdón, tengo que irme —susurro pese al dolor.

—¿Pasa algo? —pregunta él arrugando el entrecejo.

—No me encuentro bien. —Corro hacia la puerta—. Lo siento, ya pediré los apuntes.

Bajo a mi planta, cojo el bolso y voy al baño casi a la carrera.

No estoy para tonterías.

Elliot

Llamo al despacho de Kate. No contesta. ¿Dónde se habrá metido?

Exhalo con pesadez y vuelvo a centrarme en el informe que tengo entre manos. Le pasa algo. Llamo a su jefe de planta.

—Hola, Peter. Ponme con Kathryn, por favor.

—Se encontraba mal y se ha ido a casa, señor.

Frunzo el ceño y digo:

—Ah, vale. —No cuelgo y me pongo a rodar el boli encima de la mesa—. ¿Te ha dicho qué le dolía?

—La barriga.

—Gracias. —Cuelgo.

La llamo al móvil.

—Hola, Ell —dice en voz baja.

—¿Estás bien?

—Sí, perdón por haberme ido de la reunión.

—¿Qué te pasa?

—La regla. Me pondré bien.

—¿Tienes algo para tomarte?

—Me pondré bien, Elliot, no te preocupes —susurra. Es obvio que quiere colgar ya—. Nos vemos mañana, ¿vale?

Arrugo la frente. Mañana… vaya.

—¿Estás en casa?

—Sí, he cogido un taxi —susurra.

—Vale.

—Adiós.

—Llámame si…

Ha colgado antes de que acabara la frase.

Ostras.

Me reclino en el asiento. Mmm… Tomo aire y vuelvo a lo que estaba haciendo.

Dos minutos después…

¿Y si vuelve a tomarse una píldora de esas y se cae por las escaleras?

No, dijo que no volvería a tomarlas.

Recuerdo que la última vez quedó fuera de juego y me imagino su cuerpo inerte al pie de las escaleras. No sería tan tonta.

¿O sí?

Intento centrarme en el trabajo, pero al cabo de veinte minutos pulso el intercomunicador y digo:

—Courtney.

—¿Sí, señor?

—Me cojo el día libre.

—Pero… tiene reuniones toda la tarde, señor.

—Aplázalas.

—¿Va todo bien, señor?

—Estupendamente —le espeto. Me levanto y me pongo la chaqueta—. Es que tengo que irme.

Irrumpo en el despacho de Christopher y digo:

—Necesito que me prestes tu coche.

Deja el ordenador y me dice:

—¿Para?

—Tengo que comprobar una cosa.

—¿Qué cosa?

Lo miro de hito en hito mientras pienso en algo.

—Se ha producido una emergencia con las patas.

Qué mal miento, coño.

Christopher abre mucho los ojos y pregunta:

—¿Qué ha pasado?

Me encojo de hombros y digo:

—Pues… han atacado al cartero.

Ahoga un grito y dice:

—¡¿Que han hecho qué?!

—Han atacado al cartero y se ha caído de la moto. Un lío que no veas.

Christopher echa la cabeza hacia atrás y se ríe a carcajadas con su voz grave y ruidosa.

—¡Me cago en la leche! Ya verás cuando se enteren los chicos.

Pulsa el botón de marcado rápido del teléfono de su mesa.

—Hola —dice Jameson.

Estupendo, una reunión telefónica, lo que me faltaba.

—¿Qué tal? —dice Tristan.

Alargo la mano y le digo a Christopher:

—Que me des las llaves, coño.

—La cosa mejora por momentos —dice entre risas—. Las patas han atacado al cartero y se ha caído de la moto.

Tristan se ríe a mandíbula batiente. Le doy un puñetazo en el pecho a Christopher y le digo:

—Capullo, que me des las llaves.

—Madre mía. —Jameson suspira y agrega—: Dale una pistola ya.

Alargo la mano y digo:

—Las llaves.

—Necesito el coche esta noche. Tengo una cita —me espeta Christopher.

—Tienes cuatro coches.

—No.

—Le diré a Andrew que venga a recogerte al salir del trabajo.

—¿Y por qué no le dices a Andrew que venga ahora?

—Porque tardaría demasiado. Las llaves —exijo. Se me está agotando la paciencia.

—Vale. —Me las da y añade—: Que te den. Ojalá te denuncie el cartero.

—Ya veo el titular —dice Tristan—. Muerto a picotazos.

Se tronchan de risa y yo salgo del despacho echando humo.

Cabrones.

Al cabo de veinte minutos llamo a la puerta de Kate.

No contesta.

Llamo más fuerte.

No contesta.

La llamo al móvil, pero no responde.

—Me cago en Dios —mascullo. Vuelvo a probar.

—Hola —dice medio dormida.

—Abre la puerta.

—¿Eh?

—Estoy en la puerta de tu casa. ¿Puedes bajar las escaleras?

—Ya te lo he dicho, estoy bien.

—No estás bien, Kate. Abre la puerta, joder.

—Uf. —Cuelga y poco después la veo abrir la puerta—. ¿Qué haces aquí?

La abrazo, aliviado.

—Venía a ver cómo estabas.

—Estoy bien. —Sube las escaleras y yo la sigo como un perrito faldero. Se mete en la cama y se tapa.

Me siento en el borde la cama, sin saber qué decir.

—Solo necesito descansar.

—Bueno, da igual. —Echo un vistazo a su cuarto—. No voy a dejarte aquí sola.

—Cuidado, Elliot. —Sonríe con los ojos cerrados—. Eso es lo que diría un novio.

Qué tontería. Arrugo el ceño y me pongo en pie. Ella se queda quieta y vuelvo a sentarme.

Joder.

¿Qué hago yo ahora?

Me paso diez minutos sentado en la cama mientras duerme.

Ya me he hartado.

—Kate. —La zarandeo—. ¿Qué necesitas? Te hago la maleta.

—¿Para?

—Te llevo a mi casa.

—Estoy bien.

—Que no estás bien, en serio. Calla y dime qué te hace falta —le espeto.

Se tapa la cabeza con las mantas y dice:

—Vete.

—Vale, pues te la hago a mi manera.

Voy al baño, cojo su neceser y guardo dentro su cepillo de dientes y su dentífrico. Cojo compresas, tampones y una caja de pastillas. Miro alrededor para ver si necesita algo más de aquí. Hay dos libros en la mesita auxiliar. ¿Los está leyendo? Cojo el de arriba y veo que la flor que le regalé ayer está entre los dos.

«La ha conservado».

La cojo y me quedo mirándola; la de sentimientos que es capaz de albergar una flor rosa y aplastada.

—¿Qué haces ahí? —me pregunta Kate.

—Horrorizarme con la cantidad de pelos que tiene la cuchilla.

Oír su risa me hace sonreír.

Con cuidado, dejo la flor donde estaba y salgo del baño. Kate está bocarriba, mirándome.

—Te estoy haciendo la maleta para que vengas a casa.

—Esta es mi casa.

¿En serio?

Mi casa es tu verdadero hogar… o al menos yo me siento como en casa cuando estás tú. Me trago el nudo de la garganta, incapaz de contestar.

Abro el cajón de arriba de su cómoda y digo con acento inglés:

—¿Te meto también estas bragas de abuela?

Se parte de risa y dice:

—¡Míralo, hablando con acento inglés y todo!

Sonrío.

—¡Al final te cambiaré y todo, jefe! —dice con el acento del este de Londres.

Me río entre dientes y digo:

—¿Estás colocada?

Junta dos dedos y dice:

—Un poquito.

Sonrío y la tomo de la mano para sacarla de la cama.

—Venga, anda, vámonos a casa.

Capítulo 19

Kate

El canto de un pájaro a lo lejos me despierta. A juzgar por las sombras de la pared, el sol acaba de ponerse. Por el rabillo del ojo veo a Elliot sentado sobre una mesita cerca de la ventana, trabajando con el portátil, sumamente concentrado. Teclea a una velocidad vertiginosa y hace clic en «enviar».

Solo de ver la rabia con la que aporrea las teclas sé que está contestando a alguien que le ha tocado las narices para comunicarle lo cabreado que está.

Sonrío: hay cosas que nunca cambian. Me apoyo en los codos y digo:

—Hola.

Mira arriba y en cuanto me ve se le relaja el rostro.

—Hola.

Doy unas palmaditas en la cama y Elliot se sienta a mi lado.

—¿Cómo te encuentras?

—Bien.

Me aparta el pelo de la frente y dice:

—Mañana tampoco irás a trabajar; ya he llamado a la oficina.

—No...

—No hay discusión que valga —me interrumpe.

Por cómo me mira es obvio que tiene algo en mente.

—Te he pedido cita con un médico como Dios manda.

Frunzo el ceño y digo:

—¿Con «como Dios manda» quieres decir caro?

Pone los ojos en blanco.

—¿Por qué?

—Porque lo que te pasa no es normal.

—Para mí sí.

Elliot exhala y se pone en pie.

—Se acabó la discusión, Kathryn. Ya te he pedido cita con el especialista. Mañana a las dos. Y voy a ir.

—De eso nada —digo en tono de mofa mientras me destapo. No estoy de humor para tonterías.

Alza el mentón a más no poder y dice:

—¿Por qué no?

—Porque… —Hago una pausa para explicarme bien— ni siquiera estamos…

—¿Ni siquiera estamos qué?

—Saliendo juntos oficialmente. —Voy al baño.

—¿Cómo? —Entra detrás de mí.

Cojo una compresa.

—Si no estamos juntos, ¿qué haces aquí? —brama.

—Yo tenía un pie en la tumba. Eres tú el que me ha traído.

—Para cuidarte.

La culpa me corroe. Tiene razón, me estoy portando fatal. Me obligo a esbozar una sonrisa torcida.

—Y te lo agradezco, en serio.

—Y claro que estamos juntos. Tal vez no lo sepa nadie, pero no por eso vale menos. —Se cruza de brazos con rabia—. Tengo todo el derecho del mundo a saber qué le ocurre a tu cuerpo.

Pongo los ojos en blanco y digo:

—Mira, te agradezco que te preocupes por mí, pero necesito encargarme de esto sola… ¿vale?

Me mira impasible.

Le enseño la compresa y digo:

—¿Te importa?

Sigue mirándome.

—Elliot, ahora salgo.

Vuelve al cuarto hecho una furia.

Hago lo que tengo que hacer y me lavo las manos mientras me miro al espejo.

¿Qué está pasando aquí?

Me dice que no le van las relaciones, y ahí lo tienes, comportándose como el típico novio posesivo.

¿Será que ha cambiado de opinión y quiere más? Ni una sola vez en todo el fin de semana me ha dado la impresión de que lo nuestro fuera solo sexo.

Me muero de la emoción. «No te flipes», me recuerdo a mí misma.

El problema es que hace tanto que no tengo novio que he olvidado cómo iba la cosa... o qué cosas le puedo permitir.

Sé que, si quiero que lo nuestro funcione, tengo que hacerle sitio en mi vida.

Salgo y lo veo sentado en la mesita con el portátil abierto. No me mira. Es evidente que está molesto.

—Gracias por pedirme la cita —musito—. Iré.

Me mira a los ojos.

—Esto es nuevo para mí, tener a alguien... —Dejo la frase a medias, sin saber qué decir.

Elliot asiente, pero no dice nada.

—Es que no quiero que te enteres de mis defectos.

Se le relajan las facciones y aprieta los labios como para aguantarse las ganas de hablar.

Estoy tan nerviosa que retuerzo los dedos.

—No quiero estropear lo nuestro.

Se levanta y se acerca a mí. Me acuna las mejillas, me mira fijamente y me susurra:

—Ahí está.

Lo miro a los ojos.

—La Kate vulnerable a la que tanto adoro.

Respiro hondo. Va a hacer que me emocione.

—Yo que tú no sería majo conmigo esta semana, a no ser que quieras que llore sin parar. Estoy muy voluble.

—Vale. —Una sonrisa asoma a sus labios y dice—: ¿Prefieres chupármela antes o después de cenar, furcia asquerosa?

Me echo a reír. Agradezco que se esfuerce por quitarle hierro al asunto.

—Cuidado, que voy de un extremo al otro y la línea es muy fina. Quién sabe lo que podría salir de esta boquita.

Me besa y enreda la lengua con la mía con ternura. Sonríe pegado a mis labios como si se le acabara de ocurrir algo.

—Lo que me importa es lo que entra en ella.

Bajo las escaleras mecánicas que llevan a la sección femenina del centro comercial Harrods. Después de la consulta de esta tarde, he decidido darme un caprichito para animarme antes de volver a casa.

Me suena el móvil, es Elliot. Sonrío ilusionada y digo:

—Hola.

—¿Cómo le ha ido a mi chica en la consulta? —Menos mal que no ha venido.

—Bien.

—¿Qué te ha dicho?

—No mucho que no supiera ya. —Camino entre perchas y perchas mientras hablo.

—¿Por ejemplo?

—¿En serio desea saber los detalles escabrosos, señor Miles?

—No, te lo pregunto por preguntar. ¿Tú qué crees?

Sonrío. Me encanta que se interese.

—Para resumir, en breve tendrán que operarme para eliminar la endometriosis, pero aparte de eso estoy bien.

—¿Y… qué clase de operación es? ¿Es peligrosa?

—No, ya me han operado un par de veces, es muy poco invasiva.

—Ah, vale. —Noto que está aliviado—. ¿Y el dolor?

—Es normal. Estoy bien, Ell, no te preocupes.

—No puedo evitarlo.

Sonrío y miro arriba. En la sección de lencería veo una figura que me resulta familiar y me detengo en seco. Traje azul marino, espalda tiesa como un palo y teléfono pegado a la oreja. Coge un conjunto de sujetador de encaje negro y tanga y lo observa detenidamente. Lo devuelve a su sitio, mira las demás tallas y se cuelga uno en el brazo.

—¿Dónde estás? —pregunto.

—Haciendo unos recados.

Me agacho detrás de una columna y lo miro con una sonrisa. Sumamente concentrado en su tarea, pasa a los camisones de seda blancos y se pone a ojearlos.

—¿Qué recados?

—Estoy en correos —miente.

—¿No tienes una secretaria personal para eso?

—Este paquete es personal —contesta como si nada mientras deja atrás perchas y perchas de lencería carísima.

—¿Me has pedido un vibrador gigante?

Esboza una sonrisa arrebatadora que me estremece de arriba abajo y dice:

—Desde luego que no.

—¿Por qué no? —le pregunto para chincharlo.

Coge una camisola rosa muy bonita y dice:

—Si crees que voy a compartir tus orgasmos con un aparato que funciona con pilas, vas lista, Kathryn.

—A lo mejor necesito algo más fuerte —le provoco.

Frena en seco y se le dibuja una sonrisa lenta y *sexy;* le gusta este juego.

—Ni siquiera hemos empezado con tu entrenamiento, preciosa —me susurra en tono amenazante.

—¿Entrenamiento?

—Podemos empezar esta noche, si quieres. —Se pone una camisola en el brazo.

Me muerdo el labio para que no se me escape una sonrisa; a mí también me gusta.

—¿Por qué no hemos empezado todavía?

—Hasta ahora me he portado lo mejor que sé; mis perversiones no son del gusto de todas y necesito que confíes en mí antes de empezar. No quería que salieras huyendo antes de tiempo.

Arrugo la frente. ¿De qué habla? Me devano los sesos para dar con una respuesta lógica.

Anal… Mierda.

—Si no he salido corriendo ya, Ell… —Me hago la valiente. Nunca he practicado sexo anal y lo sabe—. Cuanto más te conozco, más te deseo.

Se le relaja el rostro y noto mariposas en el estómago.

Ver que se le ilumina la cara al hablar conmigo me llega al alma. ¡Como si el corazón no se me hubiera salido ya del pecho!

—Señorita Landon —deja de caminar—, el sentimiento es mutuo. —Suena dulce y persuasivo. Nada que ver con la voz que empleaba para gritarme.

Sonrío mientras lo observo y digo:

—Te dejo ya.

—Vale, princesa. ¿Te recojo a las siete?

—Me muero de ganas. Hasta luego.

Se pega el teléfono a la oreja y se queda quieto como si esperara oír algo y yo hago lo propio mientras lo miro.

Hay palabras que no nos decimos, pero que se sobreentienden.

Y sé que todavía es pronto, pero esto (sea lo que esto sea) se parece mucho al amor (o al menos a los albores del amor).

—Adiós, Ell —susurro.

—Adiós. —Cuelga y se guarda el móvil en el bolsillo de su carísima chaqueta. Sigue comprando y, durante un buen rato, me dedico a observarlo.

Elliot Miles paseándose por la sección de lencería, comprando ropa para… mí.

Sonrío. A lo mejor es para él.

Sea lo que sea, me parece la hostia.

A las siete en punto veo los faros del Bentley negro doblar la esquina. Ya está aquí.

Cojo mi bolso y bajo las escaleras con alegría. Rebecca y Daniel no están en casa; me da la sensación de que apenas los he visto estas últimas semanas. Desde que empezamos a quedar, he dormido con Elliot casi todas las noches. Sé que debería estar haciéndome la dura o algo por el estilo, pero ¿para qué? Quiero verlo y estoy harta de fingir.

Y a él también parece que le hace ilusión verme.

Salgo por la puerta y Elliot se baja del coche, mira arriba y esboza una sonrisa arrebatadora al verme.

Madre mía, esa sonrisa.

Me derrito mientras cruzo la carretera para llegar hasta él.

—Hola —dice y me da un besito.

—Hola —digo, exultante.

Me mira con una sonrisa tonta y yo le correspondo al instante. Nos saludamos como si hiciera siglos que no nos vemos cuando la realidad es que solo han pasado diez horas.

Vale, damos un poco de pena, pero no me quejo.

Se aparta para que suba al coche y es lo que hago.

—Hola, Andrew —le digo con una sonrisa mientras me pego al extremo.

—Hola, Kate —dice con una sonrisa que se refleja por el retrovisor.

Elliot entra después de mí y se lleva mi mano al regazo. Le doy un beso en la mejilla mientras nos incorporamos al tráfico.

Vale, tengo que relajarme. Verlo comprar lencería hoy ha alimentado mis esperanzas de que lo nuestro sea amor y me estoy olvidando por completo de hacerme la dura.

—¿Qué tal el día? —pregunta.

—Ahora bien. ¿Y el tuyo?

Sonríe y me dice:

—Te he comprado un regalo.

—¿En serio? —Me hago la sorprendida—. ¿Qué es?

—Te lo enseñaré cuando lleguemos a casa.

A casa.

Noto mariposas en el estómago.

—¿Es lo que creo que es? —le pregunto para chincharlo.

—¿El qué?

—Ya sabes. —Abro mucho los ojos para que Andrew no me oiga.

Elliot frunce el ceño como si no entendiera a qué me refiero.

Me acerco y le susurro al oído:

—El vibrador gigante.

—Andrew, para aquí. Que Kathryn vaya andando —dice, haciéndose el enfadado.

—No, Andrew. —Me echo a reír.

Andrew me mira por el retrovisor como si se lo estuviera pasando pipa y sigue conduciendo.

¿Habrá oído lo que he dicho?

Media hora después llegamos al encantador caminito. No se ve un pimiento mientras avanzamos por el sinuoso sendero.

—¿Te he dicho ya que me encanta tu casa? —le pregunto.

Me guiña el ojo con actitud sensual mientras me pasa un mechón de pelo por detrás de la oreja.

—Solo un par de veces.

Nos miramos fijamente y saltan chispas entre los dos.

El vehículo para delante de la casa y se nos fastidia el momento. Andrew sale y me abre la puerta.

—Que pases una buena noche, Kathryn —me dice.

—Gracias, igualmente.

Elliot baja y se dirige al maletero. Saca unas diez bolsas y yo estoy que no quepo en mí de gozo.

—Vaya, has estado entretenido —digo para aparentar indiferencia.

—No tanto como tú cuando te pongas todo esto —masculla mientras sube los escalones—. Gracias, Andrew. Hasta mañana.

—Buenas noches, señor Miles. —Vuelve al coche y arranca.

Elliot abre la puerta. Entramos y encendemos las luces. Miro el vestíbulo con una sonrisa.

—Madre mía, Elliot, esta casa es tan bonita que me deja sin habla.

—Ya ves —coincide—. A mí también. He decidido que no voy a echarla abajo, sino a restaurarla. Este sitio tiene demasiada personalidad como para reducirlo a escombros.

—Estoy de acuerdo —digo con una sonrisa.

Me pasa las bolsas y dice:

—Por fin ha llegado el momento que llevo esperando todo el día. Yo voy a preparar la cena… y tú —Me da un besito— vas a desfilar para mí.

Me muerdo el labio mientras miro el contenido de las bolsas: solo veo papel tisú, seda y encaje carísimos.

—Mmm… —digo arrugando el ceño.

Elliot alza una ceja y dice:

—¿Mmm qué?

—Recuerdas que estoy en mis días… ¿no?

Me mira impasible y dice:

—¿Y eso qué significa?

—Pues… —Me encojo de hombros. ¿Hace falta que lo diga en voz alta?— que no habrá tema esta noche.

—¿Por qué?

Me quedo mirándolo.

—Si solo quisiera acostarme contigo, Kathryn, estoy seguro de que no habríamos pasado de la primera cita.

Se me desencaja la mandíbula.

—¿Cómo?

—Digo… —Niega ligeramente con la cabeza y rectifica—. Me he expresado mal.

Le sonrío mientras lo agarro del paquete. Le paso el pulgar por la punta y noto cómo se le empalma con mis caricias.

—¿A qué he venido?

—A que te folle ese culito tan *sexy.*

Me parto de risa. Me gira hacia las escaleras y me da un cachete en el culo.

—Espabila si no quieres meterte en un lío.

Cargada con las bolsas, subo las escaleras de dos en dos de la emoción.

La madre que me parió, la noche pinta de maravilla.

Él es una maravilla, lo he sabido desde el principio.

Todavía hay esperanza para nosotros.

Elliot sale de la ducha y entra en el cuarto con una toalla a la cintura. La deja caer ante mis ojos y me estremezco. No importa cómo definamos lo nuestro; su sensualidad y el efecto que causa en mí son incuestionables.

Apaga la luz y se tumba detrás de mí. Me abraza y me da un beso en la mejilla.

Sonrío ante el contacto.

Coloca una mano grande y calentita sobre mi delicado vientre y nos volvemos uno. Compartimos un momento de intimidad en el que ambos estamos a gusto y eso se palpa en el ambiente. No hablamos, pero sé que no va a dormir; casi me parece oír cómo le da al coco a oscuras.

—No solo follamos, Elliot —susurro.

—Lo sé.

—¿Qué somos? —musito.

—Estoy demasiado cansado para hablar de eso.

Frunzo el ceño.

—Duérmete, cielo —murmura. Me da un beso en la mejilla y me acerca más a él.

No dejo de hacerme preguntas y, sin embargo, en sus brazos me siento segura.

«Estoy demasiado cansado para hablar de eso». ¿Y eso qué significa?

Es como si me adentrara más y más en el agua, pero no avistara tierra por ningún lado. Sé que es peligroso, pero la marea me arrastra y no puedo salir. Quizá no lo haría, aunque pudiese.

Las aguas se han vuelto oscuras, pero ya es tarde; estoy demasiado lejos de la orilla para dar media vuelta.

> Mi queridísima Rosita:
> Cuéntame algo interesante, que me aburro.
> Un beso,
> Ed

Esbozo una sonrisita y miro a mi alrededor con aire de culpabilidad. No debería hablar con Ed en horas de trabajo, pero yo también me aburro como una ostra. Nos hemos acostumbrado a mandarnos mensajes varias veces al día. Nuestra relación es totalmente platónica, pero no por ello menos divertida. Si no fuera por su sarcasmo, no me creería que él y Elliot son la misma persona.

> Queridísimo Ed:
> Existen dos partes del cuerpo humano que no dejan de crecer nunca.

La nariz y las orejas.
Un beso,
Rosita

Su respuesta no se hace esperar.

Rosita:
Debo decir que me ha decepcionado ese dato que te parece tan interesante. Otra trivialidad que no necesitaba saber.
Menos mal que yo he sido bendecido con la perfección. Una lástima que no se pueda decir lo mismo de ti.
Quizá deberías cambiar el gato de tu foto de perfil por un elefante, así los incautos dejarían de caer en tus redes de embaucadora.

Me echo a reír.

—Será tonto.

Le contesto.

Mi queridísimo Pinocho:
Soy una mujer muy ocupada con un trabajo muy importante.
Deja de molestarme y vete a gestionar residuos.

Sonrío y salgo del chat. Edgar Moffatt, mi adorada distracción.

Es sábado por la noche, Andrew conduce por la ciudad de Londres mientras Elliot y yo viajamos en el asiento de atrás.

—¿En serio tenemos que ir? —Suspiro—. No soporto la idea de entrar sola. —Llevo un vestido de noche ajustado, negro y largo. Me he rizado el pelo y apenas me he maquillado. Elliot me ha dado el visto bueno con tanto ímpetu que he tenido que quitármelo de encima para salir de casa.

—Ya te lo he dicho. —Elliot me coge la mano y me besa en el dorso—. Miles Media ha hecho una donación muy generosa y tengo que asistir a la ceremonia.

—Pues vale. —Exhalo con pesadez mientras miro por la ventanilla.

—He pedido que nos pongan en la misma mesa. En cuanto acaben los discursos nos vamos. —Se acerca y me besa justo debajo de la oreja para suavizar el golpe—. Y luego podemos ir a tu restaurante favorito.

—Dirás tu restaurante favorito —susurro. Hemos ido al comedor privado dos veces y las dos he acabado haciéndole a Casanova Miles un *striptease* con final feliz. Ese sitio tiene algo que me hace doblegarme a su voluntad.

Elliot me obsequia con una sonrisa lenta y *sexy* y dice:

—Pues yo veo que te lo pasas muy bien.

Se me van los ojos a Andrew. ¿Nos oirá?

Le subo la mano por su musculoso cuádriceps y le acaricio el paquete sutilmente. Me mira a los ojos y noto cómo se le pone dura bajo mi mano.

—¿Por qué no podemos entrar juntos? —susurro.

—Ya sabes por qué. —Me besa con ternura.

—¿Cuánto vamos a estar así? —murmuro pegada a su boca.

—No deseas la atención que supone salir conmigo, créeme. —Me pasa un mechón de pelo por detrás de la oreja y susurra—: Mientras solo estemos tú y yo, nadie podrá putearnos.

Sonrío. Tiene razón. Asiento. Ya estoy mejor.

—Déjame aquí, Andrew, y a Kathryn llévala a la puerta.

—Entendido, señor. —Para el coche junto al bordillo.

Elliot se saca una entrada del bolsillo interior de la chaqueta y me la tiende.

—Entra, mira dónde te sientas y nos vemos en la mesa.

Asiento, hecha un flan.

—Vale.

Me da un beso rápido y baja del coche. Andrew se reincorpora al tráfico, doblamos una esquina, subimos una calle y se detiene en una entrada grande y circular. Se vuelve y me dice con una sonrisa:

—Ya hemos llegado.

—Gracias.

Salgo del vehículo y asciendo los enormes escalones de arenisca. Le entrego mi entrada al portero y atravieso el amplio pasaje abovedado. El salón de baile es inmenso y lujoso. Las mesas son grandes y redondas y están iluminadas con velas. También hay arreglos de flores bellas y frescas. Me dirijo al plano en el que figura la disposición de los asientos y después a mi mesa.

Todos los asientos están ocupados excepto tres.

—Hola —digo con una sonrisa mientras me siento junto a una pareja de aspecto afable.

—Hola —contesta todo el mundo la mar de contento. A continuación, se presentan uno por uno. El camarero pasa por nuestro lado con una bandeja llena de copas de champán. Cojo una. Por Dios, déjamelas todas.

—Hola —me dice el hombre de enfrente con una sonrisa. Rondará los treinta, tiene el pelo claro y es muy guapo, la verdad—. ¿Estás sola?

—Sí. —Estrujo el bolso con una fuerza sobrehumana. Maldito Elliot. Es la primera y la última vez que hago esto.

—Yo también. —Y, sin decir ni una palabra, se levanta y cambia la tarjeta con su nombre por la de Elliot. Se sienta a mi lado y añade—: Así mejor. —Me tiende la mano y dice—: Soy Charles.

Sonrío y se la estrecho:

—Yo Kathryn.

Me besa en el dorso de la mano y dice:

—Encantado de conocerte, Kathryn.

Lo siento antes de verlo. Elliot toma asiento enfrente y basta con una miradita para que aparte la mano de los labios de Charles.

Mierda.

—Señor Miles —balbucea alguien cercano—. Qué bien que haya venido.

Elliot se vuelve y finge una sonrisa.

—Hola. —Intercambia los cumplidos de rigor y le estrecha la mano a todo el mundo.

—Charles —se presenta y le estrecha la mano a Elliot.

Elliot alza una ceja como diciendo «Estás en mi sitio».

—Elliot Miles.

—Ya sé quién eres. —Charles sonríe de oreja a oreja—. ¿Acaso no lo sabe todo el mundo?

Elliot frunce los labios mientras lo mira impasible, claramente indiferente.

Qué incómodo.

Echo la cabeza hacia atrás y doy un trago al champán.

—Te he cambiado el sitio —dice Charles en tono jocoso—. He visto a esta chica tan guapa y me he dicho «tengo que sentarme a su lado». Aquí el que no corre vuela.

Elliot lo mira a los ojos y yo me muerdo el labio inferior para no sonreír. ¡Esto es buenísimo!

Charles vuelve a dirigirse a mí y dice:

—Bueno, Kathryn, veo que el destino ha querido que nos conozcamos esta noche. Me da la sensación de que los dioses me han bendecido. Háblame de ti.

Ay, madre.

Se me van los ojos a Elliot, que arquea una ceja al beber. ¿En qué estará pensando esa cabecita controladora?

Vuelvo a echar la cabeza hacia atrás y doy otro lingotazo al champán.

Socorro.

¿Asistir a un baile benéfico? Menudo pelmazo.

Al principio pensaba que utilizar a Charles para chinchar a Elliot era divertido, un tonteo inofensivo, pero a medida que transcurre la noche… ya no tanto.

Charles me está tirando la caña descaradamente y no quiero ser borde, pero es que, para más inri, Elliot está poniendo la oreja mientras charla con los demás comensales.

Rechazo sus cumplidos y pongo freno a su coqueteo, pero con cada táctica que se le ocurre (y se le ocurre de todo, joder), me sube la tensión.

En cualquier momento a Elliot se le cruzarán los cables, se lanzará a por Charles y le dará un puñetazo en la nariz, porque él es así.

Pero, para mi sorpresa, está tranquilo y sereno, guardando la compostura a la perfección.

Es perturbador.

Me mira a los ojos mientras se lleva el vaso de *whisky* a los labios y bebe sin mostrar ninguna emoción, frío como el hielo.

Menudo cabreo lleva.

Cuando está fuera de control aún se puede razonar con él, pero si se muestra frío y calculador, olvídate. En cualquier momento perderá los estribos y explotará.

—Elliot —dice una voz *sexy* con acento alemán. Miro arriba y veo a una mujer despampanante con un vestido rosa palo sin tirantes. Tiene el pelo largo y oscuro y un cuerpo envidiable.

Elliot la mira y le dice algo en otro idioma. Por la cara que pone sé que está ligando… Me conozco esa cara como la palma de mi mano.

Y ahora va ella y se ríe.

¿Eh?

¿Qué le habrá dicho?

Ella le dice algo en… Creo que es alemán.

Él le dedica una sonrisa *sexy*, se pone de pie y le tiende la mano. Le dice algo más en alemán y ella echa la cabeza hacia atrás para reírse a carcajadas.

¿Qué coño pasa aquí?

—¿Quién es? —pregunta Charles.

Excelente pregunta, Charles… Pedazo de imbécil.

—Esta es Varuscka —contesta Elliot mirándola con adoración—. Y vamos a bailar.

La lleva a la pista de baile de la mano y la abraza. Les echo una mirada asesina. Me hierve la sangre. Varuscka Vermont, la mujer a la que llevó a casa.

Ahora que los veo juntos… Quizá pasara algo más.

Me cago en la puta.

Cojo la copa, me la bebo de un trago y me sirvo otra tan rápido que se me derrama por el lado.

—Relájate. —Charles se ríe—. Que no queremos que nos detengan por ebriedad y desorden público.

Lo fulmino con la mirada. Cállate, cállate. Todo esto es culpa tuya, gilipollas.

Elliot está jugando.

Quiere vengarse de mí por haberme pasado toda la noche hablando con Charles, está claro.

Calma, calma... Cálmate, venga.

Me tiembla la mano cuando me llevo la copa a los labios y miro la pista de baile. Elliot, de espaldas a mí, la estrecha entre sus brazos. Alto, moreno y con un esmoquin negro que le sienta de maravilla. Está para chuparse los dedos y destaca entre la multitud. Le dice algo al oído a la chica y, por la cara que pone ella, cualquiera diría que le está contando las mil y una formas en que piensa llevarla al cielo tras unos cuantos lametones.

Lo veo todo rojo y la adrenalina me corre por las venas.

¿Me tomas el pelo?

Me trae aquí, me obliga a fingir que vengo sola porque no pueden verlo conmigo, se cabrea porque uno me tira la caña y luego se pone a ligar en alemán con el sueño húmedo de cualquier hombre para vengarse.

Idiota.

Se acaba la canción y vuelven a bailar. Ella ríe y charla con él mientras lo mira con una adoración absoluta, enamorada perdida, a la vez que se ruboriza.

Conozco esa cara; la veo en el espejo día sí día también.

¿Se habrán acostado? ¿Será una de los nueve millones y medio de mujeres con los que se ha ido a la cama?

Casanova Miles de los cojones.

Charles no calla ni debajo del agua y yo ya he ido a que me rellenen la copa tres veces. ¿Te quieres callar ya, joder? No estoy de humor para oír tus movidas. Bastante tengo con las mías.

Se acaba la canción, pero, en vez de volver a la mesa, Elliot se va a la barra con Varuscka.

¿Cómo?

Me hierve la sangre y la poca cordura que me quedaba desaparece.

Ya está... Hora de abrirse.

¿Querías pelea, cabrón? Pues te vas a enterar.

Pide dos copas, una para él y otra para Varuscka, sin dejar de mirarme mientras hablan de pie entre la multitud.

Nos fulminamos mutuamente con la mirada y alza el vaso de *whisky* como si me saludara.

Arrojo la servilleta a la mesa y me retiro con brusquedad. A tomar por culo. Me piro.

¿Cómo se atreve?

—Me voy —les digo a los comensales.

—Anda, si todavía es pronto —gimotea Charles—. La noche es joven.

—Mañana por la mañana trabajo —miento mientras esbozo una sonrisa falsa.

—Te acompaño fuera.

—No hace falta —le digo con una sonrisa mientras aprieto los dientes—. Encantada de conoceros. —Cojo el bolso, me despido rápidamente de los demás comensales y me dirijo a la puerta.

—Va, mujer, no seas así —grita Charles a mi espalda.

Salgo al vestíbulo en tromba. Mierda, el abrigo está en el guardarropa. No me hace gracia esperar, pero es mi favorito. Saco mi entrada y me pongo a la cola.

Charles llega corriendo y se mete las manos en los bolsillos mientras espera conmigo. Lo miro. Lo curioso es que, en circunstancias normales, me habría parecido guapísimo. A ver, que lo es.

«Pero no es él».

Uf, qué rabia. ¿Por qué tendré tan mal gusto para los hombres?

—¿Qué te parece si nos vamos a tomar algo? —dice Charles—. Yo tampoco quiero estar aquí.

—El único sitio al que vas a ir es a la morgue —gruñe Elliot detrás de nosotros.

Charles se vuelve y balbucea:

—Señor Miles.

Elliot lo fulmina con la mirada y le dice:

—Fuera de mi vista.

Charles abre mucho los ojos mientras pasa la mirada de uno al otro.

—Pero…

—¡Ya! —brama Elliot—. ¡Y ni se te ocurra volver a ponerte en contacto con ella!

Por Dios.

—¡Siguiente! —grita la encargada del guardarropa.

Me acerco al mostrador rapidísimo y le enseño la entrada; estoy tan enfadada que se me nubla la vista. De reojo veo a Charles volviendo al salón de baile casi corriendo.

Cagueta.

Cojo mi abrigo y me dirijo a la puerta con resolución. Elliot me pisa los talones.

—Vete —susurro con rabia.

—Vete a la mierda —me espeta mientras me sigue.

Por poco se me salen los ojos de las órbitas. Cruzo las puertas como un huracán y veo el Bentley negro ahí parado, esperándonos.

—Sube —brama Elliot.

—Que te den. —Me pongo a dar vueltas por la acera.

—Que subas al coche, joder. —Abre la puerta trasera.

Alzo la vista y veo que la gente se para a mirar. No quiero una escenita. La madre que lo parió.

Subo al asiento trasero y él se mete detrás de mí.

—Hola —dice Andrew con una sonrisa mientras se incorpora al tráfico.

—Llévame a casa.

—A mi casa —gruñe Elliot.

—Déjame salir. —Pierdo el control, pero me importa un carajo y le grito—: ¡Gilipollas de mierda!

Andrew me mira por el retrovisor inmediatamente.

—Llévanos a mi casa —exige Elliot, que le arrea un puñetazo al asiento de delante—. No juegues conmigo, Kathryn. ¿Me oyes? —grita.

—Ah, pero ¿tú sí puedes tontear en alemán? —grito—. Hazme un favor y vuelve dentro con ella, egoísta de mierda.

Andrew agarra el volante con más fuerza; es obvio que no tiene claro a dónde dirigirse.

—No me tientes —grita Elliot mientras paramos en un semáforo.

¿Qué coño le pasa a este? No ha dicho lo que acaba de decir.

He llegado al límite de mi rabia. Voy a abrir la puerta para salir cuando me doy cuenta de que está bloqueada.

—¡Abre la puerta! —grito.

—No abras —ordena Elliot.

Andrew mira el asiento de atrás. Está nervioso y no sabe qué hacer.

—Andrew, te juro por Dios que como no me lleves a mi casa te acuso de secuestro —grito.

Andrew abre los ojos como platos y da media vuelta al instante.

Elliot vuelve a golpear el asiento de delante de él.

El coche para en mi casa y, en cuanto se desbloquea la puerta, salgo y cierro de un portazo.

Elliot hace lo propio y sube los escalones detrás de mí.

—Aléjate de mí —le espeto—. ¿Cómo te atreves?

—¿Cómo me atrevo yo? —Hace aspavientos con las manos como si no diera crédito—. Eres tú la que está armando un alboroto.

—¿No te apetece volver con ella? Venga, vete —escupo.

Elliot entorna los ojos.

—Eres tú el que no quiere que lo vean conmigo.

—Eso no es así y lo sabes —grita—. No quiero que me monten numeritos, corta el rollo.

—Pues yo ya no quiero ser tu puta por amor al arte. Si te avergüenza que te vean conmigo en público, no me veas en privado. —Giro la llave y abro la puerta con ímpetu. Menos mal que no hay nadie en casa, porque vaya espectáculo estamos dando.

—No me amenaces, Kathryn —gruñe.

—No es una amenaza. —Le cierro la puerta en los morros y grito—: Es una promesa.

Le pega un puñetazo a la puerta con tanta fuerza que la parte delantera de la casa tiembla.

—¡Vete! —grito.

La aporrea otra vez y el golpe resuena por toda la casa.

—¡Que te la vas a cargar, Elliot! Lo digo en serio. ¡Vete!

Cierro con llave y subo al piso de arriba.

Me asomo a la ventana y lo veo paseándose de un lado a otro. Andrew ha bajado del coche y está hablando con él para intentar tranquilizarlo.

El corazón se me acelera mientras espero a que mueva ficha. Elliot Miles enfadado es una bestia digna de ver, pero no pienso aguantarlo esta noche.

Vete… por favor.

Al cabo de diez minutos oigo que la puerta del coche se cierra. Miro entre las cortinas y veo que se alejan poco a poco. Una sensación de alivio me inunda y me tiro a la cama.

—Uf —digo echando humo—. Imbécil de mierda.

Capítulo 20

Elliot

Estoy en el bar tomándome un *whisky*. Esta mañana he ido a la oficina, pero he salido antes de lo previsto.

No estoy de humor para trabajar; no estoy de humor para nada, en realidad.

Tengo un nudo en el estómago y no se me va. Anoche metí la pata hasta el fondo.

Pero en mi defensa diré que esta mujer es exasperante. ¿De verdad pensaba que me iba a quedar ahí sentado toda la noche viendo cómo un tío le tiraba los tejos sin hacer nada al respecto?

Miro el reloj: las dos de la tarde. Ni se ha puesto en contacto conmigo ni lo va a hacer.

Típico de Kathryn Landon. Más terca que una mula.

Repaso mis opciones: no hay ninguna. O me arrastro o ya puedo ir despidiéndome de ella, porque sé que Kate no va a suplicarme que vuelva.

Exhalo con pesadez y ojeo mi lista de contactos. Doy con el número que busco y niego con la cabeza, asqueado. Nunca he hecho esto, es la primera vez. Normalmente me alegro de que se marchen. Hacerle la pelota a una mujer es una nueva clase de tortura para mí.

—Buenas tardes. Floristería Park Avenue —dice una chica.

—¿Podríais enviar unas flores de forma urgente?

—Sin problema. Podemos entregarlas en una hora. ¿A dónde?

—A Kathryn Landon, sede de Miles Media, planta diez.

—¿Qué flores le gustaría enviar?

—Pues... —Me lo pienso un momento—. ¿Qué me recomendarías para... librarme de...?

—¿Para disculparse?

—Sí.

—Veamos, ¿cómo de grande tiene que ser la disculpa?

—Muy grande. —Pongo los ojos en blanco—. Lo más grande que tengáis.

—Vale. ¿Qué tal unas rosas rojas?

—Me vale.

—Una docena.

Frunzo el ceño y digo:

—Mmm… es que es de las tozudas.

—¿Cuatro docenas?

—Sí, creo que valdrá.

—Vale. ¿Y qué quiere poner en la tarjeta?

—Mmm… —Lo medito un instante—. ¿Quizá «Lo siento»? Qué soso.

—Vale. —La oigo teclear—. Cuatro docenas de rosas rojas y una tarjeta en la que ponga «Lo siento».

—Exacto.

—¿Firma?

Arrugo la frente mientras lo medito. Debería inventarme algo ingenioso, pero cuando está enfadada conmigo no pienso con claridad.

—«Con cariño, Elliot».

Maldita.

Me tiene cogido por los huevos y la muy cabrona lo sabe.

—Entonces, ¿«Lo siento. Con cariño, Elliot»? —pregunta la chica para ultimar los detalles.

—Sí. ¿Podéis llamarme en cuanto las entreguéis?

—Sin problema, señor.

Pago con la tarjeta de crédito, cuelgo y espero.

Una hora y cuatro *wiskies* después me suena el móvil.

—¿Diga?

—Ya hemos entregado las rosas, señor.

—¿Las ha recibido?

—Sí, ella misma ha firmado el comprobante.

—Gracias. —Cuelgo y frunzo los labios.

¿Quién sabe si habrá funcionado? Llamo a Kate.

—Dime —responde.

Aprieto la mandíbula al oír ese tonito; esta quiere guerra.

—Hola, Kathryn.

—¿Qué quieres, Elliot?

—Quería... —titubeo mientras pienso qué decir—. Quería saber si habías recibido las rosas.

—Sí, gracias. Sin embargo, no hay suficientes rosas en el mundo para compensar tu comportamiento.

Pongo los ojos en blanco. ¿Acaso ha leído la tarjeta?

—Lo siento.

No dice nada.

—Me porté fatal y me arrepiento.

No dice nada.

—Pero en mi defensa diré que esto podría haberse evitado fácilmente si le hubieras dicho al tío ese que tenías novio.

—No tengo novio, Elliot. Me lo dejaste muy clarito.

—Pues a lo mejor te equivocas —suelto.

Pongo cara de pánico. Mierda.

—Pues a lo mejor mi novio es un imbécil de mierda.

—Es posible.

—Y a lo mejor debería ponerse las pilas si no quiere que lo dejemos.

Sonrío con suficiencia y digo:

—A lo mejor deberías callarte ya.

—No me mandes callar, Elliot. Te juro por Dios que como vuelvas a tontear con otra en otro idioma en mi puta cara...

La corto y digo:

—Sabes que solo lo hice para ponerte celosa.

—Pues no funcionó.

Está sonriendo. Ya casi la tengo en el bote.

—A lo mejor un poco.

—Elliot —me espeta—. Te juro por Dios que como vuelvas a hacerme una jugarreta así...

—¿Me echaste de menos anoche? —pregunto—. Porque yo a ti sí.

—No y estoy muy liada.

—¿Con qué?

—Pasando tus rosas por la trituradora.

Me río entre dientes. No me sorprendería viniendo de ella.

—Tengo una subasta esta noche. Luego me paso por tu casa.

—No, no te molestes. Nos vemos mañana por la noche.

Doy un trago al *whisky.* No quiero colgar. Esta mujer me tiene comiendo de la palma de su mano.

—¿Estoy perdonado? —pregunto.

—No cantes victoria todavía, Elliot. Me lo pensaré.

Sonrío; eso es que sí.

Oigo que alguien entra en su despacho y le pregunta:

—¿Quién te las ha regalado?

—Mi novio —contesta.

Hago una mueca. Novio… joder. ¿Cómo ha pasado? Lo ha dicho como si nada, ¿no?

—Llámame luego. —Suspira.

—Vale. —No cuelgo.

—Adiós, Elliot. —Cuelga y sonrío mientras doy un trago. Misión cumplida.

Contemplo el cuadro en el caballete que tengo delante.

«Inmortal».

—¿No es lo más bonito que has visto en tu vida? —le digo a Christopher, que está a mi lado.

Él arruga la nariz, indiferente.

—Pues… si te soy sincero, no sé qué le ves a esta pintora. Para mí es un cuadro más.

—Harriet Boucher no es una pintora más, Christopher. Es un genio.

Pone los ojos en blanco y dice:

—Si tú lo dices… —Se mira el reloj y añade—: ¿Cuánto va a durar esto? Me muero de hambre.

—La subasta empieza en veinte minutos.

Busco entre el gentío y localizo a la bailarina. El corazón me da un vuelco.

Rubia y preciosa. Es una habitual de las subastas de arte, pero siempre me evita.

No tengo ni idea de si es bailarina de verdad, pero en vista de que desconocemos su nombre, la hemos apodado así.

¿Qué tiene esta mujer?

Siempre he tenido la sensación de que la conozco, como si por algún misterioso capricho estuviera relacionada con algo que ahora mismo se me escapa. Nos miramos a los ojos entre la multitud y el aire se carga de electricidad.

Esta noche la noto distinta. Clava sus ojos enormes en los míos.

No huye, no trata de escapar; al contrario, parece que me ruegue sin palabras que me acerque.

Tomo aire para serenarme y agacho la cabeza.

Qué oportuna, joder.

Cualquier otro día me acercaría, la perseguiría y la convencería para que cenase conmigo. Dejaría que me conociera y desearía conocerla en profundidad.

Siempre la he visto en la otra punta de la sala, cuando todos pujan como locos, pero no he hablado con ella ni una sola vez. Siempre se esfuma antes de que la encuentre. Llevo mucho tiempo detrás de ella. Pero las cosas han cambiado.

Kate.

Mi bella Kate está en casa esperándome. Y no pienso cagarla. Así que dejo de mirarla a regañadientes y me centro en el cuadro.

Noto que sigue mirándome.

—¡No jodas! Mira quién ha venido —susurra Christopher—. Es ella.

Me trago el nudo en la garganta y procuro no mirar en su dirección.

—Madre mía, es perfecta, coño —susurra.

Le echo un vistazo rápido. Tiene razón, es perfecta.

Aprieto la mandíbula y, de nuevo, me obligo a apartar la vista.

—¿Qué haces? Ve a por ella, coño —susurra—. Es tu oportunidad. Esta noche no huye.

—No puedo.

—¿Y eso?

—No estoy interesado.

—¿Cómo? —pregunta con el ceño fruncido—. ¿Desde cuándo?

—Calla, joder —susurro con rabia mientras me pellizco el puente de la nariz.

Con todas las oportunidades que hemos tenido de hablar, ¿por qué ahora? Tenía que ser ahora, ¿no?

—¿Qué mosca te ha picado? —pregunta Christopher arrugando el entrecejo—. Llevas años detrás de ella. Lánzate, tío.

—Que te calles.

No estoy para estas tonterías.

El subastador entra en la sala, lo que me distrae momentáneamente. Vuelvo a mirar hacia la bailarina y veo que se ha ido. En esta ocasión no estoy decepcionado, sino aliviado.

Bien... Vuélvete por donde has venido. No necesito tentaciones. Aunque la tentación provenga de una chica a la que llevo tanto tiempo deseando.

Me imagino a mi chica en casa y se me acelera el corazón.

Estoy con Kate.

Kate

Me despierto con el sonido del móvil, que vibra encima de la mesita de noche. Lo cojo como puedo y digo:

—Hola.

—Estoy en tu puerta —dice Elliot con su voz grave.

—Pensaba que no nos veríamos esta noche.

—Pues te equivocabas. Abre.

Bajo las escaleras, abro la puerta y ahí está. Traje *sexy,* sonrisa deslumbrante y suficiente carisma como para iluminar el espacio. Me abraza y me besa.

—Hola.

—¿Qué ha pasado con lo de vernos mañana? —pregunto.

—Una noche sin ti es horrible; dos es insoportable.

Sonrío pegada a sus labios. Lo tomo de la mano y lo llevo al piso de arriba. Yo también lo he echado de menos, no puedo negarlo.

Me vuelvo a meter en la cama. Él se sienta a mi lado y me sonríe con ternura.

Está distinto.

—¿Qué pasa?

—¿Tienes idea de lo preciosa que eres? —me pregunta en voz baja.

Sonrío y digo:

—No va a haber tema esta noche. Te lo digo para que lo sepas.

Se ríe por lo bajo y me besa y lo hace con tanta dulzura que mis defensas se van a tomar por saco.

Me besa con pasión, despacio, y Dios…, a lo mejor deberíamos discutir más a menudo.

—Me doy una ducha rápida y vuelvo, princesa.

—Vale.

Me besa de nuevo mientras me acuna las mejillas y por poco salgo de la cama.

Es tan…

Se ducha y a los diez minutos vuelve al cuarto envuelto en una toalla blanca. La luz de la luna ilumina su escultural cuerpo al desnudo. Deja caer la toalla y yo me trago el nudo en la garganta. No importan las veces que lo vea desnudo, lo guapo que es siempre me deja sin habla.

Retira las mantas y se tumba a mi lado. Se apoya en un codo y me besa largo y tendido. Dios mío…

Pega su cuerpo grande e imponente al mío, me roza el cuello con los dientes y me restriega el miembro por las bragas, justo ahí.

Nos pasamos un buen rato besándonos a oscuras, como si tuviéramos todo el tiempo del mundo. Que se considere mi novio hace que esté diez veces más excitada.

Se coloca encima de mí con todo su cuerpo y yo jadeo mientras se restriega entre mis piernas y me clava al colchón. Le paso las manos por su musculosa espalda sin que él deje de mirarme.

Está cachondo, empalmado y listo para follar.

Y madre del amor hermoso, podría correrme solo con la mirada que me está dedicando.

Por cómo tiembla al respirar sé que está a punto de perder el control. Rodeo su cuerpo fornido con las piernas y él se impulsa hacia delante. Me roza el clítoris con su dureza, lo que añade más leña a un fuego ya de por sí ardiente.

—Te necesito —musita pegado a mi cuello. Me estruja los pechos con fuerza.

Se impulsa hacia delante, y lo hace tanto que está a punto de atravesarme las bragas con la polla.

—Elliot.

—Joder, Kathryn —susurra como si estuviera sufriendo—. ¿Quieres que suplique? Porque suplicaré, joder.

Lo miro.

—Lo necesito —gime mientras toma mi boca—. Por favor. —Por cómo cierra los ojos mientras nos besamos sé que estamos en el mismo barco.

Yo también necesito este momento de intimidad junto a él.

Nos miramos a los ojos y, sin decir una palabra más, me baja las bragas y me la mete hasta el fondo.

Nos miramos a los ojos envueltos en un manto de oscuridad, con su cuerpo dentro del mío. Lucha por mantener los ojos abiertos mientras pierde el control. Se mueve con cuidado y con ternura, con suma dulzura, con adoración pura y dura... Caigo al abismo.

—Ell —gimoteo.

—Lo sé, preciosa. —Me besa con los ojos cerrados.

El cariño que nos profesamos es palpable. Una fuerza tangible que ya no podemos controlar.

Esto es especial. Él lo es.

Elliot Miles es todo lo que no sabía que necesitaba a pesar de nuestras diferencias.

No puedo negarlo.

Estoy total e irrevocablemente enamorada de él.

Elliot

Me apoyo en el codo para verla dormir.

Está tumbada de lado, de cara a mí, con su melena desparramada por la almohada y los pechos al aire. Le doy un besito en la sien, y es que la necesidad de estar cerca de ella es casi vital.

Anoche cruzamos un límite, atravesamos una especie de barrera invisible.

El corazón se me va a salir del pecho y no hay forma de impedirlo. Tampoco es que quiera.

¿Qué me está pasando?

Jamás me había sentido así.

No hay fronteras entre nosotros; la línea que nos separaba se ha desdibujado. Es como si Kate fuera una extensión de mi cuerpo, solo que... mejor.

Se revuelve y estira la mano para tocarme.

—Ell —susurra.

—Estoy aquí, cariño —susurro mientras me arrimo más a ella y apoyo la cabeza en su pecho.

Sonríe ligeramente con los ojos cerrados y vuelve a dormirse.

En la oscuridad, en sus brazos, escucho su corazón.

Y me olvido del mío.

—Buenos días, chicas —digo al pasar por recepción.

Ellas dejan sus obligaciones y dicen:

—Buenos días, señor Miles.

Christopher, en la puerta de su despacho, me dice:

—Hola.

—Un día precioso, ¿no crees? —le digo yo, sonriendo.

Frunce el entrecejo y dice:

—No mucho.

—Vaya. —Miro por la ventana y me encojo de hombros—. Pero no está nevando, ¿no?

—¿Quién eres tú y qué has hecho con el cascarrabias de mi hermano? —responde Christopher en tono seco—. Pareces salido de la mierda esa de *Sonrisas y lágrimas.*

Las chicas se ríen y yo entro en mi despacho y saco el ordenador. Qué divertido es esto.

—¿Qué pasa aquí? —Miro arriba y veo que Christopher me está observando apoyado en la jamba de la puerta.

—Nada, ¿por?

—Pues porque un día estás feliz, al otro estás triste, al siguiente enfadado y después tranquilo. Pareces una montaña rusa, coño.

Inicio sesión en el ordenador y digo:

—Dormir del tirón es lo que nos hacía falta. Digo, me hacía falta —rectifico—. He dormido bien.

Christopher entra y, con un interés repentino, dice:

—No, has dicho «nos».

—Quería decir «me».

—No, no querías decir eso. —Se sienta a un lado de mi mesa y añade—: Estás viendo a una chica, ¿no?

Abro el correo electrónico.

—¿Quién es?

—No es asunto tuyo. Fuera.

Llaman a la puerta y al levantar la vista veo a Kate en el umbral.

Mierda.

—Buenos días, Kathryn —digo y le doy un repaso de arriba abajo. Lleva el pelo suelto y recogido a un lado y su sonrisa ilumina la sala al instante. Viste una falda de tubo ajustada y negra y una blusa de seda con el botón de arriba desabrochado, lo que permite vislumbrar un atisbo de lo que se esconde debajo: la perfección.

La sangre se me va al paquete.

¿Siempre ha sido tan *sexy* o me resulta más evidente ahora que sé lo que es capaz de hacer con esas curvas de escándalo?

Me la imagino desnuda encima de mí y tengo que morderme el labio para desterrar ese pensamiento obsceno de mi cabeza.

—¿Le interrumpo, señor Miles? —pregunta—. Tengo el informe que me había pedido.

—No —contesta Christopher con una sonrisa—. Pasa, Kate. Así podrás ayudarme a sonsacarle información.

—¿Información? —Pasa la mirada de uno al otro.

—Es que lo noto de muy buen humor últimamente y eso no es propio de él, así que quiero saber a qué se debe. —Se cruza de brazos—. O a quién.

—Ah, eso. —Un atisbo de sonrisa asoma a sus labios—. No creo que tenga de que preocuparse. En nada volverá a ser el ogro de siempre. Disfrutemos de este remanso de paz mientras podamos.

—Bien visto.

—Entrégame el informe y marchaos los dos. —Suspiro mientras dejo una carpeta de manila en la mesa.

—¿Ve? Ya está. Crisis abortada —dice Kathryn con una sonrisa—. En tres minutos se pondrá a gritar como un energúmeno.

—Sigue así y te aseguro que lo haré —le espeto.

Kathryn me mira a los ojos con un brillo travieso en los suyos.

Se me pone dura… Para.

¿Qué tiene esta mujer para convertirme en un colegial cachondo?

—¿Te quedas a la reunión? —le pregunto a Christopher.

—No, tengo cosas que hacer. —Se levanta y sale con toda la calma del mundo—. ¿Cierro?

—Sí —digo sin despegar los ojos de Kate—. Gracias.

Una vez que se ha ido, me pongo en pie, voy a la puerta y echo el pestillo.

Kate abre los ojos como platos y susurra:

—Elliot, no.

Camino hacia ella y le digo:

—Que me digan que no es mi mayor afrodisíaco, Landon. —La agarro del culo con brusquedad y la acerco a mí. Le muerdo el labio inferior y la restriego por mi dureza.

—Para —murmura pegada a mis labios.

—¿De verdad quieres que pare? —La cojo del pelo con rudeza y pego su cara a la mía—. ¿O quieres que te lleve al baño y te llene de leche como la empleada desobediente que eres? —Le estrujo un pecho con fuerza mientras le pego un buen mordisco en el cuello. Ella echa la cabeza hacia atrás, brindándome un acceso total.

¡Cómo me gustan sus tetas, joder! Su cuerpo es de pecado. Mi pecado.

—Elliot —murmura mientras trata de mantener los ojos abiertos. Conozco esa cara.

Quiere tema.

La tomo de la mano, la llevo al baño y cierro la puerta. Me siento en la silla del rincón y, en un visto y no visto, me bajo la bragueta y le subo la falda. Le aparto las bragas y me pego a su vagina.

Le sujeto los hombros y la siento encima de mí a presión, estirando su cuerpo.

Nos miramos en silencio.

—Es usted un mal hombre, señor Miles —susurra.

Sonrío lentamente y digo:

—Y tú una chica pervertida. Levanta las piernas, Landon, y juega con mi polla. —Le muerdo en el cuello con vehemencia; la necesidad de marcarla es imperiosa.

Con ojos oscuros, sube los pies a la silla y se sienta en cuclillas. Hace poco que aprendió a acogerme en esta postura. El tamaño de mi miembro era un problema y teníamos que darle una solución.

Noto cómo se aferra a mí con los músculos; me centro en esa sensación para no correrme.

¡Por el amor de Dios, que estamos en mi despacho! Esto no está bien, pero no puedo parar ni de lejos. Mi adicción a Kathryn Landon no mengua. Como un incendio forestal avivado por el fuerte viento, estoy fuera de control.

Kate me folla.

Con ganas, con desenfreno, con el sexo húmedo.

Como animales, nos empapamos del cuerpo del otro… y disfruto de cada puñetero segundo.

Kate

Estoy yendo a almorzar con Elanor. Pasará una semana en Londres, lo que es raro en ella, así que me he propuesto limar asperezas. No sé qué le ha dado últimamente, pero lo que sí sé es que necesita mi compasión antes que mi ira.

Me suena el móvil y lo saco del bolso. Es Elliot.

—Hola.

—¿Cómo está mi chica?

Su voz grave y *sexy* me hace sonreír.

—Bien.

—Tengo que ir a Nueva York la semana que viene.

Frunzo el ceño y digo:

—Ah… vale.

—Quiero que me acompañes.

Me paro en seco y digo:

—¿Y eso?

—Porque no puedo estar siete días sin verte.

Sonrío como una tonta pegada al teléfono. Dice la verdad. Llevamos semanas durmiendo juntos casi todas las noches. Estamos tan pillados que damos por hecho que dormiremos siempre juntos; es que ni se pregunta, vamos. Yo tampoco puedo estar siete días sin verlo.

—Te enseñaré la casa que tengo en Nueva York y te llevaré a mi galería. Además, quiero tenerte una semana para mí solito —dice para convencerme.

Me muero de la emoción. No necesito que me persuada. La mera proposición ya es música para mis oídos.

—Voy a tener que trabajar, claro, pero podría organizar una reunión para que tuvieras una excusa para ir…

—No —lo interrumpo—. Me cogeré días libres, que todavía me quedan un montón. No quiero que nadie de la oficina se entere de lo nuestro.

—Vale.

—Digo… —Me he expresado mal—. Ya sabes a lo que me refiero.

—Lo sé. ¿Dónde estás? —pregunta.

—Estoy yendo a ver a mi hermana. Hemos quedado para almorzar.

—Siempre se me olvida que tienes una hermana. ¿Cómo se llamaba?

—Elanor. —Callo un momento y digo—. ¿La conoces? Elanor Landon.

—No creo. ¿Por qué iba a conocerla?

—Porque sale con la clase de hombres con los que te codeas tú. A lo mejor os habéis cruzado.

—Pues su nombre no me suena. ¿Quién sabe? A lo mejor sí me la he cruzado. Supongo que lo sabré cuando la conozca.

Sonrío esperanzada. Tiene intención de conocer a mi familia. Madre mía, esto es demasiado bonito para ser cierto. No me lo imaginaba así para nada.

—Entonces ¿te vienes? —me pregunta.

—Si puedo cogerme vacaciones sí.

—Seguro que tu jefe insistirá. —Noto que está sonriendo.

—Mi jefe es un adicto al sexo —digo con una sonrisilla.

—Y bien feliz que es.

Ya somos dos.

—Adiós, Kathryn.

Sonrío. Hasta hace poco odiaba que me llamase así, pero ahora se ha vuelto un apelativo cariñoso.

—Adiós, Ell. —Cuelgo y voy al restaurante casi flotando. Salgo con el sueño húmedo de cualquier mujer, me va a llevar a Nueva York y cree que soy la pera limonera.

La vida es maravillosa.

Llego al restaurante y miro a mi alrededor. Elanor está sentada al fondo muy sonriente y me saluda con la mano al verme. Sonrío y le devuelvo el saludo mientras voy hasta ella.

—Hola. —Se pone en pie y me da un beso en la mejilla. Me levanta los brazos y me mira de arriba abajo—. Estás estupenda.

—Gracias. —Sonrío orgullosa; será de los orgasmos—. Tú también.

Es cierto, no miento. Lleva un vestido de lana ajustado de color crema y botas de caña alta. Elanor será muchas cosas, pero su belleza es incomparable.

—Siéntate, siéntate —dice mientras me acompaña a mi sitio—. He pedido vino.

—Luego tengo que volver a la oficina.

—Una copa no te matará. —Pone los ojos en blanco como si fuera tonta.

Fuerzo una sonrisa. Uf, ya empezamos, Elanor y sus gestos despectivos.

Nos sirve una copa a cada una y dice:

—¿Y bien? —Me mira de arriba abajo—. ¿Cómo es que estás tan guapa? ¿Estás saliendo con alguien?

Sonrío exultante y digo:

—La verdad es que sí.

—Mmm. —Da un sorbo al vino y dice—: Te sienta bien la felicidad. ¿Lo conozco?

Abro la boca para decirle quién es, pero entonces vuelvo a cerrarla. ¿Y si se lo cuenta al mundo entero? Estoy segura de que conoce a la misma gente que Elliot. Pero me ha dicho que es mi novio, ¿no?

Mmm, pero todavía no lo ha anunciado públicamente. Será mejor que espere a hablar con él primero.

—No, es un compañero de trabajo —contesto. Técnicamente, es verdad—. ¿Y tú qué? ¿Estás saliendo con alguien?

—No, he roto con Frederick.

Frunzo el ceño y digo:

—¿Y qué ha pasado con Alexander?

—Ah, ese. —Pone cara de asco y añade—: Corté con él hace meses. Se volvió un soso. Y cuando le dábamos al tema se corría a los dos minutos. Hay necesidades que no voy a pasar por alto.

Pobre Alexander. Me pregunto si sabrá que su ex va diciendo por ahí que es impotente. No, en serio, qué bruja más desalmada. Le doy un buen trago al vino. Madre mía, no sé de qué me sorprendo.

«No me lo recuerdes».

—¿Y qué tal está tu jefe? Elliot Miles, el magnífico espécimen.

Me atraganto y toso.

—¿Cómo? —digo con una mueca.

—Ya que voy a estar en Londres unos días, a lo mejor debería darle un toque.

El miedo se apodera de mí.

—¿Lo conoces?

—Nos hemos visto, pero no nos conocemos formalmente. Voy a asegurarme de que eso cambie.

—Se va a casar —miento.

—¿Y?

—Pues que está pillado —digo en tono burlón.

—Cariño. —Me sonríe como si fuera tonta y añade—: Si se me antoja Elliot Miles, se lo quitaré a quien se lo tenga que quitar.

Aprieto la mandíbula, furiosa.

—¿En serio te rebajarías hasta el punto de separar a una pareja feliz?

—Claro, ¿por qué no? No sería la primera vez. ¿Qué más me da volver a hacerlo? —Bebe como si nada y añade—: ¿Por dónde se mueve? ¿A qué discotecas va? ¿Qué sabes?

Estoy tan enfadada que el corazón me palpita en los oídos.

—No estoy segura. —Echo la cabeza hacia atrás y apuro la copa.

Elanor mira al infinito mientras piensa.

—¿Qué te parece si finjo que voy a visitarte a la oficina y me equivoco y llamo a su puerta?

Abro mucho los ojos, horrorizada.

—No, ni se te ocurra —le espeto—. Te prohíbo que vayas a verlo, Elanor. Mi trabajo está en juego, no quiero que te metas.

—Anda, calla. —Vuelve a poner los ojos en blanco—. Qué exagerada eres. Parece que te mole o algo.

—Pues a lo mejor sí —suelto.

Elanor me sonríe y alza la copa como si me saludara sin palabras.

—Mira qué bien.

—Mira qué bien ¿por qué?

—Por nada. —Se encoge de hombros con indiferencia, como si ocultara algo.

—¿Qué pasa, Elanor? —pregunto en tono cortante.

—Llevas años trabajando para él y no te lo has beneficiado. Es obvio que no va a pasar, ¿no crees? —Bebe vino—. Además, tú ya estás saliendo con otro.

Porras, ¿por qué habré mentido?

—De todos modos, ¿qué te hace pensar que caerá rendido a tus pies? —le espeto.

Se echa el pelo hacia atrás y dice:

—Sé que lo hará.

Aparto la comida con el tenedor.

—¿Qué te pasa? —me pregunta Elliot tras observar mi comportamiento—. No has dicho ni mu en toda la noche.

Exhalo con pesadez. Sé que lo que voy a decir me va a hacer sonar insegura y penosa, pero no puedo evitarlo, tengo que contárselo.

—Mi hermana me ha dicho que va a tirarte la caña.

Elliot arruga el ceño.

—Y es guapa, Elliot, y consigue a todos los hombres que quiere.

Se pasa la lengua por el labio inferior para que no se le note que está sonriendo.

—Ahí está: mi preciosa y vulnerable Kate. —Me coge la mano por encima de la mesa.

Pongo los ojos en blanco, consciente de la pena que doy ahora mismo.

—Calla.

—¿Y le has dicho que estoy pillado?

—Sí.

—¿Y qué te ha dicho?

—Que podría convencerte para que dejases a cualquiera.

Se lleva mi mano a los labios y me besa en la yema de los dedos; es evidente que le hace gracia lo insegura que soy.

—Estoy contigo. Tu hermana, o cualquier otra, ya puestos, no tiene la más mínima posibilidad.

Lo miro a los ojos.

—Te doy mi palabra —me asegura.

Reprimo una sonrisa y digo:

—Es que sé…

—Ella no me interesa, Kate —me interrumpe. Se estira por encima de la mesa, me acuna las mejillas y me besa con ternura—. Solo me interesa una de las hermanas Landon y está justo aquí. —Y se lleva mi mano al pecho.

Sonrío pegada a sus labios; ya me siento mejor.

—Y para que lo sepas, si alguno de mis hermanos te tirase los tejos, no viviría para contarlo.

Se me acelera el corazón. Justo cuando creo que este hombre no me puede importar más, va y me demuestra que me equivoco.

Otra vez.

Me despierto sin Elliot a mi lado y me estiro mientras la luz del alba entra a raudales por la ventana. ¿Y mi hombre? Bajo las escaleras; no hay nadie en casa. ¿Dónde se habrá metido?

Miro en la parte de atrás y lo descubro en los jardines.

Elliot está de espaldas a mí mirando el lago, trajeado de arriba abajo y con un café humeante en la mano para mitigar el frío. A su alrededor, las patas picotean la tierra la mar de contentas. Embelesado con las vistas, se pasea de un lado a otro con las patas siguiéndolo como si fueran viejos amigos que llevan tiempo sin verse. De vez en cuando, una pata se le acerca demasiado y él da una patada al aire para que le den espacio.

Cojo el móvil y le hago unas cuantas fotos. Esta casa le encanta realmente y no lo culpo. Y a mí me encanta ver lo feliz que es aquí.

Se oye un ruido en la entrada y por la ventana veo que una camioneta se detiene.

Elliot se dirige a hablar con el conductor. Se estrechan la mano y se presentan.

—¿Quién es?

Salgo de la casa justo cuando el hombre baja a Billy el macho cabrío de la parte de atrás de la camioneta.

—Lo siento mucho —dice Elliot mientras acepta la cuerda que Billy lleva atada al cuello—. No sé cómo se ha escapado.

—Es la cuarta vez en dos semanas —replica el hombre.

Elliot repara en mi presencia y dice:

—Alan, esta es Kathryn; Kathryn, te presento a Alan. Es el dueño de la casa de al lado.

—Hola —digo sonriendo—. ¿Qué ha pasado?

—Vuestro macho cabrío no para de escaparse. Me lo he encontrado en la carretera.

—Ostras.

—Me preocupa que provoque un accidente de tráfico y alguien muera.

—Lo entiendo. —Elliot arruga el entrecejo al imaginarse la situación—. Gracias por traerlo. Me aseguraré de que no vuelva a escaparse.

—Encantado —dice Alan con una sonrisa mientras vuelve a la camioneta. Nos despedimos de él con la mano y vemos cómo se aleja.

—¿Qué has hecho? —le espeta Elliot al macho cabrío.

El macho cabrío lo mira con cara de no entender ni papa.

—Bejejeje —se queja Billy bien alto.

—¿Quieres huir? Vale. —Tira de la cuerda y el macho cabrío lo sigue como un perro con correa—. Pero no te vayas a la carretera, joder. —Se dirige a los prados.

—Bejejeje.

—Métete ahí, vete al quinto pinto y no vuelvas. Pero no te vayas a la carretera, joder.

—Bejejeje.

Escondo los labios mientras los sigo para que no se me escape la risa.

Elliot abre la puerta que da al prado más alejado y lo hace pasar.

—Castigado al prado a tomar por culo.

—Bejejeje —protesta Billy.

—Como no me puedo fiar de ti…

Dios, me meo.

El machote de Elliot Miles castigando a un macho cabrío.

Le quita la cuerda y le dice:

—Te estoy vigilando, cabrón. Un paso en falso y te llevo a… —Hace una pausa para dar con la palabra adecuada— al matadero.

—Bejejeje.

—¿Sabes qué les hacen a los machos cabríos que se portan mal? —le pregunta.

Me río a carcajadas.

—Y tú entra ya —me espeta Elliot.

Me giro y entro en la casa sin dejar de reírme.

—Bejejeje —se queja Billy.

—Y no hagas ese ruido —brama Elliot.

Subo las escaleras entre risas. Mi vida no podría ser más plena.

Ya lo he visto todo.

—Bejejeje —rompe el silencio Billy con su balido.

Miro el reloj: la una de la mañana.

—Bejejeje.

—Me cago en… —susurra Elliot mientras se destapa.

Tuerzo el gesto para no reírme; esto es divertidísimo. Billy se ha pasado toda la noche llorando.

Elliot abre la ventana con brusquedad.

—¡Que te calles, joder! —grita, y lo hace tan alto que se le oye por todo el valle. Cierra la ventana tan fuerte que por poco se la carga.

Vuelve a la cama y empieza a dar vueltas.

—Bejejeje.

Sonrío con la cara pegada a la almohada.

—Cabra de los cojones —dice Elliot en voz baja.

—Bejejeje —resuena por toda la casa.

Qué mal.

¿Cómo vamos a dormir así?

—Bejejeje.

—¡Se acabó! —exclama Elliot, que se levanta de un salto y baja las escaleras como si fuera Hulk.

Oigo que abre la puerta de un tirón. Corro a la ventana y la abro para ver qué hace.

Se dirige al prado con paso firme y dice:

—¡¿Tú qué?! —grita Elliot con los brazos extendidos—. ¿Qué coño quieres?

Billy lo mira perplejo.

—Tienes comida, tienes agua. Tiene todo el prado para ti, joder. ¿No te basta con eso, mimado de los cojones?

—Bejejeje —protesta Billy.

Elliot se gira y patea un cubo con todas sus fuerzas; vuela por los aires y cae al suelo estrepitosamente.

—¿Has visto? —le grita a Billy—. Pues eso voy a hacer contigo como no te calles.

Me troncho de risa.

Elliot vuelve a la casa y cierra de un portazo. Sube las escaleras dando fuertes pisotones, coge el móvil y se sienta junto a la ventana.

—¿Qué haces? —pregunto.

—Buscar en internet cómo matar a una cabra, ¿tú qué crees?

Me río.

—No tiene gracia, Kathryn —gruñe.

—Sí que la tiene. —Me siento en su regazo. Ay madre, que de verdad está buscando en internet cómo matar a una cabra. Le quito el móvil y lo tiro al suelo. Le doy un besito y susurro—: A lo mejor le pasa algo.

—Sí, que le ha llegado la hora.

—No, me refiero a que a lo mejor está enfermo.

Se me queda mirando y le digo:

—Ponte tapones, tómate un somnífero o algo así y mañana llamamos al veterinario. Él sabrá qué hacer.

Elliot, nervioso, exhala para tranquilizarse.

Sonrío a mi hombre y le aparto el pelo de la frente.

—Solo es una cabrita.

—Que me está dando por culo que no veas.

Lo miro en la oscuridad reinante. Siempre he sabido que era de mecha corta, pero pensaba que yo era la única que lo sacaba de quicio. Cada día encajo una pieza más del puzle que es Elliot Miles. Y, cada día, le quiero un poco más.

—Venga, a dormir. —Lo ayudo a levantarse.

—¿Cómo? —me espeta—. Así es imposible.

—¡Ah! ¡Buuaah! —Pongo los ojos en blanco y me meto en la cama.

Me abraza por detrás y me golpea con las caderas.

—Te voy a dar yo a ti buuaah.

Amanezco sola y agotada.

La última vez que miré el reloj eran las 4:38. Apenas hemos dormido. Me visto, voy al baño y bajo las escaleras.

—Elliot —grito.

No contesta. Voy a las puertas correderas de cristal que hay en la parte de atrás y, cuando me asomo, veo que se aproxima un coche. ¿Y ahora quién será?

Elliot va hasta el coche y un hombre se apea. Hablan largo y tendido y se dirigen al prado.

Ay, no, ¿quién es ese?

Salgo como un rayo y digo:

—Hola.

El hombre se vuelve hacia mí y dice:

—Hola. Soy Mathew, el veterinario.

—Ah —respondo, aliviada.

Un atisbo de sonrisa asoma a los labios de Elliot. Sabe lo que me imaginaba que era: un sicario matacabras.

—Te presento a Kathryn.

—Hola.

—Está por aquí. —Elliot señala hacia el prado de Billy.

Nos pasamos un cuarto de hora callados, viendo cómo el veterinario examina a Billy de arriba abajo.

—Veamos —dice Mathew—, no tenéis nada de lo que preocuparos. Está sano como una manzana.

Elliot suspira y dice:

—¿Qué le pasa, entonces? No deja de escaparse y se pasa todo el día llorando.

—Está buscando pareja —dice Mathew—. Es normal que una cabra de esta edad quiera…

—¡¿Que está cachondo?! —dice Elliot echando humo.

—Hablando mal y rápido, sí.

Elliot fulmina con la mirada a Billy y niega ligeramente con la cabeza.

—¿Cuántos años tiene?

—Yo diría que unos tres.

—¿Y cuánto viven las cabras?

—Aproximadamente quince años.

Elliot exhala con pesadez y dice:

—Lamento haberte hecho perder el tiempo. Envíame la factura.

—No te preocupes. —Se estrechan la mano y añade—: Adiós, Kathryn.

Sonrío y digo:

—Gracias.

En cuanto se va, Elliot vuelve a encararse con Billy.

—¿Estás de coña? ¿Que no me dejas dormir porque estás cachondo? —susurra con rabia—. Lo que me faltaba, un macho cabrío en celo.

Se dirige a la casa hecho una furia.

—¿Qué esperabas? —le grito mientras le doy unas palmaditas en la cabeza a Billy—. Al fin y al cabo, es tu hijo.

—Calla, anda —grita Elliot mientras se aleja—. No estoy de humor para tus tonterías tampoco.

Voy por la calle con Daniel, que se ha venido a almorzar conmigo. Me da la sensación de que hace siglos que no lo veo.

—¿Vamos a un tailandés?

—No. —Suspiro.

—¿Por qué no?

—Porque entonces me tendré que comer un kilo entero de arroz y estaré toda la tarde para el arrastre.

—Mmm, el temido empacho por exceso de carbohidratos. —Exhala como si le exasperase y me siento culpable.

—Vale. —Suspiro—. Tailandés. Pero que sepas que hoy estoy reventada; el macho cabrío de Elliot no nos ha dejado pegar ojo.

—¿Cómo? —Tuerce el gesto—. ¿Elliot Miles tiene un macho cabrío?

—Sí. Y patas y una oveja rara… o algo así.

Abre mucho los ojos, atónito.

—¡Quién lo iba a decir!

Me echo a reír.

—¿Y cuándo vas a invitarme?

—Pronto. —Me encojo de hombros—. Cuando llevemos más tiempo.

—Madre mía, mira quién viene. —Mira al frente.

—¿Quién?

—Rande Gerber.

—¿Quién?

—El marido de Cindy Crawford.

Pongo cara de sorpresa y entrecierro los ojos.

—Ya se ha ido. —Estira el cuello para mirarlo—. Juraría que era él.

—Si tuvieras la oportunidad de acostarte con Cindy o con su marido, ¿a quién elegirías?

—Mmm. —Lo medita un instante—. Muy buena pregunta. —Tuerce los labios como si de verdad le costara decidir—. Seguramente con Rande.

—Vale. —Sonrío y pienso en otra pregunta—. Si tuvieras la oportunidad de acostarte conmigo o con Elliot Miles, ¿a quién elegirías?

Se ríe entre dientes y me pasa un brazo por detrás.

—Aquí no tengo dudas. —Me besa en la frente y dice—: A ti.

Sonrío y digo:

—¿Por qué?

—Porque estás tremenda.

—¿Y?

—Y porque estoy seguro de que Elliot Miles no me dejaría penetrarlo, así que tendría que dejar que él lo hiciera y, si te soy sincero, creo que ese señor está demasiado bien dotado para mí. No sé yo si viviría para contarlo.

Me parto de risa y digo:

—Tienes razón. Está demasiado bien dotado. Hasta para mí.

A las siete de la tarde, el Bentley accede al caminito de entrada de la finca detrás de un camión. Volvemos a casa después de trabajar y estamos agotados.

La noche en vela nos está pasando factura.

Andrew aparca el coche y es entonces cuando veo el rebaño de cabras en una jaula en la parte trasera del camión.

—¿Qué pasa aquí?

Elliot se baja del coche y sonríe a los hombres.

—Gracias por venir —dice—. Voy a por él.

¿Eh?

Elliot se va y vuelve enseguida tirando de la cuerda de Billy.

—Tal y como usted solicitó, señor Miles, aquí están las cabras de tres años de las que disponemos.

La madre que lo parió.

Elliot mete a Billy en la jaula con las cabras.

—Elige una —le ordena.

Billy menea la colita y se pone a olfatear a las cabras.

Madre mía, que Elliot ha pedido que traigan a unas cabras para que Billy escoja pareja.

Se me ablanda el corazón cuando encajo otra pieza del puzle que es Elliot Miles.

La gente puede pensar lo que quiera de mi hombre; igual que yo hace nada, vaya. Pero ahora veo cómo es de verdad. Él, el paradigma del poder, vestido con su traje de diez mil dólares… preocupado por los sentimientos de su animal de granja.

Billy, que no deja de balar y olisquear, se pega a una de las cabras. Es de color claro y tiene una cara bonita. A ella también parece gustarle él.

Elliot retrocede, se cruza de brazos y, finalmente, dice:

—Nos la quedamos. —Le ata una cuerda al cuello y la lleva al prado con Billy a la zaga.

Se vuelve hacia los hombres del camión y les dice:

—Os lo agradezco mucho. Enviadme la factura.

Los hombres arrean a las cabras para que vuelvan al camión.

Es probable que sea la cosa más bonita que he visto en mi vida.

Me bajo del coche y me dispongo a entrar en la casa, pero, mientras subo las escaleras, miro atrás y veo a Elliot a lo lejos con sus dos cabras. Se me dibuja una sonrisa en la cara.

Casanova Miles, emparejador de cabras profesional.

—¿Lo llevas todo?

—Sí.

Elliot sale por la puerta con mi maleta.

—Ay, me he dejado el ordenador. —Subo las escaleras de dos en dos—. No tardo nada.

—Espabila. ¿Por qué siempre se te olvida algo? —dice justo antes de acercarse a Andrew.

Hoy nos vamos a Nueva York y estoy emocionada, nerviosa y estresada. Anoche apenas pegué ojo de tanto dar vueltas hasta el último detalle. Sé que no debería estar nerviosa, pero no puedo evitarlo.

Nueva York es territorio de Miles Media y tengo la sensación de que será una semana decisiva para nosotros.

Me miro al espejo una última vez y me trago el nudo de la garganta.

Que los dioses me sean favorables.

Al cabo de doce horas, el portero abre la puerta del apartamento de Elliot en Nueva York y me quedo sin habla.

Ventanas de pared a pared que ofrecen las vistas más espectaculares de una ciudad que no había visto en mi vida.

Es inmenso, soberbio y supermoderno. Al instante recuerdo con quién estoy.

Un magnate de Miles Media.

Hijo de uno de los hombres más influyentes del mundo.

Es fácil olvidar con quién estoy cuando se pone a chillar a las cabras en calzoncillos.

Pero aquí…

El poder que irradia Elliot, la rapidez con la que el personal se ha puesto manos a la obra nada más verlo, este apartamento.

Su vida.

Hacen que el tiempo que hemos pasado juntos parezca insignificante o a lo mejor soy yo la que se siente insignificante.

Sabía que acompañarlo en este viaje me desconcertaría; voy a echar un vistazo a la vida que vive.

A la vida que dejó atrás.

Me paseo por la casa con el corazón en un puño. Elliot me observa en silencio.

—Es preciosa —susurro, nerviosa.

Nunca me he sentido tan fuera de lugar como aquí.

Elliot aprieta los labios como si se estuviera reprimiendo las ganas de decir algo.

—¿Te apetece una copa, princesa?

Asiento.

—¿Vino?

—Tequila.

Él se ríe por lo bajo; es obvio que le hace gracia.

—Marchando un tequila.

Nos despertamos por el móvil de Elliot, que vibra encima de la mesita de noche. Él frunce el ceño.

—Elliot —susurro—. Te llaman.

—Que les den —masculla.

—A lo mejor ha ocurrido algo en casa.

—¿Eh? —Pega un bote y contesta.

—¡Feliz cumpleaños! —oigo que dice una voy muy elocuente.

Me incorporo. ¿Cómo? ¿Es su cumpleaños?

—Vete a la mierda, Tris. Aún es pronto para eso —refunfuña medio dormido mientras se frota los ojos.

—¿Qué haces? —oigo preguntar a la voz.

—Pero si me acabas de despertar.

—¿Estás solo?

Pone los ojos en blanco y dice:

—Sí, estoy solo. —Me pellizca fuerte en el pezón y me retuerzo para apartarme de él.

—Espabila y ven a la oficina. Papá y mamá te esperan a las nueve.

—Vale, vale. —Cuelga.

—¿Es tu cumpleaños? —susurro con los ojos como platos.

—¿Y?

—¿Y cuándo pensabas decírmelo?

Con una sonrisa, se tumba encima de mí y me pasa las manos por encima de la cabeza.

—¿Por qué crees que te he traído aquí?

—¿Por qué?

—Porque, si no te viera, para mí no sería una celebración. —Me roza los labios con los suyos. Sonrío a mi queridísimo hombre. No le he comprado nada. Quiero hacerle algo especial.

—Voy a prepararte el desayuno.

—Qué bien me vas a sentar.

Me echo a reír y me libero de su agarre.

—Ya me comerás esta noche. Ahora vete.

Tengo que hacerle un regalo hoy. ¡Mierda! ¿Qué le compras a un hombre que lo tiene todo?

Salgo de la cama y me pongo mis pantalones y la camiseta que llevaba él anoche.

—¿Hay comida en esta casa? —pregunto.

—Sí, estará en la despensa. Pero no hace falta que cocines, podemos comer fuera.

—¿Aquí pueden vernos juntos? —Frunzo el entrecejo, sorprendida.

—Esto es Nueva York. Aquí tengo más intimidad durante el día.

—¿Y eso?

—Hay famosos más interesantes de perseguir para los *paparazzi*. La noche es harina de otro costal, pero el día está bien. Londres se parece a una pecera: no hay donde esconderse.

—Vaya. —Me dirijo a la puerta—. Voy a prepararte el mejor desayuno que hayas visto en tu vida.

Se levanta de un salto y, como Dios lo trajo al mundo, me levanta y se pone mis piernas alrededor de la cintura. Se apodera de mis labios y abre la puerta del dormitorio.

—Pero antes… —Sale del cuarto conmigo en brazos— pienso follarte en todos los muebles de esta casa.

Me echo a reír mientras nos besamos.

Oímos que una mujer ahoga un grito.

—¡Elliot!

Nos giramos y vemos a Jameson, Tristan, Christopher y el señor y la señora Miles ahí plantados. La señora Miles sujeta un globo en el que pone «Feliz cumpleaños» y tiene los ojos muy abiertos.

—¡Mamá! —Elliot ahoga un grito.

Están todos boquiabiertos.

—Sorpresa. —Jameson esboza una sonrisilla y alza una ceja.

Me cago en… Me quedo paralizada.

Tristan echa la cabeza hacia atrás y se parte de risa.

Mi peor pesadilla se ha hecho realidad.

Capítulo 21

Elliot entra corriendo en la habitación y cierra de un portazo.

Y yo miro a su familia con cara de espanto.

Christopher abre los ojos como platos.

—Kathryn Landon —susurra, anonadado.

La puerta del dormitorio vuelve a abrirse de golpe. Elliot me agarra del brazo, me mete dentro y cierra con brusquedad.

Me tapo los ojos con las manos y susurro:

—No, no, no, no. No ha pasado. Dime que no ha pasado.

Elliot se pasea de un lado para otro mientras se mesa el pelo.

—Tristan es hombre muerto —dice echando humo.

Le doy unas palmadas en el pecho como si fuera un tambor. Se me va la cabeza y entro en pánico.

—Madre mía, Elliot. Piensan que soy una puta. Piensan que soy una puta.

—¿Crees que estás jodida? —susurra con rabia mientras se señala la polla: está dura y parece enfadada—. No es para nada la imagen que quiero ofrecerle a mi madre antes del desayuno.

—¡Elliot! —grita Tristan desde el otro lado de la puerta.

—Voy a matarte, cabrón —gruñe Elliot.

—¿Nos vamos…?

—Sí. No. Quiero que mamá y papá conozcan a Kate —dice.

Me llevo las manos a la cabeza.

—Ya me han conocido. Se creen que soy una fulana —susurro, desquiciada.

Elliot abre mucho los ojos.

—¡Un momento! —dice en voz alta—. Vístete —susurra mientras va al armario con paso firme.

Lo sigo corriendo como una niña y le pregunto:

—¿Qué les digo?

Se me queda mirando como si no supiera qué contestar y se encoge de hombros.

—Que te gusta mi rabo.

La situación me supera. Me tapo la boca con las manos y me río a carcajadas.

—No, en serio —susurro.

—Mira, no sé qué deberías decir. —Revuelve en mi maleta—. Ya tengo bastante con lo mío, que le acabo de enseñar a mi madre mi soldadito peludo.

Trato de guardar silencio, pero no puedo evitarlo y me troncho de risa.

—¿Qué demonios es un soldadito peludo?

—Un liante de narices. —Me lanza un vestido—. Vístete, venga.

Elliot se pone unos vaqueros sin calzoncillos debajo y una camiseta. Se mira el paquete y susurra con rabia:

—Ahora te bajas, ¿no? Después de joderme la vida.

Sonrío mientras me paso el vestido por los hombros y me lo bajo. Corro al baño, me aliso la falda y me lavo la cara rápidamente.

Elliot se dirige a la puerta y me tiende la mano.

—Ven.

Muerta de miedo, cierro los ojos.

—No pasa nada, no te preocupes.

Lo miro a los ojos y le pregunto:

—¿Seguro que no pasa nada?

—Qué va, solo es un desastre. —Abre la puerta y me saca del cuarto. Sus familiares están sentados en el salón.

Christopher, Jameson y Tristan exhiben unas sonrisas estúpidas, como si fuera lo mejor que les ha pasado en la vida. Sus padres están en el otro sofá con aspecto pensativo.

—Mamá, papá —Elliot alarga la mano—, esta es Kathryn. Kathryn, te presento a George y Elizabeth, mis padres.

Su madre fuerza una sonrisa y se levanta del sofá.

—Encantada de conocerte.

—Lo siento mucho —susurro mientras le estrecho la mano—. Conoceros así es la peor de las pesadillas.

George se pone en pie y dice:

—Podría haber sido peor. Podríamos haberos encontrado subidos a un mueble.

Los chicos se mondan de risa y yo me pongo roja como un tomate. No he pasado más vergüenza en toda mi vida.

—Es imposible. Soy virgen, papá —masculla Elliot mientras besa a su madre en la mejilla—. Perdona, mamá.

Ella sonríe con cariño a su hijo y le dice:

—No pasa nada, cielo. Lamento la interrupción.

Vuelve a fijarse en mí y dice:

—¿Kathryn?

—Kate —la corrige Elliot.

El corazón me late tan rápido que lo noto en los oídos.

—Kathryn, tú trabajas para nosotros, ¿verdad? —me pregunta George.

—Sí, señor. —Me estremezco. Que alguien me mate.

—Es la jefa del Departamento de Tecnologías de la Información en la sede de Londres. —Elliot sonríe orgulloso—. Es un hacha en su trabajo.

Elizabeth me mira sonriendo ligeramente; noto que me analiza de arriba abajo.

—¿Quién quiere café? —pregunta Tristan, que se levanta.

—Yo —contesto demasiado rápido.

—Yo, por favor.

—Sí, yo también —dicen todos.

Tristan mira a Jameson y Christopher antes de decir:

—Venid a echarme una mano. —Se levantan y, al pasar junto a la mesa, Tristan le da dos golpes y dice—: Pues sí que es bueno este mueble, sí.

Jameson se ríe por lo bajo y, al pasar junto a un armarito, también le da dos golpes y dice:

—Duro como una piedra.

Se meten en la cocina y oímos que dan dos golpecitos a la encimera.

—¡Esta también! —grita Christopher.

Elliot se pellizca el puente de la nariz y George le dice con una sonrisa:

—No les hagas caso. Los tontos se entretienen con tonterías. —Y los sigue a la cocina.

—Entonces, ¿esta es la chica que querías presentarme? —pregunta Elizabeth.

—Ella es —contesta Elliot.

¡Qué nervios!

—No te preocupes por lo de esta mañana. Ya estoy curada de espanto. He criado a cuatro niños la mar de revoltosos, no lo olvides.

Asiento. Agradezco que sea tan amable.

—¿Qué vas a hacer hoy, Kate? —me pregunta con una sonrisa—. Me gustaría invitarte a comer.

Elliot frunce el ceño; la propuesta de su madre no le ha hecho gracia.

—No hace falta, mamá…

—No digas tonterías, Elliot —lo interrumpe—. Cuando me llamaste para decirme que querías presentarme a una chica, pensé que sería de Nueva York.

Se me van los ojos a Elliot. «¿La avisaste por teléfono?».

—Pero ahora que sé que no dispongo de mucho tiempo para conocerla, me la llevo a almorzar. —Me mira y añade—: Si quieres, claro.

Es lo último que me apetece hacer.

—Me encantaría —miento.

Da la impresión de que Elliot se ha tragado una mosca.

Elizabeth sonríe y dice:

—Le diré a Henderson que te recoja a la una.

Asiento. Por favor, tierra, méteme en un hoyo y no me escupas nunca.

—Estupendo.

Se pone en pie y grita:

—George, nos vamos.

—Pero ¡si todavía no me he tomado el café!

—Espérate al desayuno. —Es evidente quién manda en la relación. Se vuelve hacia mí y dice—: ¿Nos vemos a la una?

Asiento.

—Y esta noche cenamos en casa de Tristan. Así conocerás a mis queridísimos nietos.

Fuerzo una sonrisa y asiento. Mira que yo quería pasar al siguiente nivel, pero esto es correr demasiado.

—Genial. —Ojalá me tragase una mosca; una mosca venenosa y tuvieran que ingresarme una semana en el hospital.

George sale de la cocina y me estrecha la mano.

—Hasta esta noche.

George y Elizabeth se marchan y cierran la puerta.

—¡Sois todos hombres muertos! —grita Elliot—. ¿Por qué cojones los habéis traído? ¿Qué clase de emboscada es esta?

Sus hermanos se parten de risa en la cocina.

Tristan dobla la esquina con dos cafés y dice:

—Es lo mejor que he visto en mi vida. —Me pasa mi café y dice—: Aquí tienes.

—Gracias. —Lo acepto con una sonrisa.

Me siento en el filo del sofá y lo pruebo. Uf, qué fuerte está, sabe a gasolina.

Esta es la definición de un día de perros.

Jameson le da un sorbo al café, pone mala cara y dice:

—La Virgen, ¡qué malo está!

Christopher me mira con una sonrisilla sarcástica y dice:

—Pero ¿qué haces tú aquí, Kathryn Landon? Si no lo puedes ni ver.

—A lo mejor lo que le interesan son los muebles —dice Tristan, que me guiña el ojo con descaro.

Vuelvo a ponerme roja como un tomate y sonrío resignada. Que alguien me mate.

—Os podéis ir a la mierda los tres —les espeta Elliot—. Me habrán salido canas y todo. —Se levanta y va a mirarse el pelo en el espejo.

—Pero es que tu cara cuando mamá te ha dicho: «¡Feliz cumpleaños!»… —dice Jameson, y todos se ríen al recordarlo. Se ponen a charlar y Elliot me mira a los ojos desde la otra punta de la sala sonriéndome con ternura.

Me gusta verlo de esta guisa con sus hermanos. No son para nada como me los imaginaba.

Son divertidos, alegres y unos cachondos de cuidado.

Sorprendentemente normales.

Miro el reloj: la una menos cuarto. La señora Miles estará al caer.

Mierda.

Estoy tan nerviosa que me va a dar algo.

Me suena el móvil. Es Elliot.

—Buenos días, señor Miles —le digo con una sonrisa.

—Hola. ¿Lista para almorzar con mi madre?

—No. —Suspiro—. ¿Qué le digo?

—Todo y nada.

—¿Cómo?

—Mi madre quiere tenerte a solas para sacarte información.

—¿Qué información?

—Es muy cotilla.

—¿Y qué le cuento?

—Nada. No le cuentes nada.

Abro mucho los ojos y digo:

—¿Y si me hace preguntas?

—No va a parar. Pero no te preocupes.

—¿Cómo le contesto?

—Con evasivas.

Cierro los ojos y digo:

—Qué día tan nefasto —susurro.

Elliot se ríe entre dientes.

—¿En serio me has traído aquí para presentarme a tu madre?

—Puede.

—¿Por qué?

—Ya te lo he dicho. No quería estar una semana sin verte.

Se me acelera el corazón.

—¿Y si no le gusto?

—Eso da igual, me gustas a mí.

Sonrío mientras paso el dedo por la encimera.

—¿Te ayuda eso un poco? —pregunta.

—Sí.

—Cuando acabéis de almorzar, ven a verme a la oficina.

—¿En serio? —Suspiro. Dios, cuánta presión en un solo día. Me he pasado toda la mañana dando vueltas para dar con el regalo perfecto—. Mejor nos vemos por la noche.

—Kate, es mi cumpleaños.

Pongo los ojos en blanco y digo:

—Está bien.
—No bebas mucho —me recuerda.
Me echo a reír.
—Lo digo en serio. No soporta el alcohol.
—Ah. —Hasta el tono ha sido serio—. Vale.
—Y no le cuentes nada de lo nuestro.
Me encojo de hombros. ¿Qué voy a contarle, si ni yo me lo explico?
—Vale.
—Y...
—Elliot —le corto—. Me estás poniendo más nerviosa de lo que ya estoy —balbuceo.
—Perdona. —Exhala.
—¿Nos vemos esta tarde?
—Vale. Adiós, preciosa.
Cuelgo y corro al baño a darme el último repaso. Llevo un vestido de manga larga de color negro que Daniel me animó a comprar y unos tacones altos de color carne con un bolsito a juego. Me he arreglado el pelo y me he maquillado ligeramente.
Quiero que parezca que voy cómoda, pero elegante. No sé si lo habré conseguido, pero esto es lo que hay.
Suena el telefonillo. Corro y, tras apretar el botón, digo:
—¿Sí?
—Ha llegado su coche, señorita Landon —contesta un hombre.
—Enseguida bajo.
Me miro al espejo y, nerviosa, tomo aire con fuerza. Me llevo la mano al vientre para calmar las mariposas del estómago. ¿En qué estaba pensando cuando accedí a esto?
Bajo y, al salir, me encuentro una limusina negra esperando junto al bordillo. Me pongo más nerviosa que nunca.
Joder.
El portero abre la puerta trasera y dice:
—Señorita Landon.
Asiento y digo:
—Gracias.
Subo y veo a Elizabeth en el asiento trasero. Me sonríe con afecto y dice:

—Hola, Kate.

Va impecablemente vestida con su conjunto de marca; parece una modelo. Está guapísima.

Se nota que tiene dinero. Daniel se postraría a sus pies. Seguro que los diseñadores se la rifan.

—Hola. —La puerta se cierra detrás de mí. ¿Es tarde para salir huyendo?

—He reservado mesa en mi restaurante favorito —dice con una sonrisa—. Espero que te guste.

—Seguro que sí. —Estoy juntando las manos en el regazo con tanta fuerza que se me va a cortar la circulación.

Un cuarto de hora más tarde, paramos en la entrada de un restaurante de postín. La sigo al interior.

—Señora Miles. —Todos los camareros la reciben con una sonrisa—. Qué alegría verla.

—Hola.

—Su mesa está por aquí.

Nos acompañan a la mesa y la camarera pregunta:

—¿Desean algo de beber?

—Sí —dice Elizabeth con una sonrisa—. ¿Vino, Kathryn?

—No, gracias, no suelo beber —miento—. Un agua mineral para mí, por favor.

—Vaya. —Un atisbo de sonrisa asoma a sus labios—. Tomaré lo mismo.

Me mira a los ojos y entrelaza los dedos por debajo de la barbilla.

—Ya entiendo por qué Elliot está tan fascinado contigo. Eres un encanto.

Sonrío avergonzada y digo:

—Oh…

Nos traen el agua mineral y Elizabeth nos sirve un vaso a cada una.

—¿Elliot te ha pedido que no me des detalles?

Verás tú.

Sonrío tímidamente y digo:

—Puede.

—Es muy celoso de su intimidad.

—Sí. —Asiento—. Lo sé.

Abre la carta y dice:

—Me temo que, de todos mis hijos, Elliot es quien ha llevado peor lo de crecer siendo el centro de atención de las cámaras.

Frunzo el ceño al escucharla.

—Es muy celoso de su vida privada y estoy segura de que hay días en los que le pesa pertenecer a la familia Miles.

—No creo que…

—No, no, no, no —me interrumpe—. Nada de excusas. Sé de dónde viene.

—¿De dónde? —susurro.

—Elliot es un soñador —prosigue—. Vive en un mundo en el que debe tener los pies en la tierra, pero, en el fondo, es un romántico.

Sonrío. Yo llegué a la misma conclusión tras hablar con Ed.

—Sí, lo sé.

—Cuando me llamó la semana pasada para decirme que iba a traer a una chica a su cena de cumpleaños, supe que se trataba de alguien especial para él.

—¿Y eso por qué?

—Tesoro —Me coge la mano por encima de la mesa—, eres la primera mujer que trae a casa.

Me cambia la cara mientras la miro.

—Este hombre me confunde mucho —susurro.

Esboza una sonrisa cómplice y dice:

—No desesperes. —Bebe agua y agrega—: Cuando Elliot va en serio con una mujer, no existe nada más para él.

Agacho la cabeza. Sé que Elliot me ha dicho que no le cuente nada, pero si hay una mujer que lo conoce mejor que nadie, esa es su madre.

—Todavía es pronto para eso. Ni siquiera quiere que la gente se entere de que salimos juntos.

—No es por ti —responde Elizabeth—. Elliot no soporta a la prensa, ni cómo invaden la intimidad de la gente. Cuando lo apodaron Casanova Miles, lo pasó fatal. Elliot cree que en el momento en que las revistas del corazón se apropian de algo, pierde lo que lo hace especial y deja de pertenecerle.

Arrugo la frente.

—Ha presenciado los enfrentamientos de Jameson con los medios y cómo han afectado a su vida privada.

La escucho atentamente. No esperaba que nuestra conversación tomara este rumbo.

—Elliot no desea eso ni para él ni para su pareja. A su manera, te está protegiendo.

—¿Quién iba a imaginar que una familia que se dedica al sector de la comunicación odiaría tanto a la prensa? —digo.

—Es irónico —dice Elizabeth con una sonrisa—. Christopher me ha puesto al corriente de vuestra historia. ¿De verdad hubo un tiempo en que no os soportabais ni os llevabais bien?

—La verdad es que sí.

Me observa con una sonrisa y dice:

—¿Y eso?

Mierda.

La miro sin saber qué decir.

Me recuerda lo que es tener a una madre intentando sonsacarte información. Es una sensación agradable. Familiar.

Vuelve a tomarme de la mano y dice:

—Valoro la sinceridad por encima de todo, Kate.

Hostia. Vamos, que me está diciendo: «Como me mientas, te mato». Ay madre. Me preparo para desembuchar. De perdidos al río.

—Me parecía un egocéntrico, un chulo y un mujeriego.

Se ríe por lo bajo, sorprendida.

—Elliot es todo eso, sí.

Yo también sonrío.

—Pero debajo de todo eso se esconde un Elliot amable, atento y generoso y no mucha gente llega a ver esa faceta suya.

Se me humedecen los ojos. Tiene toda la razón.

—Lo sé. —Bebo agua y susurro—: No se ofenda por lo que voy a decir, señora Miles, pero desearía que Elliot fuera fontanero.

—¿Por qué?

—Porque así vendríamos del mismo mundo y no tendría que compartirlo. Y podría ser quien le diera la gana.

Se toca la barbilla mientras me observa.

Mierda, no tendría que haber dicho eso. Me he pasado de la raya.

—Lo siento, no debería haber…

—No pasa nada, cielo —me interrumpe—. ¿Puedo hacerte una pregunta, Kate?

Asiento.

—¿Qué es lo que no te gusta de Elliot?

—Pues… —Hago una pausa.

Mierda, Elliot me dijo que no entrara en detalles y aquí estoy yo, manteniendo una conversación profunda y de vital importancia con su madre. He caído en la trampa. ¡Seré tonta!

—Pueees… —Hago otra pausa.

—Sé sincera. ¿Qué es lo que no te gusta de él?

—Su arrogancia, su dinero, su genio… —Hago una pausa para expresarme bien—. Que es hermético, frío, reservado, puede llegar a ser malo…

—¿Qué es lo que te gusta de él? —me corta.

Lo medito un instante y digo:

—Que es todo corazón.

Me mira a los ojos y, al cabo de un rato, sonríe dulcemente.

—Ha sido un placer conocerte, Kathryn —susurra.

—Siento lo de esta mañana —susurro—. No se imagina lo mucho que me horroriza que nos hayamos conocido así.

—Bah, no te preocupes. —Se ríe—. Conozco a mi hijo, no soy ninguna ilusa, y sé que no es un ángel y que se ha ganado su apodo a pulso.

Parece contenta. No estoy segura, pero creo que mis respuestas le han satisfecho.

—Me muero de ganas de que conozcas a Emily y a Claire esta noche.

Me llevo la mano al vientre y digo:

—Qué nervios.

—No te pongas nerviosa. —Y, con una sonrisa, añade—: Te estábamos esperando.

Llego a la última planta de la sede de Miles Media. Las puertas del ascensor se abren y salgo a un espacio inmenso y ostentoso.

Es una sala blanca dominada por el lujo con paredes de cristal por las que se ve la ciudad de Nueva York.

—¿Kathryn? —La recepcionista sonríe y se pone en pie.

—Sí, soy yo.

Me estrecha la mano y dice:

—Yo soy Sammia. —Se vuelve hacia su compañera y dice—: Y esta es Lindsey, de Recursos Humanos.

—Hola. —Sonrío al estrecharles la mano. Dios, qué incómodo. A Elliot se le olvidó mencionar que las empleadas de aquí eran pibones.

—Elliot te está esperando. Su despacho es la última puerta a mano derecha.

—Gracias. —Enfilo el pasillo de suelo de mármol blanco y llamo a la última puerta a mano derecha.

—Adelante —ordena con su torrente de voz.

Abro la puerta con indecisión y él alza la barbilla con actitud desafiante.

—Señorita Landon —me espeta—. ¿Tiene ya el informe que le encargué?

Escondo los labios para no sonreír. Qué bien finge.

—Sí, señor.

—Pase —brama.

Entro y cierro la puerta.

—Eche el pestillo. —Se pone en pie.

Arrugo el entrecejo y echo el pestillo.

—Ya he decidido qué quiero por mi cumpleaños, señorita Landon —dice mientras rodea la mesa—. Llevo siete años esperando este regalo. Ha llegado la hora de que me lo des.

Me trago el nudo de la garganta. ¿De qué habla?

Le da dos golpes a la mesa y abro mucho los ojos como respuesta.

Ay madre, un mueble resistente.

Sus ojos oscuros brillan de deseo mientras despeja la mesa.

—Elliot —susurro.

Pero ya lo tengo encima. Me estampa contra la puerta y me besa con frenesí.

—Elliot.

Me muerde el cuello mientras me sube el vestido y me baja las bragas.

—Que pueden oírnos —susurro.

—No le he dado permiso para hablar, señorita Landon —gruñe en voz baja.

Traza círculos en mis partes sin dejar de mirarme a los ojos. Me mete un dedo y yo lucho por mantener los ojos abiertos.

—Elliot —gimoteo a la vez que me introduce otro.

Me mira fijamente a los ojos mientras me da lo mío; mete y saca los dedos con brusquedad mientras me clava a la pared.

—Separa las piernas, Landon —refunfuña.

Me pone que sea borde. Sonríe al percatarse de ello y me muerde la oreja.

—Quiero que esto esté húmedo e hinchado.

Añade otro dedo y yo apoyo la cabeza en la pared.

Dios mío.

Me masturba con ganas. Estoy tan mojada que se oye por todo el despacho cómo me mete y me saca los dedos.

—Y si entra alguien ¿qué? —gimoteo.

—Pues que se ponga a la cola. —Me sujeta del pelo y acerca mi rostro al suyo—. Te vas a tumbar en mi mesa y vas a abrir tu precioso coñito para mí. —Me tira del pelo con fuerza; tanta que casi duele—. Te la voy a meter y después te vas a arrodillar y me la vas a chupar hasta dejarme seco.

Me toma de la cabeza con ambas manos y pregunta con tono autoritario:

—¿Me has entendido?

Asiento, más excitada que nunca.

Me tumba en su mesa, me levanta el vestido y se baja la bragueta. No hay rastro del amante sensible con el que he retozado últimamente.

Elliot Miles ha vuelto por todo lo alto.

Joder, cómo lo echaba de menos.

Me agarra del pelo con una mano y me la mete con brusquedad.

Me posee con tanto fervor que me estira los músculos y me quema como nunca.

Se me desencaja la mandíbula, aplastada contra la mesa, al intentar acogerlo.

Estamos piel con piel.

Se apoya en mis hombros para embestirme con más ímpetu; el choque de nuestros cuerpos resuena por todas partes.

Nos van a oír.

Gime y, a juzgar por lo guturales que son sus gemidos, sé que está a punto de culminar.

La saca y, en un visto y no visto, me levanta y me pone de rodillas. Me la mete hasta la garganta y, mientras me agarra del pelo con ambas manos, se corre al instante.

Casi me ahogo de lo grande que la tiene.

Me mira a los ojos (los suyos están oscuros) mientras me la introduce poco a poco y se vacía del todo en mi boca.

Su pecho sube y baja con cada respiración afanosa. Ya no me agarra tan fuerte del pelo.

Me lamo los labios y digo:

—Feliz cumpleaños, señor.

Un atisbo de sonrisa asoma a sus labios al darse cuenta de que seguimos interpretando un papel. Se sube la bragueta y dice:

—Levántese, señorita Landon.

Me levanto y él me baja el vestido, me lo coloca bien y me peina con los dedos.

Vuelvo a lamerme los labios. Cómo me pone que me haya hecho venir a la oficina para hacerle una mamada.

—¿Eso es todo, señor? —susurro.

Clava sus ojos oscuros en los míos y dice:

—Por ahora.

Rodea la mesa, se sienta en la silla y se reclina.

La arrogancia personificada.

—Voy a… seguir trabajando, señor Miles.

Asiente y coge el boli.

Cojo mi bolso y me dirijo a la puerta.

—Señorita Landon.

Me vuelvo hacia él y digo:

—¿Sí, señor?

—Buen trabajo. —Alza el mentón a más no poder y agrega—: Es usted excelente redactando informes.

Esbozo una sonrisilla. Será cabrón.

—Lo hago lo mejor que puedo, señor.

Salgo, cruzo el pasillo y, al llegar a recepción, me despido de sus secretarias con el sabor de su jefe en la boca.

El coche se detiene ante una casa gigantesca y me asomo a la ventanilla. Elliot me da un apretón en la mano, que descansa en mi regazo y dice:

—¿Lista?

Fuerzo una sonrisa y digo:

—Después del día que he tenido hoy, cualquiera sabe.

—¿Te he dicho ya que me encanta mi regalo? —susurra mientras me besa.

—Un millón de veces.

El otro día por la mañana le hice una foto junto al lago. Sale de espaldas, va trajeado y contempla su encantadora finca. Las patas se agolpan a sus pies y la niebla oculta los cerros. Es una fotografía preciosa, así que se la he enmarcado.

¿Qué le regalas a un hombre que lo tiene todo? Ahora lo sé.

Alma.

Le encanta porque tiene alma. Significa algo para él, igual que él significa algo para mí.

Estar en Nueva York con su familia me ha permitido conocer más a fondo a este hombre tan voluble. No soy la única a la que le cuesta tratar con él; le cuesta a todo el mundo.

Y no os imagináis el alivio que supone saber eso.

No era yo, nunca fui yo… Era él.

Aparcamos y nos dirigimos a la entrada. Elliot llama a la puerta y yo contengo el aliento.

Tristan abre de golpe y dice:

—¡Hola! —Sonríe y pasa la mirada del uno al otro. Me da un beso en la mejilla y añade—: Pasad.

Elliot me sujeta de la mano y entramos en un salón gigante que bulle de actividad.

—Esta es Emily —me dice Tristan—, la esposa de Jameson. Y este es su hijo, James.

—Hola. —El niño tendrá unos tres años. Tiene el pelo oscuro y los ojos azules como su padre.

—Hola —me dice Emily con una sonrisa. Me da un beso en la mejilla—. Encantada de conocerte. —A juzgar por el tamaño su barriga, dará a luz pronto—. Y por algún lado está Imogen. —Sonríe—. Tiene veintitrés meses.

—Madre mía, tú no te aburres.

—Como si lidiar con Jim no fuera bastante —dice Tristan con una sonrisa—. Y esta es mi mujer, Claire.

—Hola —dice Claire, sonriendo. No es para nada como me la imaginaba. Se trata de una belleza natural de pelo oscuro.

Tristan coge al bebé vestido de rosa que sostiene Claire y dice:

—Esta es Poppy y tenemos otra hija de dos años que estará por aquí. Se llama Summer.

Un montón de críos corren y gritan por toda la casa.

—Ahí la tienes —dice Tristan—. La niñita más escandalosa que hayas conocido en tu vida.

Me echo a reír.

—Hola.

—¡Chicos! —grita—. Venid aquí.

Miro y veo que dos adolescentes y un niño se acercan.

—Te presento a mis hijos: Fletcher, Harrison y Patrick.

—Hola. —Me estrechan la mano amablemente—. ¿Qué tal estáis?

—Únete a la fiesta —me anima Tristan con una sonrisa a la vez que extiende la mano.

Miro a la parte de atrás del salón y veo a todo el mundo charlando y riendo completamente relajados. Suspiro, aliviada.

A lo mejor esto no está tan mal.

Si el paraíso fuera una semana, sería esta.

Apoyo la cabeza en el pecho de Elliot mientras subimos a su casa en el ascensor. Me rodea con su enorme brazo, lo que me hace sentir a salvo y protegida.

Hemos bailado, hemos reído, hemos hecho el amor y hemos follado.

Hemos pasado tiempo con su maravillosa familia y decir que Elliot me ha cortejado por toda Nueva York sería el eufemismo del año.

En unos días regresamos a Londres. Nunca pensé que diría esto, pero no quiero.

Quiero quedarme aquí, donde Elliot y yo disfrutamos de intimidad, él tiene a sus hermanos, yo a sus esposas y no tenemos que escondernos.

En Londres solo nos tenemos el uno al otro, pero aquí… tenemos una familia. Y sé que no es mía, pero es la suya y me han recibido con los brazos abiertos.

Llegamos a su casa y Elliot me lleva de la mano a la cocina, abre el congelador y saca una cubitera de plata.

—¿Y esto? —pregunto.

Saca dos cucuruchos y me ofrece uno. Me embarga la emoción al ver el helado en su mano.

—He pensado que podríamos brindar por Nueva York.

Lo miro con los ojos húmedos.

Sé que si no lo amase ya…

Lo amaría ahora.

Le quita el envoltorio al mío y me lo pasa. Lo acepto y espero a que retire el envoltorio del suyo. Me lleva a la terraza y nos sentamos en el sofá cama.

Alza su cucurucho y dice:

—Por Nueva York.

Sonrío y choco mi helado con el suyo.

—Por Nueva York.

Me besa con ternura y le da un lametón al helado. Me entran ganas de llorar solo de verlo.

Qué considerado es.

—No te preocupes —dice como si nada mientras da lametones al helado—. Luego vas tú.

Me troncho de risa y digo:

—Tonto.

Elliot

Doy vueltas en la cama. Kate duerme a mi lado. Es tarde.

Me llega un mensaje al móvil. Frunzo el ceño. ¿Quién será? Lo cojo y leo el mensaje: es del detective privado que contraté.

La hemos encontrado.

¿Cómo?

Me incorporo apresuradamente y bajo a mi estudio, cierro la puerta y lo llamo.

—Hola.

—La hemos encontrado.

—¿Dónde está?

—En Niza.

Sonrío de oreja a oreja y pregunto:

—¿Todavía conserva los cuadros?

—No va a creer lo que le voy a decir.

—¿Qué?

—No tiene noventa años ni por asomo.

—¿Cómo?

—Tiene veintinueve y es un bombón.

Arrugo la frente y digo:

—¿A qué te refieres?

—Le envío una foto.

Abro el ordenador y espero. Cuando leo el correo se me cae el alma a los pies.

Una rubia con los labios pintados de rojo. Bella se mire por donde se mire.

Una mujer a la que ya conozco y por la que me siento atraído.

Sé quién es, la he visto en las subastas y la he perseguido con la certeza de que estaba destinado a conocerla. De que ahí había algo.

La bailarina.

El pánico se apodera de mí.

—Le he organizado una cita para que la conozca la semana que viene en París —me informa el detective—. Sé que lleva mucho tiempo buscando a esta mujer. No me puedo ni imaginar lo emocionado que debe de sentirse ahora mismo.

—Sí —contesto mientras todo me da vueltas.

No, ¿por qué ahora?

—Le enviaré los detalles mañana.

—De acuerdo.

—Que descanse, señor.

Cuelgo y, aturdido, vuelvo al dormitorio. El corazón me va a mil.

¿Será esta la señal que estaba esperando?

Me tumbo al lado de Kate y, al abrazarla, me invade la tristeza.

—Ell —murmura en sueños.

La abrazo más fuerte.

—Te quiero —susurra.

Cierro los ojos con pesar.

Mierda.

Exhalo largamente mientras veo el partido en la tele. Me encuentro en un bar, en un banco alto cerca de la parte trasera, esperando a mis hermanos. Estoy muy agobiado y necesito desahogarme con ellos.

Entran con toda la calma del mundo, enfrascados en una conversación, y se acercan a mí. Jameson se va directo a la barra.

—Pero ¡mira quién está aquí! —Tristan me da tres palmadas en la espalda y se sienta a mi lado—. ¿Qué es tan importante para que nos hayas hecho venir a un bar a las —Mira el reloj— doce menos diez de la mañana?

Pongo los ojos en blanco y digo:

—Todo.

Christopher, sentado enfrente, frunce el entrecejo y dice:

—¿Qué pasa?

—Que el destino me está jodiendo pero bien, eso es lo que pasa.

Tristan alza una ceja y pregunta:

—Pero ¿con vaselina o sin?

Christopher se ríe por lo bajo, apaga el móvil y lo deja encima de la mesa.

—Calla, anda —le espeto—. Tú como siempre haciendo chistes de mi vida.

—Es que es muy divertida —responde en tono seco—. Y tú eres un payaso.

Jameson llega con las cervezas, las deja en la mesa, se sienta y me mira.

—¿Qué pasa?

—Mi vida es un puto desastre —exclamo en tono de mofa.

Pone los ojos en blanco y dice:

—Qué exagerado.

—¿Qué ha pasado? —interviene Christopher.

—A ver, soy feliz.

Todos asienten.

—Y sabéis que estoy obsesionado con Harriet Boucher y que hace seis meses contraté a un detective privado para que la buscara.

—Ajá —dicen todos.

—Como también sabéis que llevo años viendo a una rubia preciosa en las subastas de sus cuadros y que nunca he sido capaz de dar con ella después. Y que siento una conexión con ella, como si ya la conociera.

—¿La bailarina? —pregunta Tristan.

—La misma. —Doy un trago a la cerveza. Es que la historia se las trae.

Se ponen cómodos para escucharme bien.

—Anoche me escribió el detective privado y me dijo que había encontrado a Harriet.

—Qué guay —exclama Christopher con una sonrisa.

—Harriet es la bailarina. —Les cambia la cara—. Y en teoría voy a reunirme con ella en Francia la semana que viene.

Jameson se hunde en el asiento y dice:

—Buah, qué putada.

—Y anoche Kate me dijo que me quería.

Todos pestañean como si no dieran crédito.

—Todo este tiempo esperando una señal del universo que me confirmara que estaba destinado a conocerla; obsesionado con una mujer y buscando los cuadros de otra, y voy y descubro que son la misma persona la noche en que mi novia actual... sí, eso he dicho... —Simulo unas comillas con los dedos— novia, me confiesa que me quiere.

Sus caras son un poema.

—Y creo que yo también quiero a Kate. Mejor dicho —rectifico—, sé que estoy enamorado de Kate.

—Me cago en la puta... —Jameson hace una mueca.

Tristan abre los ojos como platos y Christopher hincha las mejillas.

Los miro a la espera de que reaccionen.

—¿No decís nada o qué?

Jameson hace un mohín con los labios y dice:

—Estás jodido.

Tristan y Christopher asienten en señal de conformidad.

—¿Y qué has pensado al respecto? —me pregunta Tristan.

—No he pegado ojo. Me he pasado toda la noche imaginando situaciones hipotéticas.

—¿Como cuáles?

—¿Y si Harriet es la mujer con la que debería estar? Desde la primera vez que vi un cuadro suyo supe que era especial. He adorado a la bailarina en secreto y descubrir que son la misma persona es... —Hago una pausa para expresarme bien— flipante.

Los tres me escuchan con atención.

—Y luego está Kathryn. Andábamos a la greña todo el día y no me atraía nada. Hasta que un día se me encendió la bombilla y solo pensaba en ella. —Sumido en la miseria, bebo y añado—: Kate es... —Hago una pausa— preciosa y punto.

Jameson arruga la frente y dice:

—Hacía siglos que no te veía tan feliz.

—Y con razón. Hemos dormido juntos casi todas las noches desde que empezamos a salir.

—¿Todas las noches? —pregunta Christopher frunciendo el ceño—. ¿Casi todas las noches? ¿En serio?

—Sí, no quiero separarme de ella ni una sola noche.

Tristan apoya el codo en la mesa y se lleva la mano a la frente.

—Estás jodido pero bien.

—¿Y entonces? ¿Qué vas a hacer? —me pregunta Jameson—. ¿Qué opciones barajas?

—Me quedo con Kate y me paso la vida con el resquemor y la duda de: «¿Qué habría pasado si…?».

Los tres hacen una mueca.

—O quedo con Harriet, le doy una oportunidad y dejo a Kate.

—¿Serías capaz de dejar a Kate? —me pregunta Christopher.

—No lo sé. —Suspiro con tristeza—. Sé que si dejo a Kate seré el mayor cabrón de la historia.

No dicen nada y escuchan.

—No he estado fingiendo. Me he mostrado tal y como soy y no me he guardado nada.

Los tres vuelven a hacer una mueca.

—Por eso yo no me voy a enamorar nunca —salta Christopher—. Ni de coña le voy a poner mis pelotas en bandeja a una mujer.

Tristan pone los ojos en blanco y dice:

—Con esa manera de pensar no me extraña que no tengas novia. Cuando quieres a alguien, le entregas tu corazón, no tus pelotas, pedazo de burro.

Christopher le da un trago a su cerveza y dice:

—Pues mi mujer tendrá mis pelotas… en la garganta.

Nos reímos entre dientes mientras bebemos y nos quedamos callados.

—¿Y… ahora qué? —me pregunta Jay.

—Siento que mi destino es conocer a Harriet. Sé que vosotros no creéis en el destino, pero yo sí. Nunca he dudado.

—Mira, yo no creía en el destino. Siempre pensé que algún día conocería a una mujer joven y guapa y que todo iría como una seda —dice Tristan.

Lo escucho con atención.

—Pero entonces conocí a Claire y se me rompieron todos los esquemas. Sus hijos no me tragaban y tuve que luchar con uñas y dientes para conquistarla. Jamás, ni en un millón de años, habría imaginado que mi vida sería como es ahora. Pero creo que este es mi sitio. Claire y los niños eran para mí; lo más importante de mi destino ya estaba escrito. Eran mi familia mucho antes de conocerlos siquiera; quizá ya estuvieran destinados a ser míos antes de que nacieran incluso.

Más confundido que antes, exhalo y me vuelvo hacia Jay.

—¿Y tú qué?

—Pues —Se encoge de hombros— yo creía que Claudia era el amor de mi vida. —Bebe y añade—: Pero resulta que solo estaba haciendo tiempo hasta que apareciese Emily. Yo tampoco pensé que acabaría con una chica así, créeme.

—¿La cambiarías?

—Por nada del mundo.

Me vuelvo hacia Christopher, que alza las manos en señal de rendición y dice:

—A mí no me mires. Yo conoceré a mi mujer de incógnito. No quiero famosillas.

—¿Cómo? —preguntamos los demás frunciendo el entrecejo.

—Un día de estos me cogeré un año sabático —anuncia Christopher.

—¿De qué hablas? —inquiere Jameson.

—Entregaré mis tarjetas de crédito, dimitiré y me dejaré barba —prosigue—. Estaré doce meses de mochilero. Como si volviera a nacer o algo así. Volveré con una chica que me quiera por la persona que soy.

Nos tronchamos de risa.

—¿Tú? —digo en tono de burla—. Es lo más gracioso que he oído en mi vida. ¿Tú en un resort para mochileros?

Nos reímos con ganas al imaginárnoslo rodeado de animales salvajes y chinches. Christopher está acostumbrado al lujo, no podría pasar sin él.

Jameson se vuelve hacia mí y dice:

—¿Qué vas a hacer?

—Sé que no podría pasarme la vida con el resquemor y la duda de: «¿Qué habría pasado si…?». —Suspiro.

—Entonces ¿vas a ir a París? —inquiere Christopher arrugando el ceño—. ¿Así de fácil?

Guardo silencio, no sé qué decir.

—Como la cagues con Kate eres imbécil —me espeta—. Que le gustes es increíble, pero que te quiera es un puto milagro.

Lo miro a los ojos.

—Lo que te une a ella es especial, así que cógelo con las dos manos y no lo sueltes.

—Estoy de acuerdo —dice Tristan.

—Pues yo creo que tienes que ir a París —dice Jameson, con un suspiro—. Tienes que quitarte la espinita de una vez por todas. ¿De verdad vas a pasarte el resto de tu vida con la duda de: «¿Qué habría pasado si…?»? ¿Es justo para Kate que iniciéis una relación con eso en mente?

Noto una opresión en el pecho al mirar a mis hermanos. No hay una opción buena y una mala.

Estoy jodido haga lo que haga.

Capítulo 22

Kate

El coche para en la pista de aterrizaje y echo un vistazo a Elliot, que mira por la ventanilla con aire pensativo. Muy lejos de aquí.

Estos últimos días ha estado muy callado. Imagino que para él debe de ser duro despedirse de su familia.

El chófer saca nuestro equipaje del maletero y lo sube al avión.

—¿Lista? —musita Elliot en tono monocorde.

Asiento con una sonrisa.

—Supongo. —Me dispongo a besarlo, pero él apenas me da un beso en los labios y abre la puerta.

—Nos están esperando.

Ah. Exhalo. ¿Desde cuándo le importa hacer esperar a la gente? Me lo tomaré como que no está de humor para besos.

Me coge de la mano para salir del coche y subimos al avión. Tomamos asiento y se pone a mirar por la ventanilla con aire meditabundo.

—Voy a aprovechar el vuelo para ver una de mis pelis favoritas —le anuncio sonriendo.

—¿Cuál es? —pregunta.

—*El gran showman.*

Sonríe como si mi respuesta le hiciera gracia y me observa mientras se apoya en el reposacabezas.

—¿Y por qué es tu peli favorita? —inquiere.

—No sé. —Me encojo de hombros con una sonrisa—. Va de soñadores que hacen sus sueños realidad.

Parece que vaya a fruncir el ceño, pero lo disimula enseguida y dice:

—Tiene pinta de ser un rollo.

—Qué va, ya verás.

—Cuando despeguemos me iré a la mesa, tengo trabajo pendiente.

—Ah.

Me coge de la mano a la vez que el avión se prepara para despegar.

—Tendrás que verla sola.

Me llevo su mano a los labios y la beso en el dorso.

—Algún día te ataré para que la veas.

Se ríe por lo bajo y me dice:

—No si te ato yo a ti primero.

Apoyo la cabeza en su hombro y digo:

—Ell.

—¿Sí, preciosa?

—Gracias por traerme aquí para presentarme a tu familia; son más maravillosos de lo que jamás habría imaginado.

Elliot asiente y dice:

—Sí que lo son, sí. —Vuelve a sumirse en sus pensamientos un instante y añade—: Pero como vuelva a oír que le dan dos golpes a un mueble, los estrangulo.

Me echo a reír.

—Todavía no me creo que haya conocido a tu madre así.

—Han pasado muchas cosas increíbles esta semana. —De pronto se pone serio y mira al frente.

El avión alza el vuelo y yo miro por la ventanilla con una sonrisa. Estoy deseando escribirle a Ed para hablarle de la semana.

El 10 % de la información lo saco de Elliot y el 90 % de sus impresiones las saco de Ed.

Aunque debo reconocer que estas dos últimas semanas junto a Elliot han sido de ensueño. No podría ser un amante más cariñoso y tierno.

Y encima divertido.

—Me pregunto cómo estarán las niñas —digo.

Sonríe de oreja a oreja, la primera vez en todo el día, y dice:

—Espero que estén vigilando el lago como les ordené.

Se me ablanda el corazón.

—¿A qué viene esa cara? —me pregunta enarcando una ceja—. ¿En qué piensas cuando me miras así?

Agacho la cabeza y sonrío tímidamente.

—Es más un sentimiento que una mirada.

Me mira sin decir nada.

—Si estás contento, yo también —susurro—. Si sonríes, si sonríes de verdad, me llega al alma.

Elliot arruga el entrecejo, agacha la cabeza y se mira los pies.

Le doy un beso en el hombro y le susurro:

—Eres muy especial para mí, Elliot. Lo sabes, ¿no?

Inspira bruscamente y se echa hacia delante.

—Tengo que trabajar.

Se levanta, saca el maletín del compartimento superior y se traslada a la mesa que hay unas filas detrás de nosotros.

Me asomo por encima del asiento y digo:

—¡Última llamada para ver *El gran showman!* —Bato las pestañas para convencerlo.

—Va a ser que no —dice sin emoción en la voz.

Me río entre dientes, me pongo los auriculares y hago clic en la pantalla. Don rollazo ha vuelto.

El avión se detiene en la pista de aterrizaje y yo arrugo el entrecejo: Elliot sigue trabajando en su mesa. No se ha acercado en todo el trayecto.

Que sí, que tenía trabajo, pero… no es propio de él.

Se pone a mi lado y abre el compartimento superior.

—¿Qué tal la peli? —pregunta.

—Bien, muy chula —contesto con una sonrisa—. ¿Has acabado ya de trabajar?

—No, todavía no.

Parece estresado.

—¿Quieres que te ayude?

—No. —Me tiende la mano y dice—: Ven.

Le da las gracias a la tripulación y bajamos las escaleras. Andrew y el Bentley nos esperan.

—Hola, Kate —me dice con una sonrisa mientras guarda nuestras cosas en el maletero—. Espero que lo hayáis pasado bien esta semana.

—Hola, Andrew —digo, pletórica—. Lo hemos pasado de maravilla.

Elliot sube al coche y cierra de un portazo.

—Andrew, deja a Kate en casa.

Andrew mira a Elliot por el retrovisor y dice:

—Enseguida, señor.

Le pongo mala cara a Elliot.

—Tengo trabajo, princesa —susurra.

—No me importa.

Se lleva mi mano a los labios y me besa en la yema de los dedos.

—No te voy a tener ahí sentada sin hacer nada mientras trabajo. Ve a ver a tus amigos.

Lo miro de hito en hito: le pasa algo.

—¿Qué te pasa? —susurro.

Me mira y aprieta los labios como si se estuviera aguantando las ganas de hablar.

Se me cae el alma a los pies.

Si sé algo de Elliot Miles es que no sabe mentir. Que no haya sabido contestarme confirma mis temores.

Le pasa algo.

Pero ¿qué?

Elliot mira el paisaje y, con el codo apoyado en la ventanilla, ve la vida pasar. Me coge fuerte de la mano, pero no está conmigo, sino muy lejos de aquí.

Pero no sé dónde.

Al llegar a mi casa, Elliot baja del coche y saca la maleta del maletero.

No quiero estar aquí; quiero estar en Encantada y ver a mis niñas y a Gretel la cabra.

—Te subo la maleta y… —me dice.

—Ya la llevo yo —le corto.

Me mira y, no sé por qué, pero me da la sensación de que está agobiadísimo.

—Adiós, cielo. —Me besa con dulzura. Yo quiero que el beso dure más, pero se aparta y dice—: Hasta mañana.

Asiento y, antes de que pueda contestar, se mete en el coche y cierra la puerta.

Cruzo la calle con la maleta y el coche se aleja. Arrugo el ceño mientras veo cómo se pierde en el horizonte.

¿A qué ha venido eso?

Subo los escalones con la maleta y abro la puerta.

—¡Hola! —grito—. ¡He vuelto!

Silencio.

Se me hunden los hombros.

—Estupendo, no hay nadie en casa.

Exhalo y subo la maleta a rastras.

Bueno, supongo que no me vendrá mal mimarme un rato.

Hace mucho que no lo hago.

Me aplicaré un tratamiento capilar, me haré una mascarilla facial y pediré comida a domicilio. Sonrío al ver mi pequeña habitación.

Una noche sin Elliot Miles no me matará.

Es tarde y estoy tumbada en la cama, a oscuras.

Antes, al llegar a casa, le he escrito a Ed, pero no me ha contestado todavía.

Elliot tampoco ha llamado para desearme buenas noches. No es propio de él. Por lo general es muy atento.

Qué raro.

¿Tenía planes? ¿Ha ido a algún sitio?

Estoy angustiada, como si algo me oliera a chamusquina y no supiera por qué. A ver, estaba un pelín esquivo hoy, pero no tanto como para preocuparme así.

¿Mi instinto me estará diciendo algo?

Me llega una notificación. Sonrío. Es Ed. Me levanto de un salto y enciendo la lámpara de la mesita de noche.

> Hola, Rosita:
> Perdona por no haberte escrito estos días. Es que he ido a ver a mi familia.
> ¿Qué tal estás?

Sonrío y contesto.

No pasa nada. Te he echado de menos.
Háblame del viaje.

Su respuesta no se hace esperar.

Ha sido una pasada. Kate me ha acompañado y ha conocido a mi familia. Tendría que haber imaginado que era demasiado bueno para durar.

Frunzo el ceño. ¿Cómo?

¿Por? ¿Qué ha pasado?

Anoche recibí un correo. Por fin he encontrado a la pintora que estaba buscando.

Sonrío. Ay madre, que la ha encontrado. Qué ilusión.

¡Qué guay!

De guay nada.
No es una anciana, que es lo que yo pensaba, sino una chica joven y guapa.
Soltera.

Arrugo el entrecejo. ¿Qué significa eso?

Sigo leyendo.

Sé quién es, la he visto en las subastas. Quería seducirla y pedirle una cita. Siempre he tenido la sensación de que tenía que conocerla. La he buscado; una vez, hasta obligué a mis hermanos a que la siguieran. Y cuando me he enterado de que los cuadros que llevan tanto tiempo cautivándome son suyos... Me da miedo que el destino se esté interponiendo en mi camino ahora que al fin he encontrado a una chica que me hace feliz.

No.

Un momento…

Releo el último mensaje con una opresión en el pecho.

¿Cómo?

Me llevo las manos en la cabeza. No puede ser verdad.

No.

¿Crees que esta mujer (la pintora) es tu destino?

No quiero quedarme con la duda.
No puedo seguir adelante con mi vida lamentándome por lo que podría haber sido y no fue.
Esta mujer se hizo un hueco en mi corazón mucho antes que cualquier otra.

Se me nubla la vista a causa de las lágrimas.

¿Y qué pasa con Kate?

Estoy hecho un lío.
Por primera vez en mi vida estoy contento con mi hogar y con mi pareja.
Me siento completo y, sin embargo... no dejo de pensar en que debo encontrarme con la pintora.
Y tratar de descubrir si debo estar con ella.
¿Por qué ahora?
¿Por qué, después del tiempo que llevo buscándola, doy con ella justo ahora?
¿Por qué el destino ha sido tan cruel como para ofrecérmela cuando otra chica me importa tanto?

Sollozo con fuerza.

Voy a perderlo.

¿Qué hago, Rosita?

Cierro el ordenador con brusquedad.

El nudo que me oprime la garganta es grande y doloroso. Me limpio las lágrimas con rabia.

No puede ser verdad. ¡Dime que no es verdad, joder!

Me paseo de un lado a otro. ¿Qué le contesto?

Lo peor es que ya sé lo que le diría a un amigo.

A un amigo le diría que conociera a la pintora, que siguiera su instinto y averiguase si es la chica que lleva buscando tanto tiempo.

Que sería tonto si no hiciese caso a su corazón, porque nunca se equivoca.

¿Cómo va a ignorar esta señal y salir con otra chica?

«Pero le amo».

El dolor que me atenaza el pecho es tan fuerte que sollozo más alto.

Un profundo temor se apodera de mí.

Entro en el baño, abro el grifo del agua caliente, me meto en la ducha y rompo a llorar.

Son las tres de la mañana y estoy tumbada en la cama, a oscuras.

El miedo me corre por las venas lentamente, como si la esperanza estuviera abandonando mi organismo. Sé que la vida no siempre es justa.

A lo largo de este mes he sido más feliz que en los últimos años. Elliot me llevó a su casa, compartió el cuidado de sus animales de granja y me enseñó lo que de verdad implica que alguien se preocupe por ti. Me presentó a su familia y, por primera vez en mucho tiempo, sentía que encajaba, que era una más.

Pensar que no los volveré a ver es otra puñalada en el corazón.

Elizabeth.

Sé que estoy al borde de un abismo de dolor. No quiero ni imaginar lo profunda que será la oscuridad en la que me sumiré si Elliot desaparece de mi vida.

Le quiero.

Quizá más de lo que me quiero a mí misma, pues su felicidad es lo primero para mí.

Quiero que se sienta realizado. Aunque ¿qué sentido tiene si la ama a ella? Se me forma un nudo de dolor en la garganta; en el fondo, sé la verdad.

Siempre la ha amado a ella.

Dios, cómo duele.

Lo peor es que ni siquiera puedo decirle que lo sé.

Al final esta gilipollez de chatear con él como si fuera una desconocida me ha salido cara.

Eso es lo que te pasa por mentir, Kate.

Merezco todo lo que me pase y más.

Llevo semanas engañando a Elliot. Sé que está mal e iba a contárselo, pero no se daba la ocasión.

Lo consideraba un juego inofensivo. Ahora sé que no es así.

Temblorosa, tomo aire, me levanto y abro el ordenador. Le envío un mensaje a Ed.

> Deberías hacer lo que te dicte el corazón, Ed.

Me contesta al instante. ¿Qué hace despierto todavía?

> No quiero hacerle daño a Kate.

Me echo a llorar. Tarde.

Veo la pantalla borrosa.

> No puedes huir de tu corazón. Hazle caso.
> Kate querría que fueras feliz.
> Te ama.
> Besos.

Hola, oscuridad. ¿Qué tal, vieja amiga?

Hacía una eternidad que no me bendecías con tu presencia. Tampoco es que te añorase.

Estoy sentada en mi mesa, mirando por la ventana. Son las tres de la tarde y no tengo noticias de Elliot.

Ni las tendré.

He pasado por un montón de emociones: tristeza, pesar, ira... pero, sobre todo, decepción.

Ahora lo entiendo todo. Elliot y yo lo pasamos bien, pero él perseguía un sueño, un final de cuento.

Yo no soy talentosa ni especial; ya no digamos extraordinaria.

Nunca fui yo.

Y detesto haberlo olvidado, aunque fuera por un instante. Duele.

Recuerdo las veces que hicimos el amor, las risas que nos echamos. El cariño que nos profesamos.

Parecía tan real...

Como un cuento, solo que mejor.

Se me humedecen los ojos y parpadeo para deshacerme de las lágrimas.

A lo mejor no se va con ella...

Paul pasa por delante de mi despacho, echa una ojeada, se para en seco y vuelve.

—¿Estás bien?

—Sí. —Fuerzo una sonrisa y niego ligeramente con la cabeza—. Perdona, es que me han dado una mala noticia sobre un familiar.

—¿Quieres volver a casa?

—No —digo demasiado rápido. No quiero que Elliot sepa que lo sé—. Estoy bien. Un poco afectada, pero no te preocupes.

—Hay pastel de cumpleaños en la nevera de la sala de personal. ¿Quieres?

Sonrío. Agradezco que sea tan amable.

—Sí. Tráelo para acá.

Son las once de la noche y me siento junto a la ventana mirando la calle.

Por la noche, tras hacerse el silencio en casa, me he quitado la careta. He salido a cenar con Daniel y Rebecca y me he visto obligada a fingir que estaba estupendamente con Elliot.

No podía contarles lo que sé ni cómo me he enterado, porque también les he mentido sobre Rosita.

Toda esta situación es una mentira que se ha desmadrado y me merezco llorar a solas.

Y, quizá, si a Elliot le importase lo bastante como para venir a verme, se lo diría.

Pero no es el caso.

Porque está en Encantada pensando en ella.

Se me humedecen los ojos y los cierro con pesar. Odio esto, odio esta puta mierda.

Un coche dobla la esquina y veo que se acerca despacio y finalmente se para. Es Elliot.

No, no, no.

Mierda.

Corro a la cama y cojo el móvil: cinco llamadas perdidas de Elliot.

Oigo que llaman a la puerta y la voz de Daniel.

Me tapo y finjo que duermo. El corazón me va a mil. Respiro hondo para tranquilizarme.

Se abre la puerta de mi cuarto. Elliot entra y se sienta a mi lado.

—Preciosa —musita—. ¿Estás despierta?

Me giro hacia él. Me coge de la cara y lo miro.

—Hola —susurra con la voz apagada.

—Hola. —Me obligo a sonreír.

—Me voy a Francia mañana, princesa —susurra.

Se me parte el alma. Ha venido a despedirse.

Asiento, incapaz de proferir palabra.

—¿Puedo quedarme a dormir? —pregunta.

Aprieto los puños. ¿Cómo voy a hacer esto?

¿Cómo voy a decirle adiós con cariño cuando me va a romper el corazón?

Debería echarlo a patadas y asestarle un puñetazo en toda la cara.

Debería odiarlo.

Se quita la ropa y se tumba a mi lado. Se apodera de mis labios y noto que su cuerpo irradia sufrimiento. Él también lo está pasando fatal.

No es culpa suya, es un buen hombre.

Me mira a los ojos y susurra:

—Dime que me quieres. Solo una vez.

Se me desgarra el corazón y sé que es el fin, nuestro último baile juntos. Veo su figura borrosa y digo:

—Te quiero.

Se apodera de mi boca y nos besamos. Tuerzo el gesto, pegada a su cara.

«No vayas».

Nos pasamos un buen rato besándonos hasta que mi corazón no lo soporta más. Necesito que dejemos de despedirnos. No puedo seguir con esto.

No soy lo bastante fuerte.

—Te necesito —susurro.

Se coloca encima de mí y me la mete hasta el fondo con la cabeza enterrada en mi hombro. Pongo cara de dolor y miro el techo.

Se mueve despacio, con cuidado, como si fuera frágil y quebradiza. Siempre ha dicho que le encanta lo vulnerable que soy.

Pues toma vulnerabilidad. No me he sentido más desprotegida en toda mi vida.

Más indefensa.

Su cuerpo se calienta y, poco a poco, se va acercando al clímax. Separa las rodillas y se envuelve las caderas con mis piernas, pero para mí es imposible llegar al orgasmo esta noche.

¿Cómo voy a sentir placer cuando estoy sufriendo tanto?

Ya puestos, que me apuñale en el corazón; sería lo mismo.

Se queda al fondo y se estremece al correrse. Me besa por todo el cuello, una canción de amor tierna y cariñosa.

Miro el techo, inmóvil.

Noto el calor de una única lágrima que me cae y se me mete en la oreja.

Elliot se quita de encima de mí y se tumba de espaldas. Ve que estoy llorando y se tapa los ojos con el antebrazo como para protegerse. No es capaz de enfrentarse a mí.

O no quiere.

Al cabo de un rato, me susurra:

—Que duermas bien, princesa.

No digo nada y miro el techo mientras se me rompe el corazón en mil pedazos.

Que te den.

La luz del alba se cuela por los resquicios de las persianas y, desde la cama, veo a Elliot poniéndose su traje. Atrás queda el tierno amante de anoche.

Esta mañana tengo a Elliot Miles en mi dormitorio y me alegro. Él es más fácil de odiar.

—¿Cuándo vuelves? —pregunto.

—No estoy seguro —dice mientras se pone la chaqueta.

Ni siquiera es capaz de mirarme.

Se toca los bolsillos para comprobar que lo lleva todo. Debería preguntarle si sería tan amable de devolverme mi corazón antes de irse, pues lo ha tenido en su poder desde la primera noche que pasamos juntos. Y sin pudor, además.

Me mira y yo me obligo a sonreír.

—Que tengas buen viaje.

—No quiero ir —susurra.

—Pero irás.

Nos miramos fijamente hasta que, tras un tiempo, como si hubiera tomado una decisión para sus adentros, cierra los ojos y murmura:

—Adiós, Kate.

—Adiós, Elliot.

Viene hasta mí, me acuna las mejillas y me besa. Y esta vez es él quien tuerce el gesto pegado a mi cara. Lo sabe, sabe que si sigue adelante lo nuestro se acabó.

No dice nada más, se vuelve y, al salir, cierra la puerta sin hacer ruido.

Temblorosa, tomo aire.

Se ha marchado.

Capítulo 23

Elliot

Caen chuzos de punta y subo al avión como si me mandaran a galeras.

—Buenas tardes, señor Miles —dice el comandante.

—Hola. —Sacudo el paraguas y lo cierro.

—Despegaremos en quince minutos, señor. Espero que disfrute del vuelo.

—Gracias. —Me dirijo al asiento de siempre.

«Despega ya, joder».

Me pita el móvil y lo miro. Kate.

Frunzo el ceño al abrir el mensaje.

Es una canción: «Never Enough» ('Nunca suficiente') de Loren Allred.

Mierda.

Me paso la mano por la cara. Al final, me puede la curiosidad, así que me pongo los auriculares y le doy a «reproducir».

Es una canción lenta que habla del amor y la pérdida.

Me apoyo en el reposacabezas y exhalo con pesadez. Quiero que esto se acabe ya.

«Despega ya, joder».

—Señor Miles —me dice el camarero con una sonrisa—. Le estábamos esperando, señor. La señorita Boucher desea verlo.

Asiento y digo:

—Gracias.

—El comedor privado está por aquí. —Lo sigo a una galería de cristal. Hay lucecitas por la parte de arriba y la mesa está iluminada con velas. La veo sentada a una mesa para dos junto al fuego.

Alza la vista y nos miramos a los ojos.

—Hola —me dice con una sonrisita.

El corazón me da un vuelco.

Su belleza es impresionante.

—Hola. —Arrugo la frente de los nervios. Noto mariposas en el estómago—. Perdón por llegar tarde.

Me sonríe con sus ojos enormes y dice:

—Mejor tarde que nunca.

Kate

Sentada junto a la ventana, miro cómo llueve.

Hasta el tiempo es deprimente. Como si un manto oscuro y pesado lo cubriera todo con su tristeza.

Miro el reloj. Elliot ya estará en Francia.

Me los imagino a los dos juntitos mirándose a los ojos en algún sitio romántico.

Estoy viviendo un infierno con mayúsculas.

—¿Le ocurre algo a su plato? —me interrumpe el camarero.

—¿Eh? —Miro mi cena, no he probado ni un bocado y ya está fría—. Ah, eso, lo siento. Es que… —Cojo el tenedor— tengo la cabeza en otra parte.

—¿Qué tal un poco de vino? —me sugiere el camarero, esperanzado.

—Vale. —Asiento—. Me vendría fenomenal.

El camarero arquea una ceja como si esperase algo.

—¿Qué pasa? —pregunto.

—¿Qué vino desea tomar?

—Ah, eso. —Niego con la cabeza, avergonzada—. Sorpréndeme.

—De acuerdo.

El camarero se mete en la cocina y yo pruebo la pasta.

Uf, se me revuelve el estómago. Tengo que apretar los dientes para que no me den arcadas.

Me obligo a tragar. Comer es lo último que me apetece esta noche.

No quiero volver a casa y ver a mis compañeros de piso, porque entonces tendré que fingir que todo va bien o mentirles otra vez o, peor aún, contarles la cruda realidad.

Y no me siento capaz de asumir ninguna de esas tareas en este estado de debilidad.

Esperaré a que se hayan ido a la cama; es más fácil así.

Son las nueve de la noche. En unas horas, lo sabré.

Sabré si Elliot me llamará… o no.

Sé que me llamará. Me quiere, sé que me quiere. Apuesto por lo nuestro. Me llamará.

Tiene que llamarme.

No estoy sola en este barco. No han sido imaginaciones mías. Lo nuestro es real.

Sé que sí.

No soy tan ingenua.

Me obligo a comer un poco más, pero se me revuelve el estómago y me entran arcadas.

Creo que voy a vomitar.

La una de la mañana.

Está lloviendo y me dirijo a casa. Debería estar contenta después de haberme pimplado dos botellas de vino.

Pero lo que estoy es… desolada.

Elliot está con ella.

Saco el móvil y lo miro por enésima vez esta noche.

—Llámame —susurro con rabia—. Llámame, joder. Me cago en todo ya.

Me echo a llorar. ¿Por qué me pasa esto? ¿Qué he hecho yo para comerme esta mierda? Perdí a mis padres, mi hermana es el demonio y ahora el hombre al que amo… no me quiere.

—¿Por qué? —grito—. ¿Qué he hecho yo para merecer esto?

Llego a casa, pero no me atrevo a entrar, porque entonces tendré que dormir.

Y saldrá el sol y lo de anoche ya no tendrá vuelta de hoja.

Y sabré lo que ha hecho Elliot.

Me los imagino despertando juntos mientras él despliega sus encantos y su ingenio con la pintura y la deslumbra con sus habilidades en la cama hasta que ella se enamora locamente de él.

¿Cómo no hacerlo?

Elliot Miles enamoraría a cualquiera con sus cualidades.

Me siento en el primer escalón y miro al infinito. Y, temerosa, sola y calada hasta los huesos… lloro.

El silencio es lo que te mata. Las cosas que no se dicen.

El punto final que nunca existió.

Tres días.

Setenta y dos horas. Cuatro mil trescientos veinte minutos.

Demasiados segundos para contarlos.

El reloj de mi despacho hace tictac. Es como un megáfono, fuerte y molesto, y me recuerda que el tiempo pasa… y no me ha dicho ni una palabra.

Ni siquiera me ha escrito.

Está con ella.

Ahora lo sé, pero eso no lo hace más fácil de digerir.

Estaba convencida de que me quería.

Mi fe en la humanidad se ha hecho añicos.

¿Acaso le he importado alguna vez? Imposible… Nadie trataría a alguien que le importa de este modo. Lo gracioso es que Elliot desconoce que soy consciente de lo que está haciendo en Francia.

¿Este era su plan? ¿Irse de viaje de negocios y no volver a dar señales de vida? ¿Traicionarme así sin más? ¿Insistir conmigo para dejarme luego?

Quizá no vuelva a saber de él nunca más… Ya me lo espero todo.

Es como si siempre estuviese llorando la pérdida de alguien.

Todavía no se lo he contado a mis compañeros de piso… no puedo.

No me siento con fuerzas para hablar de ello, por lo que evito volver a casa.

Voy al cine, alargo las comidas en los restaurantes, me paso cinco horas en el gimnasio…; lo que sea con tal de no sacar el tema y confesarles a todos lo débil que soy en realidad.

Detesto ser tan débil, me consideraba más fuerte.

Miércoles.

Toc, toc. Llaman a la puerta de mi despacho. Miro arriba y en cuanto veo a Christopher se me forma un nudo en la garganta.

«Vete».

—¿Tienes un momento? —me pregunta en voz baja.

No.

Me obligo a sonreír y le señalo la silla que hay delante de mi mesa.

—Claro.

Se sienta, se reclina y cruza las piernas. Me mira a los ojos.

Este sabe algo.

—¿Qué ocurre? —pregunto.

—¿Sabes algo de Elliot? —inquiere con voz suave y persuasiva.

Aprieto los labios con fuerza y digo:

—No.

Él entorna los ojos.

—¿Por qué lo preguntas?

—Porque no podemos contactar con él.

Frunzo el entrecejo.

—Si te soy sincero, estoy preocupado.

Vuelvo a centrarme en el ordenador y finjo que estoy ocupada.

—No tienes de que preocuparte; está en Francia con su pintora.

Se queda callado. Guarda silencio tanto tiempo que acabo mirándolo.

Por cómo me mira a los ojos sé que se ha dado cuenta de que estoy hecha polvo.

Se me humedecen los ojos.

—Perdona, es que…

—No pasa nada, no…

—Sí que pasa —le corto. Es el momento más humillante de toda mi vida: el hermano de mi novio viene a consolarme porque mi novio se ha ido con otra.

Solo quiero largarme de aquí, alejarme de estas… víboras.

—Voy a presentarte mi dimisión.

El semblante le cambia.

—No lo hagas, Kate.

Se me humedecen los ojos.

—No soporto estar aquí, Chris.

Me mira a los ojos; los suyos rezuman congoja.

—Es que… —No sé qué decir porque no hay palabras. Al menos no hay palabras con sentido—. Hoy es mi último día. Al finalizar la jornada dejaré de trabajar aquí.

—No quiero que te vayas —susurra—. Elliot no querría que te fueras.

—Pero Elliot no está aquí, ¿no? —le espeto en tono brusco—. Perdona. —Me encojo de hombros—. No era mi intención hablarte así, pero…

—Tranquila. —Me observa un momento y dice—: ¿Y qué vas a hacer?

—No lo sé. —Suspiro—. Irme de Londres una temporada.

Apoya el rostro en la mano mientras me mira y dice:

—Mi madre está muy alterada.

Ya somos dos.

Asiento, me da miedo lo que vaya a soltar por la boca si exploto.

—¿Quieres que te ayude a recoger tus cosas? —pregunta mientras echa una ojeada a mi despacho.

Sonrío con pesar. Christopher es un encanto.

—No, estoy bien.

—¿Seguro? —pregunta mirándome a los ojos.

—No mucho. —Sonrío y lloro a la vez—. Pero… lo estaré.

Nos miramos un rato.

—Kate, por si sirve de algo, sé que Elliot… —Calla de pronto como si estuviera replanteándose lo que va a decir.

—¿Qué?

—Se arrepentirá de esto.

—Lo sé. Yo misma me arrepiento.

Frunce el ceño y dice:

—¿En serio?

Inflo las mejillas y digo:

—A ver, no, no es justo que diga eso. Elliot ha hecho que vuelva a sentirme viva. Desde que mis padres murieron, he estado como aletargada, por lo que, en cierto modo —Me encojo de hombros—, le agradezco que me haya sacado de mi letargo.

Christopher sonríe con pena y dice:

—Eres una tía legal, Landon.

—Ja. —Sonrío con suficiencia—. Pues yo de ti me iría antes de que a esta despechada se le crucen los cables y ponga patas arriba el despacho.

Alza las manos y se ríe mientras se levanta de la silla.

—Sí, mejor te dejo sola.

Se mete las manos en los bolsillos de sus carísimos pantalones y me mira a los ojos.

Me pongo de puntillas para darle un beso en la mejilla y digo:

—Gracias.

—Para que conste —Tuerce los labios—, este tío es un imbécil integral.

Sonrío. Agradezco que sea tan amable.

—¡No me digas!

Estoy tumbada en la cama, a oscuras. El mundo es un lugar oscuro y solitario.

Tengo la sensación de que este dolor no se va a ir jamás.

Esta noche me he sincerado con Daniel y Rebecca y se lo he contado todo. La última de mis defensas ha caído.

Ahora que no tengo que hacerme la dura, me he derrumbado y no puedo parar de llorar.

Le imploro al mundo que se lleve mi desazón, pero es en vano, ya que Elliot no va a volver y siento que me han arrebatado mi futuro. La vida que imaginé que tendríamos: Encantada, sus animales, las risas, el amor, su familia... Todo ha desaparecido.

Tengo los ojos rojos e hinchados y me he duchado tres veces esta noche para ver si así me encontraba mejor.

Me duele el pecho de tanto sollozar, pero es que, por más que lo intente, no puedo parar. De hecho, me he planteado tomarme un somnífero o algo por el estilo para calmarme.

Recuerdo muy bien esta clase de duelo.

La cama se hunde: es Daniel, que se ha tumbado detrás de mí. Va en bóxers y no lleva camiseta.

—Cielo —susurra mientras me acerca a él.

—Perdón —murmuro.

Me estrecha más fuerte y yo cierro los ojos. Agradezco que me dé calor.

Me abraza durante un buen rato en el que no dejo de llorar. De vez en cuando, me aparta el pelo de la frente y me mira.

—Dime qué puedo hacer para que te sientas mejor —susurra, pegado a mí.

—Nada.

Me seca las lágrimas y me abraza. Su cuerpo es grande y cálido y estamos muy unidos. Tengo la cabeza apoyada en su pecho y él me rodea con los brazos. Me besa en la sien y noto que ahí abajo se mueve algo.

Frunzo el entrecejo.

Me estrecha más fuerte y vuelvo a notarlo.

¿Cómo?

Está empalmado.

—Deja que te consuele, cielo —susurra.

Lo miro.

—Deja que te quite las penas un ratito.

Vuelvo a fruncir el entrecejo. Daniel me coge la mano, se la pasa por los abdominales y la mete en sus calzoncillos.

Nos miramos; cuando noto su vello púbico y lo dura que la tiene, me falta el aire. Se la sujeto en un acto reflejo, sin ser consciente de lo que hago.

—Deja que te quiera —musita. Me besa con dulzura y yo tuerzo el gesto, pegada a su cara.

Me besa y me tumba de espaldas mientras se coloca encima de mí. Noto su erección.

—Para —susurro—. Daniel, para. —Me incorporo con rapidez y me aparto de él.

¿Qué mosca le ha picado?

—No quiero esto. Mi cuerpo ni siquiera me pertenece —balbuceo—. Es de Elliot.

—Está con otra, Kate. No va a volver. Seguramente se lo están montando ahora mismo.

Hago una mueca al imaginármelo.

—Intento ayudarte —susurra.

—Intentas acostarte conmigo.

—Para que lo olvides.

Me echo a llorar.

—Para... por favor.

Se baja de la cama y pone los brazos en jarras.

—Intentaba ayudarte.

Le doy la espalda y miro la pared.

—Lo sé.

Se sienta en el sillón del rincón y dice:

—No voy a dejarte sola.

Asiento. Agradezco que no se vaya, pero que no se quede en mi cama. No me lo habría perdonado nunca... aunque ya ves tú a quién le iba a importar.

Pero yo lo sabría.

No le he mentido: mi cuerpo es de Elliot, no importa si él lo desea o no.

El domingo, después de madrugar para ir al gimnasio, me dispongo a tomarme un café y un *muffin* de chocolate en una cafetería atestada de gente. Hoy ya me encuentro un poco mejor. He hablado con Daniel y creo de veras que solo intentaba consolarme.

Y quizá debería haberle dejado. Tal vez me habría ayudado a pasar página y olvidar a Elliot.

Oigo que me llega una notificación al móvil y se me hiela la sangre.

Ed.

Lo ignoro, pero vuelve a sonar.

No quiero hablar con Ed, porque sé que me va a hablar de ella.

Tengo que cortar también con él.

Estoy harta de mentir, joder. No más farsas. Es obvio que este juego me ha superado.

Me llega otra notificación. Cierro los ojos.

«Vete».

Con la mano temblorosa, me llevo el café a los labios. Me vuelve a sonar.

Joder.

Pues mira, ya que estamos, aprovecho y le doy carpetazo.

Saco el móvil y abro su mensaje.

> Hola, Rosita:
> Perdona mi ausencia, es que he estado liado.
> Te he echado de menos.

Sus bellas palabras reabren la herida. Me embarga la emoción y las lágrimas que me juré no volver a derramar acuden a mis ojos de nuevo.

Me dispongo a escribir, pero lo veo todo borroso, así que dejo el móvil en la mesa y, con rabia, me limpio las lágrimas.

No, tengo que saberlo.

Le escribo.

> ¿Qué tal tu pintora?

Me contesta al instante.

> Me es indiferente.

Arrugo la frente y le escribo.

> ¿Y eso?

> Porque ella no es tú.

¿Cómo? ¿De qué hablas?

Te quiero, Rosita. ¿O debería decir Kate?

Abro los ojos como platos y me reclino en el asiento. ¿Qué está pasando aquí?

¿Te vas a comer ese *muffin* de chocolate o me lo como yo?

Levanto la vista y veo a Elliot en la mesa de enfrente. Me mira a los ojos y me sonríe ligeramente.

Algo se rompe dentro de mí y me enfurezco. Le odio. Así que me levanto, salgo de la cafetería con resolución y echo a andar.

—¡Kate! —grita mientras me persigue corriendo—. ¡Kate, vuelve!

No quiero oír sus mentiras ni estar cerca de él.

Aprieto el paso al cruzar la carretera en dirección al parque, necesito alejarme de él todo lo posible.

—¡Kate! —oigo cada vez más cerca.

Al llegar al parque empiezo a correr.

—¡Kate! —grita mientras acelera—. ¡Kathryn, para!

Me coge del brazo y yo me vuelvo e intento pegarle.

—¡Aléjate de mí! —grito como una posesa mientras se me saltan las lágrimas.

Elliot jadea tratando de recobrar el aliento y, con los ojos muy abiertos, me dice:

—Te quiero.

—¡No me vengas con esas! —grito.

—Tenía que ir —susurra—. Tenía que saberlo.

—Y ya lo sabes.

—Eres tú.

—¿Y has tenido que tirarte una semana en su cama para averiguarlo? —gruño.

—No. —Hace una pausa como si estuviera eligiendo cuidadosamente sus próximas palabras—. No había química.

—¿Pretendes que me sienta especial o algo, pedazo de imbécil? —grito.

Se le infla y desinfla el pecho a causa de los resuellos.

—¿Debería halagarme que no hayas sentido nada?

Se le hunden los hombros.

—Siempre serás así, Elliot —susurro entre lágrimas mientras retrocedo—. Siempre vas a querer el cuento de hadas, ya sea en forma de pintora, bailarina o cantante… —Me echo a llorar—. Tú quieres a una chica extraordinaria.

—Y tú lo eres —susurra.

—¡No, no lo soy! —grito—. Solo soy una tía de la que te encaprichaste por el culo que le hacía un vestidito de *netball.*

Elliot niega con la cabeza como si no supiera qué decir.

—Podemos hacer borrón y cuenta nueva.

—No.

Se abalanza sobre mí y me abraza contra mi voluntad mientras lucho por librarme de su agarre.

—Te quiero —dice—. Te quiero, joder. No hagas esto. —Forcejeamos mientras intenta abrazarme—. No hagas esto.

—¡Ya está hecho! —exclamo tras zafarme por fin—. Tú lo hiciste. En cuanto pusiste un pie en ese puñetero avión. Se acabó. No soy el segundo plato de nadie, Elliot.

Me mira de hito en hito.

—Y menos el tuyo —digo con desprecio—. ¿De verdad crees que puedo estar con alguien que va a pasar de mí cada vez que encuentre algo nuevo y reluciente?

Nos miramos, yo estoy llorando a moco tendido y él tiene las aletas de la nariz dilatadas del esfuerzo que está haciendo para no perder los estribos.

—Te juro que…

Oímos el clic de una cámara y, al volvernos, vemos a un fotógrafo inmortalizando la escena.

—Dame eso —le espeta Elliot.

No, no, no.

El tío de la cámara echa a correr y Elliot se pone a perseguirlo.

Lo inmoviliza contra el suelo y los de alrededor empiezan a gritar. Elliot le quita la cámara y la hace trizas.

El fotógrafo le pega un bocado y hace amago de levantarse, pero Elliot se adelanta y le arrea un puñetazo en toda la cara.

Y otro y otro.

¿Qué está pasando aquí?

Me giro y echo a correr.

Capítulo 24

Elliot

—Su hermano y su abogado están abajo. Han abonado la fianza —me dice el agente mientras anota algo en su bloc.

Lo miro apretando la mandíbula.

—No he hecho nada malo.

El policía exhala con pesadez. Es evidente que está frustrado.

—Ya se lo he explicado, señor Miles, y diez veces, nada menos. No puede destrozar la propiedad privada de nadie. Ni agredir a la gente. Ni hacerme perder el tiempo con su flagrante desprecio por la ley.

—¿Y qué hay de mis derechos? ¿Quién me ampara a mí? No quiero que me saquen fotos. ¿Me está diciendo que ese tipo tiene derecho a hacerme algo contra mi voluntad y que yo no puedo responder? Me estaba protegiendo a mí y a los míos. Son mis derechos los que se han visto vulnerados hoy.

—Mire. —Suspira—. Deje de hacerse el tonto. Ya sabe cómo va esto. ¡Por el amor de Dios, que usted es el dueño de una empresa de comunicación! —Me tiende una multa—. Está acusado de agresión y vandalismo. Que su abogado rebata las acusaciones ante el tribunal. Yo no hago las leyes.

Le quito la multa de las manos y digo:

—Lo que usted hace es defender a delincuentes.

Me levanto.

El agente pone los ojos en blanco.

—Y no me ponga los ojos en blanco, joder —le espeto.

—¿Quiere que vuelva a meterlo entre rejas? ¿Es eso? —Señala la puerta y añade—: Márchese, no vaya a ser que se pase de la raya por enésima vez hoy.

Me llevan abajo, a recepción, y veo a Christopher y a nuestro abogado esperando sentados. Los fulmino con la mirada y me vuelvo hacia el policía.

—Me gustaría recuperar mis pertenencias.

—Su móvil, su cinturón y sus llaves están en la bandeja del mostrador.

Lo recojo todo y me lo guardo en los bolsillos.

—Hale, vámonos.

—Gracias, agente —dice Christopher.

—No le des las gracias, hombre —le espeto—. Encima de que me detienen sin motivo… —Salgo de comisaría echando humo.

—¿Quieres dejar de comportarte como un capullo? —me grita Christopher desde atrás—. No es culpa suya que se te haya ido la perola.

—Que te calles, joder —susurro con rabia mientras bajo los escalones. Me vuelvo hacia ellos y digo—: Gracias por venir. Ya podéis volver a casa.

—Usted también debería volver a casa, señor Miles —dice Edward, nuestro abogado—. No está en condiciones de dejarse ver en público.

—Estoy bien.

—No estás bien. Vete a casa si no quieres que tu situación empeore.

—No puede ser peor —le espeto.

—Sí puede, créeme. Christopher, llévelo a casa y quédese con él esta noche.

—Eso haré, descuida.

—Podéis iros los dos a tomar por culo. —Me doy la vuelta con cara de asco—. Bueno, no, llevadme hasta mi coche.

—Ya le he pedido a Andrew que vaya a buscarlo —dice Christopher—. Te llevo yo a casa.

Lo miro.

—Vale. —Le estrecho la mano a Edward y digo—: Gracias.

—Seguimos en contacto. Quédate en casa, Elliot. No tengo palabras para explicarte lo importante que es que no te metas en más líos.

—No le quitaré el ojo de encima —asegura Christopher.

Exhalo con pesadez y vamos hacia su coche. Cierro de un portazo y digo:

—Llévame a casa de Kate.

—No pienso llevarte a casa de Kate.

—Vale. —Abro la puerta para bajarme—. Pues ya iré yo andando.

Echo a andar hacia su casa.

—¡No quiere verte! —me grita.

Sigo andando y él se pone a mi lado con el coche y baja la ventanilla.

—Deja de hacer el tonto.

Sigo andando.

—Elliot, sales en todas las noticias. Acamparán delante de su casa.

Me paro en seco y se me hunden los hombros.

—La he cagado.

—Ya ves. —Suspira—. Pero no puedes ponerte como un energúmeno. Ve a casa y llámala. Yo mismo iré a recogerla, te lo prometo. Pero no te presentes en su casa sin avisar.

Lo miro.

—¿Y si no te deja pasar? —inquiere.

—Imposible.

—¿Tú crees? —dice—. Porque he visto en las imágenes que intentaba pegarte y no parecía muy contenta de verte.

Se me cae el alma a los pies.

—¿Lo has visto?

—Todo el mundo lo ha visto. Alguien lo grabó con el móvil. —Me mira a los ojos y añade—: Sube, anda, espabilado. —Suspira con tristeza.

Miro al frente.

Mierda.

Subo al coche, cierro de un portazo y viajamos en un silencio absoluto.

Llegado el momento, Christopher se mete en la autopista y ponemos rumbo a Encantada.

Miro por la ventanilla con el móvil en la mano. ¿Qué hago?

Cierro los ojos con pesar.

La he cagado… pero bien.

—No me perdonará —digo mientras recuerdo cómo me ha mirado—. La conozco, es muy cabezota. Si hubieras visto lo dolida y enfadada que estaba…

—¿Y te extraña? —dice Christopher, que me mira un segundo.

Aprieto la mandíbula. Me estoy calentando.

—¿En qué narices pensabas? —salta Christopher—. Al fin eras feliz. Por primera vez en tu vida, tenías una mujer que te hacía feliz. Y coges y te largas con una pintora por una ida de olla de mierda que te ha dado.

—¡Para mí no es una ida de olla! —exclamo—. Solo he estado un mes con Kate. —Me pongo a dar patadas al salpicadero.

—¡Como sigas dándole golpes a mi coche, te saco de una patada y te vas andando, idiota! —dice Christopher a gritos.

—Llevaba años buscando a esta pintora. Estaba obsesionado con ella. Creía que teníamos una conexión.

—¿Os habéis acostado? —pregunta mientras alterna su atención entre la carretera y yo.

No digo nada.

—¡¿Te la has tirado o no?! —grita.

—¡No! —chillo—. En cuanto llegué supe que la había cagado.

—Entonces ¿por qué… te quedaste?

—Solo me quedé una noche.

—Ergo sí te acostaste con ella.

—No. —Niego con la cabeza, profundamente arrepentido—. Ella estaba coladísima por mí, así que… fingí que me dolía la cabeza y volví al hotel. No aguanté ni una cena.

Christopher me mira arrugando el ceño.

—Estaba hecho un lío —exclamo—. Pensé que era una señal, que era la definitiva. —Se me dilatan las aletas de la nariz mientras lucho por dominar mis emociones—. La hermosa mujer a la que llevaba años buscando se hallaba ante mí, pero cuando la miré… me di cuenta de que no era Kate.

Christopher niega con la cabeza, asqueado.

—A la mañana siguiente le dije que había cometido un error y que volvía a casa. Le compré los demás cuadros y me fui.

—¿Y dónde has estado toda la semana?

—Yo creía en el destino. El destino con el que fantaseaba y creía desear no era real. Tardé un tiempo en darme cuenta de que lo que tenía con Kate sí era real. Ella es la mujer con la que quiero estar, la mujer a la que amo.

Christopher exhala y viajamos en silencio un rato.

—Porfa, llévame a casa de Kate. Tengo que verla.

—Tú eres tonto.

—¡¿Y te crees que no lo sé?! —grito—. Llévame a casa de Kate.

—¡Que te calles, joder! —exclama mientras golpea el volante—. Has mandado a la mierda tu relación con Kate y te estás ganando a pulso que vuelvan a detenerte. Sales en todas las noticias, Elliot. Vete a casa y soluciona tus movidas. No estoy de humor para aguantar el cacao mental que tienes por una mujer.

—¡No es una mujer! —grito—. ¡Es la mujer!

Christopher resopla y pone los ojos en blanco de manera exagerada.

—Y ahora te enteras… Después de cargarte tus posibilidades con ella para siempre. —Niega con la cabeza—. Menudo imbécil.

—¡Que te calles! —rujo.

Guardamos silencio el resto del trayecto y, cuando llegamos al caminito que da acceso a la finca, le espeto:

—Déjame aquí y vete.

—Ya me gustaría —me dice con desprecio—. Tengo mejores cosas que hacer que ser el canguro de un desagradecido como tú.

—Pues pasa.

—Le prometí a Jameson que te vigilaría. Es la única razón por la que estoy aguantando tu pataleta. Entra y vete a la cama.

Para el coche. Yo salgo, cierro de un portazo y entro en la casa hecho una furia.

Mierda de día.

Kate

Estoy en el sofá viendo las noticias con Daniel y Rebecca. Nuestras caras son un poema.

> Noticia de última hora: Elliot Miles, director ejecutivo de Miles Media, ha sido detenido y acusado de agresión y daños tras mantener un altercado con un fotógrafo esta tarde en Battersea Park.
>
> El señor Miles, quien, por lo visto, estaba discutiendo con una misteriosa mujer que podría ser su pareja, la tomó con un hombre que pasaba por allí cuando se percató de que lo estaba fotografiando.
>
> Miles ha sido detenido allí mismo.

Las imágenes van desde que Elliot me abraza contra mi voluntad y yo le grito para que me suelte hasta que se gira, ve al fotógrafo y se pone a perseguirlo cuando este echa a correr.

Me tapo la boca con la mano, horrorizada.

—¿Quién lo ha grabado?

Ya sabía yo que había ido mal... pero verlo es incluso peor.

Elliot atrapa al fotógrafo, le rompe la cámara y el hombre le dice algo a Elliot, que entonces le pega. Se le ve huyendo del parque.

Daniel me mira a los ojos con cara de espanto.

No digo nada.

Me suena el móvil desde la mesa de centro y veo que es Elliot.

Se me humedecen los ojos.

—¿Qué ha pasado? —pregunta Daniel. Me apaga el móvil y añade—: ¿Te ha hecho daño?

—No —le espeto—. No ha pasado nada. Ha vuelto y se me ha declarado. Por eso hemos discutido.

—Pues parece enfadado —insiste Daniel.

Pongo los ojos en blanco. No quiero ni imaginar el aspecto tan lamentable con el que acabaría Daniel si Elliot se enterase algún día de lo que me hizo en la cama.

Que a mí me da igual, ya ves tú.

—Es que lo estaba.

Me tumbo en la cama, a oscuras. Mi móvil lleva toda la noche apagado.

No es posible que Elliot siga detenido. ¿Y si era la única llamada que le permitían hacer y no he respondido?

«Basta, deja de pensar en él, que él no piensa en ti».

Enciendo el móvil.

Veintiséis llamadas perdidas... de Elliot.

Cierro los ojos con pesar y vuelvo a apagarlo.

—¡Kate! —me llama Daniel desde el piso de abajo—. Creo que tenemos otro problema.

—¿Qué pasa? —grito.

—Mejor ven para verlo por ti misma.

Me levanto de la cama a regañadientes y, una vez abajo, veo que Daniel sigue viendo las noticias.

> Actualización de última hora: se ha confirmado que la misteriosa mujer que discutía hoy acaloradamente con Elliot Miles no es otra que Kate Landon, empleada de Miles Media hasta hace poco.
>
> Se rumorea que Elliot Miles formaría parte de un triángulo amoroso de lo más sórdido entre Kate Landon y su pareja, Daniel Stevens.
>
> Landon, que vive con Stevens, fue vista en Nueva York la semana pasada con Miles, pero ya ha vuelto a casa con su pareja, hecho que habría molestado al señor Miles y que habría sido el desencadenante del altercado de esta tarde en Battersea Park.

Pasan a emitir imágenes en las que salimos Daniel y yo dándonos la mano o Daniel pasándome el brazo por detrás. Y otras en las que se nos ve acudiendo a distintos bailes; están tomadas de tal forma que parece que Daniel y yo somos pareja.

A continuación, ponen fotos de Elliot conmigo en Nueva York: una dándonos la mano al salir de un restaurante. Otra en la que me besa en el coche. Otra comprando lencería juntos. Otra en la que solo salgo yo almorzando con Elizabeth Miles.

—Cabrones —susurra Daniel, horrorizado.

—La madre que los parió… —Me tapo la boca con las manos.

Entonces enseñan una foto de nuestra casa. Daniel y yo nos miramos.

—Un momento, ¿cómo saben dónde vivimos? —Se levanta despacio y, al asomarse a la ventana, le cambia la cara—. Mierda.

—¿Qué pasa? —Corro hacia allí y, al apartar un poco las cortinas, veo un enjambre de fotógrafos apostados en el camino de enfrente, apuntando con las cámaras en nuestra dirección, deseosos de inmortalizar la escena.

—Madre mía. —Me llevo las manos a la cabeza—. Qué fuerte. ¿Y ahora qué hacemos?

Daniel me pasa su móvil y me dice:

—Llámalo y que te lo cuente él. Para algo es el dueño de una empresa de comunicación. Seguro que existe alguna ley que prohíbe inventarse la vida de la gente.

Exhalo con pesadez y digo:

—No quiero llamarlo.

—¿Se te ocurre algo mejor? —Señala la ventana y añade—: Preguntarle cómo arreglar este entuerto no significa que lo perdones, Kate.

—Tienes razón. Uf, vale. Lo llamaré desde mi móvil. —Me dirijo a las escaleras.

—Luego dime qué te ha dicho.

—Vale. —Subo las escaleras sin mucho afán, cojo mi móvil y lo enciendo.

Treinta y seis llamadas perdidas de Elliot.

Me siento en la cama con el teléfono en las manos. De verdad que no quiero llamarlo.

¿Qué voy a decirle?

Me suena el móvil en la mano, lo que hace que dé un respingo y lo agarre con torpeza. Es él.

—Hola —digo.

—Kate…, hola —musita con cautela.

Me quedo callada sin saber qué decir.

—Siento lo de la prensa. Me ocuparé de ello mañana.

—¿Cómo? —pregunto—. ¿Cómo lo solucionarás?

—No… —Se calla de golpe.

—Lo del triángulo amoroso y las… fotos para demostrarlo. —Se me forma un nudo en la garganta de la vergüenza.

Suspira en alto y dice:

—No llores, princesa. Lo arreglaré.

—Si pudiera creer algo de lo que sale por tu boca quizá entonces te creería —escupo—. No puedes arreglar esto, Elliot.

—Voy a buscarte.

—De eso nada. Hay cincuenta periodistas delante de mi casa.

—Le diré a Andrew que vaya a recogerte. Nos vemos en mi casa de Londres. Total, mañana me traslado ahí.

—¿Y eso?

—Porque no quiero que me sigan hasta Encantada, no quiero que sepan dónde vivo.

—Los de la tele no dicen más que mentiras. No estoy con Daniel —escupo; pero por poco sí, sin querer, y eso me mortifica.

—Lo sé.

—Pero…

—Les da igual —me corta—. Quédate ahí hasta que llegue Andrew.

—No. No ha cambiado nada, Elliot. No quiero verte.

—Tenemos que hablar.

—No tenemos nada que decirnos.

—Pues iré yo —farfulla.

—Y te echaré a patadas delante de la prensa. No vengas, Elliot. Hablo en serio.

—Vamos, Kate, no es justo —me espeta—. Sabes que necesito verte. No me dejes en manos de los periodistas que hay a las puertas de tu casa. Quiero hablar contigo.

Niego con la cabeza, asqueada.

—El único importante eres tú... ¿no, Elliot? —susurro—. Lo que tú necesitas, lo que es mejor para ti... la chica de tus sueños. Lo que tú quieres.

—Ya vale —brama.

—De acuerdo. —Y, exasperada, cuelgo.

Me suena al momento y lo cojo.

—No me cuelgues.

—Vete a la mierda. —Y vuelvo a colgar.

Suena otra vez.

—¡¿Qué?! —chillo—. ¡¿Qué quieres?!

—Quiero hablar contigo.

—No tengo nada que decirte.

—Por favor. —Y, en un tono más suave, añade—: Preciosa..., necesito verte. Podemos salir de esta, pero tenemos que unir fuerzas.

Me echo a llorar. Cuando me habla con esa voz tan dulce, me acuerdo del hombre al que quiero.

—Kathryn —dice con dureza—, déjame enviar a Andrew y veámonos en mi casa.

No digo nada y escucho.

—Así por lo menos podrás salir. No podrán seguirte hasta mi edificio. Aquí estarás a salvo. Independientemente de lo que pase entre tú y yo, como no salgas de esa casa te perseguirán sin descanso y no dejarán de inventarse historias.

Cierro los ojos y digo:

—No quiero...

—Solo quiero hablar, Kate. Te lo prometo.

—Pero...

—Haz la maleta para que crean que no volverás en breve. Así se marcharán.

Me paseo de un lado a otro mientras me lo pienso. Retiro las cortinas y echo un vistazo a la multitud que se agolpa en la calle.

Los periodistas están sentados en sillas plegables, fumando cigarrillos. Instalándose para pasar la noche. Me los imagino ahí plantados durante semanas, abordando a Daniel cuando vaya a trabajar. Esta situación no es justa ni para Daniel ni para Rebecca.

Mierda.

Elliot tiene razón. Pase lo que pase, tengo que salir de aquí. Y él es el único que puede lograrlo.

—Está bien.

—Hasta ahora.

Cuelgo y bajo las escaleras con resolución.

—¿Cómo ha ido? —inquiere Daniel mientras se incorpora.

—Elliot se encargará de la prensa mañana y Andrew vendrá a recogerme. No se irán hasta que me vaya.

La cara de Daniel es un poema.

—¿Te vas a ir con él? ¿Así de sencillo? Chasquea los dedos y ya está, perdonado.

—No. No soy tonta. Quiero largarme de aquí y tengo que usarlo para conseguirlo.

Daniel pone los ojos en blanco.

—¿Se te ocurre una idea mejor, Daniel? —grito—. Porque si es así, soy toda oídos. —Hago aspavientos con las manos—. Si me quedo, mañana por la mañana me seguirán a donde vaya y se inventarán más historias.

Se queda mirándome.

—Ah, y no olvides que tú eres el novio al que supuestamente soy infiel, así que no te extrañe que te sigan a ti también.

Se pellizca el puente de la nariz y dice:

—Qué pesadilla, joder.

—¿Te crees que no lo sé? —grito.

Rebecca sale de su cuarto y dice, medio dormida:

—¿Qué pasa?

—Daniel y yo somos novios y me he estado acostando con Elliot a sus espaldas —le cuento, frustrada.

Rebecca se rasca la cabeza y nos mira.

—¿En serio?

—¡No! —gritamos a la vez.

—Ah. —Frunce el entrecejo—. Joder, menos mal.

Daniel niega con la cabeza y le espeta:

—Vuélvete a la cama, anda.

—Vale, pero callad ya, que no me dejáis dormir. —Vuelve a su cuarto y cierra la puerta.

Subo arriba corriendo para hacer la maleta y Daniel me sigue diciendo:

—¿Qué vas a hacer?

—Pues no lo sé. —Lanzo mi maleta a la cama. Ya sé qué voy a hacer, pero no quiero decírselo todavía, al menos hasta que no haya marcha atrás.

Es mi decisión, mía y de nadie más, y no quiero que nadie me coma el coco. Después de que Daniel y yo cruzáramos la línea de la amistad anoche, he llegado a la conclusión de que debo idear mis planes sola. Meto ropa a toda velocidad, corro al baño y cojo mis artículos de higiene personal. Meto el champú, el acondicionador y el secador. Pongo los brazos en jarras y miro a mi alrededor. Cojo las fotos en las que salgo con mis padres y las guardo también.

—¿Cuánto tiempo vas a estar fuera? —pregunta arrugando el ceño.

—Hasta que la cosa se calme.

Abre mucho los ojos y dice:

—¿Y eso cuándo será?

—No lo sé, me alojaré en un hotel unos días. Te llamaré cuando sepa dónde me hospedo.

—Vale.

—¿Trabajas mañana? —le pregunto.

—Creo. —Vuelve a arrugar el ceño y dice—: A lo mejor... debería irme a casa de mis padres unos días yo también.

—Sí, quizá. —Lo miro a los ojos y añado—: Siento mucho haberte metido en esto.

—Eh —Sonríe y me abraza—, no es culpa tuya. —Lo miro a los ojos y me coge de las mejillas—. Pero ten cuidado con él... ¿vale? —susurra.

—Nunca me haría daño.

—Ya te lo ha hecho.

Agacho la cabeza y digo:

—Lo sé.

Me llega un mensaje al móvil.

> Kate, soy Andrew.
> Estoy doblando la esquina.
> No salgas. Ya iré yo a tu puerta.
> Dile a Daniel que se esconda.

Le contesto.

Vale, gracias.

—Está al caer. Me ha dicho que te escondas.

—Mierda, vale. Me iré a mi cuarto. —Me mira a los ojos y añade—: Ten cuidado, cielo. —Y me abraza.

—Te llamo mañana. ¿Cuándo te irás a casa de tus padres? —le pregunto.

—A primera hora de la mañana.

—Vale.

Me mira por última vez y baja las escaleras. Siento la necesidad de escribirle a Brad, así que le envío un mensaje rápido.

¿Estás en casa?
¿Puedo mandarte unas cosas a tu casa?

Me contesta enseguida.

Claro, sin problema.
Esperaba que me llamaras.
He visto las noticias.
¿Qué coño está pasando, Kate?

Niego con la cabeza.

Una sarta de mentiras, pero estoy bien.
Mañana te cuento.
Un beso.
Te quiero.

Me contesta al momento.

Y yo a ti. Hasta pronto.
Un beso.

A los diez minutos, oigo que llaman a la puerta. La abro y veo a Andrew sonriéndome. Pasa y cierra la puerta.

—Hola, Kathryn.

—Hola.

—¿Estás lista?

Asiento.

—Vengo con escolta.

Me cambia la cara.

—Así llegaremos al coche sin que se nos acerquen los fotógrafos. Te taparé con el paraguas y tú agacharás la cabeza e irás directa al coche. No mires arriba ni contestes a nadie. Subiremos al asiento de atrás y los de seguridad nos sacarán de aquí.

Noto retortijones en el estómago.

—Vale —susurro.

—¿Tienes alguna chaqueta con capucha?

—Sí.

—Pues póntela.

Subo las escaleras corriendo y paso por el armario como una exhalación. El corazón me va a mil. Me siento como si fuera a atracar un banco o algo así. Me pongo el anorak y bajo.

—Ya estoy.

Andrew me sonríe con amabilidad y me sube la capucha. Lo miro aterrada.

—No te preocupes. En cuanto haya otro escándalo se esfumarán. Pronto acabará.

—Andrew, no salgo con mi compañero de piso.

—Ya lo sé, tesoro. —Me coge de la mano y abre un poquito la puerta. Hay dos guardias de seguridad en un extremo del portal—. Listos —les dice.

—Listos. —Separan las piernas como si se dispusieran a combatir.

Andrew abre la puerta y un paraguas negro con el que apunta a los fotógrafos que vienen corriendo para que no me vean.

—Ahora —me espeta a la vez que me tira de la mano—. Mantén la cabeza gacha.

—¡Kate! —me gritan mientras se nos pegan como lapas—. Señorita Landon, ¿qué tal su marido?

Me acribillan a preguntas mientras me llevan volando al coche.

—¡Atrás! —grita un guardia de seguridad. Empuja a un fotógrafo con tanta fuerza que se cae de culo.

Me zarandean de un lado a otro conforme se acercan los fotógrafos.

—¡Corre! —grita Andrew.

Con el corazón a mil, llegamos al vehículo. Me meto a toda prisa y Andrew sube detrás de mí y cierra con fuerza.

Los fotógrafos rodean el coche sin dejar de gritarme. Los guardias de seguridad se montan y uno arranca.

—¡Les vas a dar! —exclamo.

El hombre ni me contesta ni se detiene. Sigue adelante y, por alguna razón, la muchedumbre se aparta y nos deja pasar.

Miro mi casa y me embarga la tristeza. ¿Cómo va a salir Daniel de ahí?

—¿Podéis ayudar a Daniel a escapar mañana?

Andrew asiente y dice:

—Por supuesto.

Retuerzo las manos en el regazo de los nervios.

—Cuando me dejes en casa de Elliot, ¿te importaría llevar mi maleta a casa de mi hermano?

—En absoluto.

Asiento mientras se me dispara la adrenalina.

A medida que recorremos las calles de Londres como un rayo, entiendo por primera vez por qué Elliot protege su intimidad a toda costa. No quiere darles ni un hilo del que tirar.

Qué pesadilla más horrorosa, joder.

Entramos en el aparcamiento subterráneo del apartamento de lujo de Elliot. Las puertas de seguridad se cierran a nuestra espalda y el vehículo para delante de un ascensor. El guardia aparca el coche y todos nos bajamos.

—Gracias —susurro.

Los dos mastodontes se dirigen al ascensor.

—Podéis dejarme aquí. —Los guardias pasan de mí y se meten en el ascensor—. ¿Qué hacéis? —pregunto mientras los miro alternativamente.

—Tenemos órdenes de escoltarla hasta su destino, señorita Landon.

Al mirarlos me viene a la cabeza lo que me dijo Daniel la primera vez que quedé con Elliot: «Es un hombre influyente, no me gustaría cabrearlo».

De pronto soy plenamente consciente de que, si Elliot Miles quiere que me lleven hasta su puerta, no tengo alternativa. Si ahora mismo les dijera que no voy a subir a su casa, me obligarían a ir de todas formas.

Se me pasan un millón de ideas por la cabeza, pero la que predomina es... que voy a perder el control.

Subimos a la última planta en silencio. Se abren las puertas y ahí está Elliot, esperando en el vestíbulo. Me mira a los ojos y sonríe ligeramente, como si le aliviara verme.

—Gracias —les dice a los guardias. Abre la puerta de su casa y entro.

Me planto en mitad de su salón, decidida a demostrar lo fuerte que soy.

Es la última vez que me someto a este señor.

Elliot me mira a los ojos como si fuera un animal salvaje que huirá en cualquier momento.

—Perdón por lo de los guardias —susurra.

Asiento.

—¿Te apetece... tomar algo?

—No.

Infla las mejillas como si no supiera qué decir.

—¿No te sientas?

Lo miro a los ojos y solo me apetece hacerle sufrir por el sufrimiento que me ha causado él a mí.

Por meterme en este lío de tres pares de cojones.

—Princesa, tenemos que hablar —susurra.

—Por el amor de Dios, Elliot —grito—, no me llames así. Ya no es un apelativo cariñoso, sino un motivo de burla. Estás abusando de mi cariño. ¡No vuelvas a llamarme princesa en tu puta vida!

Le cambia la cara.

—Tenía que ir… sabes que tenía que ir.

Lo miro fijamente.

—Me dijiste que fuera —grita—. Te pedí consejo y me dijiste que fuera.

—Te dije que hicieras caso a tu corazón —replico a gritos.

Aprieta la mandíbula; se ha quedado sin palabras.

—¿Desde cuándo sabes que soy yo? ¿Cuánto llevas mintiéndome?

—Todo este tiempo tú has sabido que Edgar era yo. Eres tú la que ha estado mintiéndome —dice—. Yo te confesé quién era al momento.

—¿Desde cuándo? —Hago aspavientos con las manos.

—Me hablaste de Edgar Moffatt la noche en que se te subieron las pastillas a la cabeza. Hasta me enseñaste vuestra conversación en el móvil.

Me cambia la cara.

—Con la de gente que hay en el mundo, no podía creerme que fueras tú. Te lo dije al día siguiente. Al día siguiente te enteraste de que Edgar era yo —responde con calma.

—¿Por qué eres tan sincero con Rosita?

—Porque es muy fácil hablar con ella… no me juzga. Es mi amiga.

—¿Eso es que… me mientes?

—Sabía que estaba hablando contigo. No te he mentido nunca. Ni una sola vez. Te dije que iba a Francia a verla.

—Pero ¡no me lo dijiste a mí! —exclamo, furiosa—. Tú sabías que no podía decir nada al respecto.

—Porque me has mentido todo el tiempo —grita—. Y lo sabías, joder.

Agacho la cabeza; así no vamos a ninguna parte. Me siento en el sofá y él se arrodilla ante mí, en el suelo, y me dice:

—No pasó nada, te lo juro. Ni la besé.

Lo miro a los ojos.

¿Será verdad?

—Kate. —Suspira con pena—. Si no hubiera ido, me habría quedado toda la vida con la duda de: «¿Qué habría pasado si…?».

—Ya. Entonces… —Hago una pausa para dar con las palabras adecuadas—, ¿has pasado la semana con ella?

—No. Durante la cena me dejó bastante claro que quería… más.

Me trago el nudo de la garganta. ¿Seguro que quiero oír esto?

—Pero yo solo podía pensar… en ti —susurra—. Sabía que había hecho mal, pero también sabía que tenía que ir para salir de dudas. No podía iniciar un futuro con una chica mientras me reconcomían las dudas. Era un arma de doble filo, Kate. Hice lo que creí que tenía que hacer.

Agacho la cabeza. «No llores».

—No teníamos química… es que nada. —Me mira a los ojos y añade—. Te juro que…

—¿Y si la hubierais tenido? —lo interrumpo—. ¿Y si hubierais tenido química, Elliot? ¿Dónde me dejaría a mí eso?

—No había química.

—Pero podría haberla habido.

Elliot exhala con pesadez y dice:

—No me estás escuchando.

—Y tú no has contestado a mi pregunta. ¿Dónde has estado toda la semana? —inquiero.

—Le dije que no estaba interesado, que tenía a alguien en casa.

—Detalle que tendrías que haber recordado antes de ir con ella —chillo, todavía indignada.

—Pero ahora estoy aquí —grita mientras hace un gesto amplio con las manos—. Soy tuyo, Kate.

¿Seguro?

—He aprovechado esta semana para reflexionar —prosigue—. Necesitaba pensar.

Lo miro a los ojos y se me erizan el vello de la nuca.

—¿En qué?

—En la vida.

—Vamos, en cómo es posible que te hayas pillado de una chica del montón.

Por lo fuerte que inhala, sé que he dado en el clavo.

Se me humedecen los ojos.

—No soy la protagonista de tu cuento, Elliot —susurro.

—Claro que sí. —Se pone en pie y añade—: El destino es una chorrada. Todo este tiempo pensaba que me mandaría señales. Que mi instinto me guiaría hasta mi alma gemela.

Lo que me hace sufrir este hombre, Dios mío. Agacho la cabeza, incapaz de mirarlo.

—Kate, nos hemos odiado durante años. —Me acuna el rostro y me acaricia el labio inferior con el pulgar—. No puedes culparme por preguntarme si se trataba de amor verdadero o simple atracción física. Seguro que a ti también te surgió la duda.

Se me cae el alma a los pies.

«Ni una sola vez».

Me obligo a asentir. A ver si la conversación se acaba de una vez.

Elliot vuelve a postrarse ante mí y dice:

—Te quiero. —Me da un besito—. Arreglaremos esto. Empezaremos de cero y esta vez seremos conscientes de que lo nuestro es amor verdadero. Tú eres la única que me hace sentir así, Kate.

Más mentiras.

Me aparto para que deje de besarme y digo:

—Necesito darme una ducha.

Elliot sonríe y me abraza.

—Vale, sí, vamos a ducharnos.

—Elliot, he tenido un día horrible y estoy cansada. ¿Qué tal si lo hablamos mañana?

—Vale. —Asiente y me ayuda a levantarme del sofá—. Tienes razón, tenemos todo el tiempo del mundo.

Me lleva al baño y me abre la ducha. Me desviste despacio y me meto bajo el agua.

Me ducho aturdida, a caballo entre la angustia y el alivio.

«Ahora lo sé».

Salgo y Elliot me seca con una toalla mientras me colma de besos.

—Menos mal que has venido —susurra—. Pensaba que te había perdido.

Lo miro con una indiferencia absoluta. ¿Va en serio?

¿Se cree que con unas palabras bonitas se soluciona todo?

No siento nada. Estoy muerta por dentro. Es como si hablara con un desconocido, uno que ni siquiera me cayera bien.

Lo que teníamos ya no existe.

Nos metemos en su cama y juntamos los labios, pero en cuanto Elliot intensifica el beso yo me aparto y le susurro:

—Buenas noches, cielo. Esta noche no me apetece. Han sido muchas emociones de golpe.

—Vale. —Apaga la luz de la mesita, me abraza por detrás y me besa en la sien.

—Te quiero, Kate —susurra.

—Y yo a ti —musito mientras yacemos a oscuras. Físicamente estamos muy cerca, pero nunca me he sentido tan sola.

Y si Elliot me conociera, lo sabría.

Me cae una lágrima por la mejilla; es cálida, salada y me sabe a traición.

Elliot Miles no era el único que quería un final de cuento.

Yo también.

Y, por desgracia, sé que esto no lo es.

Capítulo 25

Elliot

Me despierto sobresaltado por un golpe lejano.

Miro el lado de la cama de Kate, pero no está. Me incorporo.

—Kate —grito. ¿Estará en el baño?—. ¿Kate?

Me levanto y voy al baño. No hay nadie. El pánico se apodera de mí y enciendo la luz.

—¡Kate! —grito mientras miro a mi alrededor—. ¿Dónde estás?

Voy al salón.

—Kate —grito con premura—. Kathryn.

Miro a mi alrededor. ¿Y su bolso?

Su maleta no está.

No.

Corro por todas las habitaciones de la casa gritando su nombre con el corazón desbocado.

No está aquí.

La llamo; da señal. Vuelvo a llamarla y ahora el móvil está apagado.

La rabia se apodera de mí y le doy una patada a la pared.

Llamo a seguridad.

—¿Sí, señor?

—¿Y Kate? —gruño.

—Pues… con usted… ¿no?

—¡Ya me estás explicando cómo coño se ha ido sin que os dierais cuenta! —grito.

—No lo entiendo, señor. No nos hemos movido de aquí en toda la noche.

—¡Inútiles! —exclamo—. ¡Encontradla, joder!

Cuelgo y me paseo de un lado a otro. Me cuesta respirar mientras me esfuerzo por mantener la calma.

Me asomo a la ventana para ver la calle.

—Kate —susurro—, ¿dónde estás?

Aprovecho que voy en el asiento de atrás para llamar a Kate. Me salta el contestador.

Tomo aire con brusquedad. Me he pasado horas buscándola. Es como si se la hubiera tragado la tierra.

No hay ni rastro de ella.

No ha vuelto a casa y tiene el móvil apagado.

—Es esta casa, señor.

Miro por la ventanilla.

—¿Estás seguro?

—Sí, esta es la casa de su hermano. Enviamos su maleta aquí, tal y como ella solicitó.

Salgo del coche y me dirijo a la entrada hecho una furia. Llamo a la puerta con fuerza y alguien la abre de golpe. Es un hombre joven, de unos treinta.

—Hola, soy Elliot Miles…

—Sé quién eres.

—¿Puedo verla?

—No está aquí.

—Necesito…

—Ya has hecho bastante —me espeta y, antes de que cierre la puerta, meto la mano para impedirlo, la abro a la fuerza y entro en tromba.

—¡Kate! —grito—. Sé que estás aquí.

—Llegas tarde. Se ha ido. —Suspira.

—¿A dónde?

—Se ha ido en avión.

Todo me da vueltas.

—¿A dónde?

—A ti te lo voy a decir.

—¿De qué hablas? —Hago aspavientos con las manos—. Si mañana tiene que ir a la oficina.

Pone cara de asco y dice:

—Atontado, Kate dimitió el miércoles pasado. Ha conseguido un trabajo en el extranjero. Si no hubieras estado tan acarameladito con tu pintora, te habrías enterado.

Me estoy mareando.

Se me dilatan las aletas de la nariz mientras lucho por no perder el control.

El chico niega con la cabeza y exhala pesadamente.

—Vete, anda, la has cagado. —Se mira el reloj.

—¿Dónde está? Dímelo —le exijo.

—Llegas tarde, ya habrá facturado.

Abro mucho los ojos. Su vuelo no ha salido todavía.

—Entonces todavía puedo pillarla. —Me giro y vuelvo corriendo al coche.

—¡Yo no he dicho eso! —me grita a mi espalda—. No quiere verte —dice a lo lejos mientras subo al coche como un rayo.

—¡Al aeropuerto de Heathrow, deprisa! —grito.

Andrew se incorpora al tráfico a toda mecha y llamo a Kate. Rin, rin…, rin, rin…, rin, rin.

—Vamos, cógelo. Cógelo —susurro. Comunica. Vuelvo a llamar. Me la imagino mirando el móvil y pasando de mí y me enfurezco.

Con ella, conmigo… y con esta puta mierda de situación.

¿Por qué habrá huido en plena noche? ¿En qué estaría pensando?

Cuando esto se acabe me la cargo… si no me da un infarto antes, claro.

Me asomo al asiento delantero y digo:

—Más deprisa.

—Ya voy rápido. —Andrew infla las mejillas mientras cambia de carril. Vuelve a cambiar y yo llamo a Kate con el corazón en un puño.

«Vamos, preciosa, cógelo».

Vuelve a comunicar.

—¡Coge el móvil, joder! —grito mientras tiro el teléfono al asiento con rabia.

Andrew me mira a los ojos por el retrovisor.

—¡No empieces, eh! —le gruño.

Pisa a fondo el acelerador y salimos disparados; en media hora nos plantamos en el aeropuerto.

Salgo escopeteado del coche y entro corriendo. Observo detenidamente los mostradores de facturación mientras doy una vuelta completa sobre mí mismo.

—¿Dónde estás? —susurro para mí—. Kate. —Empiezo a temer no encontrarla con tanta gente pululando por aquí—. Por favor, no lo hagas. —Corro por detrás de las colas de facturación para ver si doy con ella. Cuando llego al final vuelvo al principio. A lo mejor ya ha facturado.

Voy al control de seguridad y me pongo a hacer cola.

—Venga, venga —mascullo. Miro a mi alrededor y veo que la fila avanza a paso de tortuga.

«¡Espabilad, coño!».

Me meso el cabello del pánico. Cada minuto que pasa… es un minuto menos para detenerla.

Cuando al fin llego al control de seguridad, paso por el escáner y pita.

Mierda.

—Retroceda, señor.

—No tengo tiempo para esto —digo tartamudeando. Vuelvo a pasar por el escáner y, como vuelve a pitar, me quito los zapatos y los tiro por ahí; me desabrocho el cinturón y lo lanzo al suelo. Vuelvo a cruzar el escáner y esta vez no salta la alarma—. Joder, menos mal. —Cojo mi ropa, me la coloco bajo el brazo y corro lo más rápido que puedo hasta la intersección: seis pasillos enormes que conducen a las puertas de embarque por direcciones distintas.

No.

Me trago el nudo de la garganta mientras sopeso mis opciones: ¿cuál sigo?

Mmm…

—¿Cuál elijo? —Jadeo y me cuesta respirar—. Derecha. —Enfilo el pasillo de la derecha. Es imposible. No voy a encontrarla nunca—. Me cago en Dios.

Sigo corriendo y entonces, por algún motivo, me da por mirar a un lado y veo la espalda de Kate, que va a cruzar la puerta de embarque.

—¡Kate! —grito mientras corro como una flecha en su dirección—. ¡Kate!

No me oye y pasa por las puertas de doble hoja.

—¡Kate! —chillo lo más alto que puedo. La gente se gira para mirarme. Me dirijo a las azafatas que se encargan de la facturación y, entre resuellos, les digo—: Necesito que una pasajera baje del avión.

—Lo lamento, señor, pero eso es imposible.

—No. —Me llevo la mano al pecho. Mierda, no puedo respirar—. No lo entiende. Es una emergencia.

—Llega tarde.

—¡No! —exclamo—. Kate, estoy aquí —digo a gritos—. Vuelve.

Dos gorilas se plantan a mi lado y me dicen:

—¿Le ocurre algo, señor?

Miro a uno y luego a la otra y, entre jadeos, les digo:

—Mi novia. —Señalo el vuelo—. Tengo que... detenerla.

Los guardias se miran y, tras poner los ojos en blanco, uno dice:

—Márchese si no quiere que le obliguemos nosotros, señor.

Me entra el bajón. Dejo caer los zapatos y el cinturón y me apoyo en las rodillas para recobrar el aliento.

Me cago en la leche..., se ha ido...

Pero ¿a dónde? Miro arriba para ver el destino.

Honolulu
Vuelo 245
American Airlines

Me incorporo con un nuevo objetivo en mente. Me calzo y me enrollo el cinturón en la mano.

—Gracias. —Y me voy con paso firme. Cabrones.

Llamo a mi guardia de seguridad, que contesta enseguida.

—Hola, señor Miles.

—Hola. Que alguien la espere al aterrizar. Ha cogido el vuelo 245 de American Airlines con rumbo a Honolulu.

—Descuide.

—¡No la perdáis de vista! Quiero saber dónde se hospeda.

Kate

El coche se detiene delante de la casa de campo. El chófer se gira y me dice:

—Señorita, ya hemos llegado.

Me asomo a la ventanilla y me inunda el alivio. Parece decente. Siempre siento unos segundos de pánico cuando veo el sitio que he reservado por internet.

Le pago y me saca la maleta del maletero.

Menos mal que esta semana lo había planeado todo.

Durante los días que no supe nada de Elliot (porque estaba con ella), solo de pensar en encontrármelo en la oficina me daba algo. Así que me reservé unas vacaciones para poner tierra de por medio. No le he dicho nada a nadie, excepto a Brad. Ni siquiera a Daniel o a Rebecca. Si no conocen mi paradero, no se les escapará delante de nadie. Y menos mal que no se lo conté. No tenía ni idea de lo bien que me vendría callármelo.

Estoy en Lanikai Beach, en la isla de Oahu, en Hawái.

Oír y oler el mar me conmueve. Me despido del chófer con la mano y subo los escalones.

Las llaves están en una caja fuerte. ¡Qué emoción! Una ducha caliente… y dormir un ratito.

He tenido un vuelo espantoso. Si soy sincera, una parte de mí pensaba que aparecería el *jet* de los Miles al lado de mi avión para secuestrarlo y que Elliot se presentaría en pleno vuelo y me sacaría a la fuerza.

Haber llegado aquí sola y a salvo es todo un alivio. Giro la llave y ahogo un grito al entrar.

Madre mía.

—¡Qué preciosidad!

Es una casita con forma hexagonal situada al borde de un acantilado. Casi todo son ventanales con vistas al mar. Además, hay palmeras en un extremo.

Parece sacada de una película.

Sonrío, cierro con llave y miro a mi alrededor: un solo dormitorio, un baño minúsculo y una cocina/salón con forma octogonal y suelos de madera clara. Las ventanas francesas de madera dan a una terraza enorme. Salgo a que me dé la brisa del mar en la cara.

—¡Ahí va! —Estas vistas me hacen sonreír. Me quedo mirando un rato y entonces pienso en Elliot, que estará en casa muerto de miedo. Sabía que se preocuparía.

Pero no puedo pensar en él ahora. Por una vez en mi vida, voy a priorizarme.

Entiendo lo que me dijo ayer: que me quiere y que no hizo nada con su querida pintora. Si hubiera vuelto nada más verla, a lo mejor le habría perdonado y pasado página.

Pero tardó una semana en llegar a la conclusión de que quería estar conmigo. En convencerse de que era feliz. Si me quisiera, tal y como él mismo asegura, no le habría hecho falta ninguna introspección para darse cuenta. Habría vuelto directamente a casa, conmigo.

No soporto que no fuera así.

Recuerdo esas noches maravillosas en las que reíamos, hacíamos el amor y manteníamos conversaciones profundas y significativas hasta las tantas y se me parte el alma.

En esos momentos, por un segundo, creí que lo nuestro era especial.

Exhalo con pena. Pero no era así...

Elliot Miles no es el único que quiere su final feliz con alguien extraordinario. Adivina quién más está esperándolo. Yo.

Aunque me mate la espera, cosa que, a juzgar por mi situación actual, es muy probable.

—Hola —digo con una sonrisa al apuesto camarero—. Me gustaría hablar con Steven sobre el puesto de camarera.

Llevo cuatro días aquí y no me apetece nada volver a casa. He llamado a la inmobiliaria y resulta que la casa en la que me estoy hospedando admite un alquiler a largo plazo.

Así pues, me quedaré una temporada y echaré raíces mientras me aclaro las ideas.

—Hola. —Sonríe mientras limpia la barra—. Yo soy Steven.

—Hola. —Estoy muy incómoda y me aferro al currículum con una fuerza sobrehumana.

—¿Has sido camarera alguna vez? —me pregunta.

—No.

—¿Has servido canapés en eventos?

—Tampoco.

—¿Y a qué te dedicas?

—A las Tecnologías de la Información. —Retuerzo los dedos por delante—. Soy analista de sistemas informáticos.

El chico frunce el ceño y dice:

—¿Y qué haces aquí?

—¿Quieres saber la verdad? —Me encojo de hombros—. He roto con mi novio y he puesto pies en polvorosa. Y creo que Lanikai es el sitio ideal para pasar unos meses lamiéndome las heridas y aclarándome las ideas.

«Ay, no, ya la he liado».

El chico sonríe con ganas y dice:

—Y que lo digas. Yo hice lo mismo hace cinco años y no he vuelto. ¿Cuándo puedes empezar?

—Hoy mismo.

El rumor de las olas besa la orilla y sonrío al sol mientras paseo.

Este sitio es el paraíso.

Y no solo porque me haya servido para escapar.

Sino porque, por primera vez en años, probablemente desde que fallecieron mis padres, me enorgullezco de mí misma.

Me he obligado a salir de mi zona de confort.

No quería estar en Londres, el instinto me decía que me fuera.

Había muchas preguntas en el aire y muy poca confianza por mi parte.

Aunque quería quedarme y luchar por lo nuestro, en el fondo sabía que necesitaba pasar una temporada a solas.

Para reponer fuerzas y redescubrirme a mí misma.

Es como si por fin estuviera madurando. He vivido a la sombra de la muerte de mis padres siete largos años, pero, por alguna razón, que Elliot me haya roto el corazón me ha espabilado.

Durante mucho tiempo deseé un cambio, pero era demasiado cauta y me daba mucho miedo dar el paso. Y ahora me pasa esto y cojo y, sin pensármelo dos veces, me mudo a la otra punta del mundo. Estaba cansada de las Tecnologías de la Información, así que ahora trabajo por las noches en un restaurante.

Todo contra lo que he tenido que luchar estos últimos años, el hastío, el anquilosamiento..., ha desaparecido de mi vida.

Me levanto cada mañana con fuerzas renovadas; tristona, pero, aun así, emocionada por lo que me deparará el día.

Practico yoga cada mañana al salir el sol, nado en la playa y me tumbo en la arena. A continuación, doy un paseo largo y me echo una siesta. Por la noche trabajo en el restaurante: es divertido, fácil y la gente es muy agradable.

—Un día precioso, ¿verdad? —me dice un ciclista al pasar por mi lado.

—Desde luego. —Sonrío mientras llego a la hilera de tiendas del pueblo. Este lugar es muy bonito y pintoresco. Casi todas las tardes vengo aquí a comprar lo que comeré al día siguiente.

Paso por delante de una tienda de manualidades y me paro a mirar el escaparate. ¿Qué hay ahí?

Echaré un vistazo. Cuando entro suena la campanita que hay en lo alto de la puerta.

—Hola. —Me sonríe una anciana.

—Hola.

—¿Deseas algo?

—Solo estoy mirando —contesto.

Me paseo por la sección de punto de cruz y sonrío con pena al mirar los patrones. A mi madre le habría encantado esta tienda.

Cuando era adolescente, nos tirábamos horas en el cenador: ella cosía y yo pintaba. Reíamos, hablábamos y escuchábamos música. Sonrío al recordar que la obligaba a ponerme las canciones de Taylor Swift una y otra vez.

Escojo el patrón de un pato y sonrío al pensar en Elliot y sus niñas. A lo mejor debería aprender punto de cruz. Sería un bonito homenaje a mi madre. Echo una ojeada a todos los patrones, pero acabo volviendo al de los patos.

Quiero este. Me gustan las patas de Elliot; están como un cencerro. Recuerdo el día que lo atacaron y sonrío. Me coloco el bulto bajo el brazo y sigo mirando.

—Los artículos de arte están al cincuenta por ciento —me informa la señora mayor.

—Qué bien, gracias. —Sigo andando—. No pinto desde el instituto.

—Pues deberías retomarlo; es la mejor terapia —me asegura con una sonrisa.

Mmm, puede que tenga razón. Ya que voy a aprender punto de cruz, de paso podría pintar un cuadro. Se me da fatal, pero me acordaré de mamá y me sentiré más cerca de ella.

Le encantaban mis cuadros; cada vez que pintaba uno nuevo, me decía que ese era su favorito. ¿No es lo que les dicen todas las madres a sus hijos cuando les enseñan el horrible resultado al poner en práctica sus aficiones?

Cojo un paquete de pinceles y un lote de tubos de pintura para principiantes. Vuelvo al fondo y echo un vistazo a los lienzos. ¡La leche, qué caros!

¿En serio mamá pagaba este dineral? Sonrío, perfectamente consciente de por qué lo hacía: para que me sentara junto a ella mientras cosía. Al fin y al cabo, cada maestrillo tiene su librillo.

Cojo un lienzo pequeño, así cabrá mejor en la papelera cuando me lo cargue.

Llevo mis cosas a la caja con ganas de que llegue mañana. Cuando vuelva de la playa, empezaré a aprender punto de cruz, como mamá. ¡Qué guay!

Elliot

—Han llegado sus cuadros, señor Miles —me avisa Andrew desde la puerta.

Dejo de mirar el ordenador y digo:

—¿Cómo?

—Han llegado los cuadros de Harriet que estaban en el almacén. Sé lo mucho que los añoraba.

Me paso la mano por el pelo con fastidio.

—Ah. —Hago una pausa.

No quiero estar cerca de esos cuadros. Por ellos dejé a Kate.

Solo sirven para recordarme lo que ya no tengo.

A mi chica.

—Pues... —Hago una pausa para explicarme bien—. Lo siento, Andrew, pero ¿podrías devolverlos a mi casa de Londres?

A Andrew le cambia la cara.

—Pero...

—Pero nada —le corto—. No los quiero en esta casa.

Me mira arrugando el ceño.

—Eso es todo, Andrew —le espeto para que se retire.

—Está bien, señor.

Tomo aire temblando y vuelvo a centrarme en el ordenador.

Qué mierda todo.

Kate

Estoy volviendo a casa cuando veo un coche parado en la entrada. Frunzo el ceño y, al acercarme, me doy cuenta de que es una furgoneta de reparto.

—¿Puedo ayudarle? —le pregunto al chófer.

—Sí, estoy buscando a Rosita Leroo. ¿Vive aquí?

El corazón me da un vuelco; Elliot sabe dónde estoy.

¿Habrá venido? Miro a mi alrededor con recelo y le pregunto al conductor:

—¿Qué trae para ella?

—Una carta. —Me enseña un sobre rojo. Reconozco la letra de Elliot en la parte frontal.

Ostras...

—Sí, soy Rosita —digo.

—Por favor, firme aquí. Es certificado.

—Claro. —Maldito controlador. Quiere asegurarse de que recibo su carta.

Firmo y me la da.

—Adiós, Rosita —me dice el repartidor mientras se sube a la furgoneta.

—Gracias, adiós.

Miro la carta.

Señorita Rosita Leroo
98 C / Grosvenor
Mayweather (Oahu)

Giro el sobre para ver el remitente.

Edgar Moffatt
Basurólogo extraordinario
Reino de Encantada

Sonrío con suficiencia. Basurólogo extraordinario… Tonto.

Entro en casa y dejo la carta en la encimera.

No pienso leerla.

Son las once de la noche cuando entro por la puerta y voy directamente a por el sobre. El restaurante estaba a reventar esta noche y me he pasado todo el rato preguntándome qué decía la carta. Qué tortura.

¿Cómo sabe dónde estoy?

Cojo el sobre y lo miro. ¿Qué querrá? Solo hay un modo de averiguarlo.

Manda huevos.

Abro el sobre.

Mi queridísima Rosita:

En vista de que no puedo llamarte y de que no quiero acosarte como un asesino en serie, he decidido pasarme a la vieja escuela y escribirte una carta.

Para disfrutar de la experiencia completa, por favor, rocía la carta con el espray que incluye el sobre.

Arrugo la frente. ¿De qué habla este?

Pongo el sobre bocabajo y cae un miniespray en la encimera.

Lo cojo y leo la etiqueta.

Elliot Miles — Poción de amor

Escondo los labios para no sonreír. Me acerco el bote a la nariz y cierro los ojos mientras me asaltan los recuerdos. Es la loción para después del afeitado de Elliot.

Mmm.

Sigo leyendo.

Te escribo para darte una noticia estupenda: vas a ser AC o, lo que es lo mismo, Abuela Cabra.

Me tapo la boca con la mano y me troncho de risa. ¿Qué dice este?

El veterinario se acaba de ir, pero antes me ha confirmado mis sospechas: tu cabra Gretel está preñada. En teoría dará a luz en cuarenta días. Me muero de ganas.

Al fin buenas noticias.

Espero que estés bien.

Además, espero que sepas lo mucho que me está costando no ir a por ti.

Y lo mucho que te echo de menos.

Un beso.

Siempre tuyo,

Elliot

Concisa y bonita. Me derrito por dentro y me muerdo el labio.

Cojo el miniespray y me lo acerco a la nariz. Huele a gloria.

Elliot Miles.

Leo la carta otra vez… y otra y, a continuación, le hago caso y la rocío con su loción.

Y así, con una sonrisa de oreja a oreja y el aroma de Elliot Miles envolviéndome, vuelvo a leerla.

Capítulo 26

Sonrío mientras mezclo pinturas en la paleta. ¿Quién me iba a decir a mí que me gustaría tanto pintar?

Me transporta a una época en la que era feliz y no tenía preocupaciones. Reconozco que la carta de Elliot que recibí ayer también ha contribuido a levantarme el ánimo.

Lo ha entendido.

Podría haber venido aquí y convencerme para que volviese a casa con él; en cambio, está dejando que me aclare sola.

Oigo que un coche se detiene en la entrada y me asomo a la ventana. Es la furgoneta. Sonrío.

Abro la puerta corriendo y veo al repartidor bajar del vehículo con otro sobre rojo.

—¿Rosita? —dice.

—Soy yo —contesto, pletórica.

—Dos cartas en dos días. Qué bien viven algunos. Firma aquí.

Firmo con una sonrisa en la cara.

—¿Cómo te llamabas? —le pregunto.

—Richard.

—Gracias, Richard.

Acepto la carta, subo los escalones como un rayo y, una vez dentro, la abro. Como hice ayer, giro el sobre y cae el frasquito.

Me echo a reír al leer la etiqueta.

Elliot Miles — Poción de amor

Mi queridísima Rosita:

En vista de que no puedo llamarte y de que no quiero acosarte como un asesino en serie, he decidido pasarme a la vieja escuela y escribirte una carta.

Para disfrutar de la experiencia completa, por favor, rocía la carta con el espray que incluye el sobre.

A tenor de tus múltiples fetiches, voy a complacerte.

He incluido una foto para tu disfrute personal. Úsala con gusto y recréate a menudo.

Frunzo el entrecejo. ¿Cómo?

Miro en el sobre y veo que hay una fotografía envuelta en papel blanco.

La abro y me río. Es una foto de Elliot descalzo con los pies cruzados encima de una otomana. Está descansando en su terraza y, de fondo, se ven el lago y las colinas verdes de Encantada.

Hay un vaso de *whisky* en la mesita y Elliot lleva un pantalón de chándal gris.

Miro la foto arrugando el ceño. ¿Qué estará tramando? Me entran ganas de estar allí. Sigo leyendo.

Espero que estés bien. Mis días son largos y mis noches más largas incluso.

Mi amor, te echo de menos.

Un beso.

Siempre tuyo,

Elliot

P. D.: ¿Ya has empezado a tejer los collares de tus nietos? Por lo visto, es normal que vengan de dos en dos. Estoy tranquilísimo.

Sonrío mientras miro la carta más de la cuenta. Cojo el botecito y la rocío.

Me la llevo a la nariz y respiro hondo: el olor de Elliot Miles me envuelve en todo su esplendor.

Estas cartitas tan peculiares pero que a su vez representan tan bien a Elliot significan mucho para mí.

Sonrío. Hoy es un buen día.

Elliot

Christopher se asoma a la puerta y dice:

—¿Te apetece ir a pillar algo de comer?

Lo miro y digo:

—Pues... —Sí me apetece, pero no quiero que vea la parada que tengo que hacer antes— no, gracias. Estoy bien.

—Tienes que comer.

—Ya, es que... —Hago una pausa para pensar en una excusa— luego tengo que ir a correos. Ya pillaré algo por el camino.

Christopher entra arrugando el entrecejo y pregunta:

—¿Y qué se te ha perdido a ti en correos?

—Un banquete de ocho platos. ¿Tú qué crees? —mascullo en tono seco mientras vuelvo a centrarme en el ordenador.

Se sienta en el filo de mi mesa y dice:

—¿Sabes algo de Kate?

—No. —Aporreo las teclas—. ¿Por qué lo dices?

—Porque no se te ve el pelo ni quedas con nadie. Y lo poco que sales de casa es para venir a la oficina.

—¿Y?

—Se fue hace casi seis semanas, Elliot.

—¿A dónde quieres llegar? —le espeto, exasperado.

—A que no va a volver, tío.

—Escucha —bramo—, Kate es asunto mío; lo que pase entre nosotros no es de tu incumbencia. La cagué, pero pienso arreglarlo, aunque sea lo último que haga.

—Pues ve a por ella y tráela. Sabes dónde está. ¿A qué esperas? Este pasotismo no es propio de ti.

—No la conoces. Es muy cabezota. Como la presione, la acabaré perdiendo de todos modos. Voy a darle el tiempo que se merece.

—O el tiempo para olvidarte.

Lo miro a los ojos.

—Va, vamos a comer. Y, ya que estamos, enviamos tu carta de amor.

Exhalo con pesadez y digo:

—Vale.

Abro el primer cajón de la mesa y saco un sobre rojo. Christopher me lo quita de las manos y, cuando lee a quién va dirigido, frunce el ceño.

Señorita Rosita Leroo
98 C/Grosvenor
Mayweather (Oahu)

—¿Por qué narices la llamas Rosita Leroo?

—Es una larga historia.

Gira el sobre y mira el remitente.

Edgar Moffatt
Basurólogo extraordinario
Reino de Encantada

—¿Eh? ¿Quién es Edgar Moffatt?

Le quito la carta y digo:

—Te lo explico por el camino. —Pongo el sobre a buen recaudo en el bolsillo interior de mi chaqueta y digo—: Vamos.

Veinte minutos después estoy haciendo cola en correos mientras, a mi lado, Christopher habla por teléfono.

—Siguiente —grita la cajera, que al verme dice—: Ay, hola, señor Moffatt.

Que se sabe mi nombre, qué vergüenza.

—Hola. —Dejo la carta en el mostrador.

—¿Lo de siempre? ¿Carta certificada internacional con destino a Oahu?

—Sí, gracias. —Saco la cartera.

—Espero que sean cartas de amor. —Sonríe con aire soñador mientras introduce los datos en el ordenador.

«Tú teclea los datos y calla».

—Es que es muy romántico que le envíe una carta a Rosita todos los días desde hace un mes.

Miro de reojo a Christopher y veo que niega ligeramente con la cabeza, como asqueado.

—Pringado —me dice solo con la boca.

Tuerzo los labios en señal de desagrado y me vuelvo hacia la cajera. Ya que estás, ¿por qué no se lo anuncias a toda la oficina?

—Ojalá tuviese un admirador tan entregado como usted —dice con una sonrisa.

«Que te calles, joder».

Ya está, mañana busco otra oficina de correos.

Kate

Vuelvo a casa a trompicones, y es que el último lienzo que he comprado es gigantesco. Como los que pintaba cuando no era más que una niña.

Estoy enganchada a mi nuevo pasatiempo; cada día es mejor que el anterior.

El sol, el mar, mi vida aquí, las cartas de Edgar…

Vuelvo a tener ganas de vivir, poco a poco estoy volviendo a ser la que era.

No hay presión ni duelo, solo recuerdos felices y libertad. Un día de estos llamaré a Elliot. Sus peculiares cartas me han acercado a él. Las leo constantemente y hasta duermo con la caja que las atesora.

Quiero arreglar lo nuestro; Elliot se merece una oportunidad.

Al doblar la esquina veo la furgoneta de Richard aparcada delante de casa. Lo saludo con la mano y sonrío.

—Hola. ¡Qué pronto vienes hoy!

Me enseña tres sobres rojos y dice:

—Es lunes, así que hoy tienes tres cartas.

Me duelen las mejillas de tanto sonreír. Elliot me escribe cada día.

Sé que nuestra relación no empezó de un modo romántico, pero lo está compensando con creces. Tampoco es que sus cartas sean románticas; son más bien anécdotas divertidas y raras de su día a día. Me envía fotos y recortes de periódico. Todos me hacen sonreír, todos me alegran el día.

—Ostras, pedazo de lienzo. ¿Pintas? —me pregunta Richard.

—Ah, esto. —Me encojo de hombros, avergonzada—. Fatal, pero me relaja, que es lo importante, ¿no?

Richard se ríe por lo bajo y dice:

—Píntame trayéndote las cartas a diario.

Me río y digo:

—Vale, aunque no te vas a reconocer.

—Te subestimas, seguro —dice con una sonrisa.

Firmo y subo las escaleras la mar de contenta.

Busco la carta del sábado; me gusta leerlas en orden.

> Mi queridísima Rosita:
>
> En vista de que no puedo llamarte y de que no quiero acosarte como un asesino en serie, he decidido pasarme a la vieja escuela y escribirte una carta.
>
> Para disfrutar de la experiencia completa, por favor, rocía la carta con el espray que incluye el sobre.

Sonrío solo de imaginarme a Elliot echando su loción para después del afeitado en estas botellitas. Me pregunto si usará un embudo para ello. ¿Y quién fabricará las etiquetas con su nombre?

Veo una fotografía envuelta en papel blanco y la abro.

Es una foto de una palma extendida. Está llena de ampollas.

¿Y esto? ¿Qué ha hecho?

Sigo leyendo.

> Mi mano derecha ahora mismo.

Me parto de risa.

—¿Es en serio?

> Amor mío, la cosa está chunga.
> Mi cuerpo te necesita.

Han pasado ocho semanas desde la última vez que me tocaste, me parece una eternidad.

He esperado treinta y cinco años para encontrarte.

¿Cuánto más debo esperar para abrazarte de nuevo?

Un beso.

Siempre tuyo,

Elliot

Me embarga la emoción y pestañeo para no llorar.

Salgo fuera, coloco el lienzo en el caballete y me sirvo una copa de vino. Con «Style», de Taylor Swift, en bucle, empiezo a pintar. La letra me hace sonreír.

Elliot

Contemplo Encantada desde mi terraza. Es tarde, casi medianoche, pero no puedo dormir.

Hace semanas que no me relajo, o al menos eso me parece a mí.

La cabeza no me da para más.

Kate está en Hawái, y lo único que me apetece es ir a por ella y obligarla a volver conmigo, pero no dejo de pensar en lo que me dijo su hermano.

«Me dejó muy claro que la única forma que tenía de huir de ti era desapareciendo. Que eres un hombre muy tenaz y que cuando se te mete algo entre ceja y ceja, no paras hasta conseguirlo».

Sé que podría ir allí y convencerla para que volviera a casa, pero tiene que salir de ella.

Sabe cómo me siento y aun así me abandonó.

¿Cómo he podido cagarla tanto?

Recuerdo lo que ocurrió la primera semana que estuvo fuera y, si soy sincero, me alegro de que Kate no tuviese que aguantar aquello. Tuve que ir a los tribunales para acallar los rumores acerca del triángulo amoroso. Ha sido un circo mediático espantoso.

Me llevo el vaso a los labios y bebo despacio; el calor del *whisky* me quema la garganta al tragar.

Le he enviado cartas a Rosita abriéndole mi corazón, pero hay algo que no me cuadra.

Me falta una pieza del puzle.

No tengo ni idea de qué puede ser, pero a medida que pasan los días y no tengo noticias de Kate, me inquieto más y más.

Me sirvo otro vaso, me enciendo un puro y exhalo un hilo de humo al aire fresco de la noche.

Me viene a la cabeza la foto que me enmarcó por mi cumpleaños y sonrío. Voy a buscarla y me quedo mirándola.

En ella salgo de espaldas, con un traje azul marino, mirando el lago con las patas a mis pies. Es temprano y la niebla oculta los prados del fondo.

Es una escena muy normal y, sin embargo, me resulta muy íntima, porque es lo que veía ella en secreto cuando yo no miraba.

Le doy la vuelta y miro el reverso del marco. Me pregunto cómo será la foto sin el cristal.

Saco la foto separando el marco con un cuchillo, la giro y veo que me había escrito un mensaje.

Feliz cumpleaños, mi amor.
Te quiero.
Eternamente tuya,
Kate

Se me parte el alma. Leo la felicitación una y otra y otra vez.

«Eternamente tuya, Kate».

Eternamente es siempre… hasta que dejó de serlo.

Me llevo el puro a los labios y le doy una buena calada. Estoy triste, desamparado y profundamente arrepentido.

Estoy atado de pies y manos, no puedo contactar con ella. Por más que lo intento, no consigo que vuelva a casa. Tengo que hacer esto a su manera y respetar su decisión.

Tiene que salir de ella.

Qué rabia.

Echo la cabeza hacia atrás, apuro el vaso y me sirvo otro tan rápido que se me derrama por los lados.

La paciencia no es mi mayor virtud.

Dos meses.

Le escribo todos los días y, sin embargo, no contesta.

¿Acaso leerá las cartas?

—Gracias —le dice Christopher a la camarera cuando nos deja una bandeja con galletas de la suerte en la mesa.

Es viernes por la noche y Christopher me ha obligado a cenar fuera.

Preferiría estar en cualquier sitio menos aquí.

Me pasa la bandeja y dice:

—Coge una.

—Paso.

Me pone la bandeja en la cara y dice:

—Que cojas una, joder, que a ti te va mucho este rollo.

Pongo los ojos en blanco, cojo una y la abro.

LAS CASUALIDADES NO EXISTEN

Enarco una ceja. ¡Ja! En otro tiempo me lo habría creído.

—¿Qué pone en la tuya? —me pregunta Christopher.

Le tiro mi nota y sonríe.

—En ese caso, tu vida es una red de la hostia.

Me quedo mirándolo.

—Reconoce que es raro de cojones que llevaras años detrás de la pintora esa y que vaya y aparezca justo cuando te pillas por una chica. Y que encima Kate y tú os habéis conocido por internet… Con la cantidad de gente que hay en el mundo, vas y te topas con ella. Con la mujer con la que ya estabas saliendo.

Frunzo el ceño al escucharlo.

—Es curioso… ¿no?

—Es que, en serio, ¿cuántas probabilidades hay de que pase eso?

—Prácticamente ninguna.

Me pongo a darle al coco conforme vuelvo a leer la notita de la galleta de la suerte.

LAS CASUALIDADES NO EXISTEN

Y así lo he creído siempre. Siempre he pensado que todo pasa por algún motivo. Que ni las personas que conoces ni los sucesos que te ocurren son fortuitos. Y, sin embargo, mírame a mí.

Pienso en ello largo y tendido.

¿Por qué no me salen las cuentas? ¿Qué se me escapa?

¿Y si prendarme de Kate no fue casualidad?

¿Y si todo forma parte de un plan mayor?

Vuelvo a leerla.

LAS CASUALIDADES NO EXISTEN

Mmm...

Al día siguiente llamo a la puerta de Brad. Abre de golpe y le cambia la cara al verme.

—Hola.

Sonrío y digo:

—Hola, ¿tienes un momento? Es que no dejo de preguntarme una cosa y creo que eres el único que sabrá contestarme.

—Hum.

Lo miro a los ojos y le digo:

—Por favor.

Se hace a un lado para que pase y me siento en el sofá.

Él también se sienta y dice:

—A ver, ¿qué pasa?

—Veamos. —Hago una pausa para expresar bien lo que pienso—. Tengo la sensación de que estoy pasando algo por alto.

—¿A qué te refieres?

—Creo que estaba destinado a conocer a Kate.

Brad no dice nada y escucha.

—Y también creo que estaba destinado a conocer a la pintora, pero no sé por qué.

Arruga la frente como si estuviera confundido.

—¿Crees en el destino, Brad? —le pregunto.

—Puede. —Se reclina y añade—: Pero no me imaginaba que tú sí.

—Mmm… —Lo medito un instante—, ¿se me está escapando algo?

—¿De qué hablas?

—No sé, es que no puedo quitarme de encima la sensación de que me estoy perdiendo algo, pero no sé qué es.

Brad exhala y dice:

—Kate lee tus cartas.

—¿En serio? ¿Qué te ha dicho?

—Nada, solo que le escribes cada día y que eso la hace feliz.

Sonrío esperanzado.

—Por primera vez desde que murieron nuestros padres parece la de siempre.

—No te sigo.

—Está trabajando de noche y aprendiendo punto de cruz, que era la afición de nuestra madre. Hasta ha vuelto a darle por pintar.

¿Cómo?

—¿Pinta?

—A cualquier cosa se le llama pintar. No se considera una profesional ni mucho menos, pero le encantaba de adolescente.

—No conocía esa faceta suya —susurro, maravillado.

—Yo creo que la había olvidado del todo. Oahu y pasar tiempo a solas le están sentando bien.

Sonrío al imaginármela pintando con el caballete. Mmm…

—Conque lee mis cartas, ¿eh? —Tengo que irme. Hago una pausa para pensar en qué más puedo decirle—. Bueno, si se te ocurre algo, ¿me llamarás? —le pregunto.

—Sí.

Exhalo con pesadez mientras me pongo en pie.

—Pensaba que a estas alturas ya te habrías rendido —dice Brad.

Me vuelvo, sorprendido, y digo:

—Estoy enamorado de ella. ¿Por qué me rendiría?

—No sería la primera vez.

—No me rendí. Tenía que conocer a la pintora y no me arrepiento. No la toqué y volví con Kate. Vale, sí, tardé lo mío, pero nunca dudé. —Me encojo de hombros—. Supongo que necesitaba tiempo para hacerme a la idea.

Me acompaña a la puerta y, una vez allí, hago ademán de estrecharle la mano.

—Me has alegrado el día. Saber que lee mis cartas significa mucho para mí.

—De nada.

—Y si se te ocurre algo…

—Que sí.

Me vuelvo hacia la puerta y, al mirar arriba, veo una foto en el aparador.

Me acerco y la cojo para observarla detenidamente. Estoy hecho un lío de cojones.

¿Qué cojones…?

Es un retrato de Brad y Kate con Harriet Boucher.

Miro a Brad a los ojos y le pregunto:

—¿Cómo es que conocéis a esta mujer?

—¿A quién? —inquiere con el ceño fruncido.

Señalo a Harriet y repito en tono apremiante:

—¿Cómo es que la conocéis?

—Es nuestra hermana, Elanor.

Capítulo 27

—¿A qué te refieres? —pregunto arrugando el entrecejo.

—A que es Elanor, nuestra hermana.

—¿Desde cuándo?

—¿Cómo que desde cuándo?

—Esta mujer —Doy golpecitos a la cara del retrato— es Harriet Boucher, la pintora con la que quedé en Francia.

—¿Cómo? —Brad tuerce el gesto, confuso—. ¿Qué dices?

—Es la pintora cuyos cuadros me tienen encandilado. —Vuelvo a darle golpecitos al rostro tras el cristal—. Se llama Harriet.

—No, es Elanor. Te estás confundiendo.

Observo la foto y digo:

—Te juro que es ella.

—No, te equivocas de mujer. A lo mejor se parecen. Elanor no ha cogido un pincel en su vida.

—Vaya. —Lo medito un instante—. Mmm, a lo mejor no es ella. —Niego con la cabeza, avergonzado—. Últimamente siento que me voy a volver loco.

Brad sonríe y dice:

—No te preocupes.

Asiento.

—Le diré a Kate que has venido.

Esbozo una sonrisa torcida y respondo:

—Solo quiero que vuelva a casa.

—Volverá.

Lo miro a los ojos.

—Tú dale tiempo, que volverá.

Sonrío. Ya estoy mejor. Le estrecho la mano y digo:

—Gracias por escucharme. Estoy perdidísimo con Kate, no sé qué estoy haciendo.

—Lo estás haciendo bien. Sigue así.

—Gracias. —Vuelvo al coche como unas pascuas.

Kate lee mis cartas.

Confía en tu instinto.

Frunzo el entrecejo. ¿Por qué me ha venido esa idea a la cabeza? Confía en tu instinto.

Era Harriet, sé que lo era.

¿Y si…?

No… no puede ser.

Vuelvo sobre mis pasos con decisión y llamo a la puerta.

—¿Qué pasa ahora? —Brad suspira mientras abre.

Abro una foto en el móvil y se la enseño.

—¿Alguna vez has visto este cuadro?

Brad se concentra mientras se fija bien en la foto.

—No lo sé.

Paso a otra y le pregunto:

—¿Y este?

Se encoge de hombros y dice:

—No estoy seguro.

Le enseño otra y digo:

—¿Y este te suena?

—Mmm…, no sé.

—Me cago en todo, ¡piensa!

—¿Por qué?

—Porque creo que… —Hago una pausa—. Sé que parece una locura y que a lo mejor estoy patinando muchísimo, pero creo que…

—¿Qué? —me interrumpe.

—Creo que los cuadros que le he estado comprando a Harriet en realidad son de Kate.

Brad se ríe por lo bajo y dice:

—Tú flipas. Y te corrijo: no parece una locura, lo es.

—¿Podrías preguntárselo?

—¿A qué te refieres?

—Pregúntale a Kate si estos cuadros son suyos sin decirle el motivo.

—¿Y no crees que, si Kate fuera una pintora famosa, lo sabría?

—Tú pregúntaselo. Dame tu número y te envío las fotos.

Saca el móvil y se guarda las fotos que le envío.
—¿Qué le digo?
—Pues... —lo medito— dile que has encontrado estos dibujos y pregúntale si sabe quién los pintó.
Brad se encoge de hombros y escribe a Kate.

> Oye, he encontrado estos cuadros en una tienda de segunda mano.
> Me sonaban. ¿Son tuyos?

Me paseo de un lado a otro con el corazón a mil.
—¿Qué te ha dicho?
—Todavía nada.
Cierro los ojos y camino de un lado a otro mesándome el pelo.
—Han aparecido los puntitos, está escribiendo. —Sujeta el móvil de manera que los dos veamos la pantalla y esperamos su respuesta.

> ¡Buah, qué recuerdos!
> Sí, son míos. Los pinté hace años.
> No sé por qué mamá se empeñó en conservarlos.
> No puedo creer que Elanor pensara que alguien los querría.
> Ja, ja, me meo.

Me falta el aire y me agarro a la pared para no caerme.
Brad se desploma en el sofá y nos miramos con los ojos como platos.
—Entonces eso significa... —Brad frunce el ceño mientras ata cabos.
—Que siempre ha sido Kate —susurro—. Pues claro.

Kate

Miro la calle mientras espero en la terraza.
—¿Dónde se habrá metido? —Miro el reloj. Richard no me trajo ninguna carta ayer y hoy llega tarde.

No había reparado en lo mucho que me alegran el día las cartas de Elliot… o en lo mucho que significan.

Retuerzo las manos sobre el regazo mientras espero.

—Va —susurro—. ¿Dónde estás?

¿Y si Elliot ha conocido a otra?

De pronto me arrepiento muchísimo de no haberle contestado. Debería haberle dicho algo, aunque solo fuera un mero gracias. ¿Qué pensará de que no le haya contestado?

Un coche dobla la esquina y contengo el aliento: no es el vehículo de siempre.

Es rojo.

No es Richard. Se me hunden los hombros del chasco.

El coche para delante de mi casa y observo la escena con el ceño fruncido. ¿Quién es?

Elliot sale del asiento trasero. No puedo respirar.

¿Cómo?

Mira arriba y clava los ojos en los míos. Madre mía.

Verlo en persona reabre viejas heridas y, de repente, me embarga la emoción. Se me humedecen los ojos.

Incapaz de moverme del sitio, lo veo sacar una bolsa de viaje y pagar al chófer. Quiero correr hasta él y besarlo y contárselo todo.

Pero mis pies están pegados al suelo, paralizados por el miedo. El daño que me hizo regresa multiplicado. Pensaba que mi decepción y mi rabia habían desaparecido. Tal vez me equivocaba.

Se queda en el bordillo con la bolsa en la mano, mirándome. Y, cuando el coche se va, me sonríe con ternura.

Con el corazón en la garganta, yo también le sonrío.

Dios, cómo lo echaba de menos.

Despacio, sube los escalones, yo los bajo y nos encontramos en mitad de la escalera.

—Hola —susurra.

—Hola.

—Vengo a llevarte a casa. —Me mira a los ojos y se traga el nudo de la garganta.

Está nervioso.

Se me humedecen los ojos, de pronto lo entiendo todo: él es mi hogar.

Elliot «Casanova» Miles es el gran amor de mi vida y, no sé cómo ha pasado, pero, sinceramente, no creo que pudiera (ni quisiera) seguir adelante sin él.

—Te ha costado.

Una sonrisa lenta y *sexy* le cruza el semblante. Me abraza fuerte.

Me estruja y yo me derrito cuando juntamos los labios.

—No vuelvas a dejarme jamás —susurra.

—No me obligues.

Me besa y me mete la lengua despacio mientras me acuna las mejillas. Madre mía, cómo besa. Casi se me había olvidado.

Elliot Miles besa con el alma.

Cada grieta de su coraza, cada debilidad que guarda para sí, toda la pasión del mundo. Lo siento todo. ¡Y vaya si me gusta, joder!

Volvemos a besarnos; me acerca a él y me estrecha entre sus brazos hasta que el infierno que hemos vivido se vuelve insoportable.

La emoción del momento es insoportable.

Sagrada.

—Tenemos que hablar —me dice mientras me coge de la mano y subimos las escaleras.

—Lo sé.

Me mira como si dudase de mi respuesta.

¿Y esa cara?

Arrugo el entrecejo, cada vez más inquieta: ha venido a decirme algo.

Hay más.

¿Se habrá acostado con la pintora?

Se me acelera el corazón y me preparo para lo peor. Me da la impresión de que no va a ser un reencuentro muy alegre.

Entramos en la sala de estar y Elliot se vuelve hacia mí y me dice:

—Siéntate, preciosa. Tengo que contarte algo.

Me siento en el sofá sin rechistar.

Noto el corazón en las orejas: bum, bum, bum.

Elliot va hasta su bolsa, saca un sobre grande y amarillo y me lo tiende.

—Imágenes de Harriet Boucher.

—¿De quién? —pregunto con el ceño fruncido.

—De la pintora a la que estaba buscando. Estas son las imágenes que me envió el detective privado que contraté.

—¿Por qué querría verla? ¿Acaso no me has hecho sufrir bastante por este tema? —escupo.

—Ábrelo —exige.

—No…

—Que lo abras —brama.

Lo abro y saco las fotografías DIN-A4. Arrugo la frente.

Es Elanor.

Voy pasando y en todas sale Elanor. En blanco y negro, a color y en sitios distintos.

Niego con la cabeza y, confundida, digo:

—No lo entiendo.

Elliot me tiende un sobre blanco y me dice:

—Estos son los cuadros que compré en las subastas.

Pongo cara de no entender nada. ¿De qué habla?

—Elliot, no…

—Ábrelo —brama.

Uf, chalado… Abro el sobre y, al mismo tiempo, los ojos. Ojeo las imágenes, cada vez más confusa. Conozco estos cuadros… ¡yo misma los pinté!

Miro a Elliot a los ojos.

—Todos estos años, todo este tiempo… eras tú —susurra.

Se me eriza el vello de la nuca.

Elliot se arrodilla ante mí, me coge de las manos y me dice:

—Eras tú la que me llamaba a través de esos cuadros.

Se me humedecen los ojos y todo me da vueltas.

—Siempre has sido tú —susurra—. Sabía que debía de haber una razón para que me atrajeran. Eres tú, Kate, tú eres el motivo.

Agacho la cabeza, abrumada.

—No… ¿Cómo…? O sea… —Lo miro—. ¿Cómo ha ocurrido? —susurro—. No lo entiendo.

—Brad y yo hemos atado cabos.

—¿Brad? —Frunzo el entrecejo—. ¿Brad está al tanto?

Elliot asiente y me besa con dulzura, como para suavizar el golpe, pero no lo noto. No siento nada.

—Elanor vació la casa de vuestros padres para ocultar un delito.

Lo miro a los ojos.

—Ha estado subastando los cuadros que guardabas en el desván usando un seudónimo, por lo que sabía que cuando tú y Brad vaciarais la casa de vuestros padres se descubriría el pastel.

Estoy horrorizada.

—Con lo que no contaba era con que un coleccionista de arte en concreto, es decir, yo, se obsesionaría con su trabajo y contrataría a un detective privado para dar con su paradero.

Me cuesta respirar.

—Y si no se hubiera vuelto tan ambiciosa y hubiera deseado la fama que le habría dado mi apellido, se habría salido con la suya.

Se me humedecen los ojos. ¿Elanor es la pintora con la que quedó en Francia?

—Aceptó quedar conmigo con el firme propósito de seducirme, pero no contaba con que ya estuviese enamorado de otra y no quisiera formar parte de su plan.

Me llevo las manos a la cabeza.

—Elliot —susurro.

Me abraza y pega mi frente a la suya.

—Lo siento muchísimo, preciosa.

Caigo en la cuenta de algo y me aparto para mirarlo.

—¿Cuánto has pagado por los cuadros?

Infla las mejillas y dice:

—Veinte millones de dólares, más o menos.

Me tapo la boca con las manos y abro mucho los ojos, horrorizada.

—¡Serás tonto! Daniel tiene razón: eres un derrochón. ¡Si son feísimos!

Se le relaja el rostro y entonces sonríe riéndose por lo bajo.

—Te los habría dado gratis —me burlo—. ¡Qué leches! Te habría pagado para que te los llevaras.

Elliot echa la cabeza hacia atrás y se ríe con ganas, como si se hubiera quitado un peso enorme de encima.

—Oh, oh. —Me pongo en pie cuando caigo en la cuenta de otra cosa—. ¿Qué le va a pasar a Elanor?

Elliot se queda callado y me mira a los ojos.

—Elliot, ¿qué va a pasarle a Elanor?

—La justicia se ocupará de ella.

—No. —Noto una opresión en el pecho—. No quiero...

Elliot me coge de las manos y me dice en tono serio:

—Ya hablaremos de Elanor el lunes.

—¿El lunes?

—Hasta entonces —Me da un besito— hablemos de nosotros. —Vuelve a besarme mientras pega mi frente a la suya—. Arreglemos primero lo nuestro y después nos preocuparemos de la bruja de tu hermana.

Para mi sorpresa, que Elliot Miles llame bruja a mi hermana me hace sonreír; sé que no debería, pero me sale solo.

—¿Te hace gracia? —Sonríe y se apodera de mis labios. Él avanza y yo retrocedo.

—Esto no hace más que confirmar lo que siempre he sabido —respondo.

—¿El qué? —Sonríe pegado a mi boca.

—Que eres tonto.

Sonríe y, en un visto y no visto, me sube a su hombro. Me río a carcajadas y me da un cachete en el culo.

—¿Y tu cuarto? Te vas a enterar de lo que vale un peine.

—¿No estabas lesionado de matarte a pajas? —Me río mientras me lleva colgada bocabajo—. Vi las ampollas.

—Pórtate bien. —Me da otro cachete en el culo.

Me lleva al cuarto y me tira a la cama con tanta fuerza que reboto.

Sin despegar los ojos de los míos, se quita la camiseta. Su pecho amplio cubierto por una ligera capa de vello oscuro, sus hombros bronceados, sus brazos definidos y su abdomen musculoso. Pero es su mirada la que me cautiva; rezuma deseo, amor y una sensación de pertenencia.

Mi hogar.

Se baja los pantalones a cámara lenta y a mí me falta el aire. No importa cuántas veces lo vea desnudo, nunca estaré preparada para su imponente belleza.

Elliot Miles es un millón de cosas, pero sobre todo es... mío.

Se coloca encima de mí y dice:

—Me lo debes por el calvario que me has hecho pasar —dice mientras me mordisquea las caderas por encima del vestido.

—Ay. —Me incorporo al recordar algo—. Ven.

—¿Eh?

Me levanto de un salto y lo cojo de la mano.

—Tengo que enseñarte algo. —Lo llevo a la otra habitación y señalo el caballete.

Es un óleo gigantesco de los dos. Llevo semanas trabajando en él. En el cuadro, nos abrazamos y nos miramos con cariño. Un momento íntimo que compartimos y grabé a fuego en mi memoria.

Se queda sin aire al verlo. Pasa el dedo por el título, en la esquina inferior derecha.

Eternamente encantados

Se le dilatan las aletas de la nariz y aprieta los labios de la emoción.

Me mira a los ojos y susurra:

—Te quiero.

—Te quiero.

Me besa y nos fundimos en uno. Madre mía…

—Cásate conmigo.

Me aparto para mirarlo.

—¿Cómo?

—Cásate conmigo, Kathryn. Sé que no es la pedida de mano más romántica del mundo, pero nuestra historia y este cuadro… —Se le humedecen los ojos—. Es que…

Madre mía, cómo lo quiero.

—Elliot Miles, ¿me estás pidiendo matrimonio en cueros y empalmado?

Mira abajo y sonríe despacio.

—Supongo.

Me besa y me acerca a él; noto lo dura que la tiene.

—¿Y bien? ¿Qué me dices, Landon? —pregunta mientras arrima la cebolleta.

Me echo a reír. Es de lo que no hay.

Me acerca a él con brusquedad, como exigiendo una respuesta.

—Sí, quiero.

Nos reímos pegados a los labios del otro y Elliot me coge en brazos y me lleva de nuevo al dormitorio. Me quita el vestido por la cabeza, el sujetador y las bragas y me tumba.

Se acuesta a mi lado y me separa las piernas. Me toca el clítoris mientras me besa apasionadamente. Se me arquea la espalda a medida que me masturba más y más. El sonido de mi excitación, tan húmedo, retumba por el cuarto, pero Elliot, lejos de detenerse, me apremia.

—Elliot —murmuro.

—Tengo que calentarte, encanto, porque la madre que me parió, voy a explotar. Y fuerte. —A juzgar por su voz grave y autoritaria, sé que está actuando por puro instinto. La necesidad de follar se ha apoderado de él y está perdiendo el control por momentos.

Bajo la mano y le toco la polla, la tiene dura como una piedra y le chorrea líquido preseminal del glande.

Madre mía, ¿cómo llegué a pensar que podría vivir sin esto? Sin él.

—Ya, Ell —susurro mientras lo acerco a mí—. Por favor.

Con sus ojos oscuros fijos en los míos, se tumba encima de mí y tantea mi hendidura con la puntita. Me posee de tal forma que me quema.

Cada vez que me acuesto con este hombre es como la primera.

Su magnitud no perdona.

—Te quiero. —Le cuesta mantener los ojos abiertos.

Sonrío pegada a él, que me embiste con rudeza y me clava al colchón, como obligando a mi cuerpo a acogerlo.

Sus bellas palabras distan mucho de sus actos impetuosos.

Me aferro a sus hombros anchos y cierro los ojos mientras me esfuerzo por acogerlo.

¡Ay!

Elliot Miles nació para follar sin clemencia y sin piedad.

Me la saca y me la vuelve a meter con los ojos oscurecidos por el deseo. Gira las caderas a un lado y después al otro. Me estira y me abre en pos de su placer.

—¿Estás bien? —murmura sin dejar de mirarme los labios.

Asiento y digo:

—Sí, sigue.

Me muerde en el cuello y mueve las caderas rápido, fuerte y con ardor. ¡Madre mía!

Arqueo la espalda mientras me la mete a toda velocidad. Con las rodillas separadas, me abre los muslos de par en par con sus manazas; veo cómo se le contraen los músculos del torso. Por todo el cuarto resuena la cama al chocar contra la pared y yo grito y me corro con ganas. Todavía en éxtasis, lo abrazo fuerte, y el amor reemplaza todo el dolor de los últimos meses. Elliot permanece al fondo; noto el inconfundible tirón de su polla bien adentro.

Y entonces me besa y lo hace con tanta ternura y tanto amor que casi no lo soporto. El mundo se detiene para mí. Y da comienzo otra vida.

La de la señora Miles.

Elliot me coge de la mano y dice:

—¿Lo llevas todo, princesa?

Miro si me he dejado algo en el avión y digo:

—Sí, creo que sí.

—Un gusto verle, señor Miles —le dice el comandante. Se vuelve hacia mí y, tras un asentimiento cordial, me dice—: Que pases una buena noche, Kathryn.

—Gracias.

Elliot le estrecha la mano y bajamos las escaleras. Allí nos espera el Bentley negro. Andrew sale y sonríe feliz al vernos.

—Hola, Kate.

Voy hasta él dando botes, me pongo de puntillas y le doy un beso en la mejilla.

—Hola, Andrew.

—Se oyen campanas de boda —me dice, exultante.

Me echo a reír y muevo los hombros de la emoción.

—¿Te lo puedes creer? —digo, entusiasmada.

—Claro que me lo creo. —Sonríe y se le van los ojos a Elliot, que esboza una sonrisilla.

Ni siquiera es capaz de hacerse el gruñón. Es más, en los cinco días de ensueño que hemos pasado en Oahu, no se le ha borrado esa sonrisa de buenorro de la cara. Pero ya hemos aterrizado en Londres.

Hoy Elliot ha anunciado públicamente que estamos prometidos y, como parte de una especie de plan estratégico, me ha dicho que me sacarán fotos esta noche. Supongo que era una manera sutil de pedirme que no subiera al avión en chándal.

Ya me extrañaba a mí que se hubiera puesto un traje de tres piezas para aterrizar.

Andrew y Elliot meten nuestras cosas en el maletero y yo me subo al asiento de atrás. Elliot se sienta a continuación y conduce mi mano a su fibroso cuádriceps; no puede estar sin tocarme.

—¿El plan sigue en pie, señor? —le pregunta Andrew mientras lo mira por el retrovisor.

—Sí —contesta Elliot.

¿Plan? ¿Qué plan?

Nos adentramos en la noche a todo gas y a los veinte minutos doblamos la esquina que da a la calle en la que se encuentra el suntuoso apartamento de Elliot. Hay fotógrafos por todas partes. Me entra ansiedad, pero, en vez de parar en el *parking* subterráneo y privado de Elliot, Andrew pega el coche a ellos.

—¿Qué haces? —susurro.

Elliot me besa y me dice:

—Darles lo que quieren.

—¿Cómo?

—En cuanto nos saquen una foto juntos y la publiquen mañana, nos dejarán en paz y podremos volver a casa.

Miro a mi hombre. Esto va en contra de su naturaleza, pero quiere que me dejen tranquila, lo está haciendo por mí.

La puerta se abre de sopetón. Es Andrew, que está fuera cuando se disparan las cámaras.

Elliot sale y me da la mano para ayudarme a bajar. Los *flashes* me ciegan y los fotógrafos gritan por encima de los demás para hacerse oír.

—¿Cuándo es la boda?

—Enhorabuena, señor Miles.

—Kathryn, ¿quién diseñará tu vestido?

Elliot me coge de la mano y, a cámara lenta, se la lleva a los labios y la besa.

Los fotógrafos se vuelven locos.

—¡Kathryn! —me grita alguien—. ¿Cómo te sientes al saber que has domado por fin al esquivo Casanova Miles?

Elliot se ríe entre dientes. Nos miramos a los ojos y saltan chispas. Elliot arquea una ceja como esperando a que conteste.

Si supieran que el supuesto Casanova es un romántico empedernido…

Me vuelvo hacia ellos y, con una sonrisa, les digo:

—De maravilla.

Posamos para un par de fotos y Elliot me lleva a su apartamento de la mano mientras los fotógrafos gritan de fondo. Subo al ascensor con el amor de mi vida.

Me sonríe y yo le sonrío a él.

Al final sí que creo en los cuentos de hadas.

Y en el destino.

No desesperes, ya te llegará.

Ama siempre.

Besos,

Kate

Epílogo

Estoy sentada detrás del cristal esperando ver a mi Elanor.

Permanecerá en prisión hasta el juicio y, aunque Elliot y yo tuvimos una pelea tremenda por este motivo, se niega a retirar los cargos.

Y lo entiendo, de veras. Brad y Elliot son los que están gestionando el asunto. Para mi sorpresa, se llevan estupendamente y Brad pasa mucho tiempo con nosotros en Encantada.

No voy a testificar en contra de Elanor. Jamás. Es mi hermana. Ambos han aceptado mi decisión de mantenerme al margen.

Pero necesito saber por qué.

Llega Elanor. Está en una cárcel de mínima seguridad y lleva unos pantalones de vestir grises. Sonrío y me pongo en pie; ella me devuelve la sonrisa y se sienta.

—Hola. —Me siento.

—Hola. —Junta las manos por delante.

La miro y lo que me pide el cuerpo es disculparme. Al fin y al cabo, mi prometido es quien la ha metido entre rejas.

Pero entonces recuerdo lo que ha hecho y pienso que soy yo la que debería estar enfadada.

Sin embargo, en realidad me siento decepcionada.

—¿Vas a decir algo o te vas a quedar ahí sentada? —inquiere, impasible.

La miro a los ojos y me pregunto qué narices le habrá pasado para torcerse tanto.

—¿Por qué? —pregunto.

Ella se encoge de hombros con indiferencia y dice:

—Tenías que ser tú, ¿no?

Frunzo el ceño.

—La más lista, la más guapa, la más simpática, la más talentosa... la favorita de mamá.

Se me parte el alma. ¿Así lo veía ella?

—Supongo que ya tienes tu vida soñada ahora que estás con él. —Alza el mentón con actitud desafiante—. He leído que os vais a casar. —Esboza una sonrisa irónica y dice—: Señora Miles.

Asiento con los puños apretados.

—No duraréis —dice con una sonrisilla de suficiencia—. En doce meses se habrá cansado de ti y se irá con otra. —Se acomoda en el asiento como si se enorgulleciera de ser tan mala.

—Te habría dado los cuadros, si me los hubieras pedido —susurro.

Me mira a los ojos.

—Te habría dado el mundo, si me hubieras dejado entrar.

Se le humedecen los ojos y, por primera vez desde que fallecieron mis padres, veo a la niñita adorable que ha sido siempre.

El duelo afecta de maneras diferentes. Aunque siempre es destructivo, sus efectos la han cambiado. Esta no es la verdadera Elanor.

—Te quiero, Elanor, y, a pesar de todo este lío, siempre te querré. Te proporcionaré la ayuda que necesitas.

Elanor coge aire con brusquedad, como si le sorprendiera que le brinde mi apoyo.

Me levanto y me dispongo a marcharme.

—Kate —dice.

Me vuelvo.

—Envíame una foto con el vestido de novia.

Sonrío entre lágrimas y asiento.

—Vale.

Me giro y me voy. Tenemos un montón de cuentas pendientes, pero no soy de las que tiran la toalla.

Elliot

Un brindis. Alzo mi copa en honor a la bella novia que se sienta a mi lado.

Ya somos marido y mujer. Nos hemos casado en una carpa blanca, en las tierras de Encantada. Mis hermanos están conmigo junto a nuestros cincuenta amigos y familiares más cercanos.

—Kathryn. —Le sonrío—. Mi Kate.

—Joder, ya empezamos —oigo que le susurra Christopher a Tristan.

Tristan se ríe por lo bajo al oírlo.

—Podría pasarme toda la noche hablando de lo bella, inteligente, simpática y cariñosa que eres.

Kate me coge de la mano y me la besa desde su sitio.

—Podría decirte lo mucho que te amé en secreto, durante años, antes de que nos conociéramos siquiera. Que nuestro amor era obra del destino, que tú eras mi sino.

Kate sonríe.

—Pero nada de eso importa. —Me embarga la emoción y arrugo el entrecejo al hacer una pausa. Carraspeo y añado—: Porque amanecer a tu lado todos los días es la razón por la que estoy aquí.

Se le humedecen los ojos y yo me callo, que vaya pena estoy dando.

Alzo mi copa y digo:

—Quiero que todos brindéis por mi bella esposa. ¡Por Kate!

—¡Por Kate! —exclaman todos.

Anochece y estoy con Tristan, Jameson y Christopher.

Kate baila con su hermano. Ha sido un día espléndido.

El mejor de mi vida.

Estamos a los pies de un roble enorme adornado con lucecitas.

Patrick, el hijo pequeño de Tristan, viene corriendo y jadeando. Parece ahogado y ligeramente aterrado. Señala el prado.

Tristan frunce el ceño y dice:

—¿Qué pasa?

—Que he hecho una cosa.

—¿Qué cosa?

—No lo has hecho —masculla Harry por lo bajo.

—¿Qué cosa? —insiste Tristan en un tono más duro.

Patrick señala a su hermano mayor y dice:

—Harry me ha desafiado.

—¿Qué has hecho? —Tristan coge a Patrick de la mano y se lo lleva al prado del fondo. Veo cómo se marchan y sigo hablando con mis hermanos.

—¡Aaaah! —grita Tristan a lo lejos. El sonido es espeluznante.

—¿Qué pasa?

Miramos en su dirección y vemos a Humphrey el carnero persiguiéndolos colina arriba a toda velocidad.

—¿Qué coño has hecho, Harrison? —brama Jameson.

—¡No creí que fuera a abrir la puerta de verdad! —grita—. Todo el mundo sabe que no hay que aceptar los retos.

La gente empieza a chillar al ver acercarse al carnero. De pronto se para y, con aire distraído, se pone a darse cabezazos contra un árbol con toda la fuerza del mundo. Los golpes parecen truenos.

Entonces se vuelve y embiste a Daniel, que vuela por los aires de manera espectacular.

—Me cago en… —Jameson hace una mueca.

Los invitados corren y gritan como si les fuera la vida en ello.

—¡Elliot! —exclama Kate—. Haz algo.

Christopher abre los ojos como platos y se parte de risa.

—La mejor boda de la historia.

Tristan lleva a Patrick bajo el brazo mientras corre lo más rápido que puede.

—¡Apartaos todos! —grita—. Esa cosa es un asesino.

Aprieto la mandíbula. Estoy a punto de explotar.

—Harry de los cojones.

Agradecimientos

Se requiere todo un ejército para escribir un libro y da la casualidad de que yo cuento con el mejor del mundo.

Quisiera dar mis más sinceras gracias a mi madre Kerry, a Nadia, a Rachel, a Amanda, a Lisa y a Nicole. Rena y Vicky, habéis sido mis lectoras beta desde el primer día; sois mi pilar y os estoy muy agradecida. Me hacéis mejorar.

Al increíble equipo de Montlake: Sammia, Lindsey y Nicole. Gracias por ser tan buenas en vuestro trabajo. Vuestros consejos y vuestra ayuda son un sueño hecho realidad.

A la mejor asistente personal del universo, mi querida Kellie.

Y gracias en especial a mi familia por soportar a una esposa y una madre que se pasa el día escribiendo… o pensando en escribir. Soy una pesada, lo sé.

Y a vosotros, mis queridos lectores: vosotros sois la razón por la que escribo.

Os aprecio muchísimo. Muchas gracias por hacer mis sueños realidad.

Besos.

Chic Editorial te agradece la atención dedicada a
El casanova, de T L Swan.
Esperamos que hayas disfrutado de la lectura
y te invitamos a visitarnos
en www.chiceditorial.com,
donde encontrarás más información
sobre nuestras publicaciones.

Si lo deseas, también puedes seguirnos
a través de Facebook, Twitter o Instagram
utilizando tu teléfono móvil
para leer los siguientes códigos QR: